Knaur

Über den Autor:

Keith Ablow, geboren 1961, absolvierte sein Medizinstudium und die fachärztliche Ausbildung in Boston. Er ist niedergelassener Psychiater und tritt häufig als Sachverständiger in Prozessen auf, in denen es um Gewaltverbrechen geht. Keith Ablow lebt in Chelsea, Massachusetts. Er hat bereits mehrere Fachbücher veröffentlicht, dies ist sein Debüt als Thrillerautor.

Keith Ablow

Kalt, kaltes Herz ...

Roman

Aus dem Englischen von
Karin Duffner und Barbara Steckhan

Knaur

Die amerikanische Originalausgabe erschien unter dem Titel
»Denial« bei Pantheon Books, New York.

Besuchen Sie uns im Internet:
www.knaur.de

Vollständige Taschenbuchausgabe 2001
Droemersche Verlagsanstalt Th. Knaur Nachf., München

Umschlaggestaltung: ZERO Werbeagentur, München
Satz: Ventura Publisher im Verlag
Druck und Bindung: Clausen & Bosse, Leck
Printed in Germany
ISBN 3-426-61667-X

2 4 5 3 1

Für Pat Hass
– meine Freundin und Lektorin

1

Dienstag, 5:50

Ich fuhr hoch. Der Schweiß lief mir übers Gesicht. In der Dunkelheit hielt ich Ausschau nach meinem Vater. Ich sah die silberne Schließe seines Gürtels aufblitzen und versuchte voller Angst zu fliehen. Doch seine Finger schlossen sich um meinen Oberarm, und obwohl ich mich wehrte, zerrte er mich zurück. Ich sträubte mich kaum, denn ich wußte, daß ich keine Chance hatte. Dann riß mich das Klingeln des Telephons auf dem Nachttisch aus dem Schlaf.

Kathy rüttelte mich. «Jetzt heb schon ab!»

Ich tastete nach dem Hörer. «Clevenger», keuchte ich.

«Frank, hier ist Emma Hancock. Entschuldigen Sie, daß ich Sie geweckt habe.»

«Kein Problem.» Schwer atmend ließ ich mich auf die Matratze sinken. Das Kissen in meinem Nacken war schweißnaß und fühlte sich kalt an. «Dann laufe ich eben weniger.»

«Was?»

Heftig rieb ich mir mit dem Handballen die Augen. «Ich wollte sowieso gerade aufstehen und joggen gehen.»

«Ein bißchen Frühsport, aha. Soll gut für die Psyche sein.»

«Stimmt. Aber Sie rufen mich doch bestimmt nicht um diese Uhrzeit ab, um über meine Psyche zu reden.»

«Leider nein. Wir haben wieder einen Fall für Sie. Ein Obdachloser hat im Wald hinter dem Stonehill Hospital eine junge Frau umgebracht.»

«Und?»

«Und was?»

«Warum rufen Sie mich an, Emma? Wozu brauchen Sie einen Seelenklempner?»

«Er hat ihr die Brüste abgeschnitten, bis runter auf die Rippen, und sie regelrecht niedergemetzelt. Dann hat er uns von einer Telephonzelle aus angerufen, rumgebrüllt wie ein Irrer und gesagt, er hätte eine Jungfrau getötet. Er hat neben der Leiche auf uns gewartet. Als wir ankamen, war er von oben bis unten voller Blut.»

Am liebsten hätte ich aufgelegt. Ich hatte keine Lust, mir die Geschichte weiter anzuhören. Mein letzter Mordfall lag noch nicht einmal einen Monat zurück und hatte mich so runtergezogen, daß ich nach einem halben Jahr Abstinenz rückfällig geworden war. Ich hatte schon mit dem Gedanken gespielt, die Gerichtspsychiatrie an den Nagel zu hängen und meine Praxis wieder zu eröffnen. Doch ich wußte, daß ich nicht in der Lage war, anderen Menschen zu helfen. Vielleicht war ich das ja nie gewesen. «Was wissen Sie über ihn?» fragte ich.

«Ich weiß nur, daß er eine Schraube locker hat. Bei der Festnahme haben wir ein volles, zwei Jahre altes Fläschchen Thorazin bei ihm gefunden. Und er behauptet, er heißt William Westmoreland. Das müssen Sie sich mal vorstellen: wie der General. Der Typ ist keine gute Werbung für Ihren Berufsstand, was, Frank?»

Darauf sagte ich nichts. Beamte bei der Mordkommission wie Hancock brauchen ihren Sicherheitsabstand zur Psychiatrie. Ansonsten müßten sie sich irgendwann einmal fragen, warum sie sich dauernd mit Mördern abgeben.

Vielleicht würden sie auf die Idee kommen, die Seiten zu wechseln. «Warum ist es so eilig?»

«Weil ich von Ihnen die Bestätigung brauche, daß der Mann zurechnungsfähig ist – wenigstens soweit, daß er eine Aussage machen kann. Er will ein Geständnis ablegen, und ich möchte nicht warten, bis er es sich anders überlegt.»

«Was will er denn gestehen?»

«Wie bitte?»

«Was will er gestehen?»

«Sind Sie noch nicht ganz wach? Ich habe Ihnen doch eben erzählt, daß ich eine tote Frau in der Leichenhalle liegen habe, mit Kratern, wo eigentlich ihre Brüste sein sollten.»

«Wie heißt sie?»

«Sie hatte keinen Ausweis dabei, Frank. Sie war nackt. Wann können Sie hier sein?»

«In zwei Stunden.» Ich hängte ein, knipste die Nachttischlampe an, legte mich auf mein durchgeschwitztes Kissen und wartete auf den richtigen Kick zum Aufstehen.

«Verläßt du mich schon wieder wegen einer Leiche?» flüsterte Kathy. Verschlafen rollte sie sich zu mir herüber und kuschelte den Kopf an meine Brust.

«Ich habe gesagt, in zwei Stunden.»

«Gut.» Sie lächelte. Dann streifte sie das Laken zurück und zeigte mir ihren nackten Körper. Abgesehen von ihrem cremeweißen Hintern war sie nahtlos braun.

«Wieder so ein blöder Mord. Ich weiß nicht, ob ich ...»

«Pssst.» Sie legte den Finger an die Lippen, rutschte dann nach unten und fuhr mit der Zunge meinen Bauch entlang.

Ich verließ mein viktorianisches Haus in Marblehead mit Blick auf Preston Beach und machte mich auf den Weg nach Lynn. Und wie immer am Morgen brachte mich diese zehnminütige Autofahrt mit jedem Kilometer in eine völlig andere Welt. Je weiter ich die Küste entlangfuhr, desto seltener wurden die Markisen, die Hausnummern aus Messing, die frisch gestrichenen Fassaden und schließlich auch die intakten Fensterscheiben. Die Reifen meines Autos glitten nicht mehr über die Straße, sondern rumpelten durch Schlaglöcher. Bevor ich die Stadtgrenze von Lynn passierte, dachte ich stets daran, das Gebläse des Rover auszuschalten, damit der Gestank aus dem undichten Abwasserrohr nicht in den Wagen drang – vermutlich hatten sich darin meilenweit die klebrigen, verfaulten Algen gestaut. Ich legte eine CD von den B-52 ein, schnupfte eine Nase Kokain aus der Ampulle, die ich im Handschuhfach aufbewahrte, und drehte die Musik lauter.

Ich nahm die erste Ausfahrt am Lynn Shore Drive, die ins Landesinnere führt, und bog in die Union Street ein. Zehn Blocks voller verrammelter Läden, mit Graffiti beschmierter Wände und Schrottautos. Mein Nacken und meine Schultern entspannten sich allmählich, und mein Atem ging ruhiger. Seit ich denken kann, hat Kaputtheit eine beruhigende Wirkung auf mich, was wohl daran liegt, daß ich in Lynn aufgewachsen bin, als die Stadt vor die Hunde ging.

Ich hielt vor der Leichenhalle am Ende der Union Street. Paulson Levitsky, der städtische Gerichtsmediziner, und ich haben zusammen 1981 an der Tufts Medical School Examen gemacht. Im Studium hatten wir nicht viel miteinander zu tun, doch meine Kommilitonen und ich bewunderten seine Leistung bei der Sektion seiner Prüfungsleiche, die er U.B. Dead getauft hatte. Er hatte sämtliche Muskeln säuberlich voneinander getrennt und ihren Ursprung und Verlauf mit ordentlichen roten, grünen und violetten Etiketten markiert.

Die Organe sahen genauso aus wie die Abbildungen in *Gray's Anatomy.*

«Ha, wen haben wir denn da!» rief Levitsky, als ich in den Autopsiesaal kam. «Etwas an dieser Leiche sagte mir, daß du nicht weit sein kannst.» Er zeigte auf einen grauen Körper, der auf dem schimmernden Tisch aus Edelstahl lag. Kevin Malloy, ein Bulle aus Lynn, den ich einmal wegen Gewalt im Dienst angezeigt hatte, überwachte die Autopsie.

«Es ist mein Beruf», antwortete ich. «Ein seltsamer zwar, aber ein Beruf.» Ich mußte lächeln, als ich bemerkte, wie sauber Levitskys Laborkittel trotz seiner augenblicklichen Beschäftigung war. Kein Haar auf seinem Kopf war in Unordnung. Ich ging zum Tisch hinüber.

Levitsky legte mir die Hand auf die Schulter. «So furchtbare Verletzungen sind mir selten untergekommen, Frank. Und ich mache diesen Job schon eine ganze Weile.»

«Frankenstein wird sentimental», sagte Malloy. Seine trockenen, aufgesprungenen Lippen verzogen sich zu einem Grinsen und entblößten seine gelben Zähne. «Wir wissen ja, was er für ein Menschenfreund ist – wenigstens bei denen, die hundert Dollar pro Stunde rüberschieben können. Die wird Ihnen nichts mehr von ihren Problemen erzählen, Doc. Da können Sie lange warten.» Als Malloy lachte, schwabbelten seine Fettwülste.

«Jetzt halten Sie endlich das Maul!» fuhr Levitsky ihn an.

Ich mußte mich am Seziertisch festhalten. «Ich kenne die Frau», sagte ich. Eine Weile hörte ich nichts als das Surren der Neonröhren.

«Sie kennen sie?» fragte Malloy schließlich.

Ich starrte noch immer die beiden Löcher in ihrer Brust an. Und dann wanderte mein Blick unwillkürlich zwischen ihre Beine. Sie war rasiert. «Sarah Johnston. Psychiatriekrankenschwester im Stonehill Hospital. In der Geschlossenen.»

Malloy schlug sich mit der Faust auf die Handfläche.

«Eine klare Sache also. Ich wette zehn zu eins, daß unser General Westmoreland dort Patient war.»

«Sie war mit Kathy befreundet», fügte ich hinzu.

«Tut mir leid, daß du in die Sache reingezogen worden bist», sagte Levitsky. «Wir sollten besser Chuck Sloan anrufen. Soweit ich weiß, übernimmt er inzwischen auch Gerichtsfälle.»

«Nein, ich will dranbleiben.»

«Bist du sicher?» fragte Levitsky.

Ich wendete mich von Sarah ab und sah ihn an. «Ich übernehme diesen Fall.»

«Sag mir Bescheid, wenn du aussteigen möchtest ...»

Ich nickte.

«Gut. Dann bringe ich dich erst mal auf den letzten Stand.» Levitsky entnahm der Tasche seines Laborkittels einen ausziehbaren Zeigestab aus Edelstahl und fuhr ihn zu voller Länge aus. Dann sprach er laut in das Mikrophon über dem Tisch. «Eine erste Untersuchung der Verletzungen ergab, daß diese mit einer scharfen, geraden Klinge verursacht wurden. Vermutlich handelt es sich um ein Taschenmesser oder um eine Rasierklinge. Die Einschnitte sind kurz und abgestuft, was darauf hinweist, daß die Klinge nicht lang genug war, um tief einzudringen. Allerdings sind die Wundränder gerade und glatt und nicht schartig.» Er deutete mit dem Zeigestab auf mich. «Die Brüste haben wir nicht gefunden. Sie fehlen.»

«Was ist mit der Mordwaffe? Habt ihr die entdeckt?»

«Nein. Wahrscheinlich hat er sie auch vergraben.»

«Vielleicht hat er sie auch aufgegessen.»

Levitskys Zeigestab durchschnitt die Luft. Sein Gesichtsausdruck verriet, wie sehr ihm solche geschmacklosen Scherze in seinem Heiligtum zuwider waren. «Daß ich euch überhaupt in mein

Labor lasse, ist eine reine Gefälligkeit», meinte er. Er schwieg eine Weile und zeigte dann auf Sarahs Scheitel. «An dieser Stelle sehen wir einen Schädelbruch, hervorgerufen durch einen stumpfen Gegenstand und vermutlich die Todesursache.» Langsam ging er um den Tisch herum. «Außerdem haben wir zahlreiche Hautabschürfungen auf der Rückseite der Unterarme, was darauf hindeutet, daß das Opfer versuchte, die Schläge abzuwehren. An Armen und Schultern befinden sich parallel angeordnete, punktuelle Blutergüsse in den oberen Hautschichten, wie sie entstehen, wenn jemand kräftig gepackt wird.» Am unteren Ende des Tisches blieb er stehen und deutete mit dem Zeigestab zwischen Sarahs Beine. «Als mir die Leiche zur Autopsie vorgelegt wurde, war der Genitalbereich bereits rasiert. Es gibt Anzeichen dafür, daß noch vor kurzem Geschlechtsverkehr stattgefunden hat. In der Vagina und an der Scheidenöffnung wurden Spermareste sichergestellt», erklärte er. «Allerdings weist nichts auf eine erzwungene Penetration hin.» Vom Instrumententablett neben dem Tisch nahm er eine riesige Schere. «Jetzt wird es ein wenig unappetitlich, meine Herren», sagte er. «Ihr könnt bleiben oder gehen. Ich weiß nicht, was die Untersuchung der inneren Organe ergeben wird, aber es steht alles in meinem Bericht.»

«Ich habe genug gesehen», meinte ich. Ich hatte keine Lust zu beobachten, wie Sarah in Einzelteile zerlegt wurde. Außerdem brauchte ich eine Nase aus meiner Ampulle. «Ich schaue mir mal diesen Westmoreland an.»

«Ich bleibe», verkündete Malloy.

Levitsky warf ihm einen Blick zu. «Interessieren Sie sich für Pathologie?»

«Nur für Beweise.»

«Schon gut.» Levitsky sah mich an und verdrehte die Augen. «Bitte richte Kathy von mir aus, daß es mir um ihre Freundin leid tut.»

«Wird gemacht.» Auf dem Weg zur Tür drehte ich mich noch einmal um. «Übrigens, Kevin, es sind hundertachtzig», sagte ich.

«Was ist hundertachtzig? Wovon reden Sie?»

«Von meinem Honorar. Ich verlange hundertachtzig Dollar pro

Stunde. Schließlich soll mir niemand vorwerfen, daß ich mich zu billig verkaufe.» Mit diesen Worten ging ich hinaus.

Rasch holte ich die Ampulle aus dem Handschuhfach, schüttete ein wenig Koks auf meine goldene Visakarte und schnupfte es. Dann rieb ich mir noch eine Prise aufs Zahnfleisch. Ein paar Sekunden später wurde es taub, und kurz darauf war meine Angst verflogen. Ich sah in den Spiegel, band mir einen Pferdeschwanz und fuhr zum Polizeirevier.

Mir graute davor, Kathy die Nachricht zu überbringen. Sie hatte Sarah vor einem Jahr kennengelernt, als eine junge Mutter in der Wöchnerinnenstation von Stonehill eine schwere Depression bekommen hatte und in die psychiatrische Abteilung verlegt werden mußte. Die beiden Frauen hatten sich auf Anhieb gut verstanden. Beide waren sie intelligent und gutaussehend, dreißig Jahre alt und lebten mit älteren Männern zusammen, die der Ehe abgeschworen hatten. Ich war Kathys Problem. Sarahs Problem hieß Ben Carlson und war Chefarzt in der Abteilung für Herzchirurgie. Wir vier hatten den Großteil unserer Freizeit zusammen verbracht, bis Carlson aus heiterem Himmel – und allein – nach Texas gezogen war, um dort an der Universität zu unterrichten.

Und es gab noch einen Grund, warum ich befürchtete, daß Kathy sich die schlechte Nachricht besonders zu Herzen nehmen würde. Sie hatte bei einem Wohnungsbrand ihre kleine Schwester verloren. Die Erinnerung an die Tragödie ihrer Kindheit steckte ihr immer noch in den Knochen und schien sie mit jedem Todesfall im Bekanntenkreis stärker zu belasten.

Ich drückte auf die automatische Wahlvorrichtung meines Autotelephons.

«Hallo», meldete sich Kathy.

«Ich bin's.»

«Schade, daß du nicht hier bist. Ich komme gerade aus der Dusche.»

Ich stellte mir vor, wie sie naß auf der Bettkante saß.

«Kathy, ich habe eine schlechte Nachricht. Eine sehr schlechte Nachricht.»

«Du schaffst es heute wieder nicht rechtzeitig zum Abendessen.»

«Ich meine es ernst.» Ich holte tief Luft. «Es geht um den Mord.»

«Ist ein Mord nicht immer eine schlechte Nachricht?»

Ich schwieg.

«Bist du noch dran?»

Ich hielt am Straßenrand an. «Es ist noch schlimmer, wenn man das Opfer kennt», antwortete ich.

Stille. «Du kennst das Opfer?»

«Wir beide kennen sie.» Ich wußte nicht, wie ich es anders ausdrücken sollte. «Die Frau, die ermordet wurde, ist Sarah Johnston», sagte ich.

«Nein ... Nein, das ist nicht wahr.»

Der Drang, die Realität zu leugnen, wenn auch nur vorübergehend, ist ein bemerkenswertes Phänomen. «Es ist Sarah», wiederholte ich. «Ich habe sie gesehen. Sarah ist tot.»

«Mein Gott», keuchte sie. «Wie ist es passiert?»

«Das wissen wir noch nicht genau. Ich bin gerade auf dem Weg zum Revier, um mehr zu erfahren.» Ich hörte Kathy schluchzen. «Kommst du allein klar?»

«Ich kann es einfach nicht glauben.»

«In der Arbeit wird bestimmt darüber getratscht werden. Ich wollte, daß du es von mir erfährst.»

«Wann sehen wir uns?»

«Nachdem ich bei der Polizei war, schaue ich bei dir im Krankenhaus vorbei.»

«Versprochen?»

«Versprochen.»

Ich legte auf und betrachtete die vorbeirasenden Autos.

Wie würde ich mich fühlen, wenn ich einen Anruf erhielte? Wenn ich erfahren würde, daß Kathy ermordet worden sei? Doch ich verscheuchte dieses Bild rasch und trat das Gaspedal durch.

Als ich um zehn im Revier ankam, hatte Emma Hancock bereits Sarahs Vater in San Francisco informiert. «Ich werde mich nie daran gewöhnen, es der Familie mitzuteilen, egal, wie oft ich es schon gemacht habe», sagte sie. Sie saß an ihrem Metallschreibtisch und tippte die langen, roten Nägel von Daumen und Zeigefinger klikkend aneinander. «Der Mann ist vor zwei Jahren Witwer geworden, und jetzt ist auch noch sein einziges Kind tot. Unter Tränen hat er mir erzählt, daß er sie eigentlich bald besuchen wollte, weil er sie seit einem Jahr nicht mehr gesehen hatte, und daß sie ja vielleicht noch leben würde, wenn er bloß früher gekommen wäre. Was sagt man zu einem Menschen, der fast alles verloren hat, was ihm auf dieser Welt wichtig war? Wie soll ich denn das wissen?»

Das war eine schwierige Frage. Emma Hancock ging voll und ganz in ihrem Beruf auf und war der erste weibliche Captain bei der Polizei unseres Bundesstaates. Es hieß, daß sie bald zur Polizeipräsidentin ernannt werden würde. Emma war über fünfzig und hatte braunes, kurzgeschnittenes Haar mit grauen Strähnen. Sie war unverheiratet und kinderlos, und offenbar bestand ihr einziges Hobby darin, Spendengelder für ihre Kirchengemeinde zu sammeln. «Sie wissen, daß Sie nichts wissen», antwortete ich. «Das ist schon mal ein guter Anfang.»

«Mag sein ... Sie sind mir eine große Hilfe, Doktor Freud. Ich fühle mich bereits viel besser.» Sie schüttelte den Kopf. «Da gibt es noch etwas, das ich einfach nicht begreife. Dieses Ungeheuer dort hinten in der Zelle will zwar unbedingt einen Mord gestehen, rückt aber nicht mit seinem wirklichen Namen heraus. Er bleibt eisern bei General William C. Westmoreland.»

«Vielleicht belastet ihn Völkermord weniger als das, was er getan hat», sagte ich.

«Sehr tiefsinnig. Sie haben wohl in jeder Situation einen klugen Spruch auf Lager.» Emma Hancock stand auf und sah mir in die Augen. Sie war eine beleibte, kräftig gebaute Frau. Mit ihren eins achtundsechzig wirkte sie größer, als sie tatsächlich war. Als sie mich an der Schulter packte, tat es richtiggehend weh. «Keiner hier hat den Fall Prescott vergessen. Ich ziehe Sie immer wieder hinzu, weil ich denke, daß es nicht allein Ihre Schuld war. Und weil Sie sich seitdem vernünftig verhalten haben. Aber ich gehe dabei ein Risiko ein.»

Marcus Prescott war einer meiner ersten Fälle als Gerichtspsychiater gewesen. Der zweiunddreißigjährige Anwalt hatte eine Cheerleaderin von der Lynn Classical Highschool vergewaltigt. Als

Prescott auf Unzurechnungsfähigkeit plädierte und behauptete, er könne sich nicht an den Übergriff erinnern, hatte ich ausgesagt, seine Symptome entsprächen denen einer multiplen Persönlichkeit. Prescott wurde für schuldunfähig erklärt, ins Bridgewater State Hospital eingewiesen und nach einer vierjährigen stationären Therapie von den Ärzten entlassen. Er fand die junge Frau, die inzwischen an der Brown University studierte, vergewaltigte sie ein zweitesmal und erwürgte sie.

«Das ist schon lange her», sagte ich.

«Ein Mädchen mußte sterben.»

Ich biß die Zähne zusammen. «Weshalb rufen Sie mich dann überhaupt an, Emma? Macht es Ihnen Spaß, mich unter der Fuchtel zu halten?»

«Ich finde, jeder hat eine zweite Chance verdient. Schließlich sind wir alle nicht frei von Sünde.»

Ich schüttelte den Kopf. «Machen wir uns nichts vor. Prescott hat mit diesem Fall nichts zu tun. In Wahrheit brauchen Sie doch keinen sentimentalen, liberalen Psychoonkel wie mich, der Ihnen vielleicht eine negative Presse beschert. Nicht, wenn Sie in ein paar Monaten Polizeipräsidentin werden könnten.»

«Ihr Wort in Gottes Ohr.»

«Sie wissen, daß ich Ihnen die Beförderung gönne. Wirklich. Meiner Ansicht nach wäre es gut für uns beide und sogar für die Stadt. Aber ich glaube, Gott ist es scheißegal, wie die Sache ausgeht.»

Hancocks Griff wurde fester. «Hier wird nicht geflucht.» Sie zögerte einen Moment und lächelte dann. «Eine Hand wäscht die andere», sagte sie. «Ich habe immer dafür gesorgt, daß Ihre Rechnungen pünktlich bezahlt wurden und daß niemand Ihre Stunden nachzählt.»

«Ich zähle sie.»

«Die Zeit fliegt dahin.» Sie zwinkerte mir zu, dann ließ sie meine Schulter los. «Zangota soll Sie zum General bringen.»

Angel Zangota, ein Bulle aus Lynn, der neu auf dem Revier war, begleitete mich zu Westmorelands Zelle. Ich roch den Gefangenen, bevor ich ihn sah. Er saß im Schneidersitz vor seiner Pritsche und trug zu viele Schichten schmutziger Kleider übereinander. Als die

Tür geöffnet wurde, rappelte er sich auf und schlurfte zur hinteren Wand. Er wirkte wie etwa fünfundvierzig, war abgemagert und hatte verfilztes, graumeliertes Haar und stahlblaue Augen, die tief in den Höhlen lagen.

Beim Öffnen legte Zangota die Hand auf die Waffe. «Soll ich hierbleiben?» erkundigte er sich.

Ich bezweifelte, daß ich in Gegenwart eines uniformierten Polizisten etwas aus Westmoreland herausbekommen würde. «Es ist besser, wenn Sie auf dem Flur warten», sagte ich. Zangota zog sich zurück, ich trat ein und stellte mich seitlich an die Wand. Meine Regel Nummer eins lautet, einem Häftling niemals den Weg zum Ausgang zu versperren.

Westmoreland sah mich an und murmelte vor sich hin. Ich stellte fest, daß er immer wieder verstohlen in eine leere Ecke blickte. «Ist da drüben etwas, das Ihnen angst macht?» fragte ich.

Er musterte mich von Kopf bis Fuß.

Ich ging an der Wand in die Hocke, um ihm zu zeigen, daß ich eine Weile bleiben wollte. «Die Polizei sagt, Sie heißen Westmoreland.»

«William C. Westmoreland, geboren 1914», verkündete er.

«Waren Sie in Vietnam?»

Er schwieg einen Augenblick und kicherte dann in sich hinein. «Ich habe dort getötet.»

Ich nickte.

«Priester?»

Ich trug einen schwarzen Rollkragenpulli. «Nein, Psychiater.»

«Ist dasselbe», antwortete er ruhig. Er setzte sich langsam. Sein Blick wanderte wieder in die Ecke und blieb dort hängen. «Ich möchte beichten, Vater. Ich habe versagt.»

«Versagt?»

«Ich habe Gottes Prüfung nicht bestanden und seine Pläne durchkreuzt.»

«Wie?»

«Durch Pläne.»

Schizophrene benutzen Worte als Schutzschilder, damit sie sich nicht wirklich offenbaren müssen. Und diese Abwehr wollte ich durchbrechen. «Womit haben Sie Gottes Pläne durchkreuzt?»

«Ich habe geschändet.»

«In welcher Weise?»

Er zupfte an seinem Ärmel, wie um etwas zu entfernen. «In einer Weise. Auf eine Weise. Durch eine Weise.»

Ich beschloß, es anders zu versuchen. «Wo ist das Messer?» fragte ich.

Zum erstenmal sah Westmoreland mir in die Augen. «Es gibt kein Messer», sagte er. «Messer ist besser.»

Reimen ist eine weitere Methode, mit der Schizophrene echte Kommunikation verhindern. «Haben Sie das Messer versteckt?» beharrte ich.

Hastig wandte er den Blick ab. Diesmal sah er zur Decke und wieder zu mir. Er stand auf und machte ein paar zögernde Schritte auf mich zu. Ich wollte schon ebenfalls aufstehen, als er innehielt. «Sie hätte meine Frau sein können!» kreischte er. «Aber ich habe sie getötet! Mit diesem Messer!» Er fing an, sich die Uniformhose aufzuknöpfen.

Da ich befürchtete, die Polizei habe ihn nicht gründlich genug nach Waffen durchsucht, sprang ich auf.

Westmoreland ließ seine Hose runterrutschen und umfaßte seinen Penis. «Ich habe sie damit getötet!» brüllte er. Mit ausgestreckten Händen stürzte er sich auf mich und wollte mir an die Kehle gehen.

Mit der Schulter fing ich den Aufprall ab und schaffte es, ihn am Haar zu packen und sein Gesicht gegen den Betonboden zu knallen. Seine Nase und seine Lippen bluteten. Als ich Zangotas rasche Schritte auf dem Flur hörte, näherte ich meinen Mund Westmorelands Ohr. «Tut mir leid», flüsterte ich. «Aber Sie haben mich bedroht.» Im nächsten Moment legte Zangota ihm Handschellen an, und ich ging in Emma Hancocks Büro.

Sie reinigte gerade ihren Revolver, als ich hereinkam.

«Jetzt sagen Sie bitte, daß wir beide uns einig sind», meinte sie, ohne aufzublicken. «Er ist doch klar genug, um ein Geständnis abzulegen?»

«Sie wissen, daß ich Ihnen nur ungern widerspreche», antwortete ich.

«Dann lassen Sie's.»

«Er hat sein Glied vorgezeigt und mich angegriffen.»

Sie spähte in eine Kammer ihres Magazins und pustete hinein. «Nun, Sie sind zwar nicht gerade mein Typ, aber ich kann verstehen, daß er was an Ihnen findet.»

«Er halluziniert.»

Hancock sah auf und schüttelte langsam den Kopf. «Jetzt machen Sie mal 'nen Punkt, Sie heiliger Franziskus. Die Sache ist doch wohl sonnenklar. Er war mit dem Blut des Opfers bedeckt.» Sie ließ das Magazin zuschnappen und warf die Pistole in die Schreibtischschublade. «Verschonen Sie mich damit.»

«Wenn ich auch nur die geringsten Zweifel hätte, würde ich Ihnen den Gefallen tun, das wissen Sie genau. Doch der Typ ist vollkommen wirr.»

«Sie lassen mich wirklich hängen?» Resigniert breitete sie die Hände aus. «Was rege ich mich überhaupt noch auf? Sie können fünf Stunden abrechnen.» Sie zuckte die Achseln. «Meinetwegen auch zehn, wenn Sie sich bei der nächsten Spendenaktion dran erinnern.»

Ich spielte mit dem Gedanken, sie beim Wort zu nehmen, was die zehn Stunden anging, ich hatte eine Pechsträhne auf der Rennbahn hinter mir, und da das Koks einen Hunderter pro Gramm kostete, bekam ich allmählich Probleme mit dem Kredit für mein Haus. Aber etwas, das Levitsky in der Leichenhalle gesagt hatte, wollte mir einfach nicht aus dem Sinn. «Ich bin noch nicht fertig», sagte ich. «Noch nicht.»

«Tut mir leid. Ich wollte Sie wirklich mit diesem Fall beauftragen. Doch das ist offenbar nicht möglich.»

«Haben Sie allen Ernstes vor, nach nur einem Gespräch mit dem Beschuldigten den Sachverständigen zu wechseln? Die Verteidigung wird Sie vor Gericht in Stücke reißen.»

«Jetzt passen Sie mal gut auf. Dieser Wahnsinnige hat vielleicht Visionen oder hört Stimmen, das will ich gar nicht abstreiten. Aber er wußte ganz genau, daß er ein Verbrechen beging, als er das Mädchen zerstückelte. Er wußte, daß er gegen das Gesetz verstößt. Er war sogar klar genug, um danach die Polizei zu rufen. Er fühlt sich schuldig, weil er schuldig ist.»

«Bei manchen Menschen existieren die Schuldgefühle nur in ihrem Kopf. Das sollten Sie eigentlich am besten wissen. In der katholischen Kirche wimmelt es von solchen Leuten.»

Sie erstarrte. «Ich habe Sie gewarnt. In diesem Büro lästert niemand den Namen Gottes.» Dann beruhigte sie sich wieder. «Malloy hat erzählt, daß Sie das Opfer kannten.»

«Sie war eine Freundin von Kathy.»

«Also bin ich berechtigt, Sie von dem Fall abzuziehen. Sie sind persönlich betroffen.»

«Hören Sie: Alles, was ich verlange, ist, daß ich ihm Thorazin verabreichen und morgen noch einmal mit ihm sprechen darf. Vielleicht ist er dann vernünftiger.»

«Nein danke.»

«Wen wollen Sie denn beauftragen? Chuck Sloane? Der Typ steht doch noch links von Lenin. Und George Schwartz würde den Verdächtigen in die Psychiatrie einweisen, nur weil er komisch angezogen ist.»

«Ohne ein Geständnis oder eine gerichtliche Anordnung kann ich ihn nur zweiundsiebzig Stunden wegen Mordverdachts festhalten. Sie wissen genau, daß Richter Katzenstein unseren Schlächter stante pede ins Bridgewater State Hospital stecken wird. Und das lasse ich nicht zu.»

«Geben Sie mir zwei Tage.»

«Warum sollte ich?»

«Weil», antwortete ich, «Sie wissen, daß Sie nicht alles wissen.»

Die Falten auf Hancocks Stirn vertieften sich, und sie fing wieder an, mit den Fingernägeln zu klicken. Ich stellte mir vor, wie sie vergeblich versuchte, sich gegen die moralischen Grundsätze zu wehren, die ihr in den zwölf Jahren an Lynns katholischer Mädchenschule eingetrichtert worden waren. Sie schüttelte den Kopf und sah mich schließlich an: «Sie haben sechsunddreißig Stunden.»

2

Als ich im Krankenhaus ankam, war es kurz nach ein Uhr mittags. Ich stieg die Treppe hinauf zu Kathys Büro in der Station für Gynäkologie und Geburtshilfe, aber sie war gerade zu einer Entbindung gerufen worden. Also hatte ich eine Stunde Zeit, und die wollte ich nutzen. Ich ging in die Registratur.

Das Archiv bestand eigentlich nur aus einem langen Raum, der aussah wie die überfüllte Schublade eines Aktenschrankes. Ray, der kleingewachsene Schwarze, der sie seit über dreißig Jahren verwaltete, wühlte wie immer in den Papierstapeln auf seinem Schreibtisch. Ich unterbrach ihn mit der Bitte, doch einmal in den Krankenakten nachzusehen, ob Westmoreland je in Stonehill behandelt worden war.

Er musterte mich über den Rand seiner Lesebrille hinweg.

«Was hat der Mann denn angestellt?»

«Wer sagt, daß er was angestellt hat?»

«Ein gewisser Officer Malloy hat angerufen und mich gebeten, die Akte für ihn herauszusuchen. Er kommt mit einer gerichtlichen Anordnung vorbei.»

«Also war Westmoreland tatsächlich hier Patient?»

«Wäre komisch, wenn er eine Akte hätte, ohne Patient gewesen zu sein – auch wenn ich hier die Ablage mache.»

«Darf ich sie sehen?»

Er fing wieder an, in seinen Papieren zu wühlen. «Erzählen Sie mir erst mal, was an dem Kerl so besonders ist.»

«Vielleicht hat er jemanden umgebracht.»

Ein weiterer Blick über den Brillenrand. «Das ist doch heutzutage nichts Besonderes. Vor allem nicht in Lynn.»

Am liebsten hätte ich ihm ins Gesicht geschrien, daß Westmoreland Sarah Johnston die Brüste abgeschnitten hatte, aber ich beherrschte mich. «Ray», sagte ich, «ich brauche diese Akte.»

«Ich habe Ihnen bereits erklärt, daß die Polizei sie abholt.»

«Doch im Moment ist sie noch da.»

«Schon, aber ...»

«Nur ein Viertelstündchen.»

Er musterte mich argwöhnisch. «Ich habe so meine Erfahrungen mit Ihnen, Doc. Sie geben die Akten zu spät zurück. Sie verlieren sie. Sie kippen Kaffee drüber. Sie brennen mit der Zigarette Löcher rein.»

«Ich lese sie hier vor Ihren Augen. Sie können zuschauen.»

«Glauben Sie, ich hätte nichts Besseres zu tun? Anscheinend ist es Ihnen zu Kopfe gestiegen, daß sämtliche Schwestern hinter Ihnen her sind. Sie reden in der Kantine über Sie: ‹Haare wie ein Rockstar.› ‹Schultern wie ein Footballspieler.› Wenn man denen so zuhört, könnte man meinen, daß Sie überhaupt nicht aussehen wie ein Psychiater.» Er holte die Akte unter seinem Tisch hervor und gab sie mir. «Aber bleiben Sie in der Nähe», warnte er.

«Sie sind ein Goldstück.»

«Übertreiben Sie's nicht.»

Ich zog mich mit der Akte in eine Sitzecke gegenüber von seinem Büro zurück und fing an zu lesen. Der Vermerk des Psychiaters, der Westmoreland aufgenommen hatte, trug das Datum 11. Dezember 1992:

Personalien: *Der Patient ist männlich und mittleren Alters. Wohnsitz unbekannt. Er wurde von der Polizei in die Notaufnahme eingeliefert und danach in der geschlossenen psychiatrischen Abteilung untergebracht. Seinen Namen gab er mit General William C. Westmoreland an.*

Aktuelles Krankheitsbild: *Nach Aussage der Polizei stahl Mr. «Westmoreland» heute während der Messe eine marmorne Madonnenbüste vom Altar der Church of Angels. Die Beamten fanden ihn auf einer Parkbank sitzend vor, wo er die Statue umarmte. Auf die Frage nach dem Grund antwortete er, er sei in die Statue verliebt und beabsichtige, sie zum Leben zu erwecken und zu heiraten.*

Bei der Einweisung wiederholte der Patient, er habe die Macht, der Madonna «Leben einzuhauchen». Er war äußerst aufgebracht, weil ihm die Statue abgenommen worden war. Seine Stimmung schwankte zwischen Aggression und Niedergeschlagenheit. Während unseres Gesprächs brach er einige Male in Tränen aus.

Mr. Westmoreland reagierte nicht auf Fragen, wie er seine augenblickliche Situation beurteilte, sondern schien von inneren Stimmen in Anspruch genommen. Wahrscheinlich leidet er sowohl unter akustischen als auch unter visuellen Halluzinationen.

Der Patient stritt Tötungsphantasien ab, schwieg aber, als ich ihn auf Suizidgedanken ansprach.

Die toxikologische Untersuchung von Blut und Urin erbrachte keinen Hinweis auf Alkohol- oder Drogenmißbrauch.

Die Tatsache, daß der Patient den Namen eines bekannten Generals angenommen hat, gibt Anlaß zu der Vermutung, daß er Veteran des Vietnamkrieges ist. Allerdings bestätigt er selbst das nicht. Außerdem weigert er sich, seine Sozialversicherungsnummer, seine letzte Adresse oder seinen wirklichen Familiennamen zu nennen.

Psychiatrische Krankengeschichte: *Unbekannt. Der Patient hat jedoch einige horizontale Narben am linken Handgelenk, was auf einen Selbstmordversuch in der Vergangenheit schließen läßt.*

Somatische Krankengeschichte: *Unbekannt.*

Bewertung und Therapie: *Der Patient leidet eindeutig an einer Psychose, entweder an chronischer paranoider Schizophrenie oder an wahnhafter Depression. In jedem Fall ist der Einsatz von Psychopharmaka angeraten. Auch die Verabreichung eines Antidepressivums ist zu erwägen. Wir werden Mr. Westmoreland weiter im Hinblick auf Suizidgefahr beobachten, da er auf Fragen nach Selbstmordgedanken nicht antwortet.*

Dr. Tom Klein
behandelnder Psychiater
Stonehill 3

Den täglichen Eintragungen auf dem Krankenblatt entnahm ich, daß Westmoreland die Einnahme sämtlicher verschriebener Medikamente verweigert hatte. Deshalb hatte Dr. Klein einen Antrag beim Bezirksgericht von Lynn gestellt und die Genehmigung erhalten, dem Patienten dreimal täglich eine Dosis Thorazin intramuskulär zu injizieren.

Tagelang hatte Westmoreland sich gegen die Spritzen zur Wehr gesetzt und manchmal sechs Stunden am Stück an Händen und Füßen fixiert in einem Isolierzimmer verbracht. Doch schon eine Woche später sprachen Kleins Aufzeichnungen von einer «deutlichen Besserung». Zuerst ließ sich der Patient bereitwillig die Spritzen verabreichen, dann erklärte er sich einverstanden, die Medikamente oral einzunehmen. Zehn Tage nach seiner Einweisung beteuerte er gegenüber den behandelnden Ärzten, daß er nichts mehr für die Statue empfände. Er wurde, ausgestattet mit einem Vorrat an Thorazin, ins Obdachlosenasyl von Lynn überstellt und bekam einen Termin in einer Ambulanzklinik. Da man am Tatort bei ihm eine unangebrochene, zwei Jahre alte Flasche Thorazin gefunden hatte, war davon auszugehen, daß er diesen Termin nie wahrgenommen hatte.

In seinem Entlassungsbericht schrieb Klein, daß sich «der Zustand paranoider Schizophrenie innerhalb von zehn Tagen drastisch besserte». Bei dieser Behauptung mußte ich grinsen. Denn die Diagnose des Arztes wies eine offensichtliche Schwachstelle auf: Es dauert etwa drei Wochen, bis Thorazin bei einem Psychotiker die erste Wirkung zeigt.

Plötzlich merkte ich, daß jemand neben mir stand, und als ich aufblickte, sah ich Kevin Malloy.

«Es paßt doch alles zusammen», spöttelte er. «Das Blut des Opfers auf seinen Kleidern. Daß er Patient des Krankenhauses war, in dem die Frau arbeitete. Und ich habe noch eine Info von Ihrem Kumpel Levitsky: Er hat Sperma von einem Mann mit Westmorelands Blutgruppe in ihr gefunden. Aber man kann ja mit den Rechten eines Mörders nicht vorsichtig genug umgehen. Vielleicht sollte man mit dem Geständnis noch warten, bis uns jemand ein Video vorführt, auf dem er sie gerade auseinandersäbelt.»

Ich fand Kathy in der winzigen Kammer, die den Ärzten als Bereitschaftsraum diente. Im OP-Anzug saß sie auf dem Bett und schrieb den Bericht über die Entbindung. «Sieben Pfund, dreihundert Gramm», verkündete sie. «Ich könnte schwören, er hat seine Mutter angelächelt, als sie ihn im Arm hielt.»

Wortlos nahm ich neben ihr Platz. Als ich geboren wurde, wog ich nur knapp fünf Pfund. Meiner Mutter war es so peinlich gewesen, schwanger auszusehen, daß sie hungerte, um ihre Figur zu halten. Deshalb hat Mutterglück mich noch nie rühren können. «Tut mir leid, das mit Sarah», sagte ich.

Sie steckte den Stift in die Hemdtasche und stützte den Kopf in die Hände. «Wer war es?» fragte sie.

«Ein Schizophrener hat sich der Polizei gestellt.»

Sie blickte zur Decke. «Wurde sie erschossen?»

«Er hat ein Messer benutzt.»

Eine Träne rollte ihr die Wange hinunter. «Hat er ... du weißt schon ... hat er sonst noch was mit ihr gemacht?»

«Ja, hat er. Er hat sie vergewaltigt.»

«Vergewaltigt?» Sie starrte mich an, und die Trauer auf ihrem Gesicht wich langsam einem Ausdruck von Verstörung. Dann beugte sie sich so nah zu mir herüber, daß ich ihren Atem spürte. Dann fuhr sie plötzlich zurück, als ob sie etwas Scheußliches gerochen hätte. «Du hast wieder gekokst!»

Der Bereitschaftsraum liegt direkt am Hauptflur. «Nicht so laut, verdammt», zischte ich.

«Red nicht mit mir wie mit einem Kleinkind!» Sie stand auf. «Es darf doch nicht wahr sein, daß du wieder damit anfängst. Die Entziehungskur ist noch nicht mal fünf Monate her.»

Ich sah in den Spiegel. Unter meiner Nase entdeckte ich weißes Pulver. Ich wischte es weg und drehte mich zu ihr um.

«Du solltest Polizistin werden.»

«Du blöder Idiot!» brüllte sie und schüttelte den Kopf. «Habe ich nicht schon genug verloren? Willst du, daß ich aufwache, und du liegst tot neben mir im Bett?»

«So schnell sterbe ich nicht, Kathy.»

Sie wollte sich an mir vorbeidrängen.

Ich stellte mich mit dem Rücken zur Tür. «Ich hör auf, sobald dieser Fall vorbei ist. Versprochen.»

«Spar dir deine Versprechungen. Ich will dein Gerede nicht mehr hören.»

«Das willst du nie.»

«Ach, du armer Junge, niemand versteht dich. Schauen wir mal, ob ich es richtig kapiert habe: Du mußt dich zudröhnen, weil ich zu unsensibel bin, um deine Bedürfnisse zu erkennen.» Sie kräuselte verächtlich die Lippen. «So ein Schwachsinn.»

Ich machte einen Schritt auf sie zu und legte ihr sanft die Hände auf die Schultern. «Sprechen wir zu Hause darüber.»

«Ich komme nicht nach Hause. Das vor fünf Monaten hat mir gereicht.»

Ich sah rot. «Mit wem hat es dir gereicht? Mit mir oder mit Trevor Lucas? Das halbe Krankenhaus redet noch darüber, daß du was mit diesem Egozentriker hattest, während ich in der Klinik Blut und Wasser geschwitzt habe.»

«Komisch, vor dem Entzug hätte ich geschworen, daß dich deine nächste Ration Stoff mehr interessiert als mein Sexualleben.»

«Und deshalb dachtest du, ein Schönheitschirurg könnte da Abhilfe schaffen? Das ist wahre Treue, Kathy! Echte Charakterstärke.»

Sie blickte mich trotzig an. «Wenigstens war Trevor nicht ständig so zugedröhnt, daß er keinen mehr hochgekriegt hat.»

Am liebsten hätte ich ihr eine gescheuert, aber ich vermutete, daß sie es darauf anlegte, sich durch körperlichen Schmerz von ihrem seelischen abzulenken. Also holte ich tief Luft. «Wenn wir uns gegenseitig fertigmachen, wird Sarah auch nicht wieder lebendig.»

«Ich brauche keinen Seelenklempner, um zu wissen, daß meine Freundin nicht aus dem Grab auferstehen wird, okay? Und wenn du nur ein bißchen Grips hättest, wäre dir klar, daß du der einzige bist, den ich ins Leben zurückholen will. Aber du bist zu zugekokst zum Denken.» Sie ging um mich herum und streckte die Hand nach der Türklinke aus.

Ich versperrte ihr den Weg. «Wir sind noch nicht fertig.»

Kathy trat zwei Schritte zurück, zog ihren Stift aus der Tasche und zückte ihn wie einen Dolch. Sie zitterte. «Geh mir sofort aus dem Weg.»

Ich kannte Kathys aufbrausendes Temperament gut genug, um zu wissen, daß ich mein Augenlicht oder wenigstens meine Klamotten riskierte. Deshalb wich ich in Richtung Bett aus.

Sie warf den Stift nach mir – aber daneben. Er prallte an der Wand ab. «Ruf mich nicht an, pieps mich nicht an und komm auch nicht vorbei», zischte sie mit zusammengebissenen Zähnen. «Zwischen uns ist es aus.» Sie stürmte hinaus.

Fast wäre ich ihr nachgelaufen, doch ich glaubte, ihre Wut würde sich ganz von allein in Trauer verwandeln. Ich sah in den Spiegel, um mich zu vergewissern, daß ich kein Pulver mehr an der Lippe hatte, steckte den Rollkragenpulli wieder in die Hose und ging.

Es ist kein Zufall, wenn einem der Bauch etwas sagt. In Intuitionen treten die Dinge zutage, die man gesehen und doch nicht gesehen, die man gehört und doch nicht gehört hat. Deshalb lauschte ich mit meinem «dritten Ohr» in mich hinein, weil mir Levitskys Worte bei der Autopsie einfach nicht aus dem Kopf gingen: Sarah hatte keine vaginalen Verletzungen erlitten. Ich fuhr zurück zur Leichenhalle und machte mich auf den Weg in sein Labor.

Er hatte mich nicht hereinkommen hören, denn er saß über ein Mikroskop gebeugt und betrachtete Dias von Gewebepartikeln, die er Sarahs Brust entnommen hatte.

«Massive geschwulstartige Veränderungen an den Wundrändern», sprach er ins Mikrophon.

«Könnten das nicht Schmutzspuren auf dem Glas sein?» flüsterte ich.

Er blickte auf und rollte seinen Stuhl zur Seite. «Schau es dir selbst an.»

Ich blickte durch die Linse, hatte aber keine Ahnung, was ich eigentlich sehen sollte. Nachdem ich an der Universität fast durch die Pathologieprüfung gefallen war, hatte ich das ganze Zeug so schnell wie möglich wieder vergessen.

«Scheußlich. Was ist der Grund?»

«Eine ernste Bindegewebserkrankung, würde ich sagen. Die

Schäden sind so schwer, daß sie fast auf eine durchgängige Gewebeveränderung hinweisen. Sklerodermie zum Beispiel, eine Krankheit, die die Haut in Leder verwandelt. Allerdings kann ich an anderen Körperstellen keine Bestätigung dafür finden. Ihre Speiseröhre war weich und rosig.»

«Sicher würde sie sich über diese Diagnose freuen, Paulson. Hast du den Zeitpunkt des Todes schon ermittelt?»

«Mitternacht, plus-minus eine Stunde.»

«Westmoreland hat die Polizei kurz nach drei Uhr morgens gerufen. Also hatte er genug Zeit, das Messer – und die Brüste – loszuwerden.»

«Du sagtest doch, daß nichts auf eine Vergewaltigung hinweist.»

«Richtig.»

«Keine Hautrisse. Keine Hämatome. Keine Blutergüsse. Nichts.»

«Genau.»

«Und ...»

«Und was?»

«Westmoreland hat mir nicht viel verraten, aber in einem war er sicher: Er hatte Sex mit ihr. Und ich habe erfahren, daß er dieselbe Blutgruppe hat wie der Kerl, der in ihr gekommen ist. Passiert es öfter, daß nach einer Vergewaltigung keine Veränderungen an den Genitalien festzustellen sind? Nach einer Vergewaltigung, die mit einem Mord endet?»

«Nicht sehr häufig.» Levitsky haßte offene Fragen wie kein anderer. Er seufzte.

«Dann erkläre mir eines: Warum hat sie keine vaginalen Verletzungen?»

«Vielleicht hatte sie zu große Angst, um sich zu wehren, und hat es einfach über sich ergehen lassen. Vielleicht stand sie ja auch auf Penner, und er hat sie umgebracht, nachdem sie zusammen im Heu waren.»

«Klar doch.»

«Ich traue jedem alles zu.»

«Das ist deine Erklärung?»

Er zuckte die Achseln.

«Daß sie freiwillig mitgemacht hat?»

«Worauf willst du hinaus? Schließlich bist *du* der Fachmann für menschliches Verhalten. Ich rede nur über das, was ich sehe.»

«Also ist die Sache für dich erledigt. Fall abgeschlossen.»

Levitsky strich eine Falte seines Laborkittels glatt. «Du vergißt wohl, wen du vor dir hast. Hast du jemals erlebt, daß ich aufgebe? Ich bin ein Besessener, Frank. Ein Wahnsinniger. Manchmal kommt mir die Antwort im Schlaf. Ich habe schon von Aortas und Blinddärmen geträumt. Einmal habe ich sogar geträumt, ich wäre ein Bakterium – *Clostridium difficile,* um genau zu sein. Ich zerfraß den von Geschwüren übersäten Darm meines damaligen Autopsiefalles. Am nächsten Morgen habe ich die Leiche auf Clostridien getestet – und siehe da!» Er steigerte sich in sein Thema hinein. «Während eines kurzen Nickerchens auf meiner Couch zwischen zwei Comedy-Serien war ich schon ein Cytomegalovirus. Und so was passiert mir nicht nur im Schlaf.»

Ich unterbrach ihn mit einer Handbewegung. «Schon verstanden. Also hakst du den Fall noch nicht ab?»

«Nein. Obwohl unsere Freunde bei der Polizei das gerne hätten. Malloy hat mich inzwischen schon dreimal angerufen und sich nach meinem abschließenden – die Betonung liegt auf *abschließend* – Bericht erkundigt.»

«Emma Hancock will verhindern, daß ein ungeklärter Fall ihr die Beförderung zur Polizeipräsidentin vermasselt. Sie hat mir anderthalb Tage gegeben, um ihr einen Grund zu liefern, warum Westmoreland nicht auf der Stelle dem Richter vorgeführt werden sollte. Und seitdem sind schon einige Stunden vergangen.»

«Hältst du ihn für unzurechnungsfähig?»

«Wen man ihn jetzt ein Geständnis ablegen läßt, wäre das wie die Aussage eines Kindes, das gerade aus einem Alptraum aufwacht. Der Mann begreift nicht, was um ihn herum vorgeht. Er lebt in einem psychotischen Nebel aus Stimmen und Visionen.»

«Mit solchen Einschätzungen wirst du dich bei unseren Gesetzeshütern nicht unbedingt beliebt machen.»

«Nein», gab ich zu. «Die Hancock war ziemlich sauer. Ich bin nicht einmal sicher, ob sie sich an unsere Abmachung halten wird.»

«Für dich steht eine Menge auf dem Spiel. Bei der Polizei fangen sie allmählich wieder an, dir zu vertrauen. Du bekommst regelmäßig Aufträge. Und es ist schon eine Weile her, daß jemand über dein ...»

«Ich weiß, ich weiß. Ich brauche die Arbeit, das kannst du mir glauben. Und ich will, daß sie mir vertrauen, Paulson, ganz ehrlich. Ich kann dir gar nicht sagen, wie wichtig mir das ist.» Ich machte eine Pause. «Doch genauso wichtig ist es mir, daß meine Patienten Vertrauen zu mir haben können. Selbst ein Patient, der des Mordes verdächtigt wird.»

Er nickte stirnrunzelnd. «Emma Hancock wird das gar nicht gefallen», sagte er. «Aber ich finde es prima.»

Als ich Levitskys Labor verließ, war es schon dunkel. Vom Autotelephon aus rief ich im Gefängnis an und gab Anweisung, Westmoreland seine Dosis Thorazin zu verabreichen.

Allerdings wußte ich, daß sie ihn lediglich ruhigstellen würden. Es würde ihn nicht daran hindern zu gestehen – wenn auch mit schwerer Zunge. Doch im Augenblick konnte ich nicht mehr tun, als ihm eine ungestörte Nacht zu verschaffen, bevor ich ihn am Morgen wieder besuchte.

Ich hatte keine Kraft und kein Geld mehr – zwei Dinge, die sehr eng miteinander verknüpft sind, wenn man Koks braucht. Nachdem ich den Rest meines Vorrats geschnupft hatte, fuhr ich zu meiner Mutter, die in Heritage Park wohnt. Wir hatten uns am Vortag zum Abendessen verabredet, und ich hatte ihr auf den Anrufbeantworter gesprochen, daß ich finanziell auf dem trocknen saß.

Heritage Park ist eine Ansammlung von fünfstöckigen Häusern aus Glas und Stahl. Ursprünglich wollte man mit dieser Siedlung am Hafen Lynns Niedergang aufhalten, doch statt dessen wurde sie vom Elend überrollt und schließlich zur Sozialwohnungsanlage für Alte, Behinderte und Mittellose umfunktioniert. Meine Mutter gehörte zur ersten Kategorie: Sie war siebzig. Was ihre Gesundheit betraf, behauptete sie, nie einen Tag im Leben krank gewesen zu sein, obwohl sie seit fünfzehn Jahren an Diabetes litt. Und mittellos war sie auch nicht. Die Lebensversicherung meines Vaters belief sich auf etwa eine halbe Million Dollar.

An der Tür beugte ich mich herunter, um sie zu küssen. Ihre schmalen, kühlen Lippen streiften meine Wange. Dann trat sie ein paar Schritte zurück und musterte mich mit zusammengekniffenen Augen. «Du siehst krank aus.»

Für meine Mutter sehe ich immer krank oder angeschlagen aus. Als Junge glaubte ich ihr und fühlte mich irgendwann wie ein Wrack. Vermutlich hat sie meinen Vater auf dieselbe Methode zermürbt. «Mir geht es großartig», sagte ich und schlenderte an ihr vorbei ins Wohnzimmer. «Hast du wieder Schwierigkeiten mit den Augen?»

Sie blieb an der Tür stehen und betrachtete mich prüfend, während ich auf dem Sofa Platz nahm. Ihre Augen waren schmale Schlitze und von tiefen Krähenfüßen umgeben. Mit ihren einsfünfundfünfzig und ihren knapp fünfzig Kilo erinnerte sie mich an einen zähen Grashalm.

«Dr. Fine hat mir gesagt, du solltest deine Netzhaut mit dem Laser behandeln lassen.»

«Dein Freund möchte wohl ein bißchen abkassieren.» Sie rückte ihre Perlenkette zurecht, die sich an ihrer mageren Brust verfangen hatte, und humpelte in die Küche. Die Diabetes hatte den Großteil der Nerven ihres linken Fußes zerstört. «Mit meinen Augen ist alles in Ordnung. Ich sehe, was ich sehen will.»

Damit hatte sie recht, dachte ich schmunzelnd. Ich erinnerte mich, wie sie sich früher ins Schlafzimmer eingeschlossen und den Fernseher auf volle Lautstärke gedreht hatte, wenn mein Vater wieder einmal einen Wutanfall bekam. «Hast du meine Nachricht gekriegt?» rief ich in Richtung Küche.

«Nein ...»

«Ich habe dir auf den Anrufbeantworter gesprochen.»

«Ja?»

Ich griff nach einem Objekt aus geblasenem Glas, das aussah wie ein Bonbon. Wie fast alles in diesem Zimmer war es unecht, Vorspiegelung falscher Tatsachen. Die Einrichtung – auch die riesigen, ungelesenen Bildbände auf dem Couchtisch, die antike Brille, hochkant auf einem Beistelltischchen, und das Seidenblumengesteck auf dem Sims des falschen Kamins – sollte wohl einen wohnlichen Eindruck vermitteln. Aber ich fühlte mich wie in der Verkaufsausstellung eines Möbelhauses. «Es ging um die Raten für mein Haus», rief ich.

«Das? Ach ja, das habe ich mitbekommen.» Sie stellte unsere Teller auf den Eßzimmertisch. «Ich hoffe, du magst Thunfisch immer noch so gerne. Ich habe im Star Market ein gutes Stück ergattert.»

Ich kann Fisch auf den Tod nicht ausstehen, und ich war sicher, daß meine Mutter das nicht vergessen hatte – wenn auch nur im Unterbewußten. «Thunfisch hört sich gut an», sagte ich.

«Dann setz dich.»

Ich ließ mich am Eßtisch nieder, versuchte nicht auf den Geruch des Fisches zu achten, der sich mit dem ihres Parfüms mischte, und stocherte um die Tomaten in meinem Salat herum (davon bekomme ich nämlich einen allergischen Hautausschlag).

«Wie geht es deiner Kathy?» fragte meine Mutter, während sie ihren Fisch in schachbrettartige Würfel schnitt.

«Ausgezeichnet.»

«Sie hat sich nie für das Armband bedankt, das ich ihr zum Geburtstag geschickt habe, und das war vor einem Monat.» Sie blickte mich an, während sie auf einem ihrer Fischquadrate herumkaute. «Stimmt etwas nicht?»

«Sie hatte im Krankenhaus viel zu tun.»

«Die Leute kriegen Babys wie die Wilden. Wahrscheinlich hättest du besser auch Geburtshelfer werden sollen. Dann müßtest du nicht soviel grübeln.» Sie gab zwei gehäufte Löffel Zucker in ihren Tee und trank einen Schluck.

«Wenn du nicht auf deine Zuckerwerte aufpaßt, wird dein Fuß schlimmer.»

«Meine Zuckerwerte sind in Ordnung.»

Ich schluckte einen Bissen Thunfisch herunter, ohne zu kauen oder Luft zu holen. Dann nickte ich. «Und was sagst du zum Thema Raten?»

«Welche Raten meinst du?»

«In meiner Nachricht auf dem Anrufbeantworter ...»

«Natürlich, ich soll dir was leihen.»

«Richtig. Zweitausend wären mir eine große Hilfe. Du kriegst es in einem Monat zurück.»

«Du ißt ja gar nichts. Hast du keinen Appetit?»

Ich würgte noch eine Gabel voll Thunfisch hinunter.

Sie warf einen Blick auf die Tomaten, die ich auf die Seite meines Salattellers geschoben hatte. «Ich begreife nicht, warum du unbedingt in Marblehead wohnen willst. Eins muß ich dir sagen: Zweitausend im Monat hört sich für mich an, als würdest du nur für eine teure Adresse bezahlen. Wozu dieser ganze Ärger? Ist doch nur zusätzlicher Streß.» Sie tupfte sich mit der Serviette den Mund ab.

In Wirklichkeit zahlte ich fast fünftausend im Monat.

«Jetzt ist es nicht mehr zu ändern», meinte ich.

«Gott sei Dank, daß Kathy auch etwas verdient. Mit deinem Einkommen könntest du dir ein solches Leben nie leisten.»

Meine Mutter war noch nie einem Beruf nachgegangen. Mit einem Grinsen dachte ich an das Geld von der Versicherung, das sie von meinem Vater geerbt hatte. «Die fetten Zeiten sind vorbei.»

Sie machte eine Kaupause. «Was meinst du damit?»

«Daß du vollkommen recht hast. Kathy und ich müssen beide etwas dazuzahlen.»

«Wie dem auch sei. Da ich nichts von ihr gehört habe, habe ich sie heute angerufen.»

«Du hast Kathy angerufen?»

Sie nickte. «Sie sagt, daß du wieder Kokain nimmst.»

«Sie lügt.»

«Warum sollte sie?»

«Keine Ahnung. Frag sie selbst.»

«Also habe ich zwei und zwei zusammengezählt. Du brauchst Geld, und du nimmst Drogen.»

Unwillkürlich fuhr ich mit den Zinken meiner Gabel über den Mahagonitisch.

Die Augenlider meiner Mutter flatterten ein wenig, als sie sah, wie ich das auf Hochglanz polierte Holz zerkratzte.

«Wenn du mir das Geld nicht geben willst, sag es mir gleich», meinte ich leise. «Dann muß ich eben einen anderen Weg finden.» Und zwar schnell.

«Dein Vater und ich haben hart für dieses Geld gearbeitet.»

«Es stammt aus seiner Lebensversicherung. Er hat keinen Finger dafür krummgemacht. Er ist bloß gestorben.»

Sie nahm mir die Gabel aus der Hand, tauchte ihre weiße Stoffserviette in Wasser und versuchte, die Kratzer zu entfernen. Ihre Finger bewegten sich mit rasender Geschwindigkeit, und ihre Wangen waren gerötet. «Als er noch lebte, hat er sein Bestes getan.» Sie hörte auf zu schrubben, legte die Gabel auf meinen Teller und polierte den Tisch mit einem trockenen Zipfel ihrer Serviette nach. Die Kratzer waren kaum noch zu sehen. Dann holte sie tief Luft und aß noch einen Fischwürfel. «Ich kann dir zweihundert Dollar geben, wenn dir das weiterhilft.»

Am liebsten hätte ich die Gabel tief ins Mahagoni gerammt, aber ich war auf jeden Dollar angewiesen. «Besser als nichts.» Ich lächelte sie an.

«Bleibst du zum Nachtisch?»

«Natürlich.»

«Ich weiß ja, wie sehr du Reispudding magst.»

Ich verabscheute Reispudding. «Klingt prima», sagte ich. Sie wurde freundlicher. «Vielleicht kann ich auch dreihundert entbehren.»

Als ich später am Abend, ein Glas Scotch in der Hand, vor meinem Schreibtisch stand, während die Wellen des Ozeans gegen die Deichmauer schlugen, fühlte ich mich immer elender. In den zehn Monaten unseres Zusammenlebens hatte Kathy mindestens ein dutzendmal gedroht, mich zu verlassen – wegen meines Drogenkonsums, meiner Frauengeschichten und meines Faibles fürs Glücksspiel. Doch inzwischen war es elf Uhr, und etwas sagte mir, daß sie diesmal nicht zurückkommen würde.

Ich mußte zugeben, daß es zum Teil mein Fehler war, falls sie mir endgültig den Laufpaß gab. Man kann von einer Frau nicht erwarten, daß sie einem die Stange hält, wenn sie einen gar nicht richtig kennt. Ich hatte versucht, Kathy zu erklären, wie anders Lynn in meiner Kindheit gewesen war. Der Strand war sauber, die Lederfabriken boomten, und die Leute fuhren die fünfzehn Kilometer von Boston hierher, um in der Union Street einzukaufen. Allerdings hatte ich ihr verschwiegen, daß etwas in mir gestorben war, als ich mitansehen mußte, wie die Stadt vor die Hunde ging und verfiel. Ich hatte ihr nicht erzählt, daß mein Vater, Ledergroßhändler im Auftrag der J. L. Hanbury Tanning Company, für immer weniger Geld immer mehr arbeiten mußte. Und ich hatte ihr nicht gesagt, daß sich seine Zuwendung in betrunkenen Prügelorgien erschöpft hatte, durch die Schmerz und Lust in meinem Empfinden eine ewige Verbindung eingegangen waren.

Doch sie hätte sich das auch nicht lange angehört, denn in ihren Augen benutzte ich mein Leid, um meinen kaputten Lebenswandel zu rechtfertigen.

Meinen Drink in der Hand, wanderte ich durch die Flure und die Zimmer, die mit Polstersofas, abgewetzten Ohrensesseln, antiken Holztruhen, maritimen Szenen in Öl und Blumenvasen dekoriert waren. All diese Gegenstände hatte Kathy ausgesucht und arrangiert. Aber sie selbst war verschwunden, obwohl ich überall im Haus ihre Gegenwart spürte. Das rief in mir eine schmerzliche Erinnerung wach, die ich mir nicht ganz erklären konnte. Es schnürte mir die Kehle zu, doch ich unterdrückte die Tränen und hielt mir vor Augen, daß es eigentlich dasselbe ist, ob man nun mit einer Frau oder mit den Drogen Schluß macht. Man ist verunsichert und hat Entzugserscheinungen, aber irgendwann läßt die Sehnsucht nach, und man ist über dem Berg.

Außerdem handelte es sich bei meiner Einsamkeit um etwas ganz Alltägliches. Ein Mann wie Westmoreland hingegen war tatsächlich von der Außenwelt abgeschnitten, hörte Stimmen, die sonst niemand hörte, und sah Dinge, die sonst niemand sah. Irgendein unvorstellbar schreckliches Erlebnis hatte ihn dazu getrieben, sich in der Festung seiner beängstigenden Gedanken zu verschanzen. Nur ein außergewöhnlich fähiger Therapeut hatte eine Chance, ihm bei der Suche nach der Tür zu helfen. Zum Glück hatte ich lediglich die Aufgabe herauszufinden, ob er die Tragweite eines Mordgeständnisses erfassen konnte.

Ich ging ins Schlafzimmer und legte mich auf das große Himmelbett aus Pinienholz. Kathy hatte es gekauft und mit weißen Spitzenkissen und einer weißen, baumwollenen Seersucker-Überdecke mit Streifenstruktur ausgestattet, die sie in Boston bei Pierre Deux in der Newbury Street entdeckt hatte. Allmählich wuchs meine Verzweiflung. Ich fühlte mich so allein.

Also stand ich auf und piepste meinen Dealer an, aber er rief mich nicht zurück, vermutlich deshalb, weil ich ihm schon tausend Dollar schuldete. Ich versuchte es noch zweimal, jedoch vergeblich.

Da ich nicht vorhatte, meine niedergeschlagene Stimmung die ganze Nacht lang zu ertragen, fuhr ich zur Surf Lounge am anderen Ende der Straße. Doch ich traf niemanden, der etwas zu verkaufen hatte. Also fuhr ich zurück zur Union Street in Lynn, wobei ich mir einredete, daß ich noch rechtzeitig umkehren würde. Vor dem Emerson Hotel, einer Absteige für fünfundvierzig Dollar die Nacht, hielt ich an. Nutten im Alter zwischen fünfzehn und fünfzig stolzierten auf dem Gehweg hin und her. Zuhälter und Abzocker lungerten in der Nähe der Telephonzellen herum. Es dauerte nicht lange, bis ein junger Typ mit einem lila Jogginganzug aus Velours und einem halben Dutzend dicker Goldketten zu mir herüberschlenderte und in mein Autofenster spähte. «Der Schlitten ist bestimmt 'ne Menge Kies wert», stellte er fest.

«Zweiundfünfzig Riesen.» Ich tastete zwischen den Vordersitzen nach dem Jagdmesser, das ich dort aufbewahrte. Der Griff bestand aus dem Lauf eines Hirsches, und die Klinge war fünfzehn Zentimeter lang. Ich versteckte das Messer auf meinem Schoß.

Er schlurfte um den Wagen herum. «Echt tolle Kiste.»

Mein Herz pochte. «Ich bin nicht hier, um über Autos zu reden», sagte ich und fuhr mit dem Finger die Klinge entlang.

Nach einem kurzen Blick nach links und nach rechts ratterte er seine Warenpalette herunter: «Joint, drei Dollar. Äitsch, zehn pro Tüte. Schnee, hundert pro Gramm. Spritze, einen Fünfer.»

«Hundertsechzig für zwei Gramm.»

«Das ist guter Stoff, Mann.»

Ich trat aufs Gas, der Wagen machte einen Satz.

«Moment!» schrie er. Er rannte mir nach, blieb aber in einem Sicherheitsabstand zum Autofenster stehen. Dann griff er in die Tasche und zeigte mir zwei kleine Zellophanpäckchen mit weißem Pulver.

Ich zog acht Zwanziger heraus. «Hundertsechzig.»

«Gerade hast du noch hundertachtzig gesagt.»

Ich riß die Autotür auf. «Nennst du mich einen Lügner?» brüllte ich.

Er wich noch weiter zurück. «Ich hab dich gar nichts genannt, Mann. Okay, hundertsechzig.»

Als ich ihm das Geld hinhielt, wagte er sich gerade nahe genug heran, damit der Deal über die Bühne gehen konnte.

Ich fuhr hundert Meter weiter und hielt an. Mein ganzer Körper stand unter Strom. Ich atmete tief und langsam durch. Als mein Herz sich beruhigt hatte, schnupfte ich eine ordentliche Prise von der Messerklinge. Es war wirklich guter Stoff, und er ließ mich Kathy vergessen.

Ich fuhr den Lynnway weg von Marblehead zur Route 1, wo es einen Striptease-Schuppen namens Lynx Club gab.

Als ich hereinkam, plärrte Sade «Smooth Operator» aus vier Meter hohen Lautsprechern. Es roch nach einer Mischung aus Bier, Schweiß und Zigarettenrauch. Ich suchte mir einen Platz direkt am Laufsteg – in der sogenannten Spannerecke –, faltete einen Dollarschein in der Mitte und stellte ihn wie ein Zelt vor mich auf den Tresen. Die Tänzerin, eine hübsche geschmeidige Rothaarige mit der Art von Figur, die mich normalerweise alles vergessen läßt, schlenderte herbei und ging vor mir in die Hocke. Lächelnd schubste sie den Geldschein mit der Zehe auf den Laufsteg herunter, drehte sich um und beugte sich vor, damit ich ihr zwischen die Beine schauen konnte. Ich nickte ohne besonderen Grund und grinste wider Willen – vermutlich ein Verlegenheitsreflex, der mich jedesmal anwidert, wenn ich ihn bei Männern auf Herrenabenden beobachte. Ich faltete einen Fünfer zusammen und stellte ihn ebenfalls auf den Tresen. Sie richtete sich auf, versetzte sich selbst drei heftige Klapse, zwinkerte mir zu und schubste dann den Fünfer mit dem Fuß herunter. Nacheinander tänzelte sie zu jedem Mann hinüber und zog für einen oder zwei Dollar ihre Show ab. Als ich bemerkte, daß sie einen Betrunkenen, der mindestens anderthalb Zentner wog, auf genau die gleiche Weise anlächelte und anblinzelte wie mich, ging ich aufs Klo und schnupfte noch eine Prise. Danach kehrte ich an die Bar zurück und bestellte einen Scotch.

Mein Drink war noch nicht leer, als sie plötzlich in einem kurzen Satinkleidchen neben mir auftauchte.

Wahrscheinlich hatte ich mir mit dem Fünfer ein wenig besondere Aufmerksamkeit erkauft.

«Ich habe Durst.» Sie lächelte.

«Dann fühl dich eingeladen.» Ich wies auf den Hocker neben meinem. Ohne die roten Lichter auf dem Laufsteg wirkte ihre Haut blaß, und man sah, daß sie Sommersprossen hatte. Doch ihre Lippen waren voll und ihre Augen tatsächlich goldbraun. Sie war etwa fünfundzwanzig. «Wie heißt du?»

«Tiffany.»

«Ist das dein richtiger Name?»

Lachend warf sie ihr rotbraunes Haar zurück. «Den benütze ich hier nicht. Aus Sicherheitsgründen.»

«Deine Sicherheit oder die der Gäste?»

Bevor sie antworten konnte, näherte sich der Barkeeper, ein vierschrötiger Mann. «Wie wäre es mit einer hübschen Flasche Champagner für die Dame?» fragte er.

«Ginger Ale ist in Ordnung», antwortete Tiffany.

«Tiffany, du stehst doch auf was Spritziges. Soll es nicht lieber ein Fläschchen Schampus sein?» bohrte er nach.

«Nein danke, Max», sagte sie.

«Der Herr hier möchte dich wie eine Dame behandeln. Also bestell auch wie eine Dame.»

«Max, du irrst dich», unterbrach ich. «Vor nicht einmal zehn Minuten habe ich sie dafür bezahlt, daß sie sich vorbeugt und sich selbst eine runterhaut. Da ist Ginger Ale genau das richtige.»

Er starrte mich wütend an. «Wer glaubst du, daß du bist? Willst du Ärger haben?»

«Hör mal», meinte Tiffany. «Ich hab vor einer Stunde genug Geld an der Bar gemacht. Also gib mir schon ein Ginger Ale.»

«Du kannst mich mal.» Er streckte die Hand nach dem Zapfhahn aus. «Du denkst wohl, weil du einen hübschen Arsch hast, kannst du hier die feine Dame rauskehren. Hast du dir mal überlegt, daß ich auch was verdienen will?» Er schob ihr das Ginger Ale zu und watschelte davon.

«Er kriegt fünf Prozent», erklärte sie.

«Und offenbar tut er was dafür.»

Achselzuckend holte sie eine Schachtel Marlboro heraus und zündete sich eine Zigarette an. Sie hatte lange, schmale Finger. «Und du? Was machst du jobmäßig?»

«Ich bin Psychiater.»

«Du siehst gar nicht aus wie ein Psychiater – und du benimmst dich auch nicht so.»

«Ich fühle mich geschmeichelt.» Ich legte ihr die Hand aufs Knie.

Tiffany schob sie weg. «Du darfst mich nicht anfassen», sagte sie. «Der Chef sieht alles.» Sie zeigte auf eine Reihe Spiegelfliesen hoch oben an der Wand. «Er läßt dich rausschmeißen.»

«Dein Schutzengel?»

«So in der Art.»

«Besser spät als nie.»

«Was soll denn das schon wieder heißen?»

«Vielleicht hättest du früher einen gebraucht.»

«Bitte tu mir einen Gefallen und verschon mich mit deinem Psychogequatsche.»

«Kein Problem.» Ich kippte den letzten Schluck Scotch herunter. «Manchmal schaffe sogar ich es, über meinen Schatten zu springen und mich nicht für die Schwierigkeiten anderer Leute zu interessieren.» Ich stand auf und setzte mich wieder an den Laufsteg.

Eine Blondine, wahrscheinlich noch unter achtzehn, lag mit gespreizten Beinen auf dem Rücken und bewegte im Rhythmus von «Addicted to Love» das Becken wie beim Sex. Ich rollte einen Dollarschein zusammen und warf ihn ihr zu. Lächelnd fuhr sie sich mit der Zunge über die Lippen. Nachdem ich dem Mädchen noch einen Dollar zugeworfen hatte, stand ich auf und wollte gehen. Als ich an der Bar vorbeikam, rief Max mich zu sich und gab mir eine zusammengefaltete Serviette. «Von Tiffany», blaffte er. Ich drückte ihm meinen letzten Zehner in die Hand und verließ das Lokal.

Im Rover faltete ich die Serviette auseinander. Darauf stand der Name Rachel und die Nummer ihres Piepsers. So leicht kann man sich in Menschen irren. Ich steckte die Serviette ein und startete den Motor. Als ich von dem Parkplatz fuhr und in den Rückspiegel blickte, sah ich Trevor Lucas' roten Ferrari ankommen. Das glaubte ich wenigstens. Aber wenn man Koks in Kombination mit Alkohol intus hat, weiß man nie so genau.

Ich fuhr nach Hause und schluckte drei Valium, bevor ich mich schlafen legte. Früher genügte eins, um die Alpträume in Schach zu halten, doch das war einmal. Reglos lag ich da, ohne daß meine Gedanken zur Ruhe kamen. Es dauerte fast eine Stunde, bis der Kampf der Beruhigungs- und Aufputschmittel in den chemischen Rezeptoren meines Gehirns mich in einen Zustand zwischen Schlaf und Wachsein versetzte. Während ich in diesem Fegefeuer um Erlösung betete, ertappte ich mich wieder bei der Frage, wie ein Mann, der gewalttätig genug war, eine Frau zu zerstückeln, sie gleichzeitig so zartfühlend vergewaltigen konnte, daß ihr empfindlichster Körperteil nicht einmal den winzigsten Schleimhautriß aufwies.

3

Mittwoch, 2:38

Ich fuhr hoch und riß die Arme vors Gesicht, um den nächsten Schlag abzuwehren. Mit strampelnden Beinen schob ich mich auf der Matratze vorwärts, bis ich ans Kopfbett gepreßt dakauerte und hin und her schaukelte wie ein Kind. Ich sah mich im dunklen Zimmer um. Obwohl ich wußte, daß der Traum vorbei war, roch ich noch immer den alkohol- und tabakgeschwängerten Atem meines Vaters. Meine Nase brannte, und vom Zähneknirschen tat mit der Kiefer weh. Außerdem war mein Mund so trocken, daß es schmerzte.

Ich machte Licht. Da ich voll bekleidet schlafen gegangen war, trug ich immer noch meine Stiefel. Der Geruch nach Scotch und Zigaretten kam einzig und allein von mir. Ich rappelte mich auf, zog mich aus und ging ins Bad, um einen Schluck Leitungswasser zu trinken. Das kalte Wasser schmerzte zwar an den Zähnen, doch das Brennen in Mund und Kehle ließ nach. Dann zündete ich mir eine Marlboro aus dem Päckchen in der Hausapotheke an und setzte mich in den Ohrensessel neben dem Bett. Ich hatte Angst, fühlte mich hilflos und leer.

War ich wirklich so viel stabiler als Westmoreland? Oberflächlich betrachtet war ich Arzt, fuhr einen Rover und lebte mit einer Berufskollegin in Marblehead. Ich hatte mit einem psychotischen Obdachlosen nichts gemein. Aber im Grunde meines Herzens wußte ich, daß es auch einige Übereinstimmungen gab. Er hatte kein Heim, ich fühlte mich in meinem nicht wohl – ja, nicht einmal in meiner eigenen Haut. Er wurde von Stimmen und Visionen geplagt, ich von meinen Erinnerungen, die mich aus dem Schlaf rissen und die ich nur im Drogennebel vergessen konnte. Wie stark mußte der Schmerz, wie schrecklich ein Erlebnis sein, damit ich ebenfalls den Verstand verlor?

Mehr als ein Drittel der sechsunddreißig Stunden, die Emma Hancock mir zugestanden hatte, war schon vorbei. Und ich wußte kaum mehr über Westmoreland als am Anfang.

Gerade wollte ich mir einen Scotch eingießen, als das Telephon läutete. Da ich vermutete, daß es Kathy war, überlegte ich, ob ich rangehen oder sie darüber im ungewissen lassen sollte, wo ich steckte. Am Ende von *Die Wahrheit und nichts als die Wahrheit* gibt es eine Szene, in der Paul Newman das Telephon einfach weiterklingeln läßt, weil er ahnt, daß seine untreue Exfreundin am Apparat ist. Eigentlich wollte ich es genauso machen, aber ich bin nun mal nicht Paul Newman, und ich hatte das Beürfnis, mit ihr zu sprechen.

«Clevenger», meldete ich mich.

«Ich hab's gefunden!» sagte die Stimme am anderen Ende der Leitung.

«Hallo?»

«Ich hab's!»

«Paulson, weißt du, daß es drei Uhr früh ist?»

«Hast du verstanden. Ich hab's gefunden!»

Er klang wie ein manischer Patient. «Beruhige dich erst mal. Was hast du denn gefunden?»

«Bist du bereit?»

«Im Moment habe ich zufällig gerade nichts anderes vor.»

«Okay, dann hör mal gut zu. Bist du noch dran?»

«Paulson ...»

Er kicherte. «Es war so schwierig, weil es eigentlich ganz einfach ist. Was übrigens für alle bedeutenden Fragen der Wissenschaft gilt. Ich habe nur den Wald vor lauter Bäumen nicht gesehen. Hier ist die Antwort: Westmoreland hat sie nicht vergewaltigt und anschließend umgebracht, sondern sie erst umgebracht und dann vergewaltigt. Deswegen hat sie sich nicht gewehrt und sich nicht mal untenrum verkrampft. Das konnte sie nämlich nicht, weil sie nicht mehr lebte.»

Das klang plausibel. Ich zog an meiner Zigarette.

«Kann man das mit einem Test beweisen?»

«Nicht definitiv, aber ich habe was entdeckt. Normalerweise ziehen unwillkürliche Kontraktionen der glatten Muskeln das Sperma hinauf und durch den Muttermund. Sogar bei einer Vergewaltigung. Bei Sarah befand sich das Sperma ausschließlich in der Vagina. Wahrscheinlich haben ihre Muskeln nicht mehr zucken können, als Westmoreland sie vergewaltigt hat.»

«Das Problem ist nur, daß sich für Westmoreland dadurch nicht viel ändern dürfte», meinte Levitsky.

«Vielleicht, vielleicht auch nicht.»

«Als ich das letztemal nachgeschlagen habe, stand auf Vergewaltigung in Tateinheit mit Mord dieselbe Strafe wie auf Mord in Tateinheit mit Vergewaltigung.»

Als ich mir die Nase abwischte, bemerkte ich Blut auf meinen Fingern. «Warum bist du so sicher, daß er sie ermordet hat?»

«Ich bin überhaupt nicht sicher. Aber ich bin Realist. Wie Malloy und die Hancock an die Sache rangehen, spielt es wahrscheinlich sowieso keine Rolle. Besonders jetzt, nachdem Sam Fitzgerald eingeschaltet wurde.»

Sam Fitzgerald war Gerichtspsychiater. Der Inhalt seiner Gutachten hing eindeutig davon ab, wer sein Honorar bezahlte.

«Was soll das heißen?» fragte ich.

«Ich dachte, du wüßtest es. Die Hancock hat ihn beauftragt. Als ich gestern abend meinen vorläufigen Bericht abgab, war Fitzgerald gerade auf dem Weg zu Westmoreland. Er sagte, er würde dich anrufen, sobald er fertig ist.»

«Soviel zur katholischen Mädchenschule.»

«Was?»

«Nichts.» Ich blies einen Rauchring in die Luft und sah zu, wie er davonschwebte. «Inzwischen sollte ich gelernt haben, daß man viele Konkurrenten hat, wenn man den geraden Weg nimmt.»

Eigentlich brauchte ich mehr Schlaf, aber ich hatte keine Zeit. Zum Glück war noch etwas von meinem Vorrat übrig. Ich hob die Jeans vom Boden auf, kramte eines der kleinen Zellophanpäckchen aus der Tasche und schnupfte den restlichen Stoff. Dann ging ich unter die Dusche.

Das warme Wasser auf meinem Rücken wirkte entspannend. Ich lehnte mich in die Ecke und preßte mein Gesicht gegen die kühlen

Marmorkacheln. Ich mußte an Rachel denken, wie sie auf dem Barhocker gesessen hatte, das Kleid geschlitzt bis fast zwischen die Beine. Ich stellte mir vor, sie hätte meine Hand auf ihrem Bein liegengelassen. Ich schob ihr die Knie auseinander und strich mit dem Finger die Innenseite ihres Schenkels entlang. «Bitte ...», flüsterte sie. Sie keuchte. Ich streichelte ihre von Stoff umhüllte Haut, malte mir aus, wie sie sich auf die Unterlippe biß. Sie flehte mich an: «Bitte, bitte, bitte ...» Mit geschlossenen Augen lehnte ich mich an die Wand, schließlich verscheuchte ich die Gedanken an Rachel.

Dann stellte ich mich unter den Duschstrahl und spülte mir die Haare aus dem Gesicht. Inzwischen wirkte das Koks, und ich konnte klarer und schneller denken. Ich mußte in Westmorelands Verstand eindringen. Aber ich hatte keine fünf Jahre, um ihn zu analysieren und die Hintergründe seiner Psychose zu ergründen. Mir blieben nicht einmal die zwei Wochen, die es dauern würde, bis das Thorazin seine inneren Stimmen zum Schweigen brachte. Emma Hancock würde sich nie darauf einlassen, doch ich wußte, daß Amytal die einzige Antwort war.

Amytal beseitigt die Schutzmechanismen des Verstandes und setzt traumatische Erinnerungen frei. Ich hatte das Medikament zum erstenmal als Assistenzarzt in der psychiatrischen Abteilung des Boston V. A. Medical Center angewendet. Wir waren eine von drei bundesweiten Spezialkliniken für Patienten mit posttraumatischer Streßreaktion, therapieresistente Vietnamveteranen, die so unbeschreibliche, grauenvolle Dinge erlebt hatten, daß sie sich nicht daran erinnern, geschweige denn darüber sprechen konnten. Allerdings wiesen ihre Suizidversuche deutlich auf ihre traumatischen Erfahrungen hin. Fast jeden Tag machte jemand Anstalten, mit irgendeinem verfügbaren Gegenstand Selbstmord zu begehen – einer Plastikgabel, einem ungeschützten Stromkabel, einer als Schlinge an einer Toilettentür befestigten Hose. Wie Chirurgen, die Geschwülste aufschneiden, injizierten wir einem nach dem anderen Amytal und hörten zu, wenn sie sich ihre verdrängten Ängste von der Seele redeten. Nachdem ihre Schutzmechanismen gefallen waren, wußten wir wenigstens, mit welchen Geistern wir zu kämpfen hatten.

Eine Spritze Amytal würde Westmoreland zwar nicht von seiner Schizophrenie heilen, doch vielleicht würde sie seinen Widerstand brechen, damit er uns die Ereignisse im Wald von Lynn schilderte.

Ich stellte das heiße Wasser ab und hielt den Atem an. Wenn Kathy und ich zusammen duschten, wetteten wir immer, wer es länger unter dem kalten Strahl aushielt. Sie gewann meistens, weil ihre Schmerztoleranz viel höher lag als meine – vermutlich höher als die jedes Menschen, den ich kannte. Ich hatte sie noch nie auch nur ein Aspirin nehmen sehen, nicht einmal, als sie nach einem meiner Seitensprünge mit der Faust an die Wand geschlagen und sich zwei Finger gebrochen hatte. Ich lehnte mich wieder an die Marmorfliesen und versuchte mir vorzustellen, wie sie nackt dastand und schadenfroh kicherte, während ich vor Kälte zitterte. Wo duschte sie wohl heute morgen?

Um Viertel nach sechs kam ich im Revier an. Ein Polizeibeamter namens Tobias Lucey hatte Dienst an dem kleinen Schalter vor der Tür zum Gefängnis. Er las den *Boston Herald*. «Ich bin Doktor Clevenger», unterbrach ich seine Lektüre. «Mr. Westmorelands Psychiater.»

Er blickte kurz auf und beugte sich dann wieder über die Zeitung. «Ich brauche die Erlaubnis von Captain Hancock, um Sie reinzulassen.» Für einen Polizisten sah er ziemlich schwächlich aus, und sein Tonfall war höchst arrogant.

«Ich weiß, daß Sie noch neu sind.» Ich lächelte. «Ich besuche hier immer meine Patienten.»

«Ich habe keine Vormerkung», entgegnete er und blätterte um.

«Glauben Sie etwa, ich komme um diese nachtschlafende Zeit hierher, um mich mit Ihnen herumzustreiten?»

Endlich sah er mich an. «Westmoreland kriegt keinen Besuch. Er steht unter besonderer Bewachung, weil er gestern jemanden angegriffen hat.»

«Das weiß ich. Interessiert es Sie, woher?»

Er antwortete nicht.

«Weil ich derjenige bin, der angegriffen wurde. Und wenn ich ihm nicht seine Medikamente bringen darf, dreht er vielleicht wieder durch.» Ich hielt die Ampulle Amytal hoch.

«Ich kann Sie nicht reinlassen, bevor Captain Hancock kommt. Keine Ausnahme.» Nach einem Blick auf die Uhr wandte er sich wieder seiner Zeitung zu. «Sie ist um halb acht hier.»

«Gut, dann hinterlege ich das da bei Ihnen», sagte ich und schob das Amytal unter der Glasscheibe durch. «Und Sie erklären Tante Emma, daß ich um halb sieben hier war, um ihm wie vereinbart seine Spritze zu geben. Wenn Westmoreland ausflippt und sich den Schädel an der Zellenwand einschlägt, ist das nicht mein Problem. Ich wollte nur meinen Auftrag erfüllen.» Ich machte Anstalten zu gehen.

«Äh, Doktor ... «

Ich blieb stehen und drehte mich um. «Clevenger, Frank Clevenger.»

«Spielt eine Stunde mehr oder weniger wirklich eine Rolle?»

Ich zog eine große Show ab, als müsse ich mich erst beruhigen. «Nun, Officer Lucey, das ist schwer zu sagen. Vielleicht hält Westmoreland bis sieben durch. Möglicherweise auch bis halb acht oder sogar bis acht. Aber es kann genausogut sein, daß er sich schon in zwanzig Minuten einen Finger abbeißt oder ein Auge aussticht.»

«Das wußte ich nicht.» Lucey zuckte die Achseln.

«Das war der erste Schritt.»

«Wie bitte?»

«Der erste Schritt in Richtung Erleuchtung: Sie wissen, daß Sie nichts wissen.»

«Wenn Sie meinen ...» Er sah mich an, als wäre ich nicht ganz dicht. «Dann bringen wir ihm eben seine Medizin.»

Westmoreland hatte erst nach Mitternacht sein Thorazin bekommen. Jetzt lag er, nur im T-Shirt und schmutzigen Boxershorts, zusammengekrümmt auf dem Boden und schlief unruhig. Seine restlichen Sachen waren in der Form einer menschlichen Gestalt auf dem Bett ausgebreitet. Die Sonne ging gerade auf, und die Gitterstäbe vor dem Fenster warfen lange Schatten. Immer wieder zitterte eines seiner Gliedmaßen.

«Er stinkt wie ein Müllhaufen», sagte Lucey. Er nahm den Schlüsselring von seinem Gürtel und stieß einen Schlüssel ins Zellenschloß.

Ich packte ihn am Handgelenk und drückte den Daumen in die weiche Stelle zwischen den Knochen. «Psst», zischte ich.

Er verzog das Gesicht und versuchte, sich loszumachen.

«Psst», wiederholte ich und hielt den Finger an die Lippen.

Er funkelte mich wütend an, schob aber die Tür auf.

Ich ging allein hinein. Neben Westmoreland kniete ich nieder. Seine Augen zuckten unter den Lidern. Er atmete keuchend. Ich zog eine Spritze mit Amytal auf und band ihm vorsichtig den Arm ab. Eine Vene sprang hoch. Ich stach die Nadel hinein. Westmoreland schnitt zwar eine Grimasse, doch er wachte nicht auf. Langsam drückte ich den Kolben herunter.

Amytal brennt beim Eintreten in den Blutkreislauf. Als ich gerade mit der Spritze fertig war, schlug Westmoreland die Augen auf. Einen Moment lang starrte er den kleinen Blutstropfen an, der sich auf seiner Haut bildete. Dann die Spritze in meiner Hand. Er warf mir einen panischen Blick zu. Und im nächsten Moment schlug er sich wortlos selbst ins Gesicht.

«Halten Sie ihn fest!» rief ich Lucey zu.

Westmoreland fing an, wie ein Wilder auf sich einzuprügeln. Da ich nur eine seiner Hände festhalten konnte, erwischte er seine Nase.

Lucey stand da und beobachtete uns ängstlich.

Ich packte ihn am Gürtel und zog ihn auf den Boden.

Gemeinsam versuchten wir Westmoreland zu bändigen, doch er schaffte es trotzdem, sich die Lippe blutig zu schlagen und sich eine Platzwunde über dem Auge zuzufügen. Immer noch sträubte er sich mit Leibeskräften gegen uns – oder gegen sich selbst.

«Was zum Teufel ist mit ihm los?» fragte Lucey. «Was für einen Dreck haben Sie ihm da gegeben?»

«Der Dreck ist weg!» brüllte Westmoreland. «Weg ist der Speck!»

«Es ist gleich vorbei», antwortete ich ruhig. Westmoreland befreite sich aus Luceys Griff und landete einen satten Treffer auf sein eigenes Ohr.

«Der ist ja vollkommen durchgedreht», sagte Lucey.

«Seien Sie still und halten Sie ihn fest.»

«Verdammte Scheiße.» Lucey schnappte sich Westmorelands Arm und drückte ihn auf den Boden.

«Die heilige Maria ist mir erschienen», stammelte Westmoreland. In einem letzten Versuch, uns abzuschütteln, bäumte er sich auf und sackte dann in sich zusammen.

«Wenn er tot ist, sind Sie dran», meinte Lucey.

«Er ist nicht tot.»

Er sah mich zweifelnd an. «Ich werde diesen Vorfall sofort Captain Hancock melden.»

«Ich könnte Sie hier aber brauchen.»

«Finger weg von ihm», warnte er mich noch, stand auf und ging zur Tür.

«Haben Sie etwa Angst, daß ich ihm was antue?»

Die Zellentür fiel ins Schloß. «Total bekloppt», murmelte er.

Obwohl Westmoreland das Blut übers Gesicht lief, wirkte er jetzt friedlicher. Er lag reglos und mit geschlossenen Augen da. Ich wartete etwa eine Minute, bis ich seine Hand nahm. Seine Haut fühlte sich trocken und schwielig an. «Mr. Westmoreland», sagte ich. «Ich bin Psychiater. Mein Name ist Frank Clevenger. Wir haben miteinander gesprochen, wissen Sie noch?»

Er reagierte nicht.

«Das Medikament, das ich Ihnen gegeben hatte, wird es Ihnen leichter machen, mit mir zu reden», fuhr ich fort. «Es ist wie ein Wahrheitsserum.»

Er bewegte lautlos die Lippen.

«Es ist okay, sich mir anzuvertrauen.»

«Okay», flüsterte er.

Ich wollte mit den einfachen Fakten anfangen. «Wissen Sie, wo wir sind?»

«Ja.»

«Und wo sind wir?»

«In der Hölle, Vater. In den Gedärmen des Universums. Und ich bin der Abschaum der Menschheit.»

«Und wie heißen Sie?»

Westmoreland verzog nur das Gesicht und schwieg.

Ich wollte nicht riskieren, daß er sich wieder einigelte, weil ich ihn mit Fragen bedrängte, die er nicht beantworten konnte. «Warum sind Sie hier, mein Sohn?» sagte ich deshalb.

«Gott hat sie mir gegeben», erwiderte er und brach in Tränen aus. «Den Inbegriff der Reinheit.»

«Sie haben ein Geschenk von Gott bekommen?»

«Ich habe die Jungfrau Maria im Wald gefunden.» Er schlug die Augen auf und sah durch mich hindurch. «Ich habe sie beschmutzt. Kein Sohn Gottes wird je wieder auf Erden wandeln.»

Ich erinnerte mich an Westmorelands Wahnidee, die ihn dazu gebracht hatte, die Madonna aus der Church of Angels zu stehlen. «Wie haben Sie die Jungfrau beschmutzt?» fragte ich.

Er schwieg eine Weile. «Die Schlange», sagte er schließlich. «Ich habe die Schlange in ihren Schoß gelegt.»

«Hat sie sich gewehrt?»

«Sie war nie gegen mich.»

«Hat sie geschrien?»

«Sie ist nicht aufgewacht. Mein Engel schlief in einer Wolke aus Laub.»

«In einer Wolke aus Laub ...»

«Sie hat mir nur die Hand gereicht. Aber die Hand war mir nicht genug, Vater. Nein. Nein. Nicht einmal die heiligste aller Hände. Ich entblößte ihre Beine und ihren Schoß. Ich bin ein Sünder und habe Gottes Zorn verdient. Ich bin der übelste Bösewicht, den es je auf Erden gegeben hat. Ich muß verurteilt werden.»

«Woher wußten Sie, daß die Madonna tot war?»

Westmoreland atmete immer schneller. «Ich nahm sie in die Arme ... Gott hatte sein schreckliches Zeichen auf ihr hinterlassen ... Blut ... klebrig und naß ... überall.»

«Was für ein Zeichen hat Gott hinterlassen?»

«Er hat ... Er hat ihr die Milch genommen.»

Ich hörte, wie die Zellentür aufging.

«Ende der Vorstellung, Frankenstein», sagte eine Stimme. «Sie haben unsere Gastfreundschaft schon zu lange strapaziert.»

Als ich aufblickte, sah ich Malloy auf der Schwelle stehen, breitbeinig, die Hände in die Hüften gestemmt. Neben ihm Lucey.

«Diesmal haben Sie sich selbst übertroffen», höhnte Malloy. «Captain Hancock wird Ihnen Ihren Kopf auf einem silbernen Tablett servieren. Sie sollen in ihrem Büro auf sie warten.»

«Jemand muß auf ihn aufpassen», meinte ich und wies mit dem Kopf auf Westmoreland. «Das Amytal wirkt noch mindestens zwanzig Minuten.»

«Was Sie nicht sagen! Haben Sie noch nicht kapiert, daß ich Ihr blödes Psychogequatsche satt habe? Los, raus hier.»

«Und wer beaufsichtigt ihn?»

Malloys Finger schlossen sich um den Gummiknüppel. «Soll ich kommen und Sie holen?»

Ich stand auf. «Nur zu», höhnte ich und sah ihn an. «Oder stimmt es, daß Sie sich nur bei Leuten trauen, die schon Handschellen tragen?»

Ein paar Sekunden hielt er meinem Blick stand, doch dann senkte er die Augen. «Raus hier, hab ich gesagt.»

Langsam ging ich aus der Zelle und kam auf ihn zu. «Jetzt hören Sie mal gut zu, Malloy. Entweder Sie oder Officer Lucey müssen bei Mr. Westmoreland bleiben. Wenn er das Gefühl bekommt, daß ihm jemand die Gedanken gestohlen hat, wird er Panik kriegen. Verstanden?»

«Hey, General, kann es sein, daß Sie was vermissen?» rief Malloy in die Zelle.

Westmoreland rührte sich nicht.

Mit einem Kniestoß in den Wanst hätte ich Malloy leicht außer Gefecht setzen können. Aber Lucey stand dicht hinter ihm, und ein frischgebackener Polizist mit einer Pistole ist unberechenbar. Also holte ich tief Luft und schüttelte den Kopf. «Ich weiß nicht, warum Sie so ein Idiot sind, aber Sie sollten sich mal Gedanken darüber machen, bevor Sie die Antwort von mir kriegen.»

«Ich sterbe vor Angst.»

«Sehen Sie, das wäre schon mal ein Anfang», sagte ich und marschierte los. «Jetzt können Sie mich zu Emma bringen.»

Er drängte sich an mir vorbei, um voranzugehen.

«Noch ein paar Sitzungen, und Sie brauchen die polierten Stiefel und die Polizeimarke vielleicht nicht mehr», meinte ich.

Die drei Stunden Schlaf hatten einfach nicht gereicht. Am liebsten hätte ich etwas von meinem zweiten Gramm geschnupft, doch es ist nicht sehr ratsam, auf einem Polizeirevier zu koksen. Also lief ich in Hancocks Büro auf und ab und betrachtete die Photos von ihr mit den örtlichen Honoratioren, die die Wände pflasterten. Emma und Bürgermeister McGinnis. Emma und der Abgeordnete DeTuleo. Emma und Kultusminister Coughlin. Emma und Stadtrat Caldwell. Emma und Polizeipräsident Rollins. Auf jedem Bild war Hancock das Auffälligste. Das lag zum Teil an ihrer Leibesfülle und zum Teil daran, daß sie die einzige Frau auf all den Photos war. Ich kicherte, allerdings nicht vor Freude. Als ich so auf sie wartete, fühlte ich mich an meine Kindheit in der Shepherd Street erinnert. Ich saß in meinem winzigen Zimmer und versuchte mich mit einem Spider-Man-Comic davon abzulenken, daß mein Vater schon fast eine Flasche Bourbon geleert hatte und jetzt im Wohnzimmer herummarschierte und Befehle aus dem Koreakrieg brüllte. Wenn er nüchtern war, sprach er nie von der Front. Später hörte ich ihn die Treppe hinauftorkeln, während ich im Geiste eine Liste sinnloser Möglichkeiten durchging. Ich konnte mich unter dem Bett oder im Schrank verkriechen. Doch wenn er mich dort fand, würde er mich noch schlimmer verprügeln. Ich konnte aus dem Fenster und über die Feuerleiter fliehen, aber ich war überzeugt davon, daß er schneller rannte als ich. Ich konnte auch nach meiner Mutter rufen, allerdings wußte ich, daß sie sich wahrscheinlich selbst irgendwo versteckte. Deshalb wartete ich schweigend und lauschte den langsamen Schritten meines Vaters auf der hölzernen Treppe. Näher und näher. Manchmal schaffte ich es, mir einzureden, daß sich Spiderman draußen an die Mauer vor meinem Fenster klammerte, um mir eine Spinnwebe zuzuwerfen, an der ich mich in die Freiheit schwingen konnte. Aber pünktlich wie die Uhr öffnete mein Vater auf der vierzehnten Stufe mit einem Klicken seine Gürtelschnalle. Darauf folgte das gräßliche Knirschen von Leder, wenn man es durch die Schlaufen zieht. Das Schlimmste war der Gesichtsausdruck, mit dem er schließlich mein Zimmer betrat. Er sah nicht wütend aus, sondern eher müde und gleichgültig, so als würde er den Müll runterbringen. Damals verstand ich seine unbeteiligte Miene nicht, und sie machte mir angst. Heute weiß ich, daß er es gar nicht auf mich abgesehen hatte. Er hatte keine Ahnung, warum er so gewalttätig war, und das erklärt wahrscheinlich, weshalb die Prügel immer so verdammt lang dauerten.

Ich hatte gerade meine Runde durch Hancocks Ehrengalerie beendet, als sie hereinkam. Sie war völlig außer Atem. Ihr derbes Gesicht war hochrot. «Morgen, Frank», sagte sie, ohne mich anzusehen.

«Tut mir leid, daß ich Ihnen Schwierigkeiten bereitet habe.»

Sie ging zum Schreibtisch und fing an, ihren Aktenkoffer auszupacken. «Als Malloy anrief, bin ich so schnell wie möglich gekommen.» Sie warf einen Stapel Papiere auf die Schreibunterlage, holte einige Ordner aus der Tasche und verstaute sie in ihrem Aktenschrank. «Es ist zwar kein besonders tolles Büro – nicht wie bei einem Arzt oder bei einem Anwalt –, aber ich bin stolz darauf.» Sie schloß die Schublade des Schrankes und setzte sich auf die Schreibtischkante. Dann wies sie auf die Photos an der Wand.

«Ich würde mich freuen, wenn Ihnen diese Bilder das Gefühl vermitteln, daß jeder, der bei der Stadt arbeitet – vom Polizisten bis zum Lehrer –, an einem Strang zieht. Es ist wichtig, daß sich keiner ausklinkt. Denn ohne Teamwork wäre diese Stadt – jede Stadt – am Ende.»

Ich unterbrach sie mit einer Handbewegung. «Ich weiß, worauf Sie hinauswollen.»

«Das hatte ich eigentlich auch gedacht», antwortete sie kopfschüttelnd. «Aber inzwischen bin ich mir nicht mehr so sicher. Wenn ich richtig informiert bin, haben Sie meinem Gefangenen hinter meinem Rücken ein Betäubungsmittel gespritzt. Falls Ihre Vorstellung von Teamwork so aussieht ...»

«Darf ich es Ihnen erklären?»

«Ich bitte darum.» Sie klickte mit den Fingernägeln. Ein roter Lacksplitter flog hoch. «Schießen Sie los.»

«Ich mußte schnell handeln. Leute wie Westmoreland, richtige paranoide Schizophrene also, fühlen sich ständig wie bei einer Belagerung. Jeder versucht, in sie einzudringen, ihre Gedanken zu lesen oder ihnen Ideen einzuflößen. Wir müßten ihn wochenlang mit Thorazin vollpumpen, damit auch nur die geringste Hoffnung besteht, seine Paranoia zu durchbrechen. Und wir brauchen die Antworten jetzt.»

«Könnte das daran liegen, daß Ihnen die Antworten, die wir schon haben, nicht in den Kram passen? Aber egal. Nicht Sie sind Leiter dieser Abteilung, sondern ich. Und ich habe Ihnen nur eine einzige Frage gestellt: Wann bekomme ich ein Geständnis von meinem Gefangenen? Oder habe ich Sie etwa aufgefordert, auf eigene Faust zu ermitteln?»

«Emma, ich habe meine Probleme mit diesem Fall. Amytal war die einzige Methode herauszufinden, was in Westmoreland vorgeht. Ich dachte, wenn er Sarah umgebracht hat, könnte er uns sagen, wo wir die Mordwaffe und» – Hancock klopfte mit dem Fuß auf den Boden – «ihre Brüste finden. Wenn er nicht der Mörder ist, hat er ihn vielleicht beobachtet. Was er mir erzählt hat, läuft darauf hinaus, daß er Sarah zufällig unter einem Laubhaufen fand.»

«Igitt. Sind Sie fertig?»

«Sie war bereits tot.»

«*Sie war bereits tot*. Wissen Sie, wie viele Mörder Stein und Bein schwören, daß sie die Leiche rein zufällig gefunden hätten? Und was ist mit dem Blut auf seinen Sachen?»

«Er hat Sarahs Wunden erst gesehen, nachdem er sich an ihr vergangen hatte und sie in die Arme nahm. Er hielt sie für die Madonna. Als er von einer Telephonzelle aus hier anrief, hat er nicht von irgendeiner Jungfrau gefaselt, sondern von *der* Jungfrau. Der Jungfrau Maria. Ein Geschenk Gottes.»

«Ein Geschenk Gottes. Es würde mir gerade noch fehlen, daß die Reporter des *Item* Wind davon bekommen. Vielleicht können sie noch einen Begleitartikel über Außerirdische dazu schreiben.» Sie schüttelte den Kopf. «Ist Ihnen schon mal aufgefallen, wie viele Psychopathen sich hinter Gott verstecken? Er ist die Lieblingstarnung des Teufels.»

Gerne hätte ich Hancock gefragt, ob sie sich auch hinter ihrer Religion versteckte. «Westmoreland ist kein Teufel», sagte ich stattdessen. «Er ist nicht einmal ein ganz gewöhnlicher Mörder, sondern nur ein verrückter Obdachloser, der zur falschen Zeit am falschen Ort gewesen ist.»

«Er hat sich am Tatort gestellt. Seitdem will er dauernd ein Geständnis ablegen. Und jetzt denken Sie beide sich eine neue Version der Geschichte aus, während er unter Amytal steht. Sie überraschen mich. Ich dachte, Sie wären vorsichtiger geworden, seit Prescott die Cheerleaderin umgebracht hat. Mich erinnert das stark an damals.»

«Lassen Sie Prescott aus dem Spiel ...» Ich spürte, daß mir langsam die Geduld riß, und ich brauchte eine Weile, um mich wieder zu beruhigen. «Der Einsatz von Amytal ist eine anerkannte Methode, um durch ein Trauma verschüttete Erinnerungen wieder zutage zu fördern.»

«Anerkannt? Ich dachte, man hätte diesen Blödsinn schon vor zehn Jahren auf den Müllhaufen geworfen. Damit können Sie jeden dazu bringen zu sagen, was Sie wollen.»

«Nicht, wenn das Gespräch von einem Experten ...»

«... wie Ihnen durchgeführt wird, dem großen Genie. Alles klar. Allerdings sind die Gerichte da anderer Ansicht und ich ebenfalls. Was Westmoreland Ihnen in der Zelle erzählt hat, kann in einer Verhandlung nicht verwendet werden. Aber das würde mich nicht einmal stören. Ich bin hauptsächlich deshalb enttäuscht, weil Sie mich hintergangen haben.»

Jetzt platzte mir endgültig die Hutschnur. «Hintergangen? Warum hätte ich Sie hintergehen sollen? Sie waren ja so aufrichtig zu mir.»

«Sie brauchen nicht in Rätseln zu sprechen. Ich weiß, daß Ihr Freund Levitsky Dr. Fitzgerald hier gesehen hat. Na und? Ich habe das Recht, einen zweiten Experten hinzuzuziehen, wann immer es mir gefällt. Ich habe Ihnen sechsunddreißig Stunden gegeben, bevor Westmoreland unter Anklage gestellt wird, und das habe ich ehrlich gemeint. Doch das bedeutet nicht, daß ich dasitzen und Däumchen drehen muß.» Sie zeigte mit dem Finger auf mich. «Was Sie sich da geleistet haben, ist keine Kleinigkeit, Frank. Eigentlich sollte ich Sie bei der Ärztekammer melden. Sie hatten keine richterliche Genehmigung, Westmoreland eine Spritze zu verabreichen. Und ganz sicher hatten Sie auch nicht seine Einwilligung.»

«Wieviel bezahlen Sie Fitzgerald?»

«Weniger als ich Ihnen dafür bezahle, daß Sie mir in den Rücken fallen. Okay?»

«Ich falle Ihnen nicht in den Rücken. Ich weiß, daß ein Mörder, der frei herumläuft, Ihnen miserable Schlagzeilen einbringt. Doch wenn Sie den falschen Mann einsperren und noch jemand umgebracht wird, ist der Schaden um einiges größer. Dann können Sie die Ernennung zur Polizeipräsidentin endgültig vergessen.»

«Soll ich Ihnen was verraten? Ich brauche keinen Berufsberater, und außerdem habe ich mich abgesichert.»

«Das kann ich mir denken. Solange es keine weitere Leiche gibt. In diesem Fall wäre die Hölle los.»

«Keine Frage. Aber wissen Sie was? Dazu wird es nicht kommen. Ich mache diesen Job schon eine ganze Weile – und bereits etwas länger als Sie. Westmoreland wird für den Mord, den er begangen hat, vor Gericht gestellt und schuldig gesprochen werden.»

«Die Verteidigung wird mich als Zeugen aufrufen. Dann steht mein Wort gegen das von Fitz. Und ich werde aussagen, daß er meiner Ansicht nach nicht der Mörder ist.»

«Vielleicht haben Sie bis dahin gar keine Lizenz mehr, in diesem Staat als Psychiater zu praktizieren.»

Meine Geduld war jetzt zu Ende. «Hören Sie auf, mir zu drohen, Emma. Ich kann es nicht ausstehen, wenn man mich unter Druck setzt.»

«Könnte das an Ihren kleinen nächtlichen Einkaufstouren vor dem Emerson Hotel liegen?» spöttelte sie. «Sie schlafen nicht genug, und das macht Sie nervös. Möglicherweise trübt es auch Ihr Urteilsvermögen. Eigentlich sollte ich das der Ärztekammer ebenfalls mitteilen.»

«Was zum Teufel haben Sie ...»

«Sparen Sie sich die Mühe, Frank. Wir haben seit Monaten Überwachungskameras vor dem Emerson installiert. Sie sollten vorsichtiger sein.»

In diesem Augenblick stürmte Officer Lucey herein. Er wirkte verstört. «Wir brauchen da drin Hilfe. Westmoreland rastet wieder aus.»

Ich rannte mit den beiden zur Zelle. Westmoreland hatte sich an die gegenüberliegende Wand gepreßt. Malloy stand vor ihm. Der

Gefangene streckte die Zunge heraus und biß darauf. Das Blut lief ihm über Kinn und Hals.

Malloy machte eine beschwichtigende Handbewegung. «Immer mit der Ruhe», sagte er.

Westmoreland stieß einen Schrei aus. Blut spritzte durch die Luft. Dann biß er sich wieder kräftig auf die Zunge.

«Scheiße», schimpfte Malloy. Er wischte sich das Blut aus dem Gesicht.

«Kann mir jemand erklären, was hier los ist?» forderte Hancock.

Malloy drehte sich nicht um. «Ich habe ihm nur eine einfache Frage gestellt, und er ist ausgeflippt.»

Ich ging in die Zelle und stellte mich neben Malloy. «Was haben Sie ihn denn gefragt?»

Er zuckte die Achseln. «Nur, wie er richtig heißt.»

«Hat er geantwortet?» wollte Hancock wissen.

«Am Anfang nicht. Ich mußte nachfragen, um ein George Lairgendwas aus ihm rauszukriegen. Danach hat er wieder dichtgemacht.»

Westmoreland preßte die Kiefer zusammen. Das Blut floß immer schneller.

«George. Sie tun sich doch nur weh», meinte Hancock. Etwas Dümmeres hätte sie nicht sagen können. Westmoreland stieß wieder einen Schrei aus und biß sich noch kräftiger in die Zunge. Für mich was das allerdings sehr aufschlußreich. Allmählich gewann ich den Eindruck, daß es nur einen Menschen gab, dem Westmoreland wehtun wollte, und zwar er selbst. Ich entfernte mich von Malloy und blieb ein paar Meter vor Westmoreland an der Wand stehen. Dann zog ich das kleine silberne Taschenmesser heraus, mit dem ich immer mein Koks zerhacke, und ließ die Klinge aufschnappen.

«Stecken Sie das Ding weg!» schrie Hancock.

Ich sah Westmoreland an, und unsere Blicke trafen sich. «Ihr Leiden ist mein Leiden», flüsterte ich. «Sagen Sie mir, wann wir aufhören können.»

Westmoreland preßte weiter die Kiefer zusammen.

Ich fuhr mir mit der Klinge über die Haut, daß ein weißer Kratzer auf meinem Handgelenk zurückblieb.

Er riß die Augen auf, ließ aber nicht locker.

Mit zusammengebissenen Zähnen fuhr ich mir wieder übers Handgelenk, diesmal mit so viel Druck, daß die Haut aufgeritzt wurde. Der glatte Schnitt verfärbte sich blutrot.

«Oh, mein Gott», flüsterte Malloy.

Westmoreland starrte erst auf mein und dann auf sein Handgelenk.

Ich setzte das Messer am Anfang des Einschnittes an, schloß die Augen und drückte die Spitze etwa einen halben Zentimeter tief hinein. Kurz spürte ich einen scharfen Schmerz: ein Pochen breitete sich in meiner ganzen Hand aus. Mit schmerzverzerrtem, Gesicht taumelte ich an die Wand.

Westmoreland fing an zu schluchzen.

Ich stach mir noch ein bißchen tiefer ins Fleisch.

Er fiel auf die Knie und öffnete endlich den Mund. «Hören Sie auf, Vater», flehte er. «Ich habe schon genug gesündigt.»

Ich wartete einen Moment und ging zu ihm hinüber. Als ich die Hand ausstreckte, griff er danach. Er ließ sich von mir zu seiner Pritsche führen.

«Kümmern Sie sich darum, daß er ärztlich behandelt wird», sagte ich draußen vor der Zelle zu Hancock.

«Das war ja eine eindrucksvolle Vorstellung, Frank», meinte sie. «Woher wußten Sie, daß er aufhören würde?»

«Weil er kein Mörder ist.»

Sie zuckte zusammen. «Bei Ihrer bisherigen Trefferquote sollten Sie keine so große Lippe riskieren.»

«Normalerweise führe ich keine Punktelisten, wenn es um Menschenleben geht», entgegnete ich und ließ sie einfach stehen.

4

Ich schleppte mich auf den Parkplatz, hievte mich in mein Auto und ließ den Motor an. Mit geschlossenen Augen saß ich nur so da. Ich war erledigt und hing ganz schön in den Seilen. Wenn Hancock ihre Drohung wahrmachte und mich bei der Ärztekammer meldete, würde ich meine Approbation verlieren. Dann war mein Haus so gut wie weg und der Rover auch. Und das ausgerechnet jetzt, während meine Beziehung mit Kathy den Bach runterging. Aber ich durfte mich davon nicht bremsen lassen, denn wenn ich Westmoreland aufgab, hatte er keine Chance mehr. Ich kann es nicht mitansehen, wenn ein Hilfloser in die Mangel genommen wird. Außerdem ließ sich nicht abschätzen, welche Schreckensvisionen sein Hirn im Gefängnis ausbrüten würde. Vielleicht sah er die Gitterstäbe als Rasierklingen, dazu bestimmt, ihn zu zerstückeln. Vielleicht bildete er sich ein, die Polizisten wären Außerirdische, die ihn als Versuchskaninchen benutzten. Ich hatte schon einmal erlebt, wie sich ein psychotischer Gefangener durch einen Sprung in die Ecke seiner Zelle selbst den Schädel zerschmettert hatte. Er war überzeugt gewesen, sein Gehirn wäre von Maden befallen. Und daß Westmoreland im Knast saß, stellte nur einen Teil des Problems dar: Falls er unschuldig war, lief der wirkliche Mörder noch frei herum und konnte wieder einen Menschen umbringen.

Ich riß das zweite Päckchen Koks auf und schnupfte etwa ein Viertelgramm. Mein Handgelenk pochte, und Blut lief mir über die Hand. Ich nahm ein Fensterleder vom Rücksitz und drückte es auf die Wunde. Nach ungefähr einer Minute hörte sie an der flacheren Stelle zu bluten auf. Doch an dem Punkt, wo ich das Messer hineingestoßen hatte, floß das Blut weiter. Kokain hat eine stark schmerzstillende und gefäßverengende Wirkung. Also tupfte ich mein Handgelenk sauber und streute etwas davon auf den Schnitt. Das Brennen und die Blutung ließen nach, allerdings nur für ein paar Sekunden. Die Wunde mußte genäht werden. Ich fuhr zur Notaufnahme des Stonehill Hospital.

Als ich dort ankam, hatte Nels Clarke gerade Dienst. Er war Allgemeinmediziner, hätte aber genausogut als Holzfäller durchgehen können. Er war gerade dabei, Laborberichte am Computer zu überprüfen. Das blutige Fensterleder in meiner Hand fiel ihm sogleich auf.

«Was ist denn mit dir passiert?» fragte er.

«Nichts. Nur ein kleiner Schnitt. Aber ich glaube, von allein heilt er nicht zu.»

«Hast du dich vorne angemeldet?»

«Ob ich was habe?»

«Dich angemeldet. Erwartest du etwa, daß ich alles stehen und liegen lasse, um einen kleinen Kratzer an deiner Hand zu versorgen?»

Ich hatte nicht einmal mehr die Kraft, mich über ihn zu ärgern. «Ich erledige das selbst. Wo finde ich eine Nadel und Nylonfaden Stärke 0,5?»

«Frank ...»

«Ich suche mir das Zeug allein.» Damit setzte ich mich in Bewegung.

«Frank.»

«Was ist?»

«War nur ein Scherz.» Er runzelte die Stirn. «Alles in Ordnung?»

«War ein langer Tag.»

«Langer Tag? Es ist Viertel nach acht.»

«Vormittags oder abends?»

Er zwinkerte mir zu. «Folge mir.» Er brachte mich in eines der mit Vorhängen abgetrennten Abteile und griff nach einem Instrumententablett. «Dann schauen wir uns die Sache mal an.» Er bedeckte den Tisch zwischen uns mit einem grünen Tuch und legte meinen Arm darauf. «Deine Hand kann ich vermutlich retten», witzelte er. Er rieb mir die Haut erst mit Betadin und dann mit Alkohol ein.

Ich zuckte zusammen.

«Das brennt ein bißchen.» Er grinste.

«Danke für die Warnung.»

Er legte meinen Arm wieder auf den Tisch. «Soll ich dir ein bißchen Xylocain geben, bevor ich anfange?»

«Nein.»

«Aha, ein Asket.»

Ich mußte kichern. «Nicht ein bißchen, sondern eine ganze Menge. Wenn ich mich nicht irre, bist du doch Allgemeinmediziner und nicht Chirurg.»

Als er in herzhaftes Gelächter ausbrach, wurde mir klar, warum seine Patienten ihn vergötterten. Obwohl er erst Mitte Dreißig war, strahlte er die Zuverlässigkeit eines alten Landarztes aus. Er zog eine Spritze auf und injizierte mir geschickt das Medikament in die Wundränder. Die Haut blähte sich auf und senkte sich wieder, während sie das Betäubungsmittel aufnahm. Den ersten Einstich spürte ich nur noch als leichtes Zupfen.

«Was ist denn passiert?» fragte er. «Hat dich eine Schönheit an den Bettpfosten gefesselt?»

«Schönheit würde ich nicht gerade sagen.»

Er stach wieder zu. «Wer war es denn?»

«General William Westmoreland. Einen paranoiden Schizophrenen, um genau zu sein. Ich war im Gefängnis, um ihn zu untersuchen. Und dabei ist es zu einer kleinen Rangelei wegen eines spitzen Gegenstands gekommen.»

«Das ist eben Berufsrisiko. Bei deinem Beruf wenigstens.»

Er zog den zweiten Knoten zu. «Ist das der Typ, der Sarah Johnston ermordet hat?»

«Hat sich wohl schon rumgesprochen.»

«Es stand gestern abend auf der Titelseite des *Item*. Ich kannte sie nicht, aber ich bin ihr wahrscheinlich ein paarmal in der Kantine begegnet. Zum Glück haben sie das Schwein erwischt.» Er besprühte mein Handgelenk mit etwas Salzlösung, um das Blut zu entfernen. «Wie ich gehört habe, hat sich die Hälfte der Schwestern in der Psychiatrischen krank gemeldet. Hier haben wir auch nicht genug Leute. Ich möchte mir lieber gar nicht vorstellen, was los wäre, wenn sie den Kerl nicht geschnappt hätten.»

«Hoffentlich beruhigen sie sich wieder.»

«Der Typ ist echt durchgeknallt, was? In der Zeitung hieß es, er hätte sie zerstückelt.»

Ich wollte nicht weiter darauf eingehen. «Wir haben uns nur kurz unterhalten.»

«Ah.» Er sah mir ins Gesicht und betrachtete darauf wieder meine Hand. Nachdem er einen weiteren Faden vernäht hatte, schnitt er ihn ab. Dann runzelte er die Stirn. «Da es sich hier um einen Arbeitsunfall handelt, brauche ich dir wohl nicht die üblichen Fragen zu stellen.»

Ich sah zu, wie die Nadel in meine Haut drang. «Übliche Fragen?»

«Du weißt schon. Bei Schnittwunden am Handgelenk gibt es ein vorgeschriebenes Procedere. Ich wäre sogar verpflichtet, einen Psychiater hinzuzuziehen. Aber da du ja selbst Psychiater und außerdem mein Freund bist, nehme ich an, daß du es mir sagen würdest, wenn ich Grund hätte, mir Sorgen um dich zu machen.»

«Sorgen? Hältst du mich etwa für selbstmordgefährdet?»

«Reine Routine.»

«Nels, ich habe nicht versucht, mir was anzutun. Dazu bin ich viel zu eitel. Ich spiele eher mit dem Gedanken, mich klonen zu lassen.»

Grinsend schnitt er den Nylonfaden über dem letzten Knoten ab. Es waren fünf Stiche nötig gewesen. «Ich wollte nur auf Nummer Sicher gehen, wegen der Sache mit Kathy und so.» Er warf die Nadel auf ein Plastiktablett und zog die Handschuhe aus. «Aber ihr beide hattet ja schon öfter eure Krisen.»

«Ich wußte gar nicht, daß die Gerüchteküche hier so gut funktioniert.»

«Trevor ist und bleibt eben ein Ausbund an Verschwiegenheit.»

«Trevor? Der ist doch Schnee von gestern.»

Nels faltete die chirurgischen Tücher zusammen, stopfte sie in einen Wäschekorb und ging zum Becken, um sich die Hände zu waschen. «Zum Teufel mit ihm.»

«Nels ...»

Er drehte sich um und sah mich an. «Komm, wir trinken einen Kaffee.»

«Die Tröstertour kannst du dir für trauernde Hinterbliebene aufsparen. Sag mir einfach, was los ist.»

«Soll ich wirklich?» Mit einem Seufzer lehnte er sich ans Waschbecken. «Okay. Gestern abend habe ich Buck Berensons Dienst übernommen. Ein Kind mit schweren Gesichtsverletzungen wurde eingeliefert – ist durch eine Glastür gelaufen. Also rufe ich Trevor an, weil ich einen plastischen Chirurgen brauche. Ich mag ihn zwar nicht und finde ihn ziemlich daneben, aber daß er ein guter Chirurg ist, kann man nicht abstreiten. Wenn ich mich mal verletzen sollte, würde ich mich jederzeit von ihm operieren lassen. Jedenfalls kommt er rein – es war so zwischen acht und neun – und fing gleich an, mich zu hetzen ... Willst du wirklich keinen Kaffee trinken gehen?»

«Nein, danke.»

«Schon gut.» Er betrachtete den Boden. «Ich rufe Trevor an, er kommt und sagt als erstes, daß er das mit dem Kind schnell erledigen will, weil er ...»

«Jetzt spuck's schon aus.»

«Weil Kathy bei ihm zu Hause auf ihn wartet.»

Ich atmete tief durch. «Damit hätte ich rechnen müssen.»

«Ich fühle mich wie ein Schwein», meinte Nels kopfschüttelnd. «Ich hätte es dir nicht sagen dürfen.»

«Es ist besser, so früh wie möglich zu wissen, woran man ist.»

«Willst du drüber reden?»

«Da gibt es nichts zu reden. Kathy war eng mit Sarah Johnston befreundet. Wo sie sich Trost sucht, ist ihre Sache.» Ich krempelte meinen Ärmel herunter und stand auf.

«Kann ich wirklich nichts für dich tun?»

«Doch, da wäre etwas.»

«Raus damit.»

«Sag mir Bescheid, wenn du einen merkwürdigen Fall reinbekommst. Kratzer. Bißwunden. Spuren eines Kampfes.»

«Das ist aber keine sehr beruhigende Bitte von jemandem, der an Lynns neuestem Mordfall arbeitet. Sie haben doch den Richtigen erwischt, oder?»

«Das werden wir bald erfahren.»

Ich ging aufs Klo und verriegelte die Tür. Dann drehte ich den Hahn auf und spritzte mir kaltes Wasser ins Gesicht. Ich mußte unbedingt wachbleiben und den Überblick behalten, doch ich sah ständig Trevor und Kathy vor mir. Auch wenn ich mir vor Augen hielt, daß sie eben erst ihre Freundin Sarah verloren hatte, begriff ich einfach nicht, warum sie wieder zu Trevor gezogen war, nur weil ich kokste. Vielleicht hatte Trevor aus einem Anruf von Kathy ein Rendezvous gemacht. Ich war ganz und gar nicht in der Stimmung, sie zu sehen, aber ich brauchte die Information aus erster Hand. Doch zuerst öffnete ich das Päckchen, rieb mir eine Prise aufs Zahnfleisch und schnupfte eine Linie, wobei ich meinen Schlüssel zu Hilfe nahm. Dann raste ich hinauf in den dritten Stock zur Gynäkologie.

Kathys Büro war eines von sechsen, in einer Reihe hinter einem halbrunden Empfangstisch angeordnet. Die Sekretärin Kris Jerold, die ihr wasserstoffblondes Haar auf Streichholzlänge trug und sich in der Lesbenbewegung engagierte, bedeutete mir zu warten, bis sie ihr Telephonat beendet hatte. «Kathy ist noch nicht da», verkündete sie, als sie fertig war. Sie spielte mit den drei goldenen Ringen in ihrem Ohr herum. «Vorhin hat sie angerufen und gesagt, sie käme um neun.»

«Dann warte ich in ihrem Büro.»

Sie nickte zögernd.

Ich konnte nur mit Mühe an mich halten. «Oder gibt es ein Problem, wenn ich da drinnen warte?» fragte ich.

«Im Augenblick fällt mir keins ein.»

«Und wenn Ihnen später eins einfällt?»

«Ich liebe Psychiater», entgegnete sie lächelnd. «Es ist überhaupt kein Problem, wenn Sie sich in ihr Büro setzen. Ich wollte eigentlich fragen, wie Dr. Singleton über den Tod ihrer Freundin hinwegkommt.»

«Das versuche ich gerade selbst herauszufinden. Was für einen Eindruck macht sie denn auf Sie?»

«Ich habe sie seitdem kaum gesehen. Gestern ist sie früh gegangen, und heute war sie fast den ganzen Vormittag nicht in der Sprechstunde.» Sie schüttelte den Kopf. «Die beiden waren beinahe wie Schwestern ...»

«Ja.» Ich dachte wieder an Kathys Schwester, die bei dem Brand ums Leben gekommen war. «Ich glaube, Sie haben recht.»

«Wenn sie kommt, stelle ich ihre Anrufe erst mal nicht durch.»

«Danke.»

Ich ging in Kathys Büro und ließ mich auf ihren Schreibtischstuhl fallen. Überall roch ich ihr Parfüm. Grinsend betrachtete ich mein Photo, das in einem silbernen, verschnörkelten Rahmen auf dem Schreibtisch stand. Ich hatte es ihr zu Weihnachten geschenkt. Auf diesem Photo saß ich cool auf meiner schwarzen Harley vor einer Kneipe in Lynn, die Irish Mist hieß. Das Motorrad hatte ich mir wenige Wochen nach unserer ersten Begegnung gekauft. Mit einem Kichern dachte ich daran, daß ich das Geld eigentlich gespart hatte, um meine Analyse weiterzuführen. «Sie sollten sich erst überlegen, was Ihr Ziel ist, bevor sie sich mit Vollgas auf den Weg dorthin machen», hatte Ted Pearson, mein Psychiater, gewarnt, als ich die vereinbarten Termine absagte.

«Ich glaube, ich komme schon klar», sagte ich.

«Dann geht es Ihnen sogar noch schlechter, als ich vermutet habe», antwortete er. «Rufen Sie an, wenn Sie mich brauchen.»

Im letzten Jahr war ich öfter in Versuchung geraten, mich bei Pearson zu melden und ihm zu gestehen, wie elend ich mich fühlte. Aber er hatte die Leitung eines Hilfsprogramms für Mediziner in Not übernommen, das sich mit der Diagnose und Behandlung von Alkoholproblemen, Drogenmißbrauch und psychischen Erkrankungen bei Ärzten befaßte. Und von diesem Dunstkreis wollte ich mich unter allen Umständen fernhalten.

Kathys Büro war mit den typischen Krankenhausmöbeln eingerichtet, wie sie Behörden nach dem Baukastenprinzip verteilen. Doch sie hatte das Beste daraus gemacht. Vor dem Schreibtisch stand ihr gerüschtes, zweisitziges Laura-Ashley-Sofa. Auf dem Sideboard, das mit einigen Metern elfenbeinfarbener Spitze bedeckt war, thronten Porzellanpuppen. Anstelle der üblichen Diplome und Urkunden schmückten Ölgemälde von spielenden Kindern die Wände. Eine antike Buntglasscheibe verbarg die Mietskasernen gegenüber und tauchte den grauen Teppich in orangefarbenes, gelbes und rotes Licht.

Ich entdeckte eines von Kathys blonden Haaren auf der Schreibunterlage und zog es mit den Fingern glatt. Mein Nacken und meine Schultern entspannten sich allmählich. Ich kippte den Stuhl zurück und schloß die Augen. Warum heiratete ich sie nicht, wenn schon ein einziges Haar von ihr mich fast zu Tränen rührte? Wovor hatte ich Angst?

Offenbar war ich kurz eingenickt, und als ich aufwachte, spürte ich, wie Kathys Hand sanft meine Schulter massierte. Ihr Duft stieg mir in die Nase. Ich hielt die Augen geschlossen und rührte mich nicht. Denn falls ich es doch nur träumte, daß sie hier war, wollte ich sie nicht verscheuchen.

«Frank», flüsterte sie.

Ich atmete tief durch, schwieg aber beharrlich.

Nun klang ihre Stimme schärfer: «Frank, du bist eingeschlafen.» Sie fuhr mir mit den Fingerknöcheln übers Schlüsselbein.

«Ach, verdammt!» fluchte ich und rutschte von ihr weg. Als ich aufblickte, sah ich sie vor mir stehen. Gleichzeitig belustigt und leicht genervt betrachtete sie mich. Sie trug einen blauen OP-Anzug, der ihre Augen noch strahlender wirken ließ. Ihr Haar war feucht.

«Was willst du hier?» fragte sie.

«Himmelherrgott!» Ich rieb mir die Schulter.

«Was willst du hier?»

«Ich habe dich gesucht. Sonst noch was?»

«Warum?»

«Ich habe dich gestern nacht vermißt.»

«Wirklich?» Sie setzte sich aufs Sofa. «Warum?»

Ich holte tief Luft und richtete mich auf. «Ach, ich weiß nicht, Kathy. Wenn man nächtelang mit einem Menschen im gleichen Bett schläft, gewöhnt man sich eben an ihn.»

Sie zuckte die Achseln. «Rangiere ich auf der Liste deiner Gewohnheiten vor oder nach dem Kokain?» Ihr Blick fiel auf mein Handgelenk. «Was ist denn mit dir passiert?»

Ich betrachtete den Verband. Blut war durchgesickert. «Nichts. Ich habe mit dem Mann gesprochen, der ... Es ist im Gefängnis geschehen.»

«Mit dem Mann, der Sarah getötet hat», sagte sie tonlos. «Du kannst es ruhig aussprechen. Ich breche schon nicht in Tränen aus. Hoffentlich kommt er auf den elektrischen Stuhl. Ich würde am liebsten selbst den Knopf drücken.»

«Es ist nicht verboten, in Tränen auszubrechen», erwiderte ich. «Oder wütend zu werden.»

«Das weißt du selbst wohl am besten. Laß mich dein Handgelenk anschauen.»

«Ist schon erledigt. Nels hat mich zusammengeflickt.»

Sie machte ein besorgtes Gesicht. «Gestern nacht?»

Ich lächelte. «Nein, Nels hat Frühdienst. Ich war eben bei ihm. Aber du hast recht. Gestern nacht hatte er auch Dienst. Er hat Buck Berenson vertreten. Ich glaube, es ist ihm peinlich, daß er euch gestört hat.»

«Uns?»

«Dich und Trevor.»

Sie stand auf. «Soll ich dir was sagen? Ich kann es nicht leiden, verhört oder in die Ecke gedrängt zu werden. Vor allem nicht von einem vertrauenswürdigen Menschen wie dir.»

«Hast du mit ihm geschlafen?»

«Ob ich was ...?» Tränen traten ihr in die Augen. «Wie kannst du mich so etwas fragen?»

«Hast du?»

Sie sah aus wie ein kleines, unverstandenes Mädchen.

«Nein.»

«Soll ich allen Ernstes glauben, daß du ihm nur einen freundschaftlichen Besuch abgestattet hast?»

«Glaub doch, was du willst.»

«Du bist nicht nach Hause gekommen.»

«Ich habe kein Zuhause.»

«Wo hast du übernachtet?»

«Bei deiner Mutter.» Sie wischte sich eine Träne weg.

«Sie hat mir gezeigt, wo du den Tisch zerkratzt hast.»

«Ihr beide werdet noch richtige Busenfreundinnen.»

Ich stand auf, ging auf sie zu, packte sie am OP-Hemd und zog sie an mich. Dann fing ich an, ihren Hals zu küssen.

«Laß mich los!» verlangte sie.

Ich umarmte sie immer fester, löste das Taillenband ihrer OP-Hose und ließ meine Hand an ihrem Bein hinuntergleiten. Zuerst versuchte sie mich wegzuschubsen, aber als ich sie weiter streichelte, hörte ihr Widerstand auf. Es hatte sie schon immer angemacht, mit mir zu raufen. Ich spürte, wie sie feucht wurde, und schob erst einen, dann zwei Finger in sie hinein. Sie preßte sich an mich. Ihr Atem wurde schneller, und ihr Becken stieß gegen mich. Doch als ich gerade spürte, wie sie sich um meine Finger zusammenzog, erstarrte sie plötzlich. Sie grub die Nägel in meinen Arm. «Nicht», sagte sie.

Ich versuchte mit den Fingern in ihr zu bleiben.

Sie trat einen Schritt zurück und zerrte meine Hand aus ihrer Hose.

Sie sah verwirrt, hilflos, wütend und unbeschreiblich schön aus. Ich strich ihr das Haar aus dem Gesicht.

«Ich will mit dir zusammensein, Frank. Das weißt du ganz genau. Aber ich komme erst zurück, wenn du dir helfen läßt. Ich möchte nicht mit einem Mann leben, der jeden Moment umkippen könnte.»

«Das kann jedem von uns passieren.»

«Dann probier es doch mal aus.» Sie stopfte das Hemd in die Hose und ging zur Tür. «Meine Patienten warten. Ruf mich an, wenn du von diesem Zeug los bist. Wenn du etwas achtsamer mit dir selbst umgehst, könnte ich vielleicht wieder etwas für dich empfinden.»

«Wo willst du hin?»

«An einen Ort, wo ich in Sicherheit bin.»

Ich verließ das Krankenhaus und fuhr in Richtung Boston, da ich hoffte, von der Veteranenklinik in der Huntington Avenue mehr über Westmoreland zu erfahren. Auf halbem Wege stach mir plötzlich das zweistöckige, neonrosane Gebäude der Wonderland-Hunderennbahn ins Auge.

Ich wußte, daß es ein Fehler war anzuhalten. Wenn ich beim Wetten Glück hatte, würde ich mich wieder in einen Rausch hineinsteigern – obwohl ich nüchtern bleiben mußte und keine Zeit verschwenden durfte. Allerdings gehen Selbsterkenntnis und Selbstbeherrschung nicht automatisch Hand in Hand. Manchmal bedeutet es einfach nur, daß man deutlicher als sonst sieht, wie man sich kaputtmacht. Ich bog von der Route 1A ab, parkte mein Auto neben Tausenden von anderen und kaufte mir auf dem Weg zum Wettschalter noch ein Programm für zwei Dollar.

Ich wußte wirklich nicht, ob Kathy mit Trevor geschlafen hatte. Ich wußte auch nicht, ob sie zu mir zurückkommen würde. Ob Emma Hancock mich bei der Ärztekammer melden würde, wußte ich ebenfalls nicht. Und eigentlich hatte ich nicht die geringste Ahnung, ob sie mir den Fall Westmoreland offiziell entzogen hatte. Ich fragte mich, wo ich die viertausendachthundertfünfzehn Dollar herbekommen sollte, die ich der Eastern Bank für den Monat September schuldete. Nur eines war mir in diesem Moment klar: Pompano Beach – der Name gefiel mir auf Anhieb – lief an diesem Nachmittag im vierten Rennen, die Quote stand fünfundzwanzig zu eins auf Sieg.

Manny, der Mann hinter dem Schalter, strahlte bei meinem Anblick. «Kann ich Ihnen helfen, Doc?» biederte er sich an. Er war ein kleines Dickerchen mit hängenden Schultern und Goldkronen, die beim Sprechen funkelten.

«Hilfe kann ich immer brauchen.» Ich zwinkerte ihm zu.

«Da geht es Ihnen nicht anders als mir.» Er nickte. «Ich habe Sie am Samstag vermißt. Trifecta hat gewonnen. Für eine Fünfundzwanzig-Dollar-Wette gab's dreiundzwanzig Riesen.»

«Und bestimmt hat die Kohle eine Rentnerin aus Revere eingesackt, die in einem dreistöckigen Mietshaus wohnt und einfach die Daten ihrer Adresse gesetzt hat.»

«Nein. Ein Typ mit einer diamantenbesetzten goldenen Rolex. Der Teufel scheißt immer auf den größten Haufen.»

«Beschreien Sie's nicht, Manny. Heute muß ich gewinnen.»

«Dann steigen Sie am besten gleich wieder ins Auto.»

«Ich setze fünfzig auf Pompano Beach, auf Sieg.»

«Hmmm. Pompano?» Er fuhr sich mit den Fingern über die Glatze, als ob er noch Haare hätte. «Fünfzig?»

«Schlechte Idee?»

«Es gibt keine schlechten Ideen», kicherte er. «Nicht im Wonderland.» Er sah sich nach allen Seiten um. «Vielleicht hab ich was Besseres für Sie.»

Ich schob einen Fünfer unter dem Fenster durch. Mannys übliches Honorar. Er streckte die Hand nach einem Schaltpult voller Knöpfe aus, drückte aber keinen. «Wenn ich fünfzig investieren wollte», sagte er und tippte mit dem dicken Daumen auf die Theke, «würde ich auf Belle Dango setzen.» Seine Augen leuchteten auf. «Ich habe die Hündin heute morgen beim Training beobachtet. So ein Vieh habe ich noch nie gesehen. Jeder Muskel wie aus Stein gemeißelt, Doc. Ein Gedicht auf vier Beinen.» Er schüttelte den Kopf. «Pompano macht was her, aber sie ist zu hübsch. Und ein so hübscher Hund weiß, daß er es nicht nötig hat zu rennen.»

«Ein wahres Wort. Was hat Belle für eine Quote?»

«Vier zu eins.»

Eigentlich hatte ich nicht vor, einen Tip von Manny, dem Zwerg mit den Goldzähnen, abzulehnen. Andererseits hätte ich mich später geohrfeigt, wenn Pompano doch als erste ins Ziel gegangen wäre. «Fünfundzwanzig auf Belle, Sieg, und fünfundzwanzig auf Pompano, Plazierung.»

«Fünfunddreißig und fünfzehn», schlug er vor.

«In Ordnung.»

Er schob mir den Fünfer wieder zu. «Ich bin mit zehn Prozent beteiligt.»

«Abgemacht.»

Manny tippte die Wette ein, kurz bevor das Rennen begann. Ich hörte den Startschuß und ging zu den Fernsehmonitoren neben den Wettschaltern. Der Hase sauste die Bahn entlang. Pompano war schon in der ersten Runde ziemlich weit zurückgefallen. Belle Dango lief im Mittelfeld. «Sie steckt fest», murmelte ich.

«Sie bestimmt vom Mittelfeld aus das Tempo.», meinte Manny zuversichtlich. «Geschicktes kleines Luder. Mir gefällt das. Einfach geil.» Als ich ihn ansah, stellte ich fest, daß er mit sich selbst sprach, nicht mit mir. «Moment noch .... einen Moment noch ... und jetzt los! Ab geht die Post!»

Belles gefleckter Körper raste an den anderen Windhunden vorbei. Ich spürte, wie mein Herz schneller schlug. Meine Handflächen waren feucht. Belle arbeitete sich dicht an den ersten Hund heran, fiel ein bißchen zurück und holte dann wieder auf. Die beiden Tiere schienen miteinander zu verschmelzen. Dann kam die Kurve vor der letzten Runde.

Aus dem Augenwinkel bemerkte ich, daß Manny nicht die Monitore ansah, sondern sein Programm studierte. «Letzte Runde!» rief ich ihm zu.

«Unmöglich, daß Belle jetzt noch geschlagen wird. Kommen Sie, holen Sie sich Ihr Geld.»

Ich blieb stehen. Belle hatte die Führung übernommen und hielt ihre Position. Pompano Beach wurde Vorletzte. Ich wartete, bis ein paar Leute ihre Wettscheine bei Manny abgegeben hatten, und ging hinüber zu seinem Fenster. «Mein Gott, was für ein Hund. Ich dachte schon, sie würde in der Meute die Nerven verlieren. Es sah aus, als wäre sie eingekesselt.»

Manny schüttelte den Kopf. «Sie und ich würden bei diesem Gedränge vielleicht Muffe kriegen», meinte er. «Aber ein Hund wie Belle sieht das Rennen vor sich, ehe es anfängt. Ich weiß, das ist schwer zu glauben, aber ihr war die ganze Zeit über klar, was sie tat.» Er zählte sieben Zwanziger ab und schob sie unter dem Fenster durch. «Diesen Hund könnte ich vom Fleck weg heiraten.»

Ich gab ihm einen Schein zurück. «Hier ist Ihr Verlobungsgeschenk.»

«Zuviel.»

«Sie haben es sich verdient. Und jetzt?»

«Jetzt sollten Sie besser verschwinden», witzelte er. «Kaufen Sie sich doch im Souvenirshop ein nettes Sweatshirt oder so.»

«Welcher Hund kommt jetzt?»

«Mir gefällt Maiden Voyage ganz gut.»

Ich nahm vier Zwanziger aus der Brieftasche und schob sie ihm, zusammen mit den sechs anderen, hinüber. «Auf Sieg.»

«Sind Sie sicher?»

«Weiß nicht so recht.»

«Setzen Sie auf Plazierung. Sie hat Probleme vor der Ziellinie. Angst vor dem Erfolg.»

«Zum Glück muß ich keinem Hasen hinterherrennen. Ich glaube nämlich, ich leide noch mehr unter solchen Ängsten.»

«Das Leben ist doch eine einzige Hasenjagd, Doc. Zweihundert auf Plazierung?»

«Wie hoch ist die Quote?»

«Elf zu eins.»

«Zweihundert.»

Ich bezog wieder Position vor den Monitoren. Am Anfang führte Maiden Voyage, doch zwanzig Meter vor der Ziellinie ließ sie sich von Silly Puppy um zwei Längen überholen.

Manny und ich hatten im Laufe der Jahre viel gewonnen und verloren, aber heute hatte er eindeutig einen Glückstag. Ich war etwa zwölfhundert im Plus, und ich dachte gar nicht ans Aufhören. «Geben Sie mir noch einen Tip», sagte ich, als ich wieder am Schalter stand.

«Sie hat's wohl schlimm erwischt.» Manny zwinkerte mir zu.

«Ich brauche ...»

Manny hielt sich die Ohren zu. «Ich will es gar nicht hören.»

«Sie haben recht. Tut mir leid.»

«Vielleicht sollten Sie besser gehen.»

«Noch einen. Dann ist Schluß.»

«Stay Safe.»

«Mein Gott, Manny. Nur noch einen.»

«So heißt das Vieh, Stay Safe. Plazierung. Neun zu eins.» Ich sah in mein Programm. «Klingt wie eine Tamponmarke.»

«Kann sein. Sie hat eine schlechte Phase hinter sich. Zweimal Favoritin, hat aber nie gewonnen. Ich würde sagen, sie ist soweit.»

«Warum wetten wir dann nicht auf Sieg?»

Er verdrehte die Augen. «Immer diese Eigenmächtigkeiten. Am besten rufen Sie mich in Zukunft morgens an und fragen mich, was Sie anziehen sollen.»

«Okay. Tausend auf Plazierung.»

«Einen ganzen Riesen?»

«Denken Sie wirklich, daß sie soweit ist?»

Er nickte.

«Dann also los.»

Mein Entschluß, so viel Geld auf einen Hund zu wetten, ließ

jeden Gedanken an Westmoreland, Kathy und Hancock in den Hintergrund treten. Ich hatte sie alle überholt. In tiefen Zügen atmete ich die muffige Luft des Wonderland ein. Als der Startschuß erklang, fühlte ich mich vor allem unschlagbar.

Stay Safe ging sofort in Führung und hängte alle Konkurrenten ab. Ich bekam eine Gänsehaut. Glück war für mich mehr als ein Zufall, ich hatte es mir verdient. Ich fühlte mich, als bestünde eine schicksalhafte Verbindung zwischen Belle Dango, Maiden Voyage, Stay Safe, allen anderen Hunden, die heute gelaufen waren und noch laufen würden, Manny und mir. Es war einer dieser Tage, an denen man Gott an seltsamen Orten begegnet.

Ich holte meine dreitausend Dollar ab und gab Manny dreihundert. «Wenn wir auf Sieg setzen, wären wir neuntausend im Plus», sagte ich.

«Ja. Außer sie gewinnt nicht.»

«Noch einmal?» fragte ich.

«Feierabend.»

«Ist das auch ein Hund?»

«Nein, ein guter Rat. Vergessen Sie nicht, wir haben so was schon öfter erlebt.»

Das ernüchterte mich. Manny und ich hatten schon ein dutzendmal drei Riesen gewonnen und nie mehr als ein Viertel davon behalten. Und ich brauchte das Geld wirklich. Ich schob noch zwei Hunderter unter dem Fenster durch. «Danke für den Tip», sagte ich.

«Das ist aber nicht nötig.»

«Ich weiß. Deshalb tue ich es ja. Bis bald, Manny.»

5

Ich fuhr auf der Route 1A über die Tobin Bridge nach Boston. Inzwischen fühlte ich mich ein wenig besser. Wenn ich zweitausend einzahlte, würde die Bank wahrscheinlich ein paar Wochen Ruhe geben. Und ich hatte noch immer genug Geld, um zu verhindern, daß mir das Koks ausging, bevor ich soweit war, endgültig Schluß damit zu machen. Vielleicht konnte ich ja auch der Hancock etwas zustecken, damit sie die Videoaufnahmen von mir vor dem Emerson verlor. Für einen Menschen, der soviel von der Kirche redete wie sie, war diese Institution sowieso eine Art Kokainersatz. An der nächsten roten Ampel holte ich mein Päckchen heraus und schnupfte eine Prise.

Zur Veteranenklinik brauchte ich eine halbe Stunde. Das Büro für Gesundheit und Sozialleistungen hatte seit meiner Zeit als Assistenzarzt die Adresse nicht geändert. Cliff Pidrowski, ein ehemaliger Alkoholiker, der in Vietnam beide Beine verloren hatte, leitete den Laden immer noch. Er erkannte mich sofort. «Ach, du meine Güte», lachte er. «Schließt das Geld weg.» Im Rollstuhl kam er hinter dem Schreibtisch hervor.

«Soviel habe ich euch nun auch wieder nicht gekostet», antwortete ich kichernd und schüttelte ihm die Hand. Ich freute mich, als ich sah, daß er sich nicht die Haare abgeschnitten hatte und weiter einen geflochtenen Zopf trug.

«Das glaubst auch nur du. Mir kam es eher vor, als hätte sich dein Name bei allen obdachlosen Veteranen in der Gegend rumgesprochen. Man brauchte sich nur mit einer kleinen Depression oder einem posttraumatischen Streßsyndrom in der Notaufnahme zu melden und konnte zusehen, wie der Zauberdoktor die Geldquellen zum Fließen brachte. Zauberdoktor, nennen sie dich eigentlich immer noch so?»

«Du warst der einzige, der mich so genannt hat.» Ich nahm Platz. «Ich habe dir nur geholfen, Gelder zu verschenken, die du ohnehin verschenken wolltest.»

«Ach, wirklich?» Das habe ich wahrscheinlich irgendwie verdrängt. Wie ich mich erinnere, hat es mich einige Nerven gekostet, dir zu verklickern, daß Obdachlosigkeit nicht immer mit dem Krieg zusammenhängt. Man kann auch einen Schatten gehabt haben, bevor man im Krieg war.»

«Dann sollte man auch nicht eingezogen werden. Außerdem müßte Uncle Sam eigentlich allen seinen Opfern helfen, ohne nach den Gründen zu fragen.»

Er hielt sich die Ohren zu. «Ich habe ein Déjà-vu-Erlebnis. Du willst dich doch nicht etwa für einen Job vorstellen?»

«Hältst du die Regierung für so blöd, mich zu nehmen? Nein, ich beschäftige mich noch immer mit Gerichtsfällen in North Shore.»

«Die echten Kaputtnicks waren dir schon immer am liebsten.» Er lachte. «Aber ich muß zugeben, daß du wunderbar mit ihnen klargekommen bist. Wahrscheinlich haben sie gespürt, daß du mindestens so gefährlich bist wie sie.»

«Ich bin doch ganz harmlos.»

Er verdrehte die Augen. «Tut mir leid, ich hab das ganz anders im Gedächtnis. Warum bist du hier, wenn du keine Arbeit suchst?»

«Du mußt mir einen Gefallen tun ... natürlich nur, wenn es dir nichts ausmacht.»

«Na klar. Solange es Uncle Sam nichts kostet.»

«Ich brauche Einblick in eine Wehrdienstakte.»

«Die sind vertraulich.»

«Deswegen ist es ja ein Gefallen.»

Er rollte zu seinem Computer hinüber. «Wenn dich einer fragt: Ich habe dir nie geholfen.»

«Leute, die dich kennen, würden mir das unbesehen glauben.»

«Immer noch der gleiche alte Witzbold. Wie heißt denn der Mann?»

«Sein Vorname ist George. Der Familienname fängt mit La an.»

Er tippte ein L und ein a ein. «Das engt den Kreis auf eine Personenzahl ein, die etwa der Bevölkerung von Rhode Island entspricht. Wenn man alle rauspickt, die George heißen, sind es immer noch ein paar hundert. Welcher Krieg?»

«Vietnam.»

«Das wäre ja schon mal was.»

«Diagnose?»

«Schizophrenie.»

«Augenfarbe?»

«Blau.»

«Körpergröße?»

«Etwa einsachtzig.»

«Ich habe hier einen blauäugigen, einszweiundachtzig großen Schizophrenen namens George LaFountaine. Geboren am 5. April 1949. Zur Armee eingezogen am 16. April 1969. Kam am 28. November 1970 vors Kriegsgericht. Verfahren eingestellt. Aus gesundheitlichen Gründen entlassen. Diagnose: Schizophrenie.»

«Kriegsgericht? Steht da auch, was ihm vorgeworfen wurde?»

«Das ist nicht im Computer vermerkt.» Er drehte sich zu mir um. «Aber er wurde nach seiner Entlassung oben auf 13B behandelt. Insgesamt etwa zwölfmal. Seine Akte müßte im Archiv sein.»

«Und wie komm ich da ran?»

«Indem der Patient dir dazu die Vollmacht erteilt.»

«Keine Chance.»

«Dann hast du Pech gehabt. Für das Archiv bin ich nicht zuständig, und sie sind sehr heikel, wenn es um Einzelheiten geht. Datenschutz.»

«Cliff, ich habe den Typen schon untersucht. Er hätte bestimmt nichts dagegen, wenn ich mir seine Akte ansehe, aber im Moment komme ich nicht an ihn ran.»

«Tut mir leid.»

Ich seufzte. «Eigentlich wollte ich es ja nicht ausnützen, aber es sieht aus, als müßte ich meine Schulden eintreiben.»

«Schulden?»

«Helena?»

«Und wenn du mich Charisse nennst, bei mir beißt du auf Granit.»

«Nicht Helena, Helga. Die Sozialpädagogik-Praktikantin. Grellroter Lippenstift. Enger Rock. Ich habe dir mein Bereitschaftszimmer zur Verfügung gestellt, damit du mit ihr allein sein konntest. Damals hast du gesagt, dafür schuldest du mir was.»

«Das ist doch schon Jahre her. Etwa zehn.»

«Dein Glück, daß ich keine Zinsen verlange.»

«So gut war sie nun auch wieder nicht.»

«Aber sie war gut genug, daß du mitten in der Nacht drei Stunden lang mein Zimmer blockiert hast.» Ich grinste.

«Dafür lande ich im finstersten Kerker», meinte er kopfschüttelnd. «Ist es wirklich so furchtbar wichtig?»

Ich nickte.

Er griff zum Telephon und wählte eine Nummer. «Rusty, hier spricht Cliff. Ich brauche sämtliche Akten, die du über George LaFountaine hast. Großes L, großes F. Ersteinweisung auf 13B am 3. Dezember 1970. Sozialversicherungsnummer 010-16-3024. Ich schicke dir einen Psychiater runter, einen gewissen Doktor Clevenger ... Nein ... du brauchst sie ihm nicht auszuhändigen ... Er macht eine Untersuchung zum Thema Sozialleistungen für psychisch Kranke. Ich habe vergessen, ihm eine Genehmigung zu besorgen.» Er zwinkerte mir zu. «Danke, Rusty. Dafür hast du bei mir was gut.» Er legte auf.

«Danke.»

«Vergiß es. Rusty hat dir die Akte in etwa zehn Minuten rausgesucht. Im Keller.»

«Schön, dich mal wiederzusehen.»

Er nickte. «Ganz meinerseits, Zauberdoktor. Und paß auf dich auf.»

«Kannst dich drauf verlassen.»

Rusty entpuppte sich als magere, nervöse Frau um die Fünfzig. Sie verzehrte inmitten der kilometerlangen Regale des Patientenarchivs ihr Mittagessen aus einer braunen Papiertüte. Dazu hatte sie sich im Schneidersitz auf dem Boden niedergelassen und an einen der deckenhohen Aktenschränke gelehnt. «Sie dürfen sie aber nicht mitnehmen», sagte sie, während sie einen etwa fünfundzwanzig Zentimeter dicken Ordner hochstemmte. Dann drehte sie sich um, biß ein Stück von einem Karottenschnitz ab und schluckte ihn ohne zu kauen hinunter.

«Keine Angst, ich steck nichts in die Hosentasche», spöttelte ich.

«Klar, es ist leicht, sich darüber lustig zu machen – bis doch mal was verschwindet. Und wenn dann jemand kommt und das Ding sucht, dann hört der Spaß auf.» Sie sah mich mit todernster Miene an. «Das wäre der Weltuntergang.»

«Ist gut. Tut mir leid.» Ich setzte mich ihr gegenüber und lehnte mich auch an ein Regal.

Sie starrte mich an.

«Störe ich Sie?» fragte ich.

«Nur, wenn Sie mir beim Essen zuschauen.»

Die Empfindungen eines Menschen, wenn er etwas in den Mund steckt, verraten eine Menge über seine Psyche. Ich mußte mir vor Augen halten, daß ich nicht die Zeit hatte, dieses Thema zu vertiefen. «Kein Problem», sagte ich deshalb und schlug die Akte auf. Innen auf dem Deckel war ein Schwarzweißphoto von George LaFountaine aufgeklebt. Selbst mit soldatischem Haarschnitt war er ein gutaussehender Mann mit einem strahlenden, selbstbewußten Lächeln. Ich betrachtete seine Augen und suchte nach einer Ähnlichkeit mit Westmoreland. Aber ich fand keine. Als ich die Akte durchblätterte, stieß ich auf ein Farbphoto, das mit 1985 datiert war. Ungläubig schüttelte ich den Kopf.

LaFountaine hatte sich in Westmoreland verwandelt. Seine Wangen waren eingefallen, und das Lächeln war einem wilden Zähnefletschen gewichen. Er hatte zottiges, verfilztes Haar. Angst stand in seinen Augen. Ich fühlte mich wie ein Einbrecher, der durch ein fremdes Haus streift. Oder schändete ich ein Grab? Westmoreland hatte LaFountaine beerdigen wollen, und nun exhumierte ich ihn wieder. Vom moralischen Standpunkt aus betrachtet, wäre es das Beste gewesen, die Akte zurück ins Regal zu stellen und alles auf sich beruhen zu lassen, was Westmoreland für immer in dieser Katakombe versenkt hatte. Gab ihm mein Vertrauensbruch nicht erst recht einen Grund zur Paranoia?

Vielleicht war es meine eigene morbide Neugier, die mir in diesem Moment einflüsterte, daß ich seine Akte aus einem ganz bestimmten Grund in der Hand hielt. Es war kein Zufall, daß er genug von seinem Namen preisgegeben hatte, um die Tür zur Vergangenheit zu öffnen.

Ich blätterte wieder zum Anfang zurück und las das Deckblatt. Dort waren Westmorelands Entlassungsdatum aus der Armee und der Tag seiner Einweisung ins Krankenhaus verzeichnet. Die Adresse seiner Familie war mit Warren Avenue 12, Charlestown angegeben, ein heruntergekommenes Arbeiterviertel am nördlichen Rand von Boston. Nächster Verwandter war sein Vater John LaFountaine. Ich schlug die erste der beiden handgeschriebenen Seiten auf, die mit «Psychiatrischer Krankengeschichte» betitelt war:

George LaFountaine, 22, männlich, wurde aus gesundheitlichen Gründen aus der Armee entlassen. Anlaß hierfür waren eine nach einem militärischen Einsatz aufgetretene Paranoia und akustische Halluzinationen. Auf diese psychotischen Symptome wird auch Mr. LaFountaines bizarres Verhalten in jüngster Zeit zurückgeführt, das eine Verhandlung vor dem Kriegsgericht zur Folge hatte. Das Verfahren wurde in allen Anklagepunkten eingestellt. Der Patient wurde zur psychiatrischen Untersuchung und Behandlung überstellt.

Am 21. November nahm Mr. LaFountaine, in der Vergangenheit wegen Tapferkeit ausgezeichnet, als Mitglied einer Eliteeinheit am Überfall auf das Gefangenenlager Son Tay in der Nähe von Hanoi teil. Für diese Operation war er zuvor gründlich ausgebildet worden. Man hatte angenommen, daß amerikanische Kriegsgefangene dort festgehalten wurden, doch man fand das Lager verlassen vor. Der Patient verbrachte mehrere Stunden mit der Durchsuchung leerer Gebäude, von denen einige vermint waren. Ein enger Freund, der gemeinsam mit dem Patienten die Häuser durchkämmte, wurde durch einen Sprengsatz getötet.

Ich blickte auf und versuchte, mir den Wirrwarr aus Hoffnung, Angst, Haß und Panik vorzustellen, der in LaFountaine getobt haben mußte, während er das verlassene Lager Raum für Raum durchsuchte. Ich malte mir aus, wie er seinen sterbenden Freund in den

Armen hielt, gefallen bei einer Mission, durch die niemand befreit wurde, getötet von einem unsichtbaren Feind.

«Lassen Sie das», schimpfte Rusty.

«Was?»

«Sie schauen mir beim Essen zu. Ich habe Sie doch gebeten, das nicht zu tun.»

«Ich habe nicht zugeschaut, sondern nur nachgedacht.»

«Schon gut. Wahrscheinlich darüber, was für ein Vielfraß ich bin.» Sie sammelte ihre Gemüsetütchen ein und stand auf. Im Stehen wirkte sie noch magerer. «Ich mache Ihre Spielchen nicht mit.»

Ich konnte es einfach nicht dabei bewenden lassen. Menschliches Leid hat schon immer einen unwiderstehlichen Reiz auf mich ausgeübt. «Die Wahrheit ist doch, Rusty, daß Sie nie genug bekommen haben, nicht daß Sie zuviel essen.»

Sie trat einen Schritt auf mich zu. «Wie kommen Sie dazu, mich mit Ihrem oberflächlichen Psychokram zu belästigen? Soweit ich weiß, liege ich nicht auf Ihrer bescheuerten Couch.»

Ich nickte. Mir war klar, daß ich schon tiefer als geplant in Rustys verwinkeltes Unterbewußtsein eingedrungen war. «Sie haben recht. Ich lese nur noch schnell zu Ende.»

Ich blickte mit demonstrativ gesenktem Kopf in die Akte, damit sie mir nicht mehr vorwerfen konnte, daß ich sie anstarrte.

«Und wie können Sie behaupten, daß ich nie genug bekommen habe? Ihr Psychiater denkt wohl, ihr hättet die Weisheit mit Löffeln gefressen!»

Ich warf einen Blick auf ihre Füße. Sie rührten sich nicht. Sie sehnte sich regelrecht nach der Couch. Tief in seinem Innersten möchte jeder Mensch die Wahrheit sagen.

«Wahrscheinlich kommen Sie aus reichem Hause, Doc», stichelte sie weiter. «Mein Vater hatte drei Jobs, um die Familie ernähren zu können.»

Ich schloß die Augen und hoffte, sie würde endlich aufhören.

«Mein Vater hat auch für uns gekocht. Also habe ich ausgezeichnet gegessen.» Sie ging noch immer nicht weiter. «Worauf wollen Sie also hinaus? Oder machen Sie sich über mich lustig?»

Widerwillig blickte ich auf. «Hat Ihre Mutter auch gearbeitet?»

fragte ich. Ich würde um das Gespräch wohl nicht herumkommen.

Sie schien überrascht. «Was?»

«Hatte Ihre Mutter einen Job?»

«Sie war nicht da. Aber ...»

«Warum nicht? Wo war sie denn?»

«Weshalb sollte ich Ihnen das erzählen?»

«Nur so. Natürlich müssen Sie nicht.» *Aber du brauchst es!*

«Schon gut. Wenn Sie es unbedingt wissen wollen. Nach meiner Geburt wurde sie krank – psychisch krank. In diesem Krankenhaus hat sie sich das Leben genommen.» Sie stemmte die Hände in die Hüften. «Jetzt zufrieden?»

Unter der schweren Last ihres Geständnisses wäre ich fast zusammengebrochen. Ich seufzte. «Muß eine ziemlich schwere Aufgabe gewesen sein», sagte ich leise, «die Lücke zu füllen, die sie hinterlassen hat. Vor allem als Einzelkind.»

«Wie kommen Sie darauf ...»

«War nur eine Vermutung. Doch ich kann mir vorstellen, wie problematisch es für Sie gewesen ist.»

Sie zuckte die Achseln.

Dann sprudelten die Worte aus mir heraus, ohne daß ich etwas dagegen tun konnte. «Allein konnte er Ihnen nicht genug geben. Ihr Vater, meine ich. Das kann kein Mann, ganz gleich, wieviel Mühe er sich gibt. Und Sie durften es ihn nicht spüren lassen. Darauf wollte ich hinaus, als ich sagte, Sie hätten nie genug bekommen. Das meinte ich emotional. Die Liebe einer Mutter.» Ich sah ihr direkt in die Augen. «Es tut mir leid, daß Sie sich jetzt wegen Ihrer Bedürfnisse schuldig fühlen.»

«Ich fühle mich die ganze Zeit über schuldig. Wegen allem und jedem. Sogar ...»

«Natürlich tun Sie das. Deshalb denken Sie auch, daß Ihnen jeder beim Essen zuschaut. Sie dürfen keinen Appetit haben, geschweige denn richtigen Hunger.»

Sie umklammerte ihre Gemüsetüten. «Davon verstehe ich nichts», sagte sie. Dann ging sie den Flur entlang und bog um die Ecke.

Ich blickte ihr nach. Ihre Bedürftigkeit, ihr Wunsch, geliebt zu werden, und ihre Angst, es zu zeigen, rührten mich. Ich holte tief Luft und widmete mich wieder LaFountaines Akte.

Den lückenhaften Krankenberichten zufolge zeigte der Patient am 23. November die ersten Symptome. An diesem Tag suchte er einen Vorgesetzen auf und meldete, Meuchelmörder würden ihn verfolgen, um ihn wegen «feiger Verbrechen gegen die Menschlichkeit» hinzurichten. Er bekam ein Beruhigungsmittel und wurde in der Krankenstube des Stützpunktes beobachtet, weil man eine akute Streßreaktion vermutete. Seine Symptome legten sich, und er versah wieder seinen gewohnten Dienst.

Am 25. November jedoch nahm Mr. LaFountaine mit Hilfe eines offenbar aus der Krankenstube entwendeten Skalpells eine Krankenschwester als Geisel, die ihn dort gepflegt hatte. Er beharrte darauf, sie sei an der Verschwörung beteiligt, die zum Ziel habe, ihn gefangenzunehmen und hinzurichten. Nachdem er sie vier Stunden lang in einem Lagerschuppen festgehalten hatte, ließ er sie frei. Er hatte ihr tiefe, horizontale Schnittwunden in den Augenwinkeln beigebracht, offenbar weil er den Verdacht hegte, sie sei mit ferngesteuerten Kameras ausgestattet.

Diesen letzten Satz las ich dreimal. Mir drehte sich fast der Magen um. Also hatte er es schon einmal getan. Da stand es schwarz auf weiß: eine Frau, ein Messer, die Suche nach etwas, das sich unter der Haut verbarg. Ich ließ den Kopf sinken. War mir entgangen, daß Westmoreland einem bestimmten Zwang folgte? Hatte er wissen wollen, ob seine Geliebte, die Madonna, unter ihren weichen Brüsten nicht etwa doch ein Roboter war? Bereute er jetzt, weil er nur Fleisch und Blut gefunden hatte? Selbst unter dem Einfluß von Amytal konnte er mir seine Tat vielleicht deshalb nicht gestehen, weil er mich in seiner Angst für einen der Verschwörer hielt, die ihn ermorden wollten. Am liebsten hätte ich nicht mehr weitergelesen, aber es mußte sein:

Mr. LaFountaine wurde festgenommen und inhaftiert. Am 28. November fand eine Verhandlung vor dem Kriegsgericht statt. Die Anklage gegen ihn wurde fallengelassen, und man kam zu dem Schluß, daß er an einer psychischen Erkrankung litt. Der Patient wurde aus gesundheit-

lichen Gründen aus der Armee entlassen und an diese Einrichtung überstellt. Eine Untersuchung seines Gesundheitszustandes ergab, daß es sich bei ihm um einen gepflegten, kräftigen weißen Mann handelte, der zu einer raschen, zum Teil unzusammenhängenden Sprechweise neigte. Sein Zustand war labil. Seine Stimmung wurde vom Patienten selbst als «grauenerregend» bezeichnet. Er litt weiterhin an ausgeprägter Paranoia und war davon überzeugt, er werde von anderen verfolgt, die sich an ihm für seine «feigen Verbrechen» rächen wollten. Er stritt akustische, visuelle und olfaktorische Halluzinationen ab (obwohl seine Angaben vermutlich nicht zuverlässig sind). Er kennt seinen Namen und das Datum, hält dieses Krankenhaus allerdings für ein «Experimentierlabor», wo sein Gehirn «nach Radiotransmittern untersucht» werden soll. Roboter und Maschinen sind bei ihm eine fixe Idee.

Es handelt sich unserer Kenntnis nach um seine erste Einweisung in eine psychiatrische Klinik. Er behauptet, niemals an einer psychischen Krankheit gelitten zu haben.

Seine kindliche Entwicklung ist von Bedeutung, da er von beiden Eltern körperlich mißhandelt wurde. Wir wissen nicht, ob es dabei zu einem Hirntrauma oder Bewußtseinsverlust gekommen ist.

Ich schloß die Augen. Jeder Gewalttäter, den ich bislang behandelt hatte, war als Kind selbst Opfer von Gewalt geworden. Ich nahm mein Kokspäckchen heraus, schnupfte den Rest und las weiter.

Körperliche Erkrankungen im Erwachsenenalter sind ebenfalls nicht bekannt. Es gibt keine Anzeichen für Alkoholmißbrauch oder dem Konsum illegaler Drogen.

Wir werden Mr. LaFountaine mit Psychopharmaka, aller Wahrscheinlichkeit nach mit Haloperidol, behandeln. Ziel der Therapie ist ein Abklingen der paranoiden Wahnvorstellungen, der weiteren psychotischen Symptome und *seiner gewalttätigen Neigungen. Angesichts der Tatsache, daß der Patient eine Gefahr für andere darstellt, rechnen wir mit einem längeren stationären Aufenthalt.*

Dr. med. Bruce Rightwinder
behandelnder Psychiater, 13 B

LaFountaines erster Klinikaufenthalt hatte fünf Monate gedauert. Das Haloperidol konnte nichts gegen seine Paranoia ausrichten. Auch Thorazin half nichts. Allmählich fragte sich Dr. Rightwinder, ob die Symptome seines Patienten nicht auf eine latente psychotische Depression zurückzuführen waren. Schließlich hatte er einen Freund verloren. Nachdem die sechswöchige probeweise Verabreichung des Antidepressivums Imipramin auch keine Besserung bewirkt hatte, verordnete Rightwinder zwölf Elektroschock-Sitzungen.

Der Zustand des Patienten besserte sich stetig, und er begann seiner Umwelt mehr Vertrauen entgegenzubringen. Außerdem sprach er nicht mehr von Robotern und Transmittern. Allerdings hatte die Elektroschocktherapie eine einschneidende Nebenwirkung: «Der Patient kann sich an nichts mehr erinnern, was vor seiner Einweisung ins Krankenhaus vorgefallen ist», schrieb Rightwinder. «Er hat vergessen, daß er am Überfall auf das Lager Son Tay teilgenommen hat, und streitet ab, daß ein ihm nahestehender Mensch gestorben ist. Dieser Gedächtnisverlust gibt zwar Anlaß zur Sorge, wir halten ihn jedoch nur für vorübergehend.»

Für mich hörte es sich eher so an, als hätte man LaFountaines Trauma – nur vorübergehend – in die tiefsten Tiefen seines Großhirns gebombt. Aber psychische Konflikte arbeiten sich hartnäckig zurück an die Oberfläche. Innerhalb der nächsten zehn Jahre wurde er immer wieder wegen paranoider Wahnvorstellungen stationär behandelt. Jedesmal erhielt er weitere Psychopharmaka und Elektroschocktherapie, und sein Zustand besserte sich langsam. Da einem anderen behandelnden Psychiater die ständigen Rückfälle seltsam erschienen, entschied er, Mr. LaFountaine solle alle zwei Monate ins Krankenhaus kommen, um sich *stabilisierende* Elektroschocks verabreichen zu lassen. Doch ab November 1985 ließ sich der Patient nicht mehr blicken:

Mr. LaFountaine versäumte es, seine Termine zur stabilisierenden Elektroschocktherapie wahrzunehmen. Angesichts seiner gewalttätigen Übergriffe in der Vergangenheit und der rezidivierenden Paranoia innerhalb der letzten Jahre wurde bei Gericht die Amtspflegschaft be-

antragt. Die Polizei wurde aufgefordert, den Patienten ausfindig zu machen und ihn in die Notaufnahme zu bringen. Die Adresse in Charlestown und eine Personenbeschreibung wurden weitergeleitet.

Aber offenbar hatte die Polizei ihn nicht gefunden – bis jetzt. Ich klappte die Akte zu und machte mich auf die Suche nach Rusty. Sie war zwei Gänge weiter mit der Ablage beschäftigt. Ich hielt ihr die Akte hin.

Doch sie machte keine Anstalten, sie entgegenzunehmen. «Sie sehen schrecklich aus», stellte sie fest. «Fühlen Sie sich nicht wohl?»

«Ich bin nur müde.»

«Ich weiß nicht, ob ich alles verstehe, was Sie mir gesagt haben. Aber wenn ich darüber nachdenke, kommt es mir ziemlich logisch vor.»

Ich konnte mich kaum auf ihre Worte konzentrieren.

«Haben Sie eine Praxis? Können Sie mir Ihre Karte geben?» Sie wartete eine Weile. «Haben Sie mir überhaupt zugehört?»

Eigentlich hätte ich ihr die Wahrheit über mich erzählen können – nämlich daß sich meine Fähigkeiten auf zehnminütige Spontananalysen beschränkten, wie man sie von jedem guten Kaffeehaus-Hellseher bekommen kann. Ich hätte ihr erklären sollen, daß sie einen mutigeren und ehrlicheren Menschen als mich brauchte, wenn sie zu den Höllenfeuern zurückkehren wollte, denen das Kind in ihr zum Opfer gefallen war. Ich hätte ihr gestehen können, daß ich sie wahrscheinlich enttäuschen und einsam irgendwo in der Vergangenheit zurücklassen würde, da ich nicht in der Lage war, sie auf diese Reise zu begleiten. «Ich behandle keine Patienten mehr», war alles, was ich herausbrachte.

Menschen, denen das Leben übel mitgespielt hat, erkennen einander. Ihre Stimme klang mitfühlend, als sie fragte: «Sie behandeln keine Patienten? Warum denn?»

«Das ist eine lange Geschichte.» Ich zwang mich zu einem Lächeln. «Denken Sie lieber über Ihre eigene nach.» Ich legte die Akte auf ein leeres Regal und ging hinaus.

6

Mittwoch, 16:25

Es goß in Strömen, und der Himmel hatte sich grau verfärbt. Am liebsten wäre ich so schnell wie möglich nach Hause gefahren, um erst einmal in Ruhe nachzudenken. Doch statt dessen quälte ich mich von Stau zu Stau. Ich verfluchte meine Scheibenwischer mit dem fast vollständig abgewetzten Gummibelag, beugte mich vor und spähte durch die Windschutzscheibe. Die ganze Welt sah bis zur Unkenntlichkeit verzerrt aus. Also kurbelte ich das Fenster auf der Beifahrerseite herunter, ordnete mich vorsichtig rechts ein und bog in die Longwood Avenue ab.

In der Longwood Avenue unterhält Harvard vier Unikliniken, die sich im Lauf der Zeit immer mehr ineinander verschachtelt haben. Ich mußte wieder das Fenster herunterkurbeln, um zwei Baukränen vor dem Dana-Farber-Krebsforschungsinstitut auszuweichen. Als ich in meinem vorletzten Studienjahr an der University of Massachusetts hier als Assistent von Dr. Hyman Weitzman gearbeitet hatte, war der Laden nur ein Drittel so groß gewesen. Damals hatte ich im Hauptfach Neurologie belegt, und Weitzman, ein Onkologe, forschte gemeinsam mit einigen Neurochirurgen an der Frage, ob das Wachstum von Gliomen im Gehirn durch das Einsetzen radioaktiver Scheiben aufzuhalten sei.

Schon damals kam ich mir wie ein Außenseiter vor. Die anderen Studenten in diesem Projekt waren von den wuchernden Formen bösartiger Zellen unter dem Elektronenmikroskop fasziniert. Begeistert befaßten sie sich mit der Technik der Implantation der Scheiben ins Gehirn und beobachteten, wie sich die Reflexe und die Sehfähigkeit der Patienten bei Einsetzen und Abklingen der Krebserkrankung veränderten. All das interessierte mich nicht weiter. Ich blieb bis spät abends im Institut und befragte die Patienten, wie es sich anfühlte, einen tödlichen Eindringling im eigenen Körper zu beherbergen. Ich wollte wissen, was die Erkrankung ihrer Vorstellung nach ausgelöst hatte und wovon sie sich Heilung versprachen.

Am Ende des Sommers rief mich Weitzman – ein bebrillter, arbeitswütiger Mann, der Auschwitz überlebt hatte – in sein Büro. Er übergab mir ein Empfehlungsschreiben, in dem besonders meine statistische Analyse unserer Forschungsdaten lobend erwähnt wurde. «Sie haben äußerst umfassend und gründlich gearbeitet», sagte er. «Und ich bin Ihnen für Ihre Bemühungen sehr dankbar.» Er blickte aus dem Fenster seines spartanisch eingerichteten Büros. «Aber über eines mache ich mir Sorgen.»

Ich betete Weitzman an, wie ich jeden älteren Mann anbetete, solange er mir nur einen Hauch der Zuneigung entgegenbrachte, die ich bei meinem Vater vermißt hatte. Ich überlegte fieberhaft, ob er wohl von meinem Techtelmechtel mit seiner Assistentin Lisa wußte. In jeder Mittagspause waren wir zusammen ins Bett gegangen, denn sie wohnte gleich gegenüber. «Sorgen?» fragte ich.

«Es ist eher ein guter ...»

Ich fuhr zusammen.

«... Rat.»

«O ja, bitte.»

Er beugte sich vor. «Ich arbeite nun schon seit vielen Jahren in der Forschung, Frank, und ich habe bedeutende Wissenschaftler kennengelernt: Mountcastle, Snyder, DePaulo, Coyle. Diese Männer haben sich der Biochemie, Anatomie und Physiologie verschrieben. Struktur und Funktion. Ursache und Wirkung.» Die Art, wie sich seine Stimme hob und senkte, erinnerte mich an deutsche Musik. «Der menschliche Körper ist für sie ein Quell ewiger Faszination. In einer einzigen Zelle sehen sie das gesamte Universum.» Er hob die Hände wie ein Dirigent. «Ein solcher Wissenschaftler spürt den eigenen Puls in der Kontraktion einer einzigen Muskelfaser im Herzen eines anderen Menschen.»

Seine Begeisterung wirkte ansteckend. «Ja!» sagte ich.

Er lehnte sich zurück und schüttelte den Kopf. «Sie gehören nicht zu dieser Sorte von Wissenschaftlern.»

«Nein?»

«Ich habe Sie beobachtet und Ihnen zugehört. Sie interessieren sich für Philosophie – für die Bedeutung der Dinge, für die großen Fragen. Ihr Gebiet ist die Seele.»

Ich fühlte mich, als sollte ich verstoßen werden. «Schon, aber das heißt doch nicht ...»

Er unterbrach mich mit einer Handbewegung. «Ich habe einen Vorschlag für Sie.»

Schweigend wartete ich.

«Haben Sie jemals daran gedacht, an einem Priesterseminar zu studieren und Geistlicher zu werden?»

«Geistlicher?»

«Ein spiritueller Führer. Ein moralisches Vorbild für die Gemeinschaft. In den heutigen Zeiten brauchen wir solche Menschen dringend.»

«Auf diese Idee bin ich noch nie gekommen», antwortete ich.

«Sind Sie religiös?»

Ich überlegte, ob ich ihm von meiner Abneigung gegen die institutionalisierte Religion – überhaupt gegen alles Institutionalisierte – erzählen sollte. Aber ich wußte, daß er ein frommer Jude war. «Ich denke schon, daß ich an Gott glaube», sagte ich deshalb.

«Sie denken ...» Er nickte mit einem Seufzer. «Ich verstehe.»

Die Longwood Avenue endet an einer Ampel in der Nähe der Auffahrt zum Storrow Drive. Als es grün wurde, rührte sich das Auto vor mir nicht von der Stelle. Ich wartete ein paar Sekunden und drückte dann auf die Hupe. Endlich setzte sich der Wagen in Bewegung, allerdings im Schneckentempo. Ich trat aufs Gas und überholte ihn.

Damals war mir Weitzmans Rat abstrus vorgekommen, doch offenbar war etwas davon hängengeblieben. Als ich in jenem Herbst an die Universität zurückkehrte, belegte ich als zweites Hauptfach Philosophie. Nachdem ich an der medizinischen Fakultät vier Jahre lang jedes Körperorgan studiert, untersucht und seziert hatte, wählte ich ein Fach, das sich mit der Heilung des Geistes befaßte. Wenigstens war es das, bevor die Versicherungen und die Pharmaindustrie ihm die Seele genommen haben.

Da es immer offensichtlicher schien, daß Westmoreland den Mord begangen hatte, fragte ich mich inzwischen, ob meine damalige Entscheidung richtig gewesen war. Vielleicht hätte ich mich besser den Nieren oder der Netzhaut widmen sollen, wo sich Ergebnisse in Millilitern von Urin oder der prozentualen Sehschärfe messen lassen. Denn irgendwie stand ich mit der Psychiatrie auf Kriegsfuß. Emma Hancock brachte immer wieder Prescott aufs Tapet, doch das war nicht der erste Fall, den ich vermasselt hatte.

1988, als ich noch eine private Praxis besaß, behandelte ich einen Jugendlichen namens Billy Fisk. Billy war als Vierjähriger von seinen leiblichen Eltern im Stich gelassen worden und danach in verschiedenen Pflegefamilien aufgewachsen. Mit zwölf trank er schon regelmäßig Alkohol: mit vierzehn stahl er sein erstes Auto. Nachdem er sechsmal wegen schweren Raubes verhaftet worden war, schickte man ihn zu mir in die Therapie. Er war gerade sechzehn geworden und saß eine Strafe in einem Jugendgefängnis ab.

«Du mußt aufhören zu klauen», schärfte ich ihm bei unserer ersten Sitzung ein.

Er war schon so groß wie ich und hatte ziemlich breite Schultern. Vom Mundwinkel aus verlief eine Narbe, die er sich bei einer Straßenschlägerei zugezogen hatte, über seine linke Wange.

«Etwa Ihnen zuliebe?» höhnte er.

«Du hältst mich wohl für eine totale Null», gab ich im selben Ton zurück. «Und deshalb interessiert es dich auch einen Scheiß, was ich sage.»

Er zuckte zwar die Achseln, sah mir aber zum erstenmal in die Augen.

«Du solltest aufhören zu klauen, weil du absolut unbegabt bist. Du wirst jedesmal erwischt.»

«Nicht jedesmal.» Er grinste selbstzufrieden.

«Okay, dann eben ziemlich unbegabt.»

«Woher wollen Sie das wissen? Sie haben doch noch nie was abgezockt.»

«Woher willst du das wissen?»

Er verdrehte die Augen. «Sie sind doch Arzt.»

«Moment mal ... Ein Fahrrad. Eine Kiste Orangen. Mehr Straßenschilder, als ich verstecken konnte. Eine Stereoanlage. Und einmal einen Gabelstapler, da war ich etwa in deinem Alter.»

«Sie haben einen Gabelstapler mitgehen lassen?»

«Eigentlich wollte ich ihn gar nicht haben. Ich meine, mit einem Gabelstapler konnte ich schließlich überhaupt nichts anfangen. Aber ich brauchte einfach etwas. Ich bin nur nicht dahintergekommen, was es war.»

Er nickte. «Es ist, als ob man Hunger hat, der nicht weggeht, wenn man was ißt.»

«Er wird eher schlimmer.»

Nachdem ich von Billy als Dieb anerkannt worden war, kam er ein knappes Jahr lang zweimal in der Woche zu mir. Etwa hundert Stunden lang spielten wir in meinem Büro Fußball, sprachen über Einsamkeit, Angst und Wut und teilten uns bei Sunrise Subs in meiner Straße gewaltige Käsesteaks. Dann hatte er seine Strafe verbüßt und sollte wieder zu einer Pflegefamilie kommen – den Worths, die im Westen des Bundesstaates lebten.

«Schade, daß ich nicht bei dir wohnen kann», sagte er kichernd.

Daran hatte ich auch schon gedacht, allerdings nicht ernsthaft. Das Jugendamt hätte sonst Bedenken wegen meiner «therapeutischen Distanz» bekommen. Und was noch wichtiger war, ich hätte meine geliebte Unabhängigkeit aufgeben müssen. «Du schaffst es schon», meinte ich.

Nach zwei Monaten trank Billy wieder zuviel. Seine «Familie» sprach davon, ihn abzuschieben. Er rief mich an und bat mich, ihn zu besuchen. Aber ich antwortete, ich wolle mich nicht einmischen, weil er und die Worths ihre Probleme selbst klären müßten. «Häng dich ein bißchen rein. Ich melde mich in ein paar Tagen», sagte ich.

Er schluchzte.

«Okay?»

«Okay», brachte er heraus.

Am nächsten Tag rief mich Anne Sacon, eine Sachbearbeiterin des Jugendamtes, an. «Dr. Clevenger», meinte sie, «ich habe schlechte Nachrichten von Billy.»

Zuerst vermutete ich, daß er wieder ein Auto gestohlen hatte und im Knast saß. Fast freute ich mich über die Gelegenheit, wieder mit ihm zu arbeiten. «Wo steckt denn Billy the Kid? Im Hochsicherheitstrakt?» fragte ich.

Sie holte tief Luft. «Billy ist tot. Er hat sich das Leben genommen.»

«Selbstmord?»

«Mr. Worth hat ihn in der Garage gefunden. Er hat sich mit einem Seil an einem Deckenbalken erhängt.»

«Wann?»

«Gestern nachmittag.»

«Was ist passiert? Hat er einen Abschiedsbrief hinterlassen?»

«Es war ziemlich unheimlich», antwortete sie. «‹Häng dich rein› stand drauf.»

Ich zitterte am ganzen Leibe.

«Sind Sie noch dran?»

«Ja», erwiderte ich.

«Da Sie die Therapie bereits abgeschlossen hatten, kümmern wir uns um den Papierkram und den endgültigen Bericht.»

Ein seltsames Wort, um sich von Billy zu verabschieden, dachte ich – abgeschlossen. «Gibt es jemanden, den ich informieren müßte?»

«Er hatte niemanden außer Ihnen.»

Nach dem Telephonat dachte ich daran, daß Billy mich eigentlich auch nicht richtig gehabt hatte. Ich war ihm zweimal in der Woche gegen Honorar zur Verfügung gestanden. Doch als es hart auf hart ging und er wirklich einen Vater brauchte, hatte ich ihm nicht mehr gegeben als mein eigener Vater mir. Nicht einmal als er mit seinen Kräften am Ende war, hatte ich die abgrundtiefe Verzweiflung in seiner Stimme bemerkt.

Immer mehr fragte ich mich, ob ich nicht nur mit der Lebensgeschichte anderer Menschen spielte, anstatt mich ernsthaft damit zu befassen. Ob ich nicht die wichtigen Seiten überblätterte. Drei Monate nach Billys Tod beendete ich die Therapie meiner übrigen Patienten und schloß meine Praxis.

Zwei BMWs fuhren nebeneinander auf dem Storrow Drive nach Osten wie eine bewegliche Straßensperre. Ich folgte ihnen auf der Überholspur, aber keine Chance. Deshalb beugte ich mich vor, um bessere Sicht zu haben, wechselte auf den Seitenstreifen, überholte und scherte vor ihnen ein.

Ich hatte gehofft, daß es in der Gerichtspsychiatrie mehr um Tatsachen als um Gefühle, mehr um Beweise als um mich selbst gehen würde. Aber Fehlanzeige. Irgend etwas in mir sorgte dafür, daß ich die destruktiven Tendenzen anderer Menschen nicht erkannte – bei Prescott und jetzt bei Westmoreland.

Am Belle Circle in Revere überfuhr ich eine gelbe Ampel und versuchte die beiden Spuren zur Auffahrt der Route 1A zu überqueren. Doch als ich am Lenkrad drehte, raste der Wagen weiter geradeaus. «Verdammt», murmelte ich. «Bitte nicht jetzt.» Ich lenkte in Richtung Straßenböschung und trat auf die Bremse. Als ich gerade spürte, wie die Reifen griffen, setzte ein alter, roter Mustang zum Überholen an. Ich schaltete in einen niedrigen Gang und bremste kräftig. Die Fahrertür verfehlte ich zwar, aber ich rammte ihn an der Heckverkleidung.

Als ich den Rover wieder unter Kontrolle hatte, kurvte ich weiter im Kreisverkehr herum. Ich spielte mit dem Gedanken, einfach so schnell wie möglich nach Boston weiterzufahren. Meine Versicherung hatte mir gekündigt, weil ich die Beiträge nicht bezahlt hatte, und in meinem Handschuhfach lagen sechs Strafzettel wegen Falschparkens. Die Polizei würde bestimmt mein Auto konfiszieren und mir den Führerschein abnehmen. Als ich in den Rückspiegel blickte, sah ich, wie der Mustang aus dem Kreisverkehr ausscherte und in den Parkplatz von Dunkin' Donuts einbog. Ich schüttelte den Kopf. Eine Anzeige wegen Fahrerflucht konnte ich jetzt überhaupt nicht gebrauchen. Also umrundete ich noch einmal den Kreisverkehr, bog ebenfalls in den Parkplatz ein und stellte den Wagen zwischen zwei anderen Autos ab.

Der Fahrer des Mustangs war ein kleiner, gedrungener junger Typ von etwa zwanzig Jahren. Die Hände vor die Stirn geschlagen, lief er vor seinem verbeulten Auto auf und ab. Die hintere Verkleidung und das Rücklicht waren eingedrückt, die Felge war kaputt, und die verbogene Stoßstange hing lose herab.

Wütend starrte er mich an und zerrte nervös an seinem Greatful-Dead-T-Shirt. «Du Wahnsinniger!» brüllte er.

Die beste Methode, jemandem den Wind aus den Segeln zu nehmen, ist, seinem Ärger vorzugreifen. «Ich bin doch wirklich ein Idiot!» rief ich aus. «Wo hatte ich bloß meinen Kopf?»

Er warf mir einen Blick zu. «Verdammt», meinte er leise. Er lief wieder ein paar Schritte auf und ab und blieb dann stehen. «Warum rast du wie ein Bekloppter ...»

«Ich fasse es nicht, wie ich nur so bescheuert sein konnte!» Dabei sah ich mich um, um mich zu vergewissern, daß keine Bullen vorbeifuhren. «Was für ein Baujahr ist das denn. Siebenundsechzig?»

«Juni vierundsechzig.»

Bei meinem Glück mußte ich natürlich ausgerechnet mit einem Oldtimer zusammenstoßen. «Ist noch gut in Schuß.»

«Bis jetzt, du Arsch ...»

«Wie konnte mir nur so was passieren?»

«Ich bin bis nach Vermont gefahren, um diese Felge aufzutreiben», sagte er mit zitternder Stimme und schüttelte den Kopf. Allmählich beruhigte er sich. «Also tauschen wir jetzt den Papierkram aus und bringen die Sache hinter uns.»

Ich hatte nicht die geringste Lust, irgend etwas auszutauschen. «Warum regeln wir das nicht privat, anstatt die Versicherungen einzuschalten?»

«Privat regeln?»

«Die Reparatur.» Ich zog das Bündel Hunderter vom Wonderland aus der Tasche. «Wieviel hältst du denn für angemessen?»

Er sah das Geld an. «Ich weiß nicht so recht. Ich finde, wir sollten es offiziell machen.»

«Offiziell? Mit einem Auto Baujahr vierundsechzig?» Ich ging um den Wagen herum und betrachtete das Nummerschild. «Es ist ja nicht mal als Oldtimer registriert. Die Versicherung wird dir nie und nimmer die Kohle für Originalteile vorschießen.»

Er wurde richtiggehend grün im Gesicht. «Allein das Rücklicht kostet zwischen vier- und fünfhundert Dollar, wenn man es überhaupt kriegt.»

«Du findest schon wieder eins. Sagen wir fünfzehnhundert?»

«Das Rücklicht kostet allein schon fünfhundert. Wieviel ich für die Stoßstange und die Verkleidung hinblättern muß, weiß ich nicht. Vielleicht ist auch die Achse beschädigt.»

Ich spielte mit dem Gedanken, ihn darauf hinzuweisen, daß er laut Vermerk auf seinem Nummernschild beim Autofahren eine Brille hätte tragen müssen – was er nicht tat. Aber ich konnte es mir nicht leisten, ihn zu verärgern.

«Ich weiß nicht. Zweitausendfünfhundert müßten es mindestens sein.»

«Zweitausendfünfhundert?» Aus dem Augenwinkel sah ich einen Streifenwagen in den Kreisverkehr einbiegen. Man kann keine zehn Minuten vor dem Dunkin' Donuts stehen, ohne daß die Bullen kommen. «In Ordnung», sagte ich und zählte die Scheine ab.

Der Typ nahm das Geld, und ich schleppte mich zurück zu meinem Rover. Die rechte vordere Ecke war eingedrückt, und die Nebelleuchte war abgerissen. Wahrscheinlich würde die Reparatur einen Tausender kosten, und ich hatte das Geld nicht. Ich stieg ins Auto, griff zum Telephon und rief das Stonehill Hospital an. Die Telephonistin legte mich auf die Warteschleife, während sie Kathy ausrufen ließ.

«Dr. Singleton», meldete sie sich.

Sobald ich ihre Stimme hörte, wurde mir klar, daß ich von ihr nicht den erhofften Trost bekommen würde, aber ich legte nicht auf. Ich war noch nicht bereit zuzugeben, wie einsam und verlassen ich in Wirklichkeit war. «Kathy, hier ist Frank», stieß ich hervor.

Keine Antwort.

Es schnürte mir die Kehle zu. «Ich ... äh ...» Ich holte tief Luft.

«Was ist passiert? Wo bist du?»

«Dunkin' Donuts.»

«Und was ist dein Problem. Ist die Honigglasur ausgegangen?»

Ich zwang mich zu einem Lachen. «Ich hatte nur einen Unfall mit dem Wagen. Und jetzt stehe ich da.»

«Bist du verletzt?»

«Nein.» Wieder holte ich tief Luft.

«Hast du einen Schock?»

«Mir geht es prima», log ich.

«Frank, ich habe drei Minuten bis zu meinem nächsten Einsatz. Warum hast du mich ausrufen lassen?»

«Ich habe Emma Hancock gesagt, daß sie den Falschen eingesperrt hat. Und jetzt sieht es aus, als wäre es der Typ wirklich gewesen.»

«Aber er sitzt doch noch immer im Knast? Du hast nicht dafür gesorgt, daß er freikommt.»

«Er sitzt im Knast.»

«Ich hoffe, sie ...»

«Ich weiß, ich weiß. Das Problem ist nur, daß mir die Beweise auch weiterhin nicht schlüssig erscheinen. Und selbst wenn Westmoreland den Mord begangen hat, heißt das noch lange nicht, daß er zurechnungsfähig ist und ein vernünftiges Geständnis ablegen kann. Er schwebt irgendwo in der Stratosphäre. Wenn ich ihm eines dieser neuen Psychopharmaka, Clorazil zum Beispiel, geben dürfte, würde er uns vielleicht mehr verraten.»

«Du gibst dir aber ganz schön Mühe, Sarahs Mörder zu helfen.»

«Er wurde sein halbes Leben lang mißhandelt.»

«Wie?»

«Verprügelt.»

«Verschon mich. Wieder mal ein Täter, der nur Opfer ist.»

«Ich bin noch nie einem begegnet, bei dem das nicht der Fall gewesen wäre.»

«Sogar Marcus Prescott?»

Mir wurde flau im Magen. «Warum fragst du ...?»

«Sogar er?»

Ich schloß die Augen. «Ja, sogar Prescott.»

«Weißt du was? Wenn du es drauf anlegst, zum Erlöser aller Psychopathen zu werden, ist das deine Sache. Aber wehe, wenn du deswegen Sarahs Fall vermasselst. Sie ist das Opfer.» Kathy hielt inne. «In Wahrheit benutzt du Westmoreland auch nur wie eine Droge.»

«Was?»

«Ich glaube, für dich spielt das gar keine Rolle. Koks, Alkohol, Mädchen. Und ich, wenn dir gar nichts anderes übrigbleibt.»

«Ich benutze dich nicht als Droge. Und Westmoreland auch nicht.»

«Ach, danke. Da bin ich ja in guter Gesellschaft. Und jetzt hör mir mal gut zu: Du mußt dringend in eine Drogenklinik.»

«Zuerst muß ich diesen Fall abschließen.»

«Du bist derart süchtig, daß du niemandem helfen kannst – auch nicht der Polizei.»

«Ich weiß nicht. Die Fakten passen einfach nicht zusammen. Und das liegt bestimmt nicht am Koks.»

«Dann mußt du es wohl auf die harte Tour lernen und erst mal ganz unten ankommen. Aber erwarte nicht, daß ich die Scherben zusammenklaube. Ich habe es satt, die zweite Geige zu spielen, weil deine Wahnideen dir wichtiger sind.»

«Findest du wirklich, daß ich wieder in die Therapieklinik sollte? Sofort?»

«Ich habe dir gesagt, was ich denke.»

«Ich kann auch allein aufhören.»

Sie lachte. «‹Die Drogen sind nicht das Problem. Ich kann auch allein aufhören.› Du klingst wie ein Junkie.»

Ich klang wirklich wie ein Junkie. Seufzend meinte ich: «Ich werde mir überlegen, ob ich freiwillig ins McLean gehe.»

«Überleg nicht zu lange.» Sie hängte ein.

Ich blieb eine Weile sitzen und dachte über meinen nächsten Schritt nach. Da ich nicht glaubte, mich voll und ganz auf eine Gruppentherapie im McLean einlassen zu können, während die Bank mir Haus und Auto pfändete, fuhr ich zu meiner Mutter. Ich mußte fünfmal auf die Klingel drücken, bevor sie sich meldete.

«Hallo?» zwitscherte sie. Ihre Stimme klang dünn und sehr entfernt.

«Ich bin's, Frank.» Die Hand an der Tür, stand ich da und wartete auf das Surren des Türöffners.

«Oh.»

«Die Tür geht nicht auf.»

«Willst du wieder Geld?»

Ich hatte nicht mehr die Kraft zu lügen. Und ich hatte nicht den Mut, ihr zu sagen, daß ich mehr von ihr brauchte als Geld – Dinge, die sie mir nie hatte geben können. «Die dreihundert waren nur ein Tropfen auf den heißen Stein. Ich habe meine Ratenzahlungen und ...»

«Kathy meinte, ich muß damit rechnen, daß du mich wieder um Geld bittest.»

«Laß mich rein.»

«Nein.»

Erschöpft beugte ich mich vor und hielt den Mund dicht an die Gegensprechanlage. «Wenn du willst, kannst du die Schecks direkt an die Finanzierungsfirma schicken. Ich stecke in Schwierigkeiten und könnte alles verlieren, was ich besitze.»

«Du gehst immer den leichtesten Weg, Frank. Das ist dein Problem.»

Komisch. Ich konnte mich nicht erinnern, daß ich den leichtesten Weg genommen hatte, wenn mein Vater mich wieder verprügeln wollte. Sie hingegen hatte sich im Schlafzimmer verschanzt.

«Kathy sagt, ich muß aufhören, einer von deinen ... Wie hat sie es noch mal genannt? ... Kumpanen zu sein.»

Ich konnte mir ein Lächeln nicht verkneifen. «Komplizen. Und du würdest mir nur helfen, daß ich mein Dach über dem Kopf und meinen fahrbaren Untersatz nicht verliere.»

«Nein, tut mir leid, ich darf nicht nachgeben.»

«Du hilfst mir also nicht?»

«Nicht mit Geld.»

«Ist nicht mal ein Tausender drin?»

«Nein.»

«Fünfhundert?»

«Kein Cent.»

Ich hielt den Mund noch näher an die Sprechanlage. Doch was ich ihr eigentlich sagen wollte, war vulgär und bösartig. Ich brachte es nicht über mich, obwohl ich sie in diesem Moment haßte. Deshalb ging ich wieder.

Als ich nach Hause kam, dämmerte es schon. Das Telephon klingelte, und ich wartete, bis der Anrufbeantworter ansprang.

«Hallo! Bist du da? Jetzt heb schon ab!»

Ich nahm das schnurlose Telephon vom Wohnzimmertisch und ließ mich aufs Sofa fallen. «Paulson.»

«Hörst du jetzt immer erst ab, wer dran ist? Du leidest wohl unter Paranoia.»

«Aber klar doch.»

«Hast auch allen Grund dazu.»

Ich holte eine Marlboro aus dem Specksteinkästchen auf dem Couchtisch. «Was meinst du damit?»

«Malloy hat mir erzählt, sie hätten dich von dem Fall abgezogen. ‹Dieser durchgeknallte Psychoonkel hat einen Arschtritt gekriegt›, waren seine Worte.»

Er machte eine Pause. «Bist du wirklich draußen aus dem Fall?»

«Scheint so. Die Hancock und ich hatten heute morgen ziemlichen Zoff.»

«Vielleicht beruhigt sie sich ja wieder.»

«Das spielt jetzt keine Rolle mehr. Sie hat mir nur sechsunddreißig Stunden gegeben, um mit Westmoreland zu arbeiten. Selbst wenn sie die Abmachung einhalten würde, ist die Zeit bald um.»

«Ich habe gehört, Fitzgerald hat Westmoreland für geistig gesund und verhandlungsfähig erklärt.»

«War doch klar. Der Mann wurde gekauft.» Ich sah aus dem Fenster auf den Ozean hinaus. Im Dämmerlicht konnte man gerade noch den weißen Schaum auf den Wellen erkennen, die gegen die Deichmauer schlugen. «Ich bin mir nicht mal sicher, ob ich den Fall richtig beurteilt habe.»

«Ist zwar nicht meine Sache, aber möglicherweise warst du zu ungeduldig und bist zu überstürzt vorgegangen.» Er hielt inne. «Hast du dir wirklich das Handgelenk aufgeschlitzt, damit Westmoreland aufhört, sich auf die Zunge zu beißen?»

Ich zog an meiner Zigarette und stieß eine dünne Rauchsäule aus. «Hat Malloy dir das auch erzählt?»

«Also stimmt es. Kaum zu glauben.»

«Ich wußte, Westmoreland würde nicht zulassen, daß ich mir eine schwere Verletzung zufüge.» Ich schüttelte den Kopf, als ich daran dachte, was er der entführten Krankenschwester angetan hatte. «Wenigstens habe ich das geglaubt. Nach dem, was ich heute herausgefunden habe, bin ich mir nicht mehr so sicher.»

«Den Tag, an dem ich dich das sagen höre, sollte ich rot im Kalender anstreichen.»

«Ich erkläre dir alles, wenn ich selbst dahintergekommen bin.»

«Du bist nicht der einzige, der im dunkeln tappt. Hier bei uns im Labor wird es immer verwirrender.»

«Warum?»

«Weißt du noch, daß ich dir erzählt habe, Sarah hätte entzündliche Veränderungen an den Wundrändern?»

«Ja.»

«Ich dachte zuerst, sie hätte eine Gewebeerkrankung.»

«Oder Sklerodermie.»

«Nein. Nicht Sklerodermie. Die habe ich eindeutig ausgeschlossen.»

«Ist auch egal. Und was meinst du jetzt?»

«Das ist gar nicht egal, Frank. An Sklerodermie habe ich nie ernsthaft gedacht. Ich habe dir doch erklärt, daß ihre Speiseröhre dafür zu rosig und zu weich ist. Sklerodermie läßt das Gewebe aussehen wie ungegerbtes Leder. Ich will nicht ...»

Ich stellte mir vor, wie er in seinem gestärkten, weißen Hemd zu Hause saß, verbunkert in seinem makellos sauberen Arbeitszimmer, wo sich auf deckenhohen Regalen fein säuberlich Hunderte von Pathologiebüchern und die angesammelten Fachzeitschriften türmten. «Ich habe dir keine Fehldiagnose vorgeworfen», versicherte ich ihm. «Ich habe nur gehofft, daß du endlich auf den Punkt kommst.»

«Geduld, Herr Doktor. Erinnerst du dich noch an unser Gespräch? Wir standen am Mikroskop.»

«Ich erinnere mich.»

«Dann weißt du sicher, daß ich nie offiziell Sklerodermie diagnostiziert habe.»

«Ja, ja», murmelte ich entnervt.

«Ich habe kein vorschnelles Urteil gefällt.»

Am liebsten hätte ich das Telephon aus dem Fenster geschmissen. «Völlig richtig. Hast du nicht.»

«Ich habe lediglich festgestellt, daß ich die genaue Ätiologie der Gewebeveränderungen nicht kenne. Und du darfst mir ruhig glauben, daß ich lange darüber nachgegrübelt habe.»

«Das kann ich nur vermuten.»

«Genau, du kannst nur vermuten. Weil – und damit will ich dir nicht zu nahe treten – dein Fachgebiet eben keine exakte Wissenschaft ist, sondern nur aus Theorien besteht. Wenn die Antworten jedoch in Fleisch und Blut vorliegen müssen, wenn nichts zählt, was man nicht sehen kann, dann zwingt die kleinste Unstimmigkeit den Menschen in die Knie.»

«Sehr hübsch ausgedrückt. Besonders für einen Anhänger der exakten Wissenschaft. Ich gehe davon aus, daß du nicht vorhast, dich in die Knie zwingen zu lassen.»

«Natürlich nicht. Ich habe Diaaufnahmen der Wundränder an Ed McCarthy ins John Hopkins Hospital geschickt. Ed ist der beste Pathologe, den ich kenne.»

«Und was hat seiner Ansicht nach die Veränderungen hervorgerufen?»

«Das konnte er nicht mit Sicherheit feststellen.»

«Paulson, ich habe einen schrecklichen Tag hinter mir», flehte ich. «Was hat denn dein Eddie-Bub gesagt?»

«Mein Eddie-Bub? Das ist, als würde ich DiMaggio deinen Joey-Bub nennen.» Er kicherte. «Wie dem auch sei, er wollte sich nicht festlegen. Aber er hatte einen ziemlich starken Verdacht.»

«Ich schwöre, ich werde ihn nicht dafür zur Rechenschaft ziehen.»

«Schön und gut. Er denkt, das Gewebe sei einem Gift ausgesetzt gewesen.»

«Einem Gift? Welchem denn?»

«Das wissen wir nicht genau. Ed hat veranlaßt, daß ich eine Probe ins FBI-Labor nach Quantico schicken kann. Dort kennt man sich mit solchen Dingen aus.»

«Ich würde gern erfahren, was sie herausfinden.» Ich betrachtete das Photo von Kathy, das auf dem Couchtisch stand. Sie saß in einem weißen Strandkleid auf den Felsen vor meinem Haus, umklammerte ihre Knie und zog einen Schmollmund. Lolita war nichts dagegen. «In der nächsten Woche bin ich wahrscheinlich schwer zu erreichen.»

«Wirklich. Ein weiser Entschluß. Wurde langsam Zeit.»

«Zeit wofür?»

«Daß du aufhörst, dich selbst zu vergiften. Du hast wieder das gleiche Zucken in den Augenlidern wie vor der letzten Therapie.»

«Ist das so auffällig? Benehme ich mich irgendwie daneben?»

«Wenn du dich danebenbenehmen würdest, hätte ich dich schon längst eigenhändig eingesperrt, bis du von diesem Zeug los bist. Auch wenn du einen schlechten Tag hast, bist du noch besser als die meisten Psychiater. Aber ich vermisse deine guten Tage.»

«Hatte ich die jemals?»

«Ich hoffe, daß es bald wieder soweit ist.»

Ich lächelte. «Danke.»

«Gute Besserung, mein Freund.»

Ich schaltete das Telephon aus. Ich wußte, daß Kathy und Paulson recht hatten, denn ich ähnelte einem lecken Schiff, das rasch mit Wasser vollief. Aus meiner Brieftasche nahm ich die Serviette, die Rachel mir gegeben hatte, und wählte die Nummer ihres Piepsers. Wenn ich schon in eine Therapieklinik mußte, wollte ich es in der letzten Nacht davor noch einmal so richtig krachen lassen. Eine Minute später läutete das Telephon.

«Rachel?»

«Wer spricht da?»

«Frank.»

«Sehr komisch.»

«Das war nicht meine Absicht.» Ich zog an meiner Zigarette und blies den Rauch durch die Nase. «Ich bin der Psychiater, der dir letzte Nacht im Lynx Club zu nahe getreten ist.»

«Entschuldige», sagte sie lachend. «Du hast mir nie deinen Namen verraten.»

«Deiner stand auf der Serviette.»

«Ich habe ihn auch schon an schlimmeren Stellen gesehen. Ich mußte Max einen Zwanziger zahlen, damit er dir die Serviette gibt.»

«Von mir hat er noch mal einen Zehner gekriegt.»

«Dafür, daß er so eine Nervensäge ist, hat er noch ganz gut abkassiert.»

«Er hat nur seine Arbeit gemacht.»

«Du bist aber verständnisvoll.»

Ich hatte angefangen, im Zimmer auf und ab zu laufen wie ein Schuljunge. «Ich rufe nur an, weil ich dich fragen wollte, ob wir heute abend zusammen essen gehen.»

«Du und Max oder du und ich?»

«Keine Ahnung. Ich hatte noch keine Gelegenheit, ihn tanzen zu sehen.»

«Du wirst dich mit ihm begnügen müssen. Ich muß heute abend arbeiten.»

«Oh.»

«Aber wenn du mich im Club besuchst, können wir nach Geschäftsschluß einen zusammen trinken.»

Selbst wenn Kathy zu Hause gewesen wäre, hätte ich eine solche Einladung nicht abgelehnt – und heute wußte ich ja nicht einmal, wo sie überhaupt steckte. Vielleicht war das eine Schwäche, über die ich einmal gründlich hätte nachdenken müssen, aber mir war nicht nach Denken zumute. Ich sagte Rachel, ich würde so gegen zehn im Lynx Club sein.

Um die Zeit totzuschlagen, ging ich ins Arbeitszimmer, knipste die antike Stehlampe an und ließ mich in einen mit abgewetztem Leder bezogenen Ohrensessel fallen. Die Zigarette hatte mich ein wenig entspannt. Ich nahm noch eine aus einem Kristallglas auf dem Beistelltisch und zündete sie an. Dabei stellte ich mir vor, daß sich die leeren Zimmer des Hauses um mich herum verschachtelten wie ein Labyrinth. Das Haus war viel zu groß für zwei Menschen, geschweige denn für einen. Hundertachtundfünfzig Quadratmeter Wohnfläche. In gewisser Hinsicht hatte meine Mutter mit ihrer Frage, warum das unbedingt sein mußte, den Nagel auf den Kopf getroffen – selbst wenn sie nicht unwesentlich dazu beigetragen hatte, daß ich dieses Haus zu brauchen glaubte. Ich konnte nicht leugnen, daß es zum Teil eine Reaktion auf meine tiefsitzende Angst war, in der Bedeutungslosigkeit zu versinken.

Kathy hatte vor dieser Angst die Augen verschlossen; vielleicht hatte ich sie ihr auch verheimlicht. Jedenfalls erklärte das, warum meine Kokainsucht bei ihr nur Wut und kein Mitgefühl auslöste.

Ich betrachtete das Bücherregal an der gegenüberliegenden Wand. Es war ein englisches Möbelstück mit geschnitzten Greifen an den Ecken. Auf dem obersten Brett stand Kathys Sammlung von Trixie-Belden-Büchern. Sie hatte mir öfter erzählt, die Geschichten mit der halbwüchsigen Amateurdetektivin als Heldin hätte sie als

Kind am liebsten gelesen. Damals fürchtete sie sich im Dunkeln, und die Bücher halfen ihr beim Einschlafen. Ich hatte mir noch nie die Zeit genommen, in eines davon hineinzuschauen.

Ich stand auf, ging zum Regal und nahm einen Band heraus.

Es war der dritte von neununddreißig: *Das Geheimnis des Pförtnerhauses.* Dann ließ ich mich wieder in den Ohrensessel nieder und schlug das Buch auf. Auf das Deckblatt hatte jemand mit Bleistift das Wort «Maus» geschrieben. Aus dem M ragten hingekritzelte Schnurrhaare, und aus dem s ringelte sich ein Schwanz. War das Kathys Spitzname gewesen? fragte ich mich. Heute war sie alles andere als eine Maus. Ich blätterte zum ersten Kapitel und fing an zu lesen:

«Oh, Mama», jammerte Trixie und wickelte eine blonde Haarsträhne um den Bleistift, der hinter ihrem Ohr steckte. «Muß ich wirklich an Brian und Mart schreiben? Am Sonnabend kommen sie ohnehin nach Hause, und dann kann ich ihnen selbst alles erzählen.»

Mrs. Belden blickte von dem Pullover auf, den sie für Bobby, Trixies jüngeren Bruder, strickte. «Genau darum geht es», sagte sie lächelnd. «Deine älteren Brüder waren den ganzen Sommer lang im Ferienlager, und du hast ihnen nur schlampig hingekritzelte Postkarten geschickt.»

«Ich hatte eben keine Zeit», murrte Trixie und starrte auf das Blatt Papier. «Crabappel Farm, Sleepy-side-on-the-Hudson, New York, Dienstag, der 22. August, abends», hatte sie hastig daraufgeschmiert.

Es machte mir Spaß, mir Kathy vorzustellen, als sie noch jung genug gewesen war, um Trixie spannend zu finden. Nach einem Blick auf die lange Reihe kanariengelber Bücher im Regal legte ich die Füße hoch und las weiter.

7

Natürlich durfte in meiner letzten Nacht in der Freiheit das Koks nicht fehlen. Da ich nicht riskieren wollte, noch einmal etwas vor dem Emerson zu kaufen oder mir das Zeug nach Hause liefern zu lassen, machte ich mich auf den Weg zum Pug's, einer Kneipe an der Straße nach Lynn. Willie Hightower, von dem ich öfter was bekam, arbeitete hin und wieder dort. Die restliche Zeit war er Drummer bei einer Heavy Metal Band, die *Fixierung* hieß. Den Namen hatte ich mir ausgedacht. Zum Glück war er da.

Ich brauchte Willie gar nicht zu sagen, was ich wollte. Bei ihm fühlte ich mich ein wenig wie ein Gast, der in seinem Stammlokal automatisch das Frühstück vorgesetzt kriegt. Also warf ich einfach meine Marlboroschachtel auf den Tresen. «Wie läuft's mit der Musik?»

«Fetzt richtig rein», antwortete er. Er räusperte sich und warf sein langes, schwarzgefärbtes Haar zurück. Während er mir ein Miller-Bier einschenkte, sah er sich um. «Malloy war vorhin da. Er hat mich gefragt, ob du hier manchmal was kaufst.» Er stellte das Glas vor mich hin und nahm die Marlboroschachtel.

Ich nickte. Mein Herz klopfte wie wild.

«Selbstverständlich hab ich den Mund gehalten. Keine Angst. Aber ich finde, du solltest es wissen.» Die Marlboroschachtel verschwand hinter dem Tresen.

«Danke.»

«Und dabei habe ich diesem Fettwanst in den letzten anderthalb Jahren jeden Monat dreihundertfünfzig Dollar abgedrückt, damit er sich nicht blicken läßt.» Er räusperte sich wieder. Die Nerven. «Ich glaube, dir kann nichts passieren. Wahrscheinlich wollte er mir nur den Tip geben, mich bedeckt zu halten, weil du für die Stadt arbeitest. Da die Hancock bei den Bürgermeisterwahlen kandidiert, haben sie sicher keine Lust auf peinliche Zwischenfälle.» Er zündete sich eine Zigarette an und legte die Marlboroschachtel wieder auf den Tresen.

«Die Hancock will Bürgermeisterin werden?»

«Du weißt schon, Verbrechensbekämpfung und der ganze Mist. Die hält sich wohl für Isis.» Er drehte um und griff nach einer Ausgabe des *Lynn Evening Item*. «Lies selbst.»

«HANCOCK BEWIRBT SICH FÜRS BÜRGERMEISTERAMT», lautete die Schlagzeile. Ich las die ersten Zeilen.

Emma Hancock, erfahrene Mitarbeiterin der Polizei von Lynn und erster weiblicher Captain des Bundesstaates, hat angekündigt, sie werde für das Amt von Bürgermeister William McGinnis kandidieren. Hancock äußerte Bedauern darüber, daß ihre Arbeit durch die vom Rathaus angeordneten Mittelkürzungen beeinträchtigt werde. Im Fall ihrer Wahl werde sie hart gegen Drogenmißbrauch und Gewalt durchgreifen.

Kein Wunder, daß die Hancock den Mord an Sarah so schnell wie möglich aufgeklärt sehen wollte. «Macht und Glaube. Diese Mischung wirkt schon seit Jahrtausenden.» Ich warf die Zeitung auf den Tresen. «Jetzt wissen wir, was sie denkt. Es bleibt nur noch die Frage nach ihrem Unterbewußtsein.»

«Dafür bist du zuständig. Ich schenke nur Getränke aus.»

Ich lächelte. «Hast du für ihren Wahlkampf gespendet?»

«Klar doch. Malloy war auch aus diesem Grund hier; er wollte Emmas Wahlkampfkasse füllen.»

Ich trank mein Bier halb aus und stand auf. «Schreib's mir auf die Rechnung.»

«Wie sagte Bogart noch mal? – ‹Ihr Geld ist hier willkommen.›»

«Hab ich mir fast gedacht.» Ich schob ihm fünf Zwanziger zu. «Aber verpraß es nicht gleich. Ich gehe morgen in die Therapieklinik.»

«Du weißt, daß ich mich immer freue, einen Kunden zu verlieren. Viel Glück.»

Als ich am Lynx Club ankam, war der Parkplatz fast besetzt. Ich holte mein Päckchen aus der Marlboroschachtel, streute eine dicke Linie auf die Klinge meines Jagdmessers und schnupfte sie. Nach dreißig Sekunden breitete sich ein angenehm taubes Gefühl in meiner Nase und Kehle aus. Ich schluckte mit geschlossenen Augen. Ich spürte nichts. Emma Hancocks Bürgermeisterwahlkampf war mir egal. Alle Sorgen waren mit einemmal vergessen. Ich schnupfte noch eine ordentliche Portion und ging hinein.

Der Rhythmus von «Hit Me With Your Best Shot» schlug mir entgegen. Rote und blaue blitzende Lichter blendeten meine Augen. Genießerisch betrachtete ich die üppigen Kurven zweier Blondinen, die nackt auf zwei runden Bühnen zu beiden Seiten des Laufstegs tanzten. Sie hielten sich an Ketten fest, die von der Decke herabhingen. Während die Musik sich steigerte, zogen sie sich mit gespreizten Beinen an den Ketten hoch und ließen sich durch die Luft wirbeln wie Figürchen auf einer Spieluhr. Ich setzte mich unter die Tänzerin, die ein rosafarbenes Halsband aus Lackleder trug, und atmete in tiefen Zügen die muffige Luft des Lynx Club ein.

Ich bestellte einen Black Label ohne Eis und zündete mir eine Marlboro an. Dann griff ich in die Tasche und warf einen Dollar auf die Bühne. Die Tänzerin, die aussah wie etwa zwanzig, ließ sich fallen und ging vor mir in Hockstellung. Sie war hübsch, wirkte mit ihren hohen Wangenknochen und dem vorstehenden Kinn aber ein wenig streng. Ich schaute ihr in die Augen, weil ich mich scheute, ihr sofort in den Schritt zu starren. Als sich unsere Blicke trafen, errötete sie. Dann wanderte ihr Blick zwischen ihre Beine, und ich folgte ihrem Beispiel. Bis auf ein kleines, schmutzigblondes Dreieck war sie rasiert, und als sie mit zwei Fingern ihre Schamlippen spreizte, erkannte ich, daß sie einen gepiercten Goldring trug. Vermutlich als Symbol der Unterwerfung unter irgendeinen Glückspilz von Lastwagenfahrer. Sie nahm meinen Dollarschein, streichelte sich damit und schob ihn dann in ihr Strumpfband. Danach rappelte sie sich auf, drehte sich um, bückte sich und blickte zwischen ihren gespreizten Beinen hindurch. Als ich ihr in die Augen sah, kam ich mir ziemlich dämlich vor, weil ihre auf dem Kopf standen. Sie zwinkerte mir zu und stolzierte auf ihren Stilettoabsätzen zur anderen Seite der Bühne.

Inzwischen war mein Scotch gekommen. Ich nahm erst einen kleinen Schluck und leerte dann das halbe Glas. Ich sah mich nach Rachel um, konnte sie aber nirgends entdecken. In der Spannerecke und an den langen Tischen zu beiden Seiten saß die übliche Mischung aus Geschäftsleuten, Bauarbeitern und Rockern.

Also drehte ich mich um und suchte mit den Augen die Bartheke gegenüber dem Laufsteg ab. Mein Blick glitt über einen Mann hinweg, der auf einem Hocker in der Nähe der Tür saß, und kehrte wieder zu ihm zurück. Er wandte mir den Rücken zu. «Das darf doch nicht wahr sein», murmelte ich vor mich hin. Ich musterte ihn gründlich, um einen Hinweis dafür zu finden, daß ich mich irrte. Doch es gab keinen Zweifel: Der Mann mit dem gewellten, graumelierten Haar und dem dunkelblauen Anzug konnte nur Trevor Lucas sein. Ich biß die Zähne zusammen und bekam Herzklopfen. Als er den Kopf in den Nacken legte, um sein Glas zu leeren, erkannte ich deutlich seine Uhr und das goldene Armband von Cartier. Er wandte sich dem Laufsteg zu.

Ich folgte rasch seinem Beispiel und tat so, als beobachtete ich die Tänzerinnen. Aber eigentlich sah ich gar nichts, denn ich hatte die Augen geschlossen. In mir stieg eine unmässige Wut auf. Hastig trank ich aus und stellte mein Glas weg, um nicht in Versuchung zu geraten, es diesem Schwein in die selbstgefällige Fresse zu schleudern. Ich konnte es mir nicht leisten, die Beherrschung zu verlieren und in einen Schlamassel zu geraten – vor allem nicht in einem Stripteaseschuppen. Also holte ich tief Luft, öffnete wieder die Augen und konzentrierte mich auf das Mädchen, das sich gerade die riesigen Brüste mit Öl einrieb und an den Brustwarzen zupfte. Sie glänzten im bunten Licht. Als ich gerade wieder einen Dollar auf die Bühne warf, spürte ich plötzlich eine Hand auf meiner Schulter. Ich betrachtete sie – schwarze Härchen auf den Fingern, polierte Nägel, ein goldener Siegelring. Es gab kein Entrinnen mehr. Ich stand auf. Meine Fäuste ballten sich.

«Frank Clevenger, hab ich's mir doch gedacht.» Lächelnd streckte Lucas mir die Hand hin. Seine Stimme war so melodisch wie die eines Radiosprechers, und seine Zähne leuchteten selbst in diesem Schummerlicht. «Schön, daß ich nicht der einzige perverse Arzt nördlich von Boston bin.»

Ich starrte in seine durchdringenden Augen. Warum war er nicht gegangen, nachdem er mich bemerkt hatte?

Er beugte sich vor und griff nach meinem leeren Glas, schnüffelte daran und hielt es hoch. «Peggy!» rief er der dicken Frau hinter dem Tresen zu. «Noch einen Black Label für meinen Psychiater und einen doppelten Bourbon-Manhattan für mich.» Er setzte sich neben mich und sah mich an. «Es stört Sie doch nicht, oder? Ich weiß, daß manche Leute lieber in der anonymen Masse verschwinden.»

«Ich hätte nie gedacht, daß Sie sich Sorgen darüber machen, ob Sie jemandem zu nahe treten könnten», entgegnete ich und nahm ebenfalls Platz.

Er warf einen Zehner auf die Bühne und nickte der Tänzerin zu. «Tolle Titten!» brüllte er.

Ich wäre am liebsten im Erdboden versunken.

Kichernd leckte sie sich die Lippen. Dann ging sie in die Hocke und hob den Geldschein mit zusammengepreßten Brüsten auf. «Danke», sagte sie grinsend. Sie setzte sich auf die Bühne, spreizte die Beine, umklammerte ihre Knöchel und schaukelte hin und her. Der Ring in ihrer Schamlippe wippte im Rhythmus.

Die Barfrau stellte unsere Drinks vor uns hin. Trevor reichte ihr einen Zwanziger und wies das Wechselgeld mit einer Handbewegung zurück. Nach einem kurzen Blick auf mich betrachtete er wieder das Mädchen. Inzwischen wurde «Ride Like The Wind» gespielt, und sie tat so, als säße sie auf einem Motorrad. «Schrecklich, das mit Sarah Johnston», meinte er. «Verdammt gute Krankenschwester.»

«Ja.»

«Und auch verdammt hübsch.»

Wortlos trank ich einen Schluck Scotch.

«Wahrscheinlich einfach nur zur falschen Zeit am falschen Ort gewesen. Pech gehabt.»

«Sieht so aus.»

«Ich habe gehört, Sie und der Typ, der ihr das angetan hat, sind inzwischen schon per du.»

Hatte er mit Nels Clarke oder mit Kathy geredet? «Bis jetzt ist noch niemand verurteilt worden», antwortete ich und blickte weiter starr geradeaus.

«Die Zeitungen halten es für eine eindeutige Sache.» Er nahm einen Schluck. «Oder haben Sie etwa Zweifel?»

Ich hatte die Höflichkeiten satt. «Nicht, was Sie angeht.» Ich blickte ihm in die Augen.

Kopfschüttelnd schürzte er die Lippen. «Warum hacken Sie auf *mir* rum? Niemand hat Kathy gezwungen, sich anderweitig zu amüsieren.»

«Ich bin sicher, daß es für Sie nur ein Spiel ist.»

«Katz und Maus», bestätigte er grinsend.

Maus. Falls er vorhatte, mich zu provozieren, indem er Kathys Spitznamen benutzte, wollte ich ihm diese Genugtuung nicht gönnen. Ich drehte mich um und warf einen Dollar auf den Laufsteg.

Er nahm noch einen Schluck von seinem Manhattan. «Für mich war sie eigentlich nie mehr als ein guter Fick, aber ich glaube, sie hat sich die Sache sehr zu Herzen genommen.»

Meine Finger schlossen sich so fest um mein Glas, daß sie sich weiß verfärbten. Ich betrachtete Trevors Gesicht mit den dunklen Bartstoppeln und stellte mir vor, wie Glasscherben seine griechische Nase und sein markantes Kinn zerfetzten.

«Das bringt Sie auch nicht weiter», sagte er mit einem Blick auf mein Glas.

«Was?»

Er lehnte sich zu mir hinüber. Sein Gesicht schien unter den roten und blauen Lichtern Wellen zu schlagen. «Sie würden es schaffen. Schließlich sind Sie größer und stärker als ich, und ich habe gehört, daß Sie fast zu allem fähig sind, wenn Sie in Wut geraten. Aber *ich* bin nicht Ihr Problem, sondern Kathy.»

Er ärgerte und faszinierte mich gleichzeitig. «Also lehnen Sie die Verantwortung für Ihr Handeln ab? Dann sind Sie nicht besser als irgendein sexuell übertragbares Virus.»

Er lachte. «Ganz im Gegenteil. Ich übernehme die volle Verantwortung. Deshalb sitze ich jetzt hier bei Ihnen. Ich hätte genausogut verschwinden können.»

Aus dem Augenwinkel sah ich, wie Rachel aus der Garderobe kam und auf die Bar zuging. Ich folgte ihr mit dem Blick. Sie trug eine Jogginghose und ein weißes, ärmelloses T-Shirt, das sich eng an ihre straffen Brüste schmiegte.

«Plättbrett», sagte Trevor.

«Wie bitte?»

«Das Mädchen, das Sie da eben anstarren, sieht aus wie ein Plättbrett.»

Ich drehte mich zu ihm um. «Vielleicht würde sie Sie mehr interessieren, wenn Sie wüßten, daß sie mit einem anderen Mann zusammenlebt.»

«Wahrscheinlich. Haben Sie was mit ihr?»

Ich verzog das Gesicht und griff nach meinem Glas.

Während Trevor sich schützend die Hand vors Gesicht hielt, legte ich den Kopf in den Nacken und leerte es zur Hälfte. «Sie sind ein bedauernswertes Arschloch. Sie verwechseln Rivalität mit Leidenschaft, weil sich nie jemand einen Furz um Sie gekümmert hat.»

Er lächelte. «Spannende Theorie. Aber wie erklären Sie es sich dann, daß Kathy in Wirklichkeit mich liebt und mit Ihnen nur vögelt? Nicht, daß man ihr daraus einen Vorwurf machen könnte, Frank. Ich bin ihr nähergekommen, als Sie es je gewagt haben. Ich kenne sie besser als sie sich selbst.»

Ich griff in die Tasche «Gehen Sie jetzt», sagte ich mit unbewegter Miene.

Er nickte versonnen. «Gestern nacht hatten wir großen Spaß miteinander. Sie war phantastisch. Doch eins müssen Sie mir noch verraten. Sie sind ja Hobbyanalytiker: Warum ruft sie immer nach ihrem Vater, wenn ich es ihr von hinten besorge?»

Mit dem Daumen ließ ich mein Silbermesser aufschnappen und verbarg es unter dem Tresen.

«‹Daddy! Daddy!› schreit sie.»

Ich stieß mit einer raschen Drehung nach der Wölbung in seiner

Hose, und zwar kräftig genug, daß ich dabei den Stoff aufschlitzte. Mit der anderen Hand warf ich mein Glas um.

Er fuhr zurück und wäre beinahe vom Hocker gekippt. «Mein Gott! Sind Sie noch ganz dicht?»

«Das Ding ist scharf wie eine Rasierklinge», sagte ich.

Dann lächelte ich den anderen Gästen beruhigend zu und betupfte seine nasse Hose mit meiner Serviette. «Wenn Sie heute nicht auf dem Operationstisch übernachten wollen, sollten Sie jetzt wirklich gehen.»

Er machte zwei Schritte rückwärts. «Vielleicht haben Sie recht. Ich möchte Kathy nicht warten lassen. Sie kann es nicht leiden, wenn ich mich verspäte.» Mit diesen Worten drehte er sich um und entschwand in Richtung Tür.

Ich hätte ihm folgen können, tat es aber nicht. Irgendwo jenseits des Nebels aus Scotch, Kokain und Nikotin, in einem Teil meines Gehirns, wo die chemischen Botenstoffe noch planmäßig zirkulierten, wußte ich, daß er die Wahrheit gesagt hatte. Er war nicht wichtig. Ich hatte ein Problem mit Kathy.

Hatte sie mich belogen? Ging sie wirklich wieder mit ihm ins Bett? Bei der Vorstellung, wie sie auf dem Bauch lag, den Hintern hochstreckte und ihn durch ihre blonden Haarsträhnen ansah, wurde mir übel. Doch trotz aller narzißtischer Anwandlungen wußte ich, daß es mir kaum zustand, sie zu verurteilen: Schließlich saß ich in der Spannerecke und wartete darauf, es einer sommersprossigen Stripperin mit Künstlernamen Tiffany zu besorgen.

Ich leerte meinen restlichen Drink und ging zur Toilette. Meine Umgebung nahm ich leicht verschwommen wahr. Zuviel Alkohol, zuwenig Koks, dachte ich. Es kostete mich einige Konzentration, einen Fuß vor den anderen zu setzen, und ich sagte mir vor, daß ich die Arme baumeln lassen und den Absatz vor den Zehen auf den Boden stellen mußte. Ich kam an ein paar Typen vorbei, die, aufgereiht wie die Soldaten, vor den Urinalen standen und starr geradeaus blickten. Im Lynx Club findet niemand etwas dabei, wenn man der Möse einer Tänzerin ein Kußhändchen zuwirft. Doch wer einen anderen Gast falsch ansieht, läuft Gefahr, Bekanntschaft mit dem Betonfußboden zu machen. Ich schloß mich in einer Kabine ein und pinkelte. Dann zog ich mein Päckchen heraus, schob mir eine Prise in jedes Nasenloch und schnupfte. Bald war das Schwindelgefühl vorbei. Ich kehrte an meinen Platz zurück.

Inzwischen hatte ein anderes Mädchen mit schimmernden schwarzen Locken zu tanzen begonnen. Dazu lief ein Lied von Bonnie Raitt. Die Tänzerin war als Cowboy verkleidet und trug einen Pistolengürtel und Schießeisen. Allerdings hatte sie unter den Beinlingen nichts an.

Rachel saß mit einem alten Mann an der Bar. Ihre Hand lag auf seinem Knie. Ich setzte mich den beiden schräg gegenüber und bestellte einen Kaffee. Peggy, die Barkeeperin, ziemlich abgebrüht, ungefähr fünfzig und mit etwa zwanzig Kilo Übergewicht, stellte die Tasse vor mich auf eine Cocktailserviette.

«Fünf Dollar, Süßer», sagte sie. Sie hatte eine angenehme Stimme.

«Einen Fünfer für eine Tasse Kaffee?»

«Willst du einen Schuß Kalúha oder Baileys dazu? Selber Preis.»

«Lieber nicht.» Ich gab ihr sechs.

Sie zog den Rundausschnitt ihres Polyesterhemds herunter, damit ich ihren Brustansatz sah. «Viel Spaß noch», kicherte sie.

Ich nahm einen Schluck und sah zu Rachel hinüber. Als sich unsere Blicke trafen, lächelte sie, aber sie hörte weiterhin aufmerksam dem Mann zu. Ich bemerkte eine Flasche Champagner auf dem Tresen. Rachel beugte sich vor, ließ ihre Hand den Oberschenkel des Mannes hinaufgleiten und flüsterte ihm etwas ins Ohr.

Inzwischen hatte das Mädchen auf der Bühne die Beinlinge ausgezogen. Mit geschlossenen Augen kniete sie da und schob sich den Lauf des Revolvers in den Mund. Sie steckte ihn ganz hinein, zog ihn wieder raus, leckte ihn ab und wiederholte das Ganze. Ich stellte mir vor, welche Panik im Lokal ausbrechen würde, wenn die Waffe geladen gewesen wäre und sie sie auf die Zuschauer gerichtet hätte. Ein Massenmord von wahrhaft poetischen Dimensionen, ein Fanal des Zorns. Ich malte mir aus, wie sie auf jeden Mann zuging, der einen Dollar vor sich liegen hatte, ihm zwischen die Beine schoß, sich umdrehte und ihm noch eine Kugel ins Gesicht verpaßte.

«Ich habe alle abgeknallt, die mir Trinkgeld gegeben haben», würde sie später aussagen. «Der Gnadenschuß. Ich glaubte, die Dollars wären dafür gedacht.» Ich fragte mich, ob man sie wohl für unzurechnungsfähig erklären würde.

Da spürte ich, wie sich zwei Hände sanft über meine Augen legten. Sie waren zart und weich, und obwohl ich plötzlich nichts mehr sah, fühlte ich mich geborgen.

«Wenn du die anderen Mädchen angaffst, bin ich beleidigt», sagte Rachel. Sie nahm die Hände weg und setzte sich neben mich.

Sie trug einen Pferdeschwanz. Ihre hohe Stirn und die bernsteinfarbenen Augen beeindruckten mich noch mehr als beim erstenmal. «Ich fing schon an, mich einsam zu fühlen», erwiderte ich.

«Ist Trevor weg?» Sie warf einen Blick auf die Plätze, wo wir zuvor gesessen hatten. «Ich dachte schon, heute hätten alle Ärzte Ausgang.»

War das ein Alptraum? «Woher kennst du Trevor?»

«Wir alle kennen ihn. Er ist Stammgast hier. Candy, das Mädchen mit dem Ring, hatte schon mal ... du weißt schon, beruflich mit ihm zu tun.»

Also ging Trevor auch zu Nutten. Ich überlegte, was Kathy wohl dazu sagen würde, daß er ihr Keime von Candy – und wahrscheinlich von halb Revere – übertrug. «Wie gut kennst du ihn denn?» fragte ich.

«Nur so vom Sehen». Sie lächelte. «Du glaubst doch nicht etwa, daß ich auch beruflich mit ihm zu tun hatte?»

Ich dachte eine Weile darüber nach. «Nein», meinte ich dann. «Das glaube ich nicht.» Ich nahm noch einen Schluck. Der Kaffee war abscheulich. «Wer ist denn dieser Opa?»

«Joe Smith.»

«Sehr einfallsreich, muß schon sagen.»

«Es spielt keine Rolle, ob er lügt. Wahrscheinlich fällt es ihm leichter, mit mir zu reden, wenn ich seinen richtigen Namen nicht weiß.»

«Und wovon redet er?»

«Das darf ich eigentlich nicht weitererzählen.»

«Ich werde schweigen wie ein Grab.»

«Schwörst du es mir?» Sie sah mich prüfend an. «Müßt ihr Ärzte denn immer noch einen Eid schwören?»

«Aber natürlich.» Ich hob eine Hand. «Ich schwöre beim Eid des Hippokrates. ‹Was ich bei der Ausübung meines Berufes erfahre, werde ich für mich behalten und wie ein geheiligtes Geheimnis behandeln.›»

«Hast du das auswendig gelernt?»

«‹Ich werde niemandem absichtlich Schaden zufügen und den menschlichen Körper nicht mißhandeln.›»

«Darüber sprechen wir später. Aber vielleicht kannst du mir helfen. Es geht um Joe.»

«Klar.»

«Gut. Vor drei Monaten wurde ihm ein Hautkrebsgeschwür an der Schenkelinnenseite in der Nähe der Leiste entfernt. Er sagt, er hat eine ziemlich schlimme Narbe, und ich vermute, daß die Wunde nicht vollständig abgeheilt ist. Kann das so lange dauern?»

«In seinem Alter schon. Besonders, wenn es zu einer Infektion gekommen ist.»

«Okay.» Sie zuckte die Achseln. «Jedenfalls sagt er, sie ist nicht ganz zu. Deshalb will er nicht mehr, daß seine Frau ihn nackt sieht oder ihn berührt. Er findet, daß er da untenrum verstümmelt aussieht.»

«Darüber hat er mit dir geredet? Hier?»

«Kommt wahrscheinlich billiger, als wenn er sich an dich wenden würde. Und du streichelst ihm dabei nicht das Bein.»

«Ich dachte, das wäre verboten.»

«Ist es auch. Aber ihm geht es dadurch besser, und er gibt mir Champagner aus – im Gegensatz zu manchen anderen Gästen. Deshalb hat Peggy dem Chef gesagt, er soll sich raushalten.»

Ich warf einen Blick auf ihn. «Jeder Mensch bekommt das, was er braucht.»

«Wirklich? Da bin ich mir nicht so sicher. Manche Leute haben solche Probleme, daß sie das, was sie brauchen, gar nicht mehr annehmen können – selbst wenn es ihnen jemand geben würde.»

Man denkt, man hat eine Stripperin vor sich, und dann entpuppt sie sich als Wunderheilerin. Gott ist auch im Lynx Club präsent.

«Was soll ich ihm antworten?» fragte sie.

«Er sieht sich als Opfer, hält sich für einen halben Mann. Vielleicht ist das sogar der Grund, warum die Wunde nicht richtig heilt. Du mußt ihm helfen, sich als Überlebenden zu betrachten. Er hat den Krebs besiegt und dem Tod ins Auge geblickt. Seine Wunde ist so etwas wie ein Orden. Frage ihn, warum er seiner Ansicht nach noch lebt, während so viele andere Menschen an Hautkrebs sterben. Frag ihn, wie er die Schmerzen ausgehalten hat.»

«Und dann fühlt er sich besser?»

Ich zuckte die Achseln. «Kann sein. Doch eigentlich ist es egal, was du sagst, solange du nur dabei weiter sein Bein streichelst.»

«Gut.» Sie lächelte. «Das habe ich mir fast gedacht.» Sie stand auf. «Ich bin als nächste dran. Ich muß mich fertig machen.»

«Ich warte hier.»

«Warum setzt du dich nicht nach vorne?»

Dagegen hatte ich nichts einzuwenden. Ich setzte mich wieder in die Spannerecke neben zwei junge Typen in gestreiften Hemden und Clubkrawatten, die sich über den Handel mit Porsche- und Mercedesschlitten unterhielten.

«Das Problem mit Porschekunden ist», sagte der eine, «daß sie alle nur protzen wollen. Die Finanzierung ist bei ihnen ein totaler Streß, weil sie sich die Autos eigentlich nicht leisten können. Aber sie brauchen sie für ihr Ego.» Er zog fünf Ein-Dollar-Scheine aus der Tasche und legte sie auf den Tresen. «Der Mercedeskunde dagegen übernimmt sich nicht. Er hat es nicht nötig, sein Image aufzupolieren, sondern will einfach nur ein komfortables Auto.»

«Und was ist mit Leuten, die Range Rover fahren?» mischte ich mich ein.

«Snobs mit Miesen auf der Bank», antwortete er mit einem Blick zu mir.

«Machen den Gerichtsvollziehern jede Menge Arbeit», fügte sein Freund hinzu.

«Aha», sagte ich.

«Fahren Sie einen Rover?» wollte der erste wissen.

«Ja.»

«Tut mir leid», kicherte er.

«Schon gut.»

«Aber es stimmt trotzdem. Wenn man einen Pick-up will, soll man sich einen kaufen. Einen Ram oder einen Suburban. Warum so tun, als wäre man mitten im Dschungel?»

«Darüber werde ich mal nachdenken.»

Er gab mir seine Karte: JERRY STEIN, GESCHÄFTSFÜHRER, MEL'S AUTOWORLD. «Wir haben viele gebrauchte Pick-ups auf Lager. Bei uns bekommen sie was für Ihr Geld.»

«Vielen Dank.» Von einem Autohändler als Hochstapler enttarnt.

Rachels Lied – «Purple Rain» von Prince, oder wie dieser Idiot sonst heißt – fing gerade an. Sie kam mit einem weißen Spitzenhöschen und einer schwarzen Lederjacke auf die Bühne. Die Jacke hatte silberne Reißverschlüsse und eine verchromte Schließe. Ich war mir nicht sicher, ob die Höflichkeit gebot, ihr einen Fünfer hinzulegen oder nichts zu geben. Ich entschied mich für den Fünfer.

Sie schlenderte zu mir herüber, blieb stehen und biß sich auf die Unterlippe. Das rotbraune Haar fiel ihr ins Gesicht. Dann kauerte sie sich mit gespreizten Beinen hin, so daß das Höschen mehr enthüllte als verbarg, und fuhr mit dem Finger über die Spitze. Nachdem sie sich umgedreht hatte, zog sie das Höschen bis auf die Schenkel hinunter und zeigte mir ihren Po. Am liebsten hätte ich sie angefaßt und geschmeckt. Vielleicht erinnerte sie sich an meine Bitte vom letztenmal, denn sie holte mit der Hand aus und versetzte sich einen Klaps auf den Hintern. Dann stand sie auf, ohne mein Geld zu nehmen, ließ ihr Höschen ganz herunterrutschen und tanzte zum anderen Ende der Bühne.

Die Autohändler glotzten auf meinen Fünfer. «Kennen Sie die Kleine?»

Ich fühlte mich stark und wie etwas Besonderes. *Weil ich die Stripperin kannte.* Der Rest blieb der Phantasie der beiden überlassen. Ich zwinkerte ihnen zu.

Als die Bedienung sich näherte, bestellte ich noch einen Black Label ohne Eis.

Sie brachte ihn sofort, und ich griff nach meiner Brieftasche. «Tiffany hat gesagt, Ihre Drinks gehen heute auf Kosten des Hauses!» überbrüllte sie die Musik.

Meine Beziehung war am Ende. Mein Konto war abgeräumt. Mein Auto hatte einen ordentlichen Blechschaden. Ich kam im Fall Westmoreland nicht weiter. Vielleicht würde ich von Lynns Polizei, meinem zuverlässigsten Auftraggeber im letzten Jahr, nie wieder einen Job kriegen. Und ich brauchte dringend eine Drogentherapie. Doch als ich in diesem Moment in der Spannerecke saß, einen Rest Koks in der Tasche, einen Gratisscotch vor mir und ein Spitzenunterhöschen in Griffweite, konnte ich mir immer noch vormachen, daß mit mir alles in Ordnung war. Nicht nur in Ordnung – ich war der Allergrößte!

8

Rachels Auftritt war die letzte Nummer des Abends gewesen. Als ich sie von Revere nach Chelsea – einem heruntergekommenen Viertel nördlich von Boston – fuhr, roch es im Auto immer mehr nach Sex. Ich beobachtete sie von hinten, während sie die Treppe zu ihrer Wohnung hinaufstieg. Sie wohnte in der obersten Etage eines vierstöckigen Industriegebäudes am Ufer. Da sie kein Höschen trug und ihre Jeans im Schritt durchgescheuert waren, sah ich bei jeder Stufe, wie sich weiches Fleisch gegen die letzten Fäden des Stoffes preßte.

Verstandesmäßig wußte ich, daß das Hinterteil einer Frau nichts weiter ist als der Gluteus maximus – ein mit Becken und Steißbein verwachsener Muskel. Doch es ist mir noch nie gelungen, eine wissenschaftlich distanzierte Einstellung dazu zu gewinnen. Den Großteil meines Erwachsenenlebens habe ich auf der Jagd nach dieser kurvigen Körperstelle zugebracht.

Als Rachel die Eisentür zu ihrer Wohnung aufschob und hineinging, hatten Adrenalin und Testosteron die Herrschaft über meinen Verstand übernommen. Ich packte sie und schob sie an die Wand. Wir küßten uns. Unsere Zungen berührten sich, und wir knabberten einander an den Lippen. Als ich ihr die Jeans aufknöpfen wollte, schob sie meine Hand weg und zog statt dessen meinen Reißverschluß auf.

«Du brauchst es», flüsterte sie. Sie leckte sich die Handfläche ab und schob ihre Hand in meine Boxershorts.

Das Gefühl ihrer feuchten Haut an meiner ließ mich aufseufzen. Ich tastete mit der Zunge nach ihrem Ohr.

«Entspann dich», sagte sie und zog den Kopf weg. Dann bewegte sich ihre Hand immer schneller.

Ich lehnte den Kopf an ihre Schulter und schloß die Augen. Plötzlich wirbelte sie uns herum, so daß ich an die Wand gepreßt wurde. Als ich ihren Hintern berühren wollte, packte sie meine Hand und drückte sie herunter. Ich hätte sie mühelos überwältigen können, aber ich wollte es nicht. Hieß das, daß sie mich überwältigt hatte?

«Was hast du da?» wollte sie mit einem Blick auf mein verbundenes Handgelenk wissen.

«Das ist eine lange Geschichte.»

«Für eine lange Geschichte haben wir keine Zeit. Beweg dich nicht. Ich möchte dein Gesicht ansehen.» Sie leckte sich wieder über die Handfläche und steckte die Hand zurück in meine Hose. «Sag mir, wenn du kommst.»

Wenn ich auf Koks bin, dauert es gewöhnlich eine Weile, aber ihre Hand tat so ziemlich das, was ich auch selbst getan hätte. Nur mit dem Unterschied, daß ich den Druck und das Tempo nicht vorhersehen konnte. Und das erregte mich so, daß ich schon nach einer halben Minute kurz vor der Explosion stand. Ich zögerte, ihr das zu gestehen. Einerseits, weil sie mich darum gebeten hatte, andererseits, weil ich befürchtete, sie würde aufhören, mich verspotten und mich zappeln lassen. Aber dann sagte ich es ihr doch.

«Ich ... komme», stieß ich hervor.

Als es losging, lag sie vor mir auf den Knien und hatte die Lippen um mich geschlossen. Mein Rücken preßte sich an die Wand, während sich alle meine Beinmuskeln gleichzeitig anspannten. Ich sah sie an, stellte fest, daß sie mir in die Augen starrte, und zog mich zurück.

Sie blickte mich weiterhin unverwandt an, während ihr mein Sperma gegen den Mund spritzte. Nach einer Weile wischte sie sich mit dem Handrücken das Kinn ab und stand auf. Sie schmiegte sich an mich, so daß sich unsere Gesichter berührten. «War es schön?» zwitscherte sie.

Ihr Tonfall kam mir bekannt vor. Ich dachte an eine Situation, als ich zehn Jahre alt war. Damals trug ich abgeschnittene Jeans und ein T-Shirt und saß mit meiner Mutter auf dem Sofa. Sie versuchte mich aufzuklären und druckste ziemlich herum. Ich war erwischt worden, als ich die knospenden Brüste von Kim Daney streichelte, einem neunjährigen, blonden Mädchen mit grünen Augen, das zwei Häuser weiter wohnte. «Wenn ein kleiner Junge ein kleines Mädchen gern hat, wird manchmal sein kleiner Penis hart», sagte meine Mutter mit derselben Singsangstimme. Sie warf einen Blick zwischen meine Beine. «Aber das ist doch nicht etwa passiert, als du mit Kimmy zusammenwarst, oder?»

Ich konnte nicht einschätzen, wieviel Ärger mir drohte. «Nein», antwortete ich.

«Nein?»

«Ja», gab ich zu.

«Das braucht dir gar nicht peinlich zu sein, Frankie.» Ihr Ton wurde ernst. «Und lüg mich nicht an.» Sie machte eine Pause. «Gefällt es dir, wenn dein Penis hart wird?»

«Nein ... ja.» Ich zuckte die Achseln und versteckte mich hinter meinen Ponyfransen.

«Wenn Menschen erwachsen sind – älter als du –, steckt der Mann seinen harten Penis in die Frau hinein ... in einen Schlitz zwischen ihren Beinen. Er bewegt ihn hin und her, und aus irgendeinem Grund fühlt sich das für ihn schön an.» Sie wartete auf meine Reaktion. «Doch das hast du mit der kleinen Kimmy nicht gemacht? Du hast deinen Penis nicht zwischen ihre Beine gesteckt?»

An so etwas hatte ich nicht einmal gedacht. Es klang zwar interessant, aber ich hatte eine eher praktische Frage: «Was ist, wenn man pinkeln muß, während er da drin ist?»

«Wenn man pinkeln muß?» Sie fing an zu lachen.

Ich machte einen Rückzieher. «Nein, ich meinte ...»

Es war zu spät. Sie rüttelte schon meinen Vater wach, der auf dem Fernsehsessel seinen Rausch ausschlief, um ihm zu erzählen, was ich gesagt hatte.

Ich heulte.

Mein Vater hörte kopfschüttelnd zu, sah mich an und schlug meiner Mutter ins Gesicht, so daß sie zu Boden stürzte. «Wehe, wenn du dich noch einmal über meinen Sohn lustig machst», murmelte er. Dann warf er mir einen Blick von Mann zu Mann zu und döste wieder ein.

Rachel kniff mich spielerisch in den Bauch, und meine Eltern verschwanden. «Ich habe dich gefragt, ob es schön war», zwitscherte sie wieder.

Ihre Stirn lag immer noch an meiner, und auf einmal wurde mir das zuviel. Ich nahm sie an den Schultern und schob sie weg.

Sie ließ es geschehen, stand einfach da. «Nun?»

«Ja», antwortete ich. «Es hat mir gefallen.»

«Und gefällt es dir auch, wenn ich mir im Club selbst den Hintern versohle?»

Ich schwieg.

«Gefällt es dir?» beharrte sie.

«Ja.»

«Möchtest du mich übers Knie legen und mir auch den Hintern versohlen?»

Ich zuckte die Achseln.

Sie senkte die Stimme zu einem Flüstern. «Nicht nur den Hintern. Auch zwischen den Beinen. Möchtest du mich dort schlagen?»

Mein stockender Atem verriet mich.

«Du kannst ruhig sagen, was du willst, Frank. Es gibt keine Regeln.»

«Sag mir erst, was du willst», brachte ich heraus.

«Das spielt doch für dich keine Rolle.»

«Tut es schon.»

Lächelnd küßte sie mich auf die Wange. «Lügner.» Sie machte sich los und ging zur Kochnische.

Ich fühlte mich bloßgestellt und allein. Umständlich verstaute ich mein Geschlecht in der Hose.

«Willst du einen Scotch?» fragte sie.

Meine Boxershorts waren feucht und ungemütlich. Ich räusperte mich. «Bei einem Scotch», krächzte ich, «sage ich nie nein.» Ich klang wie eine Parodie auf John Wayne. Dann schlug ich die Eingangstür so heftig zu, daß sie wieder aufsprang.

«Die Tür hat ihre Macken!» rief sie.

Ich versuchte es noch einmal, nun etwas behutsamer.

«Du kannst dich ruhig umdrehen.»

«Danke.» Ich freute mich über die Gelegenheit, wieder meine Beine – und mein Hirn – zu benutzen.

Rachels Wohnung war ein Loft mit freistehenden Pfeilern und Säulen und vielen Backsteinwänden. Auf einem etwa einen Meter hohen Podest mitten an der Wand stand ein Bett aus Mahagoni, auf dem eine samtene Patchworkdecke lag. An den anderen Wänden hingen gewaltige Vergrößerungen von Schwarzweißphotos. Sie stellten Menschen dar, die im Leben gescheitert waren: Männer mit verzweifeltem Blick, die sich vor einer Suppenküche namens «Täglich Brot» drängten. Ein schwarzer Junge, höchstens acht Jahre alt, der vor einer mit Graffiti beschmierten Wand kauerte. Eine alte Frau im Rollstuhl mit schmerzverzerrtem Gesicht. Ich drehte mich zur Küche um. «Sind die Photos von dir?» fragte ich.

«Ich habe sie hier in Chelsea gemacht», antwortete sie. «Möchtest du Eis?»

«Nein, pur.» Ich betrachtete noch einmal die alte Frau. Zwischen ihren Nasenlöchern und einem Sauerstofftank an ihrem Rollstuhl verliefen durchsichtige Plastikschläuche. «Romantik kann man dir wirklich nicht vorwerfen.»

«Nein? Ich finde den Überlebenswillen dieser Leute etwas Wunderschönes. Wie bei meinem Gast mit dem Hautkrebs. ‹Dem Tod ins Auge blicken›, wie du es genannt hast.» Sie kam mit unseren Drinks zu mir.

Mein Blick fiel auf ein ausgestopftes Tier, das dem gläsernen Couchtisch in der Mitte des Raums als Sockel diente. Es war ein Kojote mit einem gefangenen Waschbären im Maul. Die Augen des Waschbären waren ängstlich aufgerissen, doch er hatte die Klauen tief in die Schnauze des Kojoten geschlagen.

«Glaubst du das, was du mir über die Narbe gesagt hast, wirklich?» wollte sie wissen. «Daß er ein Überlebender ist?»

Das war eine gute Frage. Als ich noch praktizierte, fühlte ich mich manchmal wie ein Vertreter, der das Dasein auf diesem unglückseligen Planeten als lebenswert anpries. Unzählige Male ließ ich meine Patienten «Sicherheitsverträge» unterzeichnen, in denen sie mir schriftlich bestätigten, daß sie sich nichts antun würden. Aber hätte ich so leben wollen wie sie? Oder wie Billy? *Häng dich rein.* Warum? «Es ist völlig egal, ob *ich* ihn für einen Überlebenden halte», antwortete ich und nahm mein Glas entgegen. «Er ist derjenige, der es glauben muß.»

Wir gingen zu den Glastüren am anderen Ende des Raums. Sie führten auf ein Sonnendeck hinaus, von dem aus man die Tobin Bridge sehen konnte. Dieser gewaltige Bogen aus Stahl, über den man in die Innenstadt von Boston fuhr, war für den Niedergang von Chelsea verantwortlich gemacht worden, da ganze Straßenzüge niedergewalzt worden waren, um seinen Betonfundamenten Platz zu machen. Ich hatte die Brücke noch nie so genau betrachtet, und nun schlug mich ihre Großartigkeit in Bann. Ich setzte mich auf eine alte Kirchenbank, die Rachel vor die Tür gestellt hatte. «Was war früher in diesem Gebäude?» fragte ich.

«Eine Ausbeuterfabrik», erwiderte sie und ließ sich neben mir nieder. «Während des Vietnamkriegs wurden hier Uniformen genäht. Nach einem Brand hat der Laden dichtgemacht.» Sie zeigte auf eine verkohlte Stelle an einem Balken. «Diese Etage hat es nicht schlimm erwischt. Die anderen Stockwerke sind total ausgebrannt.»

Von Verwandten, die gesellschaftlich aufgestiegen waren und Chelsea verlassen hatten, um an die Nordküste in Städtchen wie Nahant, Swampscott und Marblehead zu ziehen, wußte ich, daß Chelsea zweimal fast vollständig niedergebrannt war. Einmal 1908 und einmal 1973. «Du kennst ja den Spruch: Was Chelsea braucht ....»

«... ist wieder ein Feuer. Der Witz ist uralt.» Sie trank einen Schluck. «Das hört sich zwar zynisch an, doch in gewisser Weise stimmt es. Verbesserungen erfolgen niemals schrittweise. Man muß sterben, um wiedergeboren zu werden.»

«Das zeugt nicht gerade von Vertrauen in meinen Beruf.»

«Tut mir leid, aber seien wir mal ehrlich: Die meisten deiner Kollegen erkennen nicht, was für ein Potential in einem Nervenzusammenbruch liegt. Einem absoluten Kollaps. Durch eine schwere Depression findet man leichter zu sich selbst als durch eine Packung Prozac.» Sie beugte sich zu mir vor. «Oder durch ein Gramm Kokain.»

«Kokain?»

«Kokain?» wiederholte sie spöttisch. «Du bist ein miserabler Lüg-

ner. Ich habe es geschmeckt, als ich die Zunge in deinem Mund hatte.»

«Ich habe noch was da, wenn du ...»

«Nein danke, ich nehme keine Drogen. Aber tu dir keinen Zwang an.»

Diese Aufforderung hatte ich nicht nötig. Schon auf der Treppe hatte ich daran gedacht, mich auf eine Prise ins Bad zurückzuziehen. Ich holte mein Päckchen heraus.

«Ich hab es eine Zeitlang probiert – Schnee, Marihuana, Valium, Percocet, Heroin, Prozac, Zoloft.» Sie hielt inne. «Ach ja, Ritalin auch noch. Eine Menge Ritalin.»

Ich wußte nicht, ob ich mich näher mit Rachels psychiatrischer Krankengeschichte befassen wollte. Wenn ich Mitleid mit ihr bekam, würde ich sie nicht mehr vögeln können, wie ich es eigentlich vorhatte. Allerdings habe ich mich noch nie damit begnügen können, an der Oberfläche zu bleiben. «Hattest du Depressionen?»

«Sehr gut, Herr Doktor.» Sie drehte ihren Arm herum. Von ihrem Handgelenk aus liefen vier vertikale Narben einige Zentimeter ihren Unterarm hinauf. Wie hatte ich die übersehen können? «Ich habe versucht, mir mit Prozac das Leben zu nehmen. Niemand hatte mir gesagt, daß man das Zeug tonnenweise schlucken müßte, damit es klappt. Es heilt einen nicht, und es bringt einen auch nicht um. Wozu ist der Mist dann gut?»

«Und was hat dir geholfen?»

«Ein Seelenklempner, wie du einer bist.» Sie grinste. «War das die richtige Antwort?»

«Meiner Erfahrung nach nicht.»

«Wie recht du hast. Die Wahrheit ist, daß das Strippen mich gerettet hat. Als ich damit anfing, ging es mir sofort besser.»

«Ein Betäubungsmittel sozusagen?»

«Eher ein Sicherheitsventil.»

«Warum?»

«Um es im Psychologenjargon auszudrücken: Es ermöglicht mir, meine Wut nach außen anstatt nach innen zu richten.»

«Und ich dachte immer, wir Männer wären die Ausbeuter.»

«Falsch. Ich weiß, was die Gäste durchmachen, wenn ich mich

über sie beuge. Die meisten haben übergewichtige, alternde Frauen zu Hause, die ihnen keinen blasen würden, auch wenn es um ihr Leben ginge. Ich weiß, daß sie bei meinem Anblick einen Steifen kriegen und daß sie davon träumen, mit mir zu schlafen. Uns trennen zwar nur wenige Meter, aber sie kommen nie wirklich an mich ran. Ich sehe den Schmerz in ihren Augen.»

«Du bist ja eine richtige Sadistin.»

«Nur auf der Bühne. Und das reicht mir. So habe ich es nicht nötig, jemanden umzubringen.»

«Warte noch ein paar Jahre.» Ich rieb mir eine Prise ins Zahnfleisch und steckte das Päckchen weg.

«Ich frage mich, was du mit deiner Wut machst?»

«Was?»

«Mit deiner Wut.» Sie lächelte. «Vor ein paar Minuten ist sie dir übers Gesicht gelaufen. Wie äußert sie sich sonst?»

Ich leckte über das Glas meiner Uhr, wo noch ein wenig Koks klebte. «Ich bin darauf spezialisiert, Mörder zu begutachten, um herauszufinden, ob sie verrückt sind. Ich höre ihnen zu, wenn sie schildern, wie sie ihre Opfer erdrosselt, erstochen oder erschlagen haben. Ich sehe mir die Leichen in der Pathologie an.»

«Findest du das schön?»

«Es ist mein Job. Ein komischer zwar, aber ein Job.»

«Jetzt mach mal 'nen Punkt.»

«Was meinst du damit?»

«Wenn es dir nur auf einen Job ankäme, könntest du genausogut Professor werden. Du müßtest dich nicht in Leichenhallen rumtreiben.»

Ich mußte lächeln, als ich sah, wie sehr sie darauf erpicht war, die Wahrheit zu hören: daß nämlich jeder, der seinen Lebensunterhalt damit verdient, den Motiven von Mördern auf den Grund zu kommen, mit seinen Anschauungsobjekten einiges gemeinsam hat. «Vermutlich gefällt es mir.»

«Aber das reicht nicht.»

«Mir schon.»

«Stimmt nicht, sonst würdest du den Schnee nicht brauchen.» Sie nahm einen großen Schluck Scotch.

«Wenn du meine Analytikerin werden willst, solltest du mir ein Honorar berechnen», sagte ich. «Besonders angesichts deiner Fähigkeiten.»

Sie stellte ihr Glas auf die Kirchenbank, stand auf, öffnete die Knöpfe ihrer Jeans und ließ die Hose herunterrutschen. Dann stellte sie sich zwischen meine Beine. «Jetzt kannst du bezahlen.»

Ich strich mit den Händen über ihre schlanken Arme und über ihre Hüften, drückte ihren Hintern und vergrub meine Finger darin. Ihr Körper war jünger als Kathys, fester und weiter vom Tod entfernt.

Sie trat ein paar Schritte zurück, damit ich sie betrachten konnte. Reglos stand sie im Mondlicht. Sie trug nichts weiter als ihr weißes, ärmelloses Rippen-T-Shirt. Durch das dünne rote Haar zwischen ihren Beinen sah ich ihre Hautfalten.

Dann drehte sie sich um und ging zum Bett. Ich folgte ihr. Nachdem sie die drei Stufen des Podests hinaufgestiegen war, nahm sie einen zusammengerollten schwarzen Ledergürtel vom Nachttisch und legte ihn auf die Patchworkdecke. Sie kniete sich vor die Matratze.

Mein Herz klopfte wie wild, als ich mit zitternder Hand nach dem Gürtel griff. Doch als nach dem ersten Schlag ein geröteter Striemen auf ihrer weichen Haut erschien, verflog meine Angst. Ich holte noch einmal aus, Rachels Stöhnen gefiel mir. Zitternd wartete sie auf den nächsten Hieb. «Sag bitte», befahl ich.

Sie sah mich an «Bitte», wimmerte sie.

Ich schlug sie wieder.

Sie drückte den Rücken durch und reckte den Hintern hoch.

«Tu, was du willst.»

Ich verließ Rachel um fünf Uhr morgens. Der Rover war mit Tau bedeckt. Im Auto kurbelte ich die Fenster herunter und atmete die Morgenluft ein. Da ich in den letzten beiden Nächten nur vier Stunden geschlafen hatte, war mir leicht schwindelig. Meine Beine fühlten sich bleischwer an. Ich hatte zwar noch etwa ein Viertelgramm in der Tasche, aber ich ließ es, wo es war. Ich wollte den Absturz bei vollem Bewußtsein erleben.

Ich blickte zur Tobin Bridge hinauf. Die ersten Pendler fuhren bereits nach Boston. Wahrscheinlich ahnten sie nicht, daß unter ihnen im Hafen von Chelsea der Tag schon angefangen hatte. Ich beobachtete, wie drei Schleppkähne einen Tanker zu einer Treibstoffstation zogen. Obwohl ich nur das leise Dröhnen ihrer Motoren hören konnte, verriet mir die weiße Schaumspur hinter ihnen, mit welcher Kraft sie sich vorwärtsbewegten. In der Surf Lounge hatte ich einmal eine Flasche Scotch mit dem Kapitän eines Schleppers geleert. Er hatte mich ausgelacht, als ich seinen Job als romantisch bezeichnet hatte. Der Charme eines Schleppkahns sei reine Illusion, hatte er mir erklärt. An Bord drohe wegen des unausgewogenen Verhältnisses zwischen Größe und Motorenkraft des Schiffes ständig Gefahr.

Ich ließ das Auto an und fuhr den Broadway nach Osten zur Route 16. Bevor ich mich im McLean anmeldete, mußte ich mir in Marblehead ein paar Kleider holen. Während meiner Tätigkeit auf der Entzugsstation in Tufts hatten wir Mitarbeiter darüber gewitzelt, wie voll es immer in jeder dritten Woche des Monats wurde: Dann hatten die Süchtigen nämlich ihren Sozialhilfescheck aufgebraucht und konnten sich keinen Stoff mehr leisten. Am nächsten Ersten war der Laden dann wieder wie ausgestorben. Inzwischen kam mir das nicht mehr komisch vor – denn auch ich selbst hatte mir so lange etwas vorgemacht, bis mir das Geld ausgegangen war.

Ich fragte mich, ob Kathy wohl zu Hause war. Falls sie die ganze Nacht auf mich gewartet hatte, konnte ich mich auf eine Szene gefaßt machen. Denn wenn sie sich erst einmal in ihre Wut hineingesteigert hatte, machten vernünftige Einwände meinerseits die Sache nur noch schlimmer. Normalerweise trommelte sie dann auf die Wand ein oder trat ein paar Antiquitäten kaputt. Das letztemal hatte sie nicht einmal aufgehört, nachdem sie sich die Finger gebrochen hatte. Damals hatte sie sich von mir *The Pugilist at Rest* geliehen und in dem Buch ein Polaroid-Photo von Isabela Cadronale gefunden, einer zweiundzwanzigjährigen brasilianischen Journalistin, die wir in St. Croix am Strand kennengelernt hatten. Auf dem Photo trug Isabela nichts weiter als eine Fliege – meine Fliege. Kathy hatte mit ihrer geschwollenen Faust weiter auf die Wand eingeprügelt, als ob sie keine Schmerzen spürte. Ich mußte sie fast eine Viertelstunde festhalten, bis ihr eifersüchtiger Zorn verraucht war. Schließlich fing sie an, lautlos zu weinen, und danach war Sex mit ihr wie immer am schönsten.

Warum hatte ich wegen meiner Seitensprünge kein schlechtes Gewissen? Nicht einmal dann, wenn ich Kathys salzige Tränen auf meiner Zunge spürte. Und warum ließ sie sich immer wieder von mir verletzen? Band uns die Liebe aneinander oder die Aussicht, daß ich ihr auch in Zukunft weiter wehtun würde?

Ted Pearson, mein Psychiater, hatte die Theorie vertreten, mein Alkoholkonsum, Drogenmißbrauch und Frauenverschleiß hingen damit zusammen, daß ich tief in meinem Innersten keine wirkliche Nähe zulassen könne. Doch ich hatte ihm widersprochen. Aber warum konnte ich Rachels Gegenwart nur dann ertragen, wenn ich ihr Schmerzen zufügte?

Es waren nur wenige Autos unterwegs, und die Straße war trokken. Trotzdem umrundete ich den Bell Circle in Revere sehr langsam. Ich hatte nicht das Geld, um noch jemandem die Autoreparatur zu bezahlen. Als ich an der Wonderland-Hunderennbahn vorbeikam, zündete ich mir eine Marlboro an. Zu meiner Bestürzung mußte ich mir eingestehen, daß ich Manny einen Besuch abgestattet hätte, wenn der Laden geöffnet gewesen wäre. Nur eine Wette – oder vielleicht zwei. Welche Erklärung gab es dafür? Warum fühlte ich mich nur lebendig, wenn ich kurz vor dem Abgrund stand?

Als ich den Lynnway erreichte, hörte ich hinter mir eine Sirene. Im Rückspiegel sah ich in etwa hundert Metern Entfernung einen Streifenwagen. Ich warf einen Blick auf den Tacho, stellte fest, daß ich die Höchstgeschwindigkeit weit unterschritt, und fuhr nach rechts, um ihn vorbeizulassen. Die Sirene verstummte zwar, aber der Streifenwagen wechselte mit mir die Spur und kam immer näher. Ich spürte, daß mein Herz schneller schlug. Wie absurd, ausgerechnet an dem Tag festgenommen zu werden, an dem ich mich endlich zu einer Therapie durchgerungen hatte! Da Emma Hancock Videoaufnahmen von mir beim Drogenkauf vor dem Emerson besaß, konnte sie behaupten, ihre Leute hätten einen berechtigten Grund, mich zu durchsuchen. Und wenn sie das Kokain fanden, würde ich einige Monate im Kreisgefängnis von Essex verbringen. Vielleicht sogar noch länger. Mein verpfuschtes Leben würde dem *Evening Item* eine tolle Schlagzeile liefern: «Heil dich selbst, Doktor: Psychiater wegen Kokainbesitzes verhaftet.»

Ich beschleunigte bis zur Höchstgeschwindigkeit und zog das Päckchen aus der Tasche. Hinter mir sprang wieder die Sirene an. Im Rückspiegel überprüfte ich, ob man mich auch nicht sehen konnte, öffnete das Päckchen und schnupfte den Rest. Dann steckte ich das Papier in den Mund, kaute es und schluckte es runter. Auf dem Seitenstreifen hielt ich an. Das Polizeiauto blieb hinter mir stehen.

Angesichts meiner Pechsträhne hätte ich mir eigentlich gleich denken können, daß Kevin Malloy sich in diesem Wagen befand. Die Daumen in den Gürtel gehakt, näherte er sich meinem Auto. Ein älterer Polizist, den ich nicht kannte, blieb hinterm Steuer sitzen.

Ich ließ den Motor laufen und schaltete den CD-Spieler an. Big Mama Thornton sang den Blues. Ich schob den Lautstärkeregler hoch.

Malloy legte einen haarlosen Arm in mein Fenster. Er hielt mir ein paar Handschellen hin. «Wissen Sie, daß wir Ihnen seit der Hunderennbahn mit eingeschalteter Sirene folgen?»

Ich lächelte.

«Stimmt was nicht? Was ist denn so komisch?»

Ich riß mich zusammen. «Big Mama Thornton.» Ich wies auf den CD-Spieler. «Sie singt ‹Little Red Rooster›. Mama war eine der ganz Großen. Und eine witzige Frau. Sie bringt mich zum Träumen.» Ich konnte der Versuchung nicht widerstehen, ihn ein bißchen zu ärgern. «Tut mir leid, daß ich die Sirene nicht früher gehört habe. Ich finde sie echt gut, und das Blaulicht sieht auch cool aus.»

Er schaute sich in meinem Auto um. «Schön, daß Ihnen das gefällt», entgegnete er ruhig.

«Wollen Sie ein Schwätzchen halten?» fragte ich.

«Ich fürchte nein.»

Meine Angst wuchs. «Was gibt's denn sonst noch für Möglichkeiten? Jetzt hab ich's: Sie haben mich mit jemandem verwechselt.»

Er sah mich an und deutete mit dem Finger auf mich, als wolle er etwas sagen. Dann streckte er wortlos den Arm durchs Fenster und tippte mir auf die Brust.

Ich blickte an mir herunter. Mein Jeanshemd war mit kleinen Kokainkristallen gesprenkelt. Malloy leckte sich eines von der Fingerspitze.

«Sieht aus, als hätten wir ein Problem», stellte er fest und klapperte mit den Handschellen wie mit Kastagnetten.

Mir wurde flau im Magen. Ich spielte mit dem Gedanken, ihn auf die dreihundertfünfzig Dollar anzusprechen, die er jeden Monat von Willie Hightower als Schweigegeld kassierte. Aber dann beschloß ich, lieber abzuwarten, bis ich wußte, was er vorhatte.

«Ich wette, wenn wir diese Kiste nach Koks durchsuchen, hätten wir eine Erklärung dafür, warum sie anderen Leuten das Auto zu Schrott fahren.»

«Anderen Leuten das Auto zu Schrott fahren?»

«Verschonen Sie mich damit. Der Bursche mit dem Mustang hat Sie gestern nacht bei der Polizei von Revere wegen Fahrerflucht angezeigt. Er hat gesagt, Sie hätten ihn angefahren und sich dann verdrückt. Der diensthabende Polizist hat das an uns weitergeleitet, weil Sie ja für uns arbeiten – oder besser, gearbeitet haben.»

«Ich habe dem Mistkerl Geld gegeben.»

«Schön für Sie. Haben Sie eine Quittung?»

«Klar.» Ich konnte mich nicht mehr bremsen. «So eine, wie Willie Hightower jeden Monat von Ihnen kriegt.»

Malloy schürzte die Oberlippe, so daß ich in seine gelben Zähne sehen konnte. «Sie müssen mich zum Revier begleiten.»

Ein wahnwitziger Gedanke schoß mir durch den Kopf. Wenn ich sowieso schon am Ende war, hatte ich nichts mehr zu verlieren. Mein Jagdmesser lag unter meinem Sitz. Ich starrte seinen Bauch an und ließ meinen Blick zu der Stelle wandern, wo die Aorta, nicht mehr geschützt vom Brustbein, in den Unterleib führt.

«Seien Sie ein braver Junge. Oder wollen Sie im Streifenwagen fahren?»

Als ich ihm in die Augen sah, war es mir, als stünde mein Vater vor mir: *«Möchtest du in dein Zimmer gehen und die Strafe wie ein Mann auf dich nehmen? Oder soll ich dich tragen wie ein Baby?»*

Wieder ließ Malloy die Handschellen klappern.

Ich roch den alkoholgeschwängerten, heißen Atem meines alten Herrn. Hatte er es nicht verdient, abgestochen zu werden? Würde die Gerechtigkeit siegen? *Wo ist deine Wut?* Wieder hörte ich seine Stimme. *«Okay, dann eben auf die harte Tour.»*

Oder war es Malloys Stimme gewesen? Ich schüttelte den Kopf. Zuviel Kokain, sagte ich mir. Ich konnte nicht mehr klar denken. Ich mußte in die Klinik. Ich brauchte Schlaf. Als ich mir die Augen rieb, war Malloy wieder da. Ich holte tief Luft. «Fahren Sie voraus», sagte ich.

9

Donnerstag, 6:15

Bei meiner Ankunft auf dem Revier stand die Tür zu Emma Hancocks Büro offen. Sie blickte auf, als Malloy und der ältere Polizist, der sich nur Grillo nannte, mich in Westmorelands alte Zelle stießen. Ich blieb an der Tür stehen, und sie schlossen mich ein. «Wo ist Ihr anderer Gast?» erkundigte ich mich.

Malloy antwortete nicht.

«Wie lautet die Anklage gegen mich?»

«Schwere Frage. Da gibt es mehrere Möglichkeiten: Kokainbesitz, Gefährdung des Straßenverkehrs, Widerstand gegen die Festnahme.»

«Widerstand gegen die Festnahme? Ich bin Ihnen doch brav nachgefahren.»

«Haarspaltereien», sagte Grillo und klopfte Malloy auf den Rücken.

«Darf ich telephonieren?»

Malloy kicherte. «Ich dachte, ich wäre derjenige, der sich schlechte Filme anschaut.» Dann drehte er sich um, und die beiden gingen zur Tür.

Ich setzte mich auf die Pritsche und sah mich in der Zelle um. Mein Blick blieb an einem eingetrockneten Blutspritzer an der Wand hängen. wo Westmoreland gestanden hatte, als er sich auf die Zunge biß. Auch auf dem Boden bemerkte ich ein paar rote Schmierer, entstanden bei meinem Versuch, ihn nach dem Angriff auf mich zu überwältigen.

Ich spähte in die anderen Zellen hinüber: alle leer. Wahrscheinlich hatte Hancock ihren wichtigen Gefangenen mit Sam Fitzgeralds Einwilligung nach Concord in die Massachusetts Corrections Institution verlegen lassen, wo er jetzt auf seinen Prozeß wartete.

Inzwischen pochte mein Schädel. Da ich fürchtete, daß mein Blutdruck durch das Koks gefährlich ansteigen könnte, beschloß ich, mich hinzulegen. Aus der Pritsche quoll Verwesungsgeruch und hüllte mich ein. Ich starrte zum oberen Stockbett hinauf und stützte mich auf die Ellenbogen, um das Wort zu lesen, das dort, hingeschmiert mit Blut, stand: GEORGE. «George LaFountaine», sagte ich laut vor mich hin. Dann sank ich auf die Matratze zurück und schloß die Augen.

Einige Minuten später wachte ich von Schlüsselgeklapper wieder auf. Emma Hancock trat in die Zelle. Ich rieb mir den Schlaf aus den Augen und setzte mich auf.

Sie lehnte an der Wand. «Ich habe Sie gewarnt», meinte sie.

«Und ich habe Sie unterschätzt, Emma. Ich dachte, Sie hätten Angst, ich könnte Ihnen die Beförderung zum Polizeichef durchkreuzen. Nicht im Traum wäre ich drauf gekommen, daß Sie es auf einen höheren Posten abgesehen haben. Bei einer zukünftigen Bürgermeisterin Hancock wäre ich natürlich vorsichtiger gewesen.»

«Ich könnte in dieser Stadt viel bewirken. Aber bis dahin ist es noch ein weiter Weg.»

«Doch Sie meistern die Kurven mit Bravour.» Ich zeigte auf das eingetrocknete Blut an der Wand. «Sie haben den General verlegt – eine Hürde weniger. Fitzgerald ist ein miserabler Psychiater, aber er weiß, wo etwas zu holen ist.»

Hancock preßte die Lippen zusammen und schüttelte den Kopf. Sie wirkte erschöpft. «Ich habe ihn nicht verlegt.»

Ich nickte ganz automatisch. Dann aber stutzte ich. «Was soll das heißen, Sie haben ihn nicht verlegt?» Noch einmal sah ich mich im Zellenblock um: kein Mensch.

Sie senkte die Augen und blickte mich dann an. «Er ist tot, Frank. Er hat sich umgebracht.»

«Umgebracht?»

«Er hat sich eine Socke in den Hals gestopft. Tobias Lucey hat ihn gestern spät in der Nacht tot aufgefunden.»

Ich sprang hoch. «Ich habe Ihnen gesagt, Sie sollen auf ihn aufpassen», zischte ich mit zusammengebissenen Zähnen.

Sie zuckte die Achseln. «Niemand hat das gewollt.»

«Niemand?» Ich spürte, wie mir das Blut in den Kopf stieg. «Und was ist mit Ihnen?»

«Ich wünsche keinem Menschen den Tod.»

«Nein? Auch nicht tief in Ihrem Innersten, auf das die Nonnen von Sacred Heart keinen Einfluß hatten? Überlegen Sie mal: Es ist doch viel einfacher, Westmoreland aus dem Weg zu schaffen, als zu riskieren, daß ein neunmalkluger Pflichtverteidiger sich mit dem Fall zu profilieren versucht.» Ich trat einen Schritt auf sie zu. «Wer regt sich schon darüber auf, was mit einem Penner passiert?»

Sie richtete sich auf. «Ich habe ihn nicht getötet.»

«Nicht auf eine Weise, für die man Sie zur Verantwortung ziehen könnte. Wenigstens nicht in diesem Leben. Aber damit sind ja wohl alle Probleme beseitigt, die ihren Wahlkampf stören könnten, nicht wahr? Mörder gefaßt. Mörder tot. Ende der Geschichte. Richtig, Bürgermeisterin Hancock?» Ich machte noch einen Schritt auf sie zu.

«Nein. Sie irren sich.»

«Ich irre mich? Ach, das ist ja interessant, Emma. So sagen Sie mir schon, wie leid es Ihnen tut. Wie sehr Sie wollten, daß Westmoreland seine gerechte Strafe erhält.»

«Wir haben wieder eine Leiche.»

«Wieder eine ...» Ich fühlte mich, als hätte mir jemand einen Schlag in die Magengrube verpaßt. Eine Weile starrte ich sie an, dann taumelte ich rückwärts und ließ mich auf meine Pritsche sinken. «Gleiche Vorgehensweise?»

«Nicht direkt, aber nah dran.»

«Wer war sie?»

«Sie?»

«Das Opfer, Emma.»

«Warum sagen Sie ‹sie›?»

«Das schließe ich aus Kleinigkeiten. Zum Beispiel daraus, daß der Mörder offenbar darauf steht, Frauen die Brüste abzuschneiden.»

«Sie war neunzehn», antwortete Hancock tonlos. «Alleinstehend. Lebte in der Park Street. Ihr Mitbewohner hat sie vor ein paar Stunden zu Hause gefunden.»

«Krankenschwester?»

«Tänzerin.»

Ich sah sie an.

«Sie arbeitete im Lynx Club.» Hancock musterte mich prüfend.

«Mein Gott. Ich war eben erst dort.»

«Ich weiß. Das ist einer der Gründe, warum ich Sie von Malloy herbringen ließ. Der Besitzer notiert die Autonummern von allen Wagen auf seinem Parkplatz. Nur für den Fall, daß es Ärger gibt.» Sie verschränkte die Arme. «Und Sie stehen auf der Liste.»

«Und ...»

«Und Sie waren ziemlich sauer, weil Sie sich im Fall Westmoreland nicht durchsetzen konnten.»

«Und weiter?»

«Und ich habe keine Ahnung, wie sauer Sie werden können, Frank, besonders nicht, wenn Sie Koks nehmen. Sie sind für mich wie ein fremder Mensch.»

Ich sah sie ungläubig an. «Sie denken, ich hätte die Tänzerin umgebracht? Warum? Um meine Theorie zu beweisen?»

Sie zuckte die Achseln.

Ich stand auf und näherte mich ihr auf Armeslänge. «Ihre Schuldgefühle fressen Sie auf, Emma», sagte ich leise. «Sie sind für den Tod dieses Mädchens verantwortlich, und Sie wissen das. Sie haben zugelassen, daß der Täter frei auf der Straße herumläuft und nicht einmal Angst vor Verfolgung zu haben braucht. Und da Ihr Leben ansonsten so traurig und leer ist, würden Sie alles tun, um Bürgermeisterin zu werden.» Ich kam noch näher. «Bürgermeisterin von Lynn. Ein toller Job. Was für ein jämmerliches Motiv. Sie kotzen ...»

Sie wandte sich ab und schien mit den Tränen zu kämpfen.

Ich stand einfach nur da.

Dann holte sie tief Luft und drehte sich wieder zu mir um. «Sie hieß Monique Peletier», sagte sie. «Sie war meine Nichte.»

Eine Ausbildung als Psychiater sollte einen eigentlich dazu befähigen, die Trauer eines anderen Menschen schweigend mitanzusehen. Doch ich brauchte Worte, um mich dahinter zu verstecken.

Hancock rieb sich mit den Handballen die Augen, verschränkte wieder die Arme und sah durch die Gitterstäbe der Zelle. Sie wirkte eher verwirrt als traurig, als ob sie es nicht fassen könnte, daß ihr sechster Sinn sie so schnöde im Stich gelassen hatte. Ich kannte dieses Gefühl. «Mein Bruder ist vor einigen Jahren gestorben. Ich habe sie hin und wieder besucht und gehofft, ich könnte sie für die Kirche interessieren. Sie war ein wunderbarer Mensch. Sie wußte nur nichts mit ihrem Leben anzufangen.»

«Standen Sie ihr sehr nahe?»

«Sie wissen doch, daß ich niemanden nah an mich heranlasse.»

Ich wartete ab, in der Hoffnung, sie würde mir mehr über sich erzählen.

Eine Weile blieb sie stehen und sah mich an. Dann straffte sie die Schultern. «Ich kann nicht mit Sicherheit sagen, ob beide Taten von demselben Mann begangen wurden. Der *North Shore Weekly* hat gestern einen Artikel gebracht, in dem der Mord an Sarah Johnston in allen Details geschildert wurde. Vielleicht haben wir es mit einem Trittbrettfahrer zu tun.»

Ich nickte. Vermutlich suchte sie verzweifelt nach einer Erklärung, die sie von ihrer Schuld freisprach. Ich wußte nicht genug über den Fall, um ihr zu widersprechen, doch das war mir ganz recht.

Sie schlug die Fingernägel so fest gegeneinander, daß ich schon fürchtete, sie würden abbrechen. «Wer immer das Monique auch angetan hat, ich werde ihn finden», schwor sie. «Gott ist mein Zeuge.» Dann sah sie mich wieder an. «Auch wenn wir es nicht mit einem Serienmörder zu tun haben, brauchen wir dringend ein Täterprofil. Und dabei bin ich auf Ihre Hilfe angewiesen.»

Ich schüttelte den Kopf. «Vorhin haben Sie ins Schwarze getroffen, Emma. Ich bin dazu nicht in der Lage. In Ihrem Fall würde ich die Finger von Fitzgerald lassen, aber Chuck Sloane nimmt den Fall bestimmt an.»

«Sloane will ich nicht. Er ist ein Pfuscher.»

«Andrew Rothstein vom New England Medical Center ist ein zuverlässiger Mann.»

Sie betrachtete mich. «Ich suche keinen zuverlässigen Mann, Frank. Nicht mehr. Kein gewöhnlicher Seelenklempner kann nachvollziehen, was in diesem Ungeheuer vorgeht.»

«Ich würde Ihnen nichts nützen. Ich bin nicht klar im Kopf.»

«Ich verstehe. Zweihundertfünfzig die Stunde. Zehn Stunden Vorschuß.»

«Es geht nicht ums Geld.»

«Fünfunddreißigtausend Vorschuß. Ich sorge dafür, daß sich jemand um diesen Jungen mit der Fahrerflucht-Anzeige kümmert. Ich habe gehört, er will unbedingt auf die Polizeiakademie.»

Ich verdrehte die Augen. «Spitze. Wieder mal ein wahrhaft vertrauenswürdiger Zeitgenosse mit Polizeimarke.»

«Was wollen Sie sonst noch? Sie brauchen es nur zu sagen.»

Ich warf einen Blick auf Westmorelands getrocknetes Blut an der Wand und knirschte mit den Zähnen. Am liebsten hätte ich ihr geantwortet, daß ich ihr die Todesangst wünschte, die einen Paranoiker befällt, wenn man ihn wie ein Tier in einen Käfig sperrt. Ich wollte, daß sie die psychische Bedrängnis durchlitt, die es einem als vernünftigen Ausweg erscheinen läßt, sich eine Socke in den Hals zu stopfen. Ich wollte ihr Geständnis, daß sie nicht fähig war, so tief um ihre Nichte zu trauern wie Westmoreland um seinen Freund. Aber sie litt auch so schon genug. «Ich will gar nichts von Ihnen, Emma», entgegnete ich deshalb.

Sie schürzte die Lippen. «Sie wurden wegen Kokainbesitzes festgenommen.»

«Dann sitze ich meine sechzig Tage eben ab. Irgendwann mußte es ja so kommen.»

«Könnte auch länger werden. Vielleicht möchte der Richter an Ihnen ein Exempel statuieren.»

«Vielleicht.»

«Und da wäre auch noch die Ärztekammer.»

Ich starrte sie entgeistert an.

«Ist das Ihr letztes Wort?» Sie fixierte mich. «Ich frage Sie nicht noch einmal.»

Ich nickte, wenn auch zögernd. Ich wußte nicht, welche Trümpfe sie sonst noch im Ärmel hatte.

«Also gut», sagte sie. «Sie haben freie Hand.» Auf dem Weg zur Tür drehte sie sich noch einmal um. «Ich regle das mit der Anklage wegen Drogenbesitz und der Fahrerflucht-Anzeige und sorge dafür, daß Sie die Stunden bezahlt bekommen, die Sie bis jetzt in den Fall investiert haben. Die Ärztekammer erfährt nichts. Die ganze Sache – Westmoreland und Monique – war mein Fehler. Sie hatten von Anfang an recht.» Sie atmete tief durch. «Auch wenn es Ihnen egal ist, mich interessiert es nicht, was die anderen wegen Prescott, dem Koks oder sonst über Sie sagen. Sie sind in Ihrem Job der Beste, ob Sie das nun glauben oder nicht.» Mit diesen Worten ging sie hinaus.

Soviel zum Thema McLean. Ich folgte dem Wagen von Emma Hancock zur Gerichtsmedizin. Es war kurz nach acht Uhr morgens. An beiden Seiten der Union Street tuckerten Müllwagen vorbei. Der Gestank drang sogar durch die geschlossenen Fenster des Rover. Ich überlegte, ob ich mich davonstehlen und auf der Route 1 nach Vermont fahren sollte, wo die Luft besser war. Doch Hancocks Beichte war mir nahegegangen. Ich wollte ihr helfen, den Psychopathen zu schnappen, der ihre Nichte abgeschlachtet hatte.

Und da war auch noch ein anderer Grund, warum ich mich nicht verdrückte – und zwar ein sehr eigennütziger. Nach meinen Erfahrungen mit Prescott, Billy und jetzt mit Westmoreland fragte ich mich mehr denn je, ob ich einer Spur der Aggression und Zerstörungswut bis zum Ende nachgehen konnte. Nur wenige Tage vor Westmorelands Tod hatte ich im Stonehill Hospital in seinem Krankenbericht gelesen, daß er auch schon in der Vergangenheit selbstmordgefährdet gewesen war. Und dennoch hatte ich ihn nicht gefragt, ob er sich etwas antun wollte. Vielleicht hätte allein diese Frage ihm das Gefühl vermittelt, daß jemand seine Verzweiflung verstand.

Und warum hatte ich Westmoreland nicht noch einmal besucht, nachdem ich aus der Krankenakte der Veteranenverwaltung wußte, welches Trauma er während des Überfalls auf Son Tay durchgemacht hatte? Fehlte mir der Mut, ihm zu helfen, sich mit dem sinnlosen Tod seines Freundes auseinanderzusetzen? Hatte ich nicht sehen wollen, daß auch George LaFountaine in diesem Gefangenenlager einen sinnlosen Tod gestorben war?

Der Streifenwagen hielt an, und ich parkte dahinter. Emma Hancock und ich gingen zur Tür der Gerichtsmedizin. «Sind Sie sicher, daß Sie sich das antun wollen?» fragte ich sie.

Sie öffnete die Tür und trat ein.

Ich folgte ihr ins Autopsielabor.

Paulson Levitsky stand, ein Klemmbrett in der Hand, wieder neben einem grauen Körper. Als wir den Seziertisch fast erreicht hatten, blickte er auf. «Die hohen Herrschaften lassen sich immer erst beim zweiten Mord blicken», witzelte er. «Es gibt doch nichts Besseres als einen Serientäter, damit alle endlich an einem Strang ziehen.»

Hancock blieb stehen und packte mich mit ihrer fleischigen Hand am Arm. «Er braucht nicht zu wissen, daß es eine Verwandte von mir ist», flüsterte sie.

«Irgendwann erfährt er es doch.»

«Irgendwann ist besser als jetzt.»

«In Ordnung.»

Wir näherten uns dem Tisch.

«Diesmal ist es schlimmer als bei Ms. Johnston», erklärte Levitsky und rückte seinen Krawattenknoten zurecht. Dann zog er den stählernen Zeigestab aus der Tasche und fuhr ihn aus. «Ms. Peletier weist Verletzungen im Genitalbereich auf.»

Ich betrachtete das zerfetzte Fleisch zwischen Moniques Beinen.

«Gütiger Himmel», murmelte Hancock.

«Wie Sie sehen, wurde die Klitoris entfernt.» Levitsky deutete mit dem Stab. «Außerdem fehlen die Brüste. Wieder scheint es sich bei der Waffe um eine rasiermesserscharfe Klinge von weniger als fünf Zentimetern Länge zu handeln.» Vorsichtig hob er den Kopf der Leiche an und zeigte uns eine blau angelaufene Beule hinter dem rechten Ohr. «Todesursache war jedoch ein Schlag auf den Kopf mit einem stumpfen Gegenstand. Kann ein Kreuzschlüssel gewesen sein. Die Verletzungen erfolgten erst danach.» Sanft legte er den Kopf zurück auf den Tisch. «Die abgetrennten Körperteile sind verschwunden.»

Kopfschüttelnd betrachtete ich die verstümmelte Brust des Mädchens, dann ihr Gesicht. «Ich hab sie noch vor ein paar Stunden im Lynx Club tanzen sehen», sagte ich.

«Wo?» fragte Levitsky.

Ich drehte mich zu ihm um. «Im Lynx Club. Ein Striptease-Schuppen in Revere. Gestern abend habe ich dort ein paar Gläser getrunken. Sie arbeitete dort als Tänzerin. Ihr Bühnenname war Candy.»

Er zog die Augenbrauen hoch, schwieg aber.

Nach einem Blick auf Hancock wandte ich mich wieder an Levitsky. «Sie war bis auf ein Haardreieck über den Schamlippen vollkommen rasiert, Paulson.» Ich wies auf die fragliche Stelle.

Hancock verzog das Gesicht. «Wie können Sie sich an so was erinnern?»

Ich mußte weitersprechen. «Und noch was. Sie trug einen gepiercten Ring in der Klitoris.»

«Einen Ring?» fragte Hancock.

«Die Leute haben eben verschiedene Vorlieben», antwortete Levitsky. «In einigen Kulturen ist das Durchbohren der Klitoris nicht weiter außergewöhnlich. Bei uns jedoch handelt es sich, soweit ich weiß, um ein Ritual unter Sadomasochisten. Sie hatte Schwellungen und geringfügige Abschürfungen an den Handgelenken. Handschellen könnten eine Erklärung dafür sein.»

Ich bemerkte, daß Hancock nach den Handschellen an ihrem Gürtel tastete. «Wurde sie vergewaltigt?» fragte sie.

«In ihrer Vagina wurde Sperma sichergestellt. Ich weiß allerdings nicht, ob es vom Täter oder von einem Liebhaber stammt.»

«Wirst du es mit den bei Sarah gefundenen Spermaspuren vergleichen?» erkundigte ich mich.

Levitsky zwinkerte mir zu. «Soll ich mir die Zeit nehmen oder es lieber auf sich beruhen lassen? Du weißt ja, daß die Polizei nicht begeistert ist, wenn ich mich in Details verzettele.»

«Sie bekommen so viel Zeit, wie Sie brauchen», entgegnete Hancock ruhig.

«Da Jack the Ripper wieder zugeschlagen hat, besteht vermutlich keine Eile mehr, den Fall schnellstmöglich abzuschließen», meinte Levitsky und warf mir einen vielsagenden Blick zu. «Allerdings fürchte ich, daß die Früchte meiner Geduld Mr. Westmoreland nicht mehr viel nützen werden.»

Hancock hatte diese Spitze verdient – allerdings nicht, während ihre Nichte auf dem Seziertisch lag. «Machen wir weiter, Paulson», forderte ich ihn deshalb auf.

«Okay. Dann also los. Aber zuerst würde ich gern alles erfahren, was du über sie weißt.»

«Über ihr Aussehen?» fragte ich, um Zeit zu gewinnen.

«Du bist nicht das erstemal hier, Frankie-Boy. Ich brauche sämtliche Informationen, die mir helfen, meine Untersuchungsergebnisse zu deuten.»

Unwillkürlich drehte ich mich zu Hancock um. «Ich glaube, sie ging auf den Strich», sagte ich leise.

«Was?» fragte Paulson. «Sprich lauter und ins Mikrophon.»

«Sie war eine Nutte», wiederholte ich bedrückt. «Eine Prostituierte. Eine Freundin von ihr hat mir erzählt, daß sie es für Geld macht.» Ich spürte Hancocks Hand auf meiner Schulter.

«Verschweigen Sie uns nichts, was uns in diesem Fall weiterbringt, damit wir diesen Typen schnappen», meinte sie. Ihre Stimme klang, als wäre sie mit ihren Gedanken weit weg.

Levitsky betrachtete uns beide prüfend.

«Sonst weiß ich nichts», erwiderte ich.

«Okay, wenigstens kennen wir jetzt den Grund, falls ich Sperma von verschiedenen Männern in ihr finden sollte.» Er hatte Hancock immer noch auf dem Kieker. «Hoffentlich bringt meine Spermaanalyse nicht einige Ihrer großzügigen Spender in Verlegenheit. Schließlich haben wir Wahlkampf.»

Hancocks Stirn war gerötet. Sie holte tief Luft. «Ich bin an objektiven Resultaten interessiert, Herr Doktor.»

«Vielen Dank.» Levitsky verbeugte sich leicht. «Eine größere Freude könnten Sie mir gar nicht machen.» Er zupfte heftig an seinen Manschetten, um sie zu glätten.

«Hast du was gefunden, das mir bei der Erstellung eines Täterprofils hilft?» fragte ich ihn.

«Nur, daß unser Mann offenbar sehr sorgfältig vorgeht. Ich habe Dias von den Wundrändern an der Brust angefertigt. Die Veränderungen sind dieselben wie bei der ersten Leiche. Der Täter hat irgend etwas mit den Wunden angestellt. Vielleicht etwas daraufgestreut. Ich bin noch immer nicht sicher.»

«Keine Nachricht vom FBI-Labor?» erkundigte ich mich.

«FBI?» fragte Hancock spitz.

«Paulson hat einen Freund, der Pathologe in Hopkins ist. Er hat Gewebeproben von Sarahs Wunden nach Quantico ins Labor geschickt», erklärte ich.

«Diese Sache wird bestimmt bald die *Inside Edition* interessieren», sagte sie.

Ich war entsetzt. Hoffte sie noch immer auf Schadensbegrenzung vor der Wahl?

«Ich denke an die Mutter des Mädchens», fuhr sie fort. «Es ist nicht leicht für sie.»

Die Tür zum Autopsielabor wurde aufgerissen, und Malloy platzte herein. Er schlenderte lässig zum Tisch, baute sich zwischen mir und Hancock auf und betrachtete die Leiche. «Wow», lachte er. «Wußte schon immer, daß man vom Rasieren Ausschlag kriegen kann.» Keiner von uns lachte. «Wenn man zu viele Haare wegnimmt ...» Er blickte vom einen zum anderen und zuckte dann die Achseln. «Wann schneiden wir sie auf, Doc?»

«Es überrascht mich nicht, daß Sie gerade rechtzeitig kommen», sagte Levitsky. «Officer Malloy blieb bei mir, bis ich das letzte von Ms. Johnstons Organen seziert hatte. Sein Interesse an Beweisen ist unersättlich.»

«Darauf können Sie einen lassen», entgegnete Malloy. «Übrigens habe ich gerade die Schwuchtel vernommen, mit der diese Nutte zusammengewohnt hat.»

Hancock schloß die Augen.

«Ein arbeitsloser Konditor. Wirklich ein Schätzchen. Aber wenn man mit so einer zu tun hat, kann man nicht erwarten ...»

Ich stieß Malloy meinen Ellenbogen in den Mund. Mit einem dumpfen Aufprall landete er auf dem Boden und wand sich vor Schmerzen.

Hancock packte mich am Arm. Eine Hand an der Pistole, funkelte sie mich wütend an. Dann ließ sie langsam los und schien in sich zusammenzusinken. Sie drehte sich zum Tisch um und berührte Monique am Knöchel. «Dieses Mädchen ist meine Nichte, Dr. Levitsky. Bitte helfen Sie uns, so gut Sie können.»

«Scheiße! Meine Zähne!» brüllte Malloy.

Hancock stand nur da und fuhr mit den Fingern sanft über Moniques Haut. Nach einer Weile wandte sie sich um, ging zu Malloy hinüber, faßte ihn unter den Achseln und zog ihn auf die Beine. «Ich brauche alle verfügbaren Leute», sagte sie. «Also versuchen Sie bloß nicht, sich krank schreiben zu lassen. Gehen Sie zum Zahnarzt und kommen Sie dann zurück aufs Revier.» Sie ließ ihn wieder auf den Boden gleiten und sah mich an.

«Vergessen Sie nicht. Sie kriegen alles, was Sie brauchen.»

Ich verließ die Gerichtsmedizin gegen neun. Inzwischen hatte ich die Müdigkeit überwunden und fühlte mich wie in einem Nebel. Nachdem ich das Auto gewendet hatte, legte ich eine alte CD von Ray Charles ein.

Ich wollte mir Moniques Wohnung ansehen, um am Tatort vielleicht etwas von der Handschrift des Mörders zu entdecken. Aber ich hatte das Bedürfnis, zuerst Kathy im Krankenhaus einen Besuch abzustatten. Warum, wußte ich nicht. Vielleicht hatte sie recht, und ich benutzte sie wirklich als Drogenersatz. Ich legte den Gang ein, um in Richtung Union Street zu fahren. Doch als ich einen kleinen, braunen Umschlag entdeckte, der mit Klebestreifen unten an meinem Handschuhfach befestigt war, bremste ich ruckartig. Ich riß den Umschlag auf – er sah aus wie die, in denen ich als Kind meine Briefmarkensammlung aufbewahrt hatte. Darin befanden sich ein wiederverschließbarer Plastikbeutel mit einem Pulver, das Kokain sein mußte, und eine kleine Karte. Ich holte die Karte zuerst heraus. Auf der einen Seite standen die Anfangszeiten der Messe in Sacred Heart, auf die andere hatte Hancock geschrieben: «Sie kriegen alles, was Sie brauchen.» Jetzt bekam ich sogar schon Drogen auf Bestellung. Ich warf die Karte auf die Fußmatte, zog den Beutel heraus und knetete ihn zwischen den Fingerspitzen. Er fühlte sich weich und einladend an. Wie ein Kissen, auf das ich meinen Kopf betten konnte. Ich schluckte und stellte mir vor, meine Kehle nicht mehr spüren zu können.

Dann riß ich den Beutel auf, nahm eine Prise und rieb sie mir ins Zahnfleisch des Oberkiefers. Es wurde sofort taub. *Taub.* Doch noch während ich diesen Zustand der Gefühllosigkeit genoß, fing das Wort an, mich zu stören. Ich mußte daran denken, was Rachel gesagt hatte: Wenn ich mich erst einmal mit meiner Wut auseinandersetzte, würde ich das Koks nicht mehr brauchen. Ich wußte, daß sie absolut recht hatte, ja, ich war felsenfest davon überzeugt. Und dennoch nahm ich noch eine Prise, um meinen Unterkiefer zu betäuben, dann eine dritte für die Nase. *Stumpf.* Wieder ein Wort, das Stoff zum Nachdenken gab.

Der Nebel lüftete sich, aber ich befürchtete, es könnte sich wieder um ein durch große Distanz hervorgerufenes Trugbild handeln, so wie meine romantischen Vorstellungen von der Schiffahrt im Hafen von Chelsea.

Ich trat aufs Gas, raste die Union Street entlang und schlängelte mich durch den Verkehr auf der Boston Street. Vor dem Stonehill Hospital parkte ich auf einem der Plätze, die für die Ärzte reserviert waren. Am Ende der Reihe stand Trevor Lucas' roter Ferrari Mondial mit der Kühlerhaube zur Straße. Beim Anblick seines personalisierten Nummernschilds schüttelte ich den Kopf. So ein Angeber. Ich eilte die Stufen hinauf und durch die Vorhalle auf die Aufzüge zu.

Kris Jerold, die Empfangssekretärin, sagte, Kathy mache gerade Visite. «Es dauert noch eine knappe Stunde», meinte sie und fingerte an ihren goldenen Ohrringen herum. «Ich richte ihr aus, daß Sie da waren.»

«Sie haben etwas an Ihren Haaren verändert.»

«Das nennt man lachsfarben.»

«Ist mir gleich aufgefallen. Es hat was.»

«Danke.»

«Wie geht es ihr?»

«Dr. Singleton?»

«Ja. Oder sprechen wir von jemand anderem?»

«Ganz gut.»

«Gut?»

Sie biß sich auf die Lippe. «Nun ja, vielleicht ist ‹gut› nicht das richtige Wort. Sie ist ... aber ich habe im Moment zuviel zu tun, um mich zu unterhalten.»

In diesem Augenblick öffnete sich die Tür zu Kathys Büro, und

Trevor Lucas kam heraus. Er machte ein paar Schritte, erkannte mich und blieb stehen.

Ich warf Kris einen Blick zu. «Offenbar geht es ihr doch nicht so gut.» Ich näherte mich dem Empfangstisch.

«Ach, sieh mal einer an, der Messerstecher», begrüßte mich Lucas. «Wußten Sie, daß das ein Anzug von Brioni war? Viertausend Dollar.»

Sein jetziger wirkte mindestens genauso teuer. Ich betrachtete seine goldene Gürtelschließe mit dem Monogramm und seine Slipper aus Krokodilleder. «Ich wette, Sie verfügen inzwischen über eine umfangreiche Garderobe.»

«So hat eben jeder seine Schwächen.»

Kris bündelte ein paar Papiere, entschuldigte sich und verschwand auf dem Gang.

Ich bemerkte tiefe, gerötete Kratzer unter Lucas' rechtem Ohr, die bis hinunter zu seinem geknöpften Kragen reichten. Sonst sah er aus wie der Inbegriff der Vollkommenheit. «Sind Sie überfallen worden?» fragte ich und kniff die Augen zusammen, um besser sehen zu können.

Er betastete die Verletzungen. «Über mangelnde Leidenschaft kann man sich bei Ihrer Kleinen nicht beklagen. Wahrscheinlich kennen Sie diese Seite an ihr noch gar nicht. Aber dieses Thema haben wir beide ja schon gestern erörtert.»

«Ich weiß nur noch, daß Sie abgehauen sind.»

«Jetzt bin ich hier.»

Ich wollte mich schon auf ihn stürzen, als Kathy in der Tür erschien. So wütend hatte ich sie noch nie erlebt.

Als Lucas bemerkte, daß ich ihm über die Schulter blickte, drehte er sich zu ihr um und trat dann zur Seite, so daß wir drei dastanden wie die Scheitelpunkte eines Dreiecks. «Warum erzählst du Frank nicht, warum du mich gekratzt hast?» forderte er sie grinsend auf.

«Ich habe dich nicht angefaßt», zischte Kathy.

«Ich habe dich eifersüchtig gemacht, richtig?»

«Eifersüchtig auf was? Du hast sie nicht mehr alle.»

«Sag die Wahrheit, Maus.»

Kathy sah mich an, und ein trauriger Blick trat in ihre Augen. «Bitte, schick ihn weg», flehte sie.

Am liebsten hätte ich sie weiter provoziert, aber ich bemerkte, daß ihr eine Träne die Wange hinunterrollte.

«Warum verschwinden Sie nicht einfach?» wandte ich mich deswegen halbherzig an Lucas.

«Sag es ihm. Sag ihm, wie wütend ich dich gemacht habe. Er kennt dich kaum.»

Nun weinte sie richtig.

Lucas schüttelte den Kopf. «Es ist wirklich erstaunlich, wie schnell bei ihr die Stimmungen wechseln.» Dann sah er mich wieder an. «Wie deuten Sie das? Im einen Augenblick eine betrogene Frau und im nächsten ein hilfloses Kind.»

Kathy wandte den Kopf. Die eine Seite ihres Gesichts war rot und geschwollen.

Ich biß die Zähne zusammen. «Hat er dich geschlagen?» fragte ich.

«Das ist egal», schluchzte sie.

Ich starrte Lucas an. «Hauen Sie ab.»

«Wollen Sie ihr das so leicht durchgehen lassen? Sie spielt das schwache Weibchen, und das Problem ist erledigt? Verlangen Sie nicht einmal eine Erklärung, was ich von ihr wollte? Was wir beide da drinnen gemacht haben?» Er wies mit dem Kopf auf ihr Büro.

Ich zögerte.

«Es liegt ganz bei Ihnen», meinte er nach einer Weile. «Soll ich bleiben oder gehen?»

«Ich habe Sie aufgefordert zu verschwinden, und das war mein voller Ernst.»

Er warf einen Blick auf Kathy. «Irgendwann wird sie Ihnen schon alles beichten.» Er strebte auf den Aufzug zu.

Ich ging zu Kathy und strich ihr sanft übers Gesicht. Obwohl ich sie mit Lucas ertappt hatte, wollte ich ihr nah sein. Doch ich wußte nicht, wie ich das anstellen sollte.

«Bist du fertig mit ihm?» fragte ich.

«Ich werde ihn niemals wiedersehen.»

«Das habe ich schon mal gehört.»

Sie drehte das Gesicht weg. «Laß mich ruhig allein, wenn du willst.»

«Ich will aber nicht.»

Ein wenig versöhnlicher nahm sie meine Hand.

«Ich möchte nur verstehen, was passiert ist. Mit dir. Zwischen uns.»

«Ich dachte, wir hätten uns geeinigt, daß du dich erst mit deinem eigenen Problem befaßt. Du weißt, daß ich keinen anderen Mann will, doch solange du dieses Zeug nimmst, ist es, als wärst du gar nicht richtig da.»

Ich nickte. «Ich war fest entschlossen, ins McLean zu gehen.»

«Und ...»

«Es hat sich herausgestellt, daß ich recht hatte. Hancock hat den falschen Mann eingesperrt. Es hat ein weiterer Mord stattgefunden.»

«Was soll das heißen?»

«Gestern nacht wurde wieder eine Frau verstümmelt.»

«Bitte sag, daß sie nicht hier im Krankenhaus gearbeitet hat.»

«Hat sie nicht. Sie war Tänzerin im Lynx Club.»

«Eine Stripperin?»

«Ja, eine Stripperin.»

«So was Perverses hätte Sarah nie getan. Wo liegt also der Zusammenhang?»

Ich versuchte, es diplomatisch auszudrücken. «Die Wunden waren sehr ähnlich wie die von Sarah.»

Sie schloß die Augen.

«Hancock will, daß ich den Fall übernehme.»

Sie ließ meine Hand los. «Aber das ändert nichts daran, daß du eine Drogentherapie brauchst.»

«Richtig. Wenn das hier vorbei ist.»

«Es wird nie vorbei sein. Du findest immer einen Grund, dich weiter zuzukoksen, Frank. Und ich glaube nicht, daß du diesen Fall wegen Sarah, mir oder Emma Hancock übernimmst. Du schiebst uns nur vor, um deine Sucht zu rechtfertigen.»

«Ich darf mich nicht drücken.»

Kathy verdrehte die Augen. «Dann bleib mir vom Leibe. Okay?» Sie ging in ihr Büro und wollte schon die Tür schließen.

Ich stellte den Fuß dazwischen.

Ihr Gesicht wirkte wie versteinert. Keine Trauer. Keine Wut. «Ich werde nicht untätig mitansehen, wie du dich kaputtmachst. Wenn du nicht verschwindest, rufe ich den Sicherheitsdienst.»

«Was?»

Ihr Atem wurde schneller. «Hau ab, bevor ich die Beherrschung verliere.»

Ich wußte, daß sie das ernst meinte. «In Ordnung.» Ich zog den Fuß weg. «Aber vergiß nicht ...»

Sie knallte mir die Tür vor der Nase zu.

10

Als ich die Eingangsstufen des Krankenhauses herunterging, startete Lucas gerade seinen Ferrari. Er schoß aus der Parklücke und blieb direkt vor mir stehen. «Das hätte ich Ihnen gleich sagen können. Im Augenblick hat sie keine Lust auf Gesellschaft», rief er.

Und ich hatte keine Lust auf sein dummes Gequatsche. Ich kam einen Schritt näher.

«Mein Gott, die Frau ist wie ein Vampir!» Er lächelte. Dann zog er ein Paar schwarzlederner Autohandschuhe hervor. «Wenn sie könnte, würde sie uns beide mit Haut und Haaren verschlingen.»

Ich stützte den Arm auf das Verdeck und griff mit der anderen Hand nach dem Außenspiegel. «Sie sagt, Sie hätten sie geschlagen.»

Er zuckte zusammen. «Könnten Sie die Hand da wegnehmen? Der Wagen war gerade bei der Inspektion.»

Ich ließ meine Hand, wo sie war, und betrachtete die Motorhaube. «Sieht aus wie neu. Aber was ist von einem Schönheitschirurgen auch anderes zu erwarten.» Dann steckte ich den Kopf durchs Fenster. Die champagnerfarbenen Lederpolster wirkten wie frisch aus dem Autohaus. Wo eigentlich Fußmatten hingehörten, lagen kleine, in passendem Burgunderrot und Beige gemusterte Orientteppiche. Der Schaltknopf war durch eine polierte Elfenbeinkugel ersetzt worden, in die mit Perlmutt das Yin-Yang-Symbol eingelegt war. «Gepflegt, daß es schon fast neurotisch ist», stellte ich fest, während ich mich aufrichtete.

«Und so soll es auch bleiben. Also nehmen Sie die Hand weg.»

«Wird gemacht, keine Sorge. Aber erst geben Sie zu, daß Sie Kathy geohrfeigt haben.»

Er blinzelte zu mir hoch. «Bin ich der Weihnachtsmann?»

«Wie?»

«Lassen Sie sich von der Farbe nicht täuschen; das hier ist kein Schlitten. Ich habe keine Rentiere. Und auch keinen Wunschzettel. Ich steige nicht nachts durch den Schornstein und verbreite Freude und Wohlgefallen. Ich trage keine schwarzen Stiefel und ...»

«Schluß damit. Was soll das?» Ich drehte den Spiegel, bis das Metall knirschte.

«Verdammt! Hören Sie auf!»

«Dann geben Sie zu, daß Sie sie geschlagen haben! Ist das so schwer?»

Er schüttelte den Kopf. «Hören Sie, ich habe Ihre Frage verstanden. Und ich stimme Ihnen zu: Sie hat es nötig, mal ordentlich übers Knie gelegt zu werden. Eine anständige Tracht Prügel, meine ich. Doch das ist nicht meine Aufgabe, sondern Ihre. Aber Sie brechen ja schon zusammen, wenn sie nur ein Tränchen zerdrückt. Auch wenn Sie mir das Autro auseinandernehmen, werde ich nicht die Drecksarbeit für Sie erledigen.»

Ich starrte ihn an.

«Ich habe es mir folgendermaßen vorgestellt: Ich bringe sie in Fahrt, bis Sie den Mut haben, die Haube aufzuklappen und die Sache selbst zu reparieren. Ich werde dafür sorgen, daß sie immer hübsch geölt ist; aber wenn sie heißläuft, übernehme ich keine Verantwortung. Schließlich sind Sie hier der Psychiater.»

Ich fixierte den Punkt, wo Nase und Oberlippe zusammentreffen. Mit einem gezielten Schlag kann man das Nasenbein brechen und die Maxilla soweit zersplittern, daß es sich kaum je wieder richten läßt. In gewisser Weise faszinierte mich Lucas' Charakter, so wie Paulson Levitsky von bösartigen Bakterien begeistert war. Lucas war das Lehrbuchbeispiel eine Psychopathen.

«He, wo wir gerade von Musterexemplaren weiblicher Verführungskunst sprechen», sagte er. «Das hier wird Ihnen gefallen.» Er wies auf die Windschutzscheibe.

Eigentlich wollte ich nur kurz hinsehen, doch dann blieb mein Blick wie gebannt an dem goldenen Ring haften, der an einem wenige Zentimeter langen blauen Stück Nahtgut vom Rückspiegel baumelte. Wieso hatte ich ihn bisher noch nicht bemerkt? Mein Herz fing an zu klopfen. «Was ist das?» fragte ich.

«Das glauben Sie mir nie.»

«Meinen Sie?»

«Zuerst lassen Sie den Spiegel los.»

Ich legte meine Hand auf den Türrahmen.

«Kommt er Ihnen nicht bekannt vor?»

«Nein», log ich.

«Dreimal dürfen Sie raten.»

«Das ist kein Spiel.»

«Das ganze Leben ist ein Spiel, Frank. Ich gebe Ihnen einen Tip: Er gehört einer der Tänzerinnen, die wir gestern abend gesehen haben. Candy, dem Mädchen mit den tollen Titten. Ich habe ihr einen Zehner spendiert.»

«Die mit dem Piercing.»

«Treffer.»

«Das ist der Ring, den sie getragen hat.»

«*Der Ring, den sie getragen hat.* Sprechen Sie es ruhig aus. Es ist ihr Mösenring. Schaffen Sie das?»

«Wie haben Sie ihn in die Finger gekriegt?»

«Sagen Sie es: Mösenring!»

«Gut. Woher haben Sie ihren Mösenring?»

«Das ist eine lange Geschichte. Hatten Sie nicht etwas vor?»

«Nein, ich habe Zeit.»

«Wußte ich's doch, daß Sie das interessiert. Wir sind uns verdammt ähnlich.» Zärtlich stubste er den Ring an, so daß er am Faden hin und her baumelte. «Ich bin gestern nacht noch bei ihr vorbeigefahren. Sie macht es gern im Auto.» Er ließ den Motor aufheulen und blickte auf meine Hand. «Spüren Sie es? Sie meint, es ist, wie wenn man in einem Düsenjet vögelt.»

«Unglaublich. Sie hatten Sex? Hier im Wagen?»

«Genau an dieser Stelle, mein Freund.» Er klopfte auf den Sitz. «Und ich nehme sie mir vor, wann ich will. So lautet unsere Abmachung.»

«Welche Abmachung?»

«Wird nicht verraten.»

Noch wollte ich ihm nicht zu stark zusetzen. «Jetzt tun Sie doch nicht so geheimnisvoll. War sie gut?»

«Phantastisch. Nicht die geringste Spur von Würgereflex.» Er schüttelte den Kopf. «Sie wissen ja gar nicht, wie wenige Frauen dazu in der Lage sind. Ihn ganz in den Mund zu nehmen und nicht nur zur Hälfte.» Er bewegte die Hände im Schoß vor und zurück, als würde er ihren Kopf führen. «Sie hat mich bearbeitet wie ein Kolbenmotor.»

«Phänomenal!» Ich nickte. «Aber wie kommen Sie an den Ring?»

«Wenn ich das erzähle, halten Sie mich bestimmt für verrückt.»

«Nun, wie Sie schon sagten, Sie sind nicht der einzige perverse Arzt nördlich von Boston.»

Er griff zum Rückspiegel, löste den Knoten des Fadens und ließ den Ring in seine Handfläche fallen. «Wie haben Sie ihr das Ding abgeluchst?»

«In allen Einzelheiten?»

«Und lassen Sie nichts weg!»

«Sie sind ja genauso pervers wie ich.» Er sah sich um, ob uns jemand belauschte. «Stellen Sie sich vor, wie sie hier sitzt, den engen limonengrünen Rock bis zur Taille hochgeschoben. Sie trägt keinen Slip. So lautet das Gesetz: Wenn sie hier im Auto sitzt, muß sie von der Taille abwärts nackt sein.»

«Logisch.»

«Sie beugt sich vor und bläst mir einen.» Mit der linken Hand machte er die Bewegung ihres vor- und zurückwippenden Kopfes nach. «Ich fasse um ihren Hintern, zwischen ihre Beine, und zwei meiner Finger arbeiten wie verrückt – vor und zurück, vor und zurück.» Er zeigte mit den Fingern, wie er es gemacht hatte. «Sie schnappt nach Luft, denn sie hat mich tief im Mund, und es kommt ihr gleich, besonders wenn ich am Ring ziehe, verstehen Sie? Sie mag den Schmerz.»

«Gut.» Wider Willen erregte mich seine Schilderung.

«Aber ich halte ihren Kopf mit der Hand fest. Und ich pumpe wie ein Schlagbohrer.» Er bewegte die Hüften, als würde er reiten.

«Ist ja reizend.»

«Dann verspritze ich meinen Saft, und sie schluckt ihn, ohne einen einzigen Tropfen zu vergießen, was auch zu den Regeln gehört. Aber irgendwie muß ich einen Augenblick einen Blackout gehabt haben, denn ich ziehe immer fester an dem Ring. Und reiße ihn heraus. Sie schreit, als hätte man in sie ein Messer gestoßen.»

«Und dann hat sie Sie gekratzt?»

Er verdrehte die Augen. «Haben Sie keine Ohren? Ich habe Ihnen doch gesagt, daß das Kathy das Monster war.»

«Kathy das Monster?»

«So nenne ich sie, wenn sie durchdreht.»

«Aha!»

«Darf ich fortfahren?»

«Ich höre.»

«Gut, schließlich waren wir gerade am aufregendsten Punkt der Geschichte. Als Seelenklempner werden Sie ihn zu würdigen wissen.»

Als Moniques blutiger Leichnam vor meinem inneren Auge auftauchte, war meine Erregung schlagartig verflogen. «Fahren Sie fort», stieß ich hervor.

«Also, kaum hatte ich ihr den Ring herausgerissen, da kommt sie, und es nimmt kein Ende. Und da wir gerade beim Thema Durchdrehen sind, was glauben Sie, hat sie mir gesagt?»

Ich konnte meinen Ekel nicht länger verbergen. «Keine Ahnung», fuhr ich ihn an.

«Machen Sie sich nicht schlechter, als Sie sind. Wie sollten Sie das auch wissen? Sie beugt sich vor und flüstert mir ins Ohr, daß sie ...» Er begann zu lachen.

«Sie ...»

«Sie sagt mir, daß sie ...» Er kicherte so hysterisch, daß er kaum weiterreden konnte. «Sie sagt mir, daß sie ... mich liebt.»

Mir wurde übel. «Und deshalb haben Sie sie umgebracht», stellte ich fest.

«Prima. Sie sind wunderbar.» Er wurde plötzlich ernst. «Ich weiß nicht, wer von uns beiden neurotischer ist.»

«Warum haben Sie sie zerstückelt?» fragte ich.

«Zerstückelt? Wie? Was meinen Sie damit?»

«Ich komme gerade aus der Gerichtsmedizin. Ihre Brüste und Genitalien sind verstümmelt. Warum haben Sie das getan?»

«Aus der Gerichtsmedizin ...» Er starrte mich verständnislos an. «Ich weiß von nichts. Warum sollte ich das tun?» Ohne Vorwarnung trat er aufs Gaspedal.

Ich konnte gerade noch seinem Hinterreifen ausweichen. Hart schlug ich auf dem Boden auf. Mich durchfuhr ein stechender Schmerz, als wären mir die Rippen eingedrückt worden. Ich rappelte mich auf und blickte suchend über den Parkplatz. Der Ferrari hielt an der Ausfahrt. Einen Moment lang blieb er stehen, dann raste er auf mich zu. Hastig schleppte ich mich zu den Treppenstufen.

Mit schlitternden Reifen kam der Wagen an der Stelle, wo wir vorhin miteinander gesprochen hatten, zum Stehen. Lucas stieg aus und kam näher.

Eineinhalb Meter, also außerhalb der Reichweite meiner Fäuste, hielt er an. «Entschuldigen Sie, Frank», sagte er, «aber ich habe es satt, daß Sie mich schlechtmachen. Ich bin zufällig einer der ehrlichsten Menschen, die Ihnen je über den Weg laufen werden. Wenn ich jemanden umbringen würde, dann hätte ich dafür meine Gründe, und dann würde ich dafür auch die Verantwortung übernehmen.» Damit wandte er sich ab, stieg in seinen Wagen und fuhr davon.

Ich klopfte mir den Staub von den Kleidern und schleppte mich in den Rover. Nachdem ich die Türen verriegelt hatte, tastete ich meine Rippen nach Blessuren ab. Diese Untersuchung hatte ich schon lange vor meinem Medizinstudium kennengelernt. Als ich dreizehn war, hatte mir mein Vater mit einem Schlag zwei Rippen gebrochen. Ich habe vergessen, was ihn damals so in Wut versetzt hatte, und vielleicht wußte er es zu jenem Zeitpunkt selbst auch nicht. Doch ich erinnere mich noch gut, daß ich Henry Harris, dem Hausarzt unserer Familie, vorlog, ich hätte mich verletzt, als ich beim Basketballspiel im Park einem tiefangesetzten Ball nachtauchte. Harris war bei den Marines Boxer gewesen, und noch immer bewegte er sich geschmeidig wie eine Katze. Seine Finger tanzten über meine Rippen und meinen Brustkorb, während er mich aufmerksam beobachtete, damit ihm kein Zeichen des Schmerzes entging und er die Brüche genau lokalisieren konnte. Dabei erklärte er mir, wie man sich richtig hinfallen ließ, mit den Füßen voranschlitterte, ohne dabei den Korb aus den Augen zu verlieren. Nachdem er mir eine elastische Rippenbinde angelegt hatte, hob er mich mühelos auf, setzte mich auf das weiße Kreppapier, das heute wohl jeden Untersuchungstisch der Welt bedeckt, und gab mir noch etwas mit auf den Weg: «Du gehst jetzt nach Hause und ruhst dich aus. Ich werde mit deinem Vater mal ein Wort über Sportverletzungen sprechen. Wenn dir so was mal wieder passiert, kommst du auf der Stelle zu mir und berichtest mir davon.»

Als mein Vater nach Hause zurückkehrte, war seine Lippe aufgeplatzt und eines seiner Augen zugeschwollen. Später, als ich das Ohr an die Badezimmertür legte, hörte ich ihn zum erstenmal in meinem Leben weinen, und – ebenfalls zum erstenmal – spürte ich, daß ich ihn liebte, ihn immer lieben würde, trotz allem, was geschehen war. Doch damit wurden die Schläge nur noch schwerer zu ertragen.

Ich konnte keinen Bruch entdecken. Mein Atem ging regelmäßig, also brauchte ich mir um einen Lungenriß keine Sorgen zu machen. Doch das Erlebnis hatte mich sehr mitgenommen. Ohne nachzudenken, zog ich den Beutel mit dem weißen Pulver aus dem Handschuhfach. Zum Trost.

Trost. War es wirklich das, was ich brauchte? Welcher Unterschied bestand eigentlich zwischen Trost und Betäubung? Wie sollte ich die Motive eines Mörders ergründen, die immer auch mit leid zusammenhängen, wenn ich selbst alles daran setzte, meinen eigenen Schmerz zu verdrängen?

Im Geiste hörte ich Ted Pearson, wie er mir erklärte, daß jedes Verbrechen letztlich darauf zurückgeführt werden kann, daß der Täter sich weigert, seinen Schmerz zuzulassen. «Deshalb ist man moralisch verpflichtet», sagte er, «sich den eigenen Problemen zu stellen. Nur dann können Sie ein anderer Mensch werden als Ihr Vater.»

Pearsons Warnung verhinderte jedoch nicht, daß ich meine Psychotherapie abbrach. Jetzt sah ich ein, daß er recht hatte. Wie viele Menschen wollte ich noch verletzen, bevor ich den Schmerz annahm?

Ich hielt das Säckchen zwischen den Fingerspitzen. Verlockend rieselte das Pulver im Beutel. Ich riß die Schweißnaht auf, steckte die angefeuchtete Fingerspitze hinein und ließ den sauren Geschmack des Kokains noch ein letztes Mal auf der Zunge zergehen. Als sei es das Normalste der Welt, kippte ich dann die drei Gramm Koks aus dem Fenster.

Eine Zeitlang saß ich reglos da. Ich zwang mich dazu, nicht die Fahrzeugtür zu öffnen und nachzusehen, ob man einen Teil des Pulvers wieder vom Pflaster aufkratzen konnte. Doch erst als ich mir vorstellte, wie ich auf den Knien lag und den Boden ableckte, verabschiedete ich mich endgültig von diesem Gedanken.

Ich mußte Emma Hancock berichten, daß Lucas Moniques Ring hatte. Doch erst wollte ich mir darüber klarwerden, was ich ihr außerdem noch erzählen wollte. In meiner Wut und meiner Eifersucht konnte ich mich leicht dazu verleiten lassen, Lucas als den Mörder hinzustellen. Dabei wußte ich eigentlich nur, daß er etwas besaß, das dem zweiten Opfer gehört hatte. Zwar stand fest, daß er Monique kurz vor ihrem Tode gesehen hatte, aber das traf auf mich auch zu. Außerdem beschäftigte mich die Frage, die er mir gestellt hatte. Warum hätte er sie töten sollen? Falls er wirklich ein heimlicher Frauenhasser war, hatte er sich den idealen Beruf ausgesucht: Er durfte Frauen aufschneiden und wurde dafür auch noch prima bezahlt. Aber vielleicht reichte ihm das jetzt nicht mehr, vielleicht fehlte ihm der Kitzel, weil sich seine Patientinnen freiwillig unters Messer legten. Schließlich mußte er seine Wut im OP soweit zügeln, daß er sich nach den Wünschen seiner Auftraggeberinnen richtete. Vielleicht hatte er es satt, ein Messerheld auf Bestellung zu sein. Womöglich verschaffte es einem Mann, der im Grunde seines Herzens ein Schlächter war, keine rechte Befriedigung mehr, saubere Schnitte an Gesicht oder Brust einer Frau anzusetzen. Doch warum zeigte er mir dann den Ring? Wollte er damit erreichen, daß ich ihn an seinem Tun hinderte? Das klang mir zu klischeehaft.

Mir waren Lucas' Motive noch immer nicht klar. Vielleicht ließ sich ein Hinweis in Moniques Wohnung finden.

Ich startete den Rover und setzte zurück. Am liebsten hätte ich vor meiner Abfahrt den Boden nach Kokainkrümeln abgesucht. Schließlich mußte ich nachdenken. Doch zum erstenmal seit langem begriff ich, daß ich mich endlich mit meinen Gefühlen beschäftigen mußte.

Die Union Street mündet in die Joyce Street, und die wiederum führt in die Highlands, jenes Gebiet von Lynn, das die ärmsten Bewohner beherbergt – ein Glasscherbenviertel, in dem Glassplitter auf den Straßen glitzern, zerrissene Bettlaken anstelle von Vorhängen aus den Fensteröffnungen wehen und zerbrochene Flaschen die Bordsteinkante säumen. Nachdem ich nach links in die Monroe Avenue eingebogen war, hielt ich vor der Nummer 115, einem schmuddeligen, grünen, zweistöckigen Gebäude. In der Einfahrt stand ein verrosteter Pick-up, und auf der nackten Erde, wo eigentlich der Vorgarten sein sollte, parkten zwei Streifenwagen.

Nur an der obersten der drei Klingeln befand sich ein Schild. Auf dem vergilbten Papier standen die Namen Marzipan und Peletier.

Ich betrat den Flur. Der abgestandene Geruch erinnerte mich an das Mietshaus, in dem ich aufgewachsen war, allerdings mit einer leicht süßlichen Komponente – geschmolzenes Kokain. Die Wohnung rechts von der Treppe hatte keine Tür, und ich sah eine Anzahl Matratzen auf der orangefarbenen Auslegeware. Zu Kugeln zusammengedrückte Aluminiumfolie lag auf dem Boden. Ich wußte, wozu sie gut war. Die Wohnung war eine Crack-Höhle. Für einen Zehner bekam man eine Ration, ein Stück Folie, um sich eine Pfeife zu basteln, und ein Plätzchen, wo man sie in Ruhe rauchen konnte. Der Müll auf dem Boden wies darauf hin, daß die Geschäfte glänzend liefen. Wahrscheinlich würde Malloy sie wieder öffnen lassen – gegen eine Monatsmiete, versteht sich –, sobald die Ermittlungen abgeschlossen waren. Nicht, daß es von Bedeutung war, was er tat – in einer Stadt, die vor die Hunde geht, gehört Crack zum Alltag.

Ich ging die Treppe hoch. Die Holzdielen knarrten unter meinen Schritten.

Die Tür zur Wohnung im ersten Stock war geschlossen, aber ich hörte, wie sich ein Mann und eine Frau dahinter auf spanisch anbrüllten.

Ich eilte weiter. Quer vor den Eingang zu Moniques Wohnung

war gelbes Klebeband mit der Aufschrift: «Polizeiliche Ermittlungen – Zutritt verboten» gespannt. Drinnen sah ich Angel Zangota, den Beamten, der mich bei meinem ersten Besuch in Westmorelands Zelle geführt hatte, und einen hageren Mann mit rasiertem Schädel. Als er mich entdeckte, kam er auf mich zu.

Ich riß das Klebeband von der Tür. «Verschonen Sie mich mit Ihrem ‹Zutritt verboten›», sagte ich. «Ich arbeite für Emma Hancock. Wenn Sie mir nicht glauben, rufen Sie sie an.»

«Kevin Malloy ...»

«Malloy kann mich mal kreuzweise.»

Er unterbrach mich mit einer Handbewegung. «Malloy hat vor ein paar Minuten angerufen und mir mitgeteilt, daß Sie reindürfen. Ich glaube, er mußte dringend zum Arzt. Sonst wäre er selbst gekommen.»

«Er hat Zahnschmerzen.»

«Richtig. Sein Anruf kam aus der Praxis von Dr. Plotka. Woher wissen Sie das?»

«Ist egal. Was hat er denn gesagt?»

«Er muß sich zwei Backenzähne fixieren lassen.»

Ich schüttelte den Kopf. «Nein, ich meine, über mich.»

«Ich soll Ihnen alles zeigen, was Sie sehen wollen. Auch das Erdgeschoß.»

«Was hat das Erdgeschoß damit zu tun?»

«Der beschlagnahmte Stoff ist im Streifenwagen.» Er blinzelte mir zu. «Auf der Rückbank, hinter dem Beifahrersitz. Streichhölzer finden Sie im Handschuhfach.»

Zweihundertfünfzig die Stunde, und so viel Kokain, wie ich rauchen oder schnupfen konnte. Was hätte ich vor zwei Tagen noch für solch ein Angebot gegeben! «Nein danke», entgegnete ich.

«Ist das Ihr Ernst?»

«Vielleicht später.»

«Später gibt's nichts mehr. Der Stoff ist gut.»

Ich sah ihm in die Augen und stellte fest, daß er selbst high war. «Offensichtlich.» Ich ging an ihm vorbei und reichte dem Mann mit dem rasierten Schädel die Hand. «Frank Clevenger», sagte ich. «Ich bin der Psychiater, der die Untersuchungen in dem Mordfall unterstützt.»

Er ergriff meine Hand. Seine Klauenfinger endeten in langen, rotlackierten Nägeln. «Entschuldigen Sie bitte die Unordnung hier», zwitscherte er, «aber ich durfte nichts anrühren.»

Ich machte mich los und sah mich um. Der Couchtisch war umgestürzt. Eine Lampe lag in Scherben auf dem Boden. Mein Blick blieb an der Couch haften; das mittlere Sitzkissen war blutgetränkt, und auch an den Wänden entdeckte ich Blutspritzer.

Zangota trat zu uns. «Dr. Clevenger, das ist Mercury Marzipan.»

«Mercury Marzipan?» Merkur, wie der Götterbote?

«Es gibt eben solche und solche, Frank», meinte Marzipan.

«Dem Himmel sei Dank. Ist das Ihr Künstlername?»

«Meine Eltern sind Rumänen und hatten einen Party-Service», grinste er.

Ich erwiderte sein Lächeln.

«Den Namen habe ich mir zugelegt, als ich aus der CIA ausschied.»

«Sie haben für die CIA gearbeitet?» fragte Zangota.

Marzipan wandte sich zu ihm um. «Ich war Doppelagent», spottete er, «bis die Mauer fiel.» Dann sah er wieder mich an. «CIA steht für das Culinary Institute of America. Mein Gesellenstück war ein einssechzig hoher Marzipan-Merkur, mit Kappe, Flügeln und allem, was dazugehört.»

«Daher also der Name Mercury Marzipan.»

«Er paßte besser zu meinem neuen Job.»

«Welchem neuen Job?»

«Konditor im Ritz.» Er wurde ernst. «Mein Geburtsname lautet Elliot Stankowitz.»

«Ich verstehe», sagte ich.

«Mr. Marzipan hat die letzten beiden Jahre mit Monique Peletier zusammengewohnt», schaltete sich Zangota ein.

«Falsch, Zorro», warf Marzipan ein.

«Zangota», verbesserte ich ihn.

«Er soll nur kapieren, wie das ist. Es heißt Ms. Marzipan. So war es jedenfalls geplant. Sie als Seelenklempner verstehen das vielleicht besser. Ich lasse mich umwandeln, und das allein kostet mich schon Nerven genug. Aber nun noch dies ...» Er blickte sich im Zimmer um.

Erst jetzt fiel mir auf, daß sich unter Marzipans gelbem Leinenhemd kleine Brüste abzeichneten.

«Ich mußte im Leben auch schon viele Veränderungen ertragen.» Zangota nickte. «Erst Salem, dann Saugus und nun Lynn. Ich weiß, wie das ist. Man muß sich anpassen.»

«Er meint eine Geschlechtsumwandlung, Angel», erklärte ich. «Mercury wird eine Frau.»

«Congratulaciónes!» meinte Zangota trocken.

«Zorro hat mir verboten, mein Haar zu tragen», beschwerte sich Marzipan und wies auf die Kommode. Auf einem Porzellankopf thronte eine Perücke mit brauner, wallender Mähne. Das weiße Porzellangesicht war mit Blutflecken übersät.

«Sie wird als Beweismaterial gebraucht», erklärte ich ihm.

«Ich brauche sie auch. Ohne sie fühle ich mich nackt!»

«Warum sagten Sie, es *war* geplant, daß Sie zur Frau werden. Haben Sie Ihre Meinung geändert?»

«Nicht im geringsten, und wenn ich solch ein Prachtexemplar von Mann vor mir habe wie Sie, fühle ich mich in meinem Entschluß nur noch mehr bestätigt.» Er musterte mich von oben bis unten. «Sie könnten als Model durchgehen. Aber das wissen Sie ja sicher schon selbst.»

«Vielen Dank. Aber wenn Sie keine Zweifel haben, was spricht dann noch dagegen, daß aus Ihnen eine Frau wird?»

«Da kommen Dinge ins Spiel, die sich meinem Einfluß entziehen», meinte er kopfschüttelnd.

«Und das wäre?»

«Moniques Tod zum Beispiel.»

«Was ändert sich dadurch?»

«Sie war ein Teil der Abmachung.»

«Welcher Abmachung?» fragte Zangota.

«Ich sage kein einziges Wort mehr, ehe ich nicht meine Perücke aufsetzen darf. Schließlich bin ich hier schutzlos Ihren Blicken ausgeliefert und damit der Lächerlichkeit.»

«Sie haben recht. Setzen Sie sie auf», sagte ich.

Marzipan ging zur Kommode.

«Er vernichtet ...», setzte Zangota an.

«Hören Sie, dies ist nicht der Fall O. J. Simpson. Er hat das Ding schon hundertmal getragen. Wir wollen doch nicht wegen einer solchen Kleinigkeit aneinandergeraten!»

«Gut. Aber ich lehne die Verantwortung dafür ab.»

«Kein Problem. Ich erkläre dem Gerichtsreporter, daß Sie zu stoned waren, um was mitzukriegen.»

Marzipan machte sich vor dem Badezimmerspiegel zurecht. Ich ging zu ihm hinüber und stellte mich in die offene Tür. Gerade trug er die Wimperntusche auf. «Also, was war das für eine Abmachung mit Monique?»

Er beugte sich zum Spiegel vor und prüfte seine Wimpern.

Ich wartete.

«Es kommt doch nicht in die Zeitung, oder? Meine Eltern würden tot umfallen, wenn sie es erfahren.»

Für mich hörte sich das eher nach einer Wunschvorstellung an. «Bei jeder Ermittlung gibt es undichte Stellen. Versprechen kann ich nichts.»

«Es wäre ein Schlag für die ganze Familie. Sie sind sehr konservativ. Dad ist Vorsitzender des Yachtclubs von Marblehead.» Er griff nach dem Rouge. «Als ich letztes Jahr wegen Drogenbesitz verhaftet wurde, erlitt er einen leichten Herzinfarkt.»

«Wenn das, was Sie mir erzählen wollen, tatsächlich so heikel ist, könnte es Ihren Eltern sicher schwer zusetzen», meinte ich. «Besonders Ihrem Vater.»

Ich sah, daß Marzipan leicht grinste, während er einen rosa Lippenstift aufschraubte. Er schminkte sich die Lippen und preßte sie aufeinander, um die Farbe gleichmäßig zu verteilen. Dann wandte er sich zu mir um.

Mit der Perücke und dem Make-up hätte er jederzeit als Frau durchgehen können. Er war sogar recht hübsch. «Sehr überzeugend», stellte ich fest.

«Danke für das Kompliment.» Marzipan sprach jetzt leiser und wirkte ruhiger. Er setzte sich auf den Rand der Badewanne und schlug die Beine übereinander. Sie waren rasiert. «Es ging dabei um die Operation zur Geschlechtsumwandlung. Als Entgelt für die Arbeit konnte mein Arzt Monique und mich haben, wann immer er wollte. Aber nun weiß ich nicht, ob das Geschäft ohne Monique noch gilt. Ich glaube, er mochte sie lieber als mich.»

«Wie kommen Sie darauf?»

«Ich weiß nicht so recht.» Er runzelte die Stirn.

«Stellen Sie sich nicht so an, Mercury. Sie sprechen mit einem Psychiater.»

Er zuckte die Achseln. «Mit mir hatte er nur Sex in der Wohnung, hinter geschlossenen Türen, als würde er sich schämen. Monique aber nahm er, wo er gerade war. Selbst im Auto.»

Ich blieb einen Moment lang reglos stehen. «Was für ein Auto?» fragte ich schließlich.

«Ein Phallussymbol, wenn Sie mich fragen. Der Mann ist nämlich nicht besonders gut ausgestattet.»

«Was für ein Auto?»

«Eine Angeberkiste. Ein roter Ferrari.»

Ich rang um Fassung. «Warum sollte Monique das tun: sich verkaufen, damit Sie eine Frau werden können?»

«Logisch, daß Sie das fragen. Diese kleine Ratte hätte sich nicht mal auf eine französische Nummer eingelassen, wenn es um mein Leben gegangen wäre. Aber man soll ja nicht schlecht über die Toten reden.» Er beugte sich vor und klopfte auf den hölzernen Türrahmen. «Bei dem Geschäft ging es um zwei Operationen, meine und ihre.»

«Zwei? Was für eine Operation wollte sie vornehmen lassen?»

«Das war schon erledigt. Vor der Brustvergrößerung hatte sie einen Minibusen.» Er sah an sich hinunter. «Und ich wäre schon zufrieden, wenn ich eine halb so schöne Brust gekriegt hätte. Bei ihr hat man nicht die kleinsten Narben gesehen.»

«Dieser Arzt – heißt er Trevor Lucas?»

«Doch wohl nicht etwa ein Freund von Ihnen?»

«Nein.»

«Aber Sie kennen ihn.»

«Ich lerne ihn allmählich kennen.»

«Können Sie nicht ein gutes Wort für mich einlegen? Damit er mich nicht hängenläßt?»

Ich wollte mir nicht noch einmal vorwerfen müssen, daß ich einen Hinweis überhört hatte. «Sie sind doch nicht so verzweifelt, daß Sie sich etwas antun würden, Mercury? Das würden Sie mir doch sagen, oder?»

«Wirke ich so auf Sie?»

«Nein, aber wenn jemand das Wort ‹hängen› benutzt ...»

«Das war nur ein Scherz.» Er faßte sich zwischen die Beine. «Hängen, verstehen Sie nicht?»

«Doch.» Ich schüttelte den Kopf. «Aber wenn ich Ihnen einen Rat geben darf: Halten Sie sich von Dr. Lucas fern. Es ist weitaus ungefährlicher, seine Meinung zu ändern als sein Geschlecht.»

«Sie Großkotz haben gut reden. Sie sind schließlich nicht im falschen Körper gefangen.» Er stand auf und ging zum Spiegel.

Ich sah ihm zu, wie er einen weiteren Hauch Rouge auflegte. Am liebsten wäre ich tiefer in seine Psyche eingedrungen, um herauszufinden, warum er seine Männlichkeit nicht annehmen konnte. Mir war sogar schon ein Einleitungssatz eingefallen: Den Schwanz hat man Ihnen schon vor langer Zeit abgeschnitten. Das würde ihn wahrscheinlich so in Wut versetzen, daß er sich ein paar seiner Probleme stellte. Doch was dann? Was sollte er in zehn Minuten tun, wenn er auf die Wahrheit zusteuerte und ich nicht mehr da war? Ich seufzte und sagte: «Da haben Sie recht. Ich würde lange Zeit brauchen, um zu verstehen, wie man sich in Ihrer Situation fühlt.»

Er erstarrte mitten in der Bewegung und sah mein Spiegelbild an.

«Wenn Sie darüber sprechen möchten – ich meine, herausfinden wollen, was dahintersteckt –, meine Praxis ist in Marblehead, und äh ...» Ich hielt inne. «Ich könnte vielleicht einen Therapeuten finden, der sich damit auskennt. Einen guten Therapeuten.»

«Danke» erwiderte er zögernd.

«Keine Ursache.» Ich tätschelte ihm beim Hinausgehen den Arm. «Viel Glück, Mercury.»

Ich blieb neben Zangota vor der Schwelle stehen und sah zu, wie er das Klebeband erneuerte, das ich abgerissen hatte. Meine Gedanken überschlugen sich. Lucas war mit Monique in der Mordnacht zusammengewesen. Er hatte ihr die Brust operiert, und ich war mir fast sicher, daß er ihr auch das Piercing verpaßt hatte. Vielleicht hatte sie ihm den Sex verweigert, den sie ihm schuldete, und so hatte er sich die von ihm verschönerten Körperteile zurückgeholt. Doch das war bisher nur eine Hypothese. «Keine Spur von der Mordwaffe?» fragte ich.

«Wir haben jeden Zentimeter der Wohnung und den ganzen Garten durchkämmt.» Mit einem Nicken wies Zangota auf die Tür. «Was hat er – oder sie oder was auch immer – Ihnen im Bad erzählt?»

Ich fand es zu früh, die offiziellen Ermittlungen auf Lucas zu lenken, denn ich fürchtete, Emma Hancock würde dann nicht mehr zu bremsen sein, ganz gleich, wie die Beweislage auch aussah. Und wenn wir Zeit verschwendeten, würden womöglich noch weitere Morde geschehen. «Nichts, was uns irgendwie weiterbringen könnte», antwortete ich.

Zangota blinzelte mich argwöhnisch an. «Dafür hat er aber ganz schön lange gebraucht.»

«Also gut, er hat gestanden. Er hat Monique und Sarah umgebracht. Und John F. Kennedy und John Lennon.»

«Er wollte doch von einer Abmachung erzählen.»

«Ach so, die dumme Sache mit der rückständigen Miete. Mercurys Hauswirt hat die Augen zugedrückt, weil er gern ein hübsches junges Ding wie Monique im Haus wohnen hat. Jetzt, wo sie nicht mehr da ist, muß Mercury alles nachzahlen, wodurch seine Operation natürlich ...»

Plötzlich drang aus der Wohnung im ersten Stock lautes Geschrei. «Weshalb, zum Teufel, streiten die eigentlich», fragte ich Zangota.

«Sie sagt: ‹Laß ihn in Ruhe! Laß ihn in Ruhe!›«

Die Frau kreischte.

Ich lief zur Treppe, gefolgt von Zangota. «Und was sagt der Mann?» rief ich.

«Er will ‹dem kleinen Hurensohn eine Lektion erteilen›.»

Als ich auf dem Treppenabsatz im ersten Stock ankam, hörte ich einen Schlag. Ich rannte schneller. Dann schrie ein Kind auf. Ich handelte automatisch, gesteuert von etwas tief in meinem Innern, auf das ich keinen Einfluß hatte. Ich trat einen Schritt zurück und rammte meinen Fuß gegen die Tür. Beim ersten Tritt brach sie aus den Angeln. Ein Blick sagte mir, was hier los war. Ein etwa dreißigjähriger Mann stand in einer Ecke des Zimmers. Als er sich zu mir umdrehte, nahm ich nicht sein Gesicht wahr, sondern nur die muskelbepackte Brust und die kräftigen Arme. Mein nächster Blick galt der Frau, die im Schneidersitz auf der Couch vor mir saß und das Gesicht in den Händen verbarg. Ich sah wieder zu dem Mann hinüber. Vor ihm auf dem Boden kauerte ein Junge von etwa sieben, acht Jahren. Aus seiner Nase rann Blut. Ohne nachzudenken ging ich auf die beiden zu. Ich hatte nicht den geringsten Zweifel, was zu tun war. Der Mann vertrat mir den Weg. Ich ging weiter. Er holte aus, doch ich packte sein Handgelenk, riß seinen Arm nach vorne und hieb meinen Handrücken in seinen Ellenbogen. Das Gelenk knackte. Er fuhr zurück und umfaßte seinen lose baumelnden Unterarm. Dann beugte er sich vor und wollte wie ein Büffel auf mich losstürmen. Ich ließ ihn bis auf einen halben Meter an mich herankommen, dann trat ich zur Seite und rammte ihm das Knie in die Brust. Keuchend stürzte er zu Boden.

Aus den Augenwinkeln sah ich, daß die Frau auf mich zustürzte. Ich packte sie, wirbelte sie herum und schleuderte sie zurück auf die Couch. Dann beugte ich mich über den Mann auf dem Boden.

Zangota schob sich dazwischen. «Das reicht», sagte er. «Den Rest übernehme ich.»

Ich versuchte ihn fortzuschieben, doch er blieb, wo er war.

«Ich sagte, ich übernehme ihn», fuhr er mich an. «Sie sollten sich lieber um den Jungen kümmern.»

«Um wen?»

«Den Jungen. Ihm geht's beschissen.»

Ich fuhr herum. Der Junge richtete sich zitternd auf. In seinen Augen stand Entsetzen. Ich ging zu ihm, kniete mich hin und wischte ihm das Blut von den Lippen. Dann legte ich ihm die Hände auf die Schultern. Er ließ sich an meine Brust sinken und begann zu weinen. Ich hielt ihn in meinen Armen. Plötzlich merkte ich, daß mir seine Tränen über die Wangen liefen, doch dann wurde mir klar, daß das nicht möglich war. Sein Kopf lag auf meiner Schulter.

Es waren meine eigenen Tränen.

11

Ich wartete etwa zehn Minuten auf dem Rücksitz von Zangotas Streifenwagen, dann bog eine grüne Minna in die Auffahrt ein. Kurz darauf kam Zangota mit dem Festgenommenen aus der Tür. Der ausgerenkte Unterarm des Mannes hing schlaff herunter. Die andere Hand war mit Handschellen an seinen Gürtel gefesselt. Zangota schob den Mann hinten in den Transporter, knallte die Tür zu und kam dann zu dem Streifenwagen herüber.

Er zeigte auf die Metalldose neben mir. «Der beste Stoff, den Sie je kriegen werden», sagte er. «Sie sehen so aus, als könnten Sie was gebrauchen. Ich jedenfalls würde nicht nein sagen.»

«Was passiert jetzt mit dem Jungen?» fragte ich.

«Wir wissen doch beide, was mit ihm passiert. Das Jugendamt untersucht den Fall und gibt eine Empfehlung ab.»

«Die Mutter ist unfähig.»

Er zuckte die Achseln. «Dann wird man ihn ihr wegnehmen.»

«Und ihn zu Pflegeeltern geben, wo ihn dann ein anderer Trunkenbold verprügelt.»

«Es gibt auch gute Pflegeeltern.»

«Das glaube ich erst, wenn ich es gesehen habe.»

«Ich habe es erlebt.»

«Sie waren ein Pflegekind?»

«Meine Eltern kamen mit dem Leben nicht zurecht» – Zangota lachte in sich hinein – «und irgendwann sind sie aus heiterem Himmel auf und davon. Doch dann kam ich zu guten Leuten.»

«Wo sind Ihre leiblichen Eltern jetzt?»

«Keine Ahnung.»

«Haben Sie je daran gedacht, sie zu suchen?»

«Ja, aber nichts unternommen.»

«Weil Sie sie hassen?»

«Hören Sie!» Zangota grinste. «Hier ist kein Platz für eine Psychiatercouch. Gönnen wir uns eine Nase und wenden wir uns angenehmeren Dingen zu.»

Ich betrachtete die Dose. Vor meinem inneren Auge erschienen die weißen Kristalle, und ich meinte ihren süßlichen Duft zu riechen. Ich war erschöpft und stand unter Druck – die schlimmste Kombination von allen. Und ich brauchte irgendwas zur Entspannung. Ich nahm die Dose, klappte den Deckel auf und sah hinein. Drinnen war mehr Kokain, als ich je auf einem Haufen gesehen hatte, genug, um den kleinen Jungen für immer aus meinem Gedächtnis zu löschen. Aber welchen Jungen eigentlich – den im Haus oder mich? Ich schloß die Augen und überlegte.

«Hallo ... Sind Sie noch da?» fragte Zangota.

Ich nickte. «So was braucht er nicht», sagte ich.

«Wer braucht was nicht? Wovon reden Sie?»

Ich sah zu ihm auf. «Unser Mörder. Er braucht kein Koks, keinen Alkohol oder sonstwas. Er hat seinen eigenen Kick: das Töten. Er fügt anderen Leid zu, damit er sein Leid nicht zu spüren braucht. Wenn er seinen Schmerz nach außen projiziert, fühlt er sich nicht mehr schwach, sondern wieder als Herr der Welt.»

«Seinen Schmerz?»

«Man verziert die Gegend nicht mit seinen Opfern, wenn man sich nicht tief im Innern selbst wie eines fühlt.»

«Also sprach der ach so verständnisvolle Psychodoktor aus Massachusetts.»

«Vielen Dank.»

«Wenn er tief im Innern verletzt wurde, warum hat er dann so lange gewartet, bevor er losschlug? Warum plötzlich zwei Tote in drei Tagen?»

«Ich bin nicht sicher. Vermutlich konnte er sich beherrschen, bis ihn irgendwas aus der Fassung brachte und die Fassade bröckelte – eine Kränkung vielleicht.»

«Glauben Sie, er hört wieder auf?»

«Wenn er den Schaden an seinem Ego reparieren kann und sein

seelisches Gleichgewicht wiederfindet, möglicherweise. Andernfalls muß er weitermorden. Nur so kann er seinen Selbsthaß eindämmen, der ihn zu überwältigen droht.» Ich klappte die Dose zu.

«Was soll das? Denken Sie bitte auch an mein seelisches Gleichgewicht!»

«Dies ist ein freies Land. Zumindest im Ansatz. Bedienen Sie sich, wenn Ihnen danach ist.»

«Wollen Sie etwa nichts?»

«Natürlich will ich. Aber ich habe es satt, daß ich den Stoff brauche.»

Ich bog nach Süden auf die 1A in Richtung Chelsea ab. Seit der Nachricht von Moniques Tod waren mehrere Stunden vergangen. Da ich mit Rachel seither nicht gesprochen hatte, wußte ich nicht, ob Monique lediglich ihre Arbeitskollegin oder ihre Freundin gewesen war. Auf halber Strecke zu ihrer Wohnung, bevor ich auf die Route 16 abbog, rief ich Paul Levitsky im Labor an.

«Levitsky, Leiter der städtischen Gerichtsmedizin von Lynn», meldete er sich.

«Klingt ja bombastisch!»

«Wo hast du nur gesteckt, verdammt noch mal?»

«Im Krankenhaus. In Monique Peletiers Wohnung. Warum?»

«Die Leute aus Quantico haben uns einen vorläufigen Bericht über Sarah geschickt. Ich dachte, das würde dich interessieren.»

Ich zog eine Marlboro aus der Schachtel im Ablagefach. «Was haben sie gefunden? Sklerodermie?»

«Witzbold! Ich habe doch schon klargestellt, daß ...»

«... du niemals voreilige Schlußfolgerungen ziehst.» Ich zündete die Zigarette an.

«Genau.»

«Also, wie lautet das Ergebnis?»

«Von einem Ergebnis kann man erst im abschließenden Bericht sprechen.»

«Leute wie du sicherlich.»

«Selbst die besten Labors machen Fehler.»

«Du hast recht.» Ich lenkte ein. «Wie also lautet das *vorläufige* Ergebnis?»

«Wie schon vermutet ein Toxin. Aber das Gift auf den Schnitten stammt nicht vom Mörder. Sarah trug es schon in sich, als man die Autopsie durchführte.»

Ich blies den Rauch langsam aus dem Fenster. «Soll das heißen, daß sie vergiftet wurde?»

«In gewissem Sinne, ja. Die von mir eingeschickten Gewebeproben waren mit Silikon durchsetzt.»

Ich lenkte den Wagen auf die Standspur und hielt an. Angst und Erregung schnürten mir die Brust zu.

«Eigentlich hätte ich selbst drauf kommen können», fuhr Levitsky fort. «Schließlich hat dieses Zeug gerade einen der größten Prozesse unserer Zeit ausgelöst.»

«Meinst du das Silikon aus Brustkissen?»

«Sarah hat sich offensichtlich die Brust vergrößern lassen. Die Silikonkissen haben geleckt und eine Fibrose verursacht. Und einen Teil des erkrankten Gewebes hat unser Mörder stehenlassen.»

«Wollte er ursprünglich alles wegschneiden?»

«Glaube ich nicht. Er geht nicht zimperlich mit dem Messer um. Wenn er tiefer hätte schneiden wollen, hätte er das getan. Ich vermute, daß die Implantate mit der umliegenden Muskulatur verwachsen waren. Er mußte das darunterliegende Gewebe entfernen, um sie herauszunehmen.»

Ich zog heftig an meiner Zigarette und blies den Rauch durch die Nase aus. «Warum hat er sie nicht herausgerissen?»

«Weil sie dann geplatzt wären. Das Silikongel wäre ausgetreten.»

«Was er offensichtlich vermeiden wollte.»

«Das denke ich auch. Er brauchte einige Zeit, um die Kissen unbeschädigt zu entfernen – vielleicht fünf Minuten pro Stück. Aber er wollte sie haben.»

«Oder er wollte sie sich zurückholen.»

«Wie bitte?»

Levitsky gegenüber hatte ich keinerlei Bedenken, Lucas ins Spiel zu bringen. «Womöglich hat er ihr die Kissen einmal eingesetzt.»

«Was soll das heißen?»

«Vielleicht ist er der Arzt, der Sarah die Brust vergrößert hat.»
«Du glaubst, unser Mörder ist ein Schönheitschirurg?»
«Alles ist möglich.»
«Du hast die Wunden doch selbst gesehen, Frank. Sie waren nicht sauber, sondern Metzgerarbeit. Dann muß er absichtlich gepfuscht haben.»
«Außer, er hat sich bei seiner Tat in einen Rausch hineingesteigert. Überleg mal, wie mächtig er sich fühlen mußte: Erst erschafft er eine Frau, und dann zerstört er sie.»
«Vielleicht ... Andererseits kann ein Chirurg sein handwerkliches Geschick nicht verleugnen. Im Gegenteil, unter Druck zeigt es sich nur noch deutlicher. Er ...»
Ich hatte keine Lust, mir einen Vortrag anzuhören. «Schon klar, was du meinst.»
«Bei Mike Tyson würdest du ja auch nicht annehmen, daß er einen Mann aus Versehen zu Tode prügelt, oder?»
«Wir reden hier nicht von Mike Tyson», entgegnete ich trocken.
«Er setzt gezielte, präzise Schläge.»
«Woher weißt du das, Paulson?»
«Das Gesetz von Reiz und Reaktion. Wir können vorhersagen, wie Menschen sich verhalten, besonders wenn sie keine Zeit zum Nachdenken haben. Wir Menschen sind nämlich nicht anders als Vögel, die nach Futter picken.»
«Psychopathen halten sich nicht an übliche Muster. Deshalb sind sie für uns ja auch so schwierig einzuschätzen.»
«Und wie paßt Monique in deine Theorie?»
«Sie hatte sich ebenfalls die Brust vergrößern lassen.»
«Monique auch?» Er schwieg eine Weile. «Wenn der Mörder Arzt ist, brauche ich nicht länger nach dem Instrument zu suchen. Eigentlich hatte ich bei der Frage, was so kurze saubere Schnitte hinterläßt, etwas glatt Geschliffenes wie eine Rasierklinge im Auge.»
«Aber ...»
«Aber wenn ich genau darüber nachdenke, kommt ein Skalpell viel eher in Frage.»

Ich reihte mich wieder in den Verkehr auf der Route 16 ein. In meinem Schädel pochte es. Meine Hände zitterten so sehr, daß mir die Zigarette aus den Fingern rutschte und ich sie mit der Ferse in die Fußmatte graben mußte. Ob meine Nerven nach Kokain fieberten oder mich die Neuigkeiten so aufgewühlt hatten, wußte ich nicht. Zumindest eins war klar: Lucas verkaufte Schönheitsoperationen für Sex, und zwar an männliche und weibliche Patienten. Offensichtlich war er gefährlicher, als ich gedacht hatte. Und wenn er auch Sarah operiert hatte, war er in beide Morde verwickelt.

Allmählich fragte ich mich, ob Wut der einzige Affekt war, der ihn antrieb. Levitskys Bemerkungen über die Milliarden, die als Abfindung für Silikonimplantate gezahlt wurden, klangen mir noch deutlich im Ohr. Da Dow Corning, der größte Hersteller von Silikonkissen, Konkurs erklärt hatte, suchten auf derartige Fälle spezialisierte Winkeladvokaten weitere beteiligte Firmen, die sie um ein paar Dollar erleichtern konnten. Und natürlich würden sie sich auch auf die Ärzte stürzen. Nicht jeder Schönheitschirurg hatte eine Versicherung gegen Kunstfehler. Wollte Lucas mögliche Belastungszeuginnen verschwinden lassen? Hatten Sarah und Monique ihm mit Klage gedroht? Das kam mir zwar seltsam vor, doch ich mußte mir vor Augen halten, was ich schon Levitsky gesagt hatte: Psychopathen handeln nicht unbedingt nach den Gesetzen der Logik.

Ich wechselte die Fahrspur und überholte einen Schulbus. Doch dann erinnerte ich mich an das Mißgeschick mit dem Mustang und drosselte das Tempo.

Hatte Kathy vor den dunklen Seiten in Lucas' Persönlichkeit die Augen verschlossen? Das konnte ich mir nicht vorstellen. Die Wahl eines Partners wird nicht vom Zufall bestimmt. Vielleicht war meine Theorie, daß sie noch immer unter dem Verlust ihrer kleinen Schwester litt, keinen Pfifferling wert. Vielleicht war es nur ein Lippenbekenntnis gewesen, als sie sagte, sie sehnte sich nach einem geordneten Leben. Schließlich haben viele Leute, die eine Tragödie überstanden haben, ein ambivalentes Verhältnis zur Gefahr – sie fürchten sie, fühlen sich zugleich aber magisch davon angezogen.

Galt das auch für mich? Sicher spielte ich in dem psychologischen und sexuellen Beziehungsgeflecht zwischen Lucas, Kathy und mir eine entscheidende Rolle. Wenn einer von uns etwas tat, hatte das auch Auswirkungen auf die beiden anderen. Mir schauderte, als mir klarwurde, wie leicht Lucas mich treffen konnte, indem er Kathy Schmerzen zufügte. Aber etwas war noch schlimmer: Da ich ihn in Freiheit ließ, wünschte ich mir möglicherweise unbewußt, er würde Kathy wehtun. Wollte ich insgeheim erreichen, daß er sie umbrachte? Verspürte ich vielleicht die gleiche Wut auf Frauen wie er, nur daß ich sie nicht auslebte?

Ich lenkte den Rover wieder auf die Standspur und wartete. Bei der ersten Gelegenheit wendete ich und fuhr zurück zum Polizeipräsidium von Lynn.

Emma Hancock war nicht in ihrem Büro. Mark Meehan, einer der Beamten, der vor ihrem Zimmer an seinem Schreibtisch saß, sagte, sie sei am Schießstand.

«Macht sie das regelmäßig? Ich meine, mitten am Tag?» fragte ich.

«Nein», erwiderte Meehan. «Sie übt normalerweise morgens bei Dienstanfang, wenn sie aus der Kirche kommt. Aber heute meinte sie, sie könnte noch eine Stunde gebrauchen.»

Ich ging durch das Gebäude zu der Eisentür, auf der die Umrisse eines menschlichen Torsos aufgezeichnet waren, und trat ein.

Emma Hancock war allein in dem länglichen Raum. Sie trug Sicherheitsbrille und Ohrenschutz, stand in der letzten der etwa zwölf Buchsen und starrte reglos geradeaus. Die Arme hatte sie ausgestreckt, und ihre Hände umschlossen einen Revolver. Kurz sah sie zu mir herüber, dann konzentrierte sie sich wieder auf die Scheibe. Etwa fünfzehn Meter vor ihr hing das Ziel aus Papier. Ohne Vorwarnung detonierten drei Schüsse. Sie hallten so laut durch den Raum, daß ich zusammenfuhr und mir die Ohren zuhalten mußte. Im Brustraum der Zielfigur klafften drei Löcher. Emma rührte sich nicht; sie hielt die Arme weiter nach vorn gestreckt. Ich trat auf sie zu. Plötzlich wandte sie sich zu mir um und richtete die Waffe auf mich. Ich erstarrte. Sie sah mir in die Augen. Ich lächelte sie an, aber sie verzog keine Miene. Nichts deutete darauf hin, daß sie mich erkannt hatte. Am liebsten hätte ich mich hinter die Trennwand eines der Schießstände geflüchtet, doch mir war klar, daß mich ihre Kugel trotzdem treffen würde. So blieb ich stehen, ihr auf Gedeih und Verderb ausgeliefert. Meine Angst war so übermächtig, daß ich seltsamerweise ganz ruhig wurde. «Emma», stieß ich hervor, «ich bin's, Frank.»

Sie schien verwirrt.

«Legen Sie die Waffe weg», sagte ich leise.

Sie sah mich mit zusammengekniffenen Augen an. Ein gezwungenes Lächeln erschien auf ihrem Gesicht und verschwand dann wieder. «Du meine Güte», sagte sie. «Sie dachten doch nicht etwa, ich würde schießen!»

Ich schluckte mühsam. «Sie haben auf meinen Kopf gezielt. Mir ist ein bißchen mulmig geworden.»

Sie nahm Brille und Ohrenschutz ab und betrachtete die Waffe in ihrer Hand. «Ich habe mir vorgestellt, wie es ist, wenn ich die Welt von dem Teufel befreie, der Monique auf dem Gewissen hat.» Sie schleuderte den Revolver vor sich auf die Theke. «Ich habe es satt, Löcher in Pappkameraden zu schießen. Es treibt mich in den Wahnsinn.»

«Und da haben Sie gedacht, ich würde mit Freuden als Ersatz einspringen!» Ich trat auf sie zu.

«Tut mir leid. In den letzten Tagen bin ich nicht ganz auf der Höhe.» Sie schwieg. «Geht's wieder?»

«Einigermaßen.» Ich schüttelte den Kopf, als ich an die Mischung aus panischer Angst und tiefer Ruhe dachte, die mich überkommen hatte.

«Sie haben es gespürt.»

«Was?»

«Den Frieden an der Himmelspforte.»

«Wenn Sie's so nennen wollen.»

«Ja, das will ich. Ich habe öfter in den Lauf einer Waffe geblickt, als ich denken kann, und jedesmal stellte sich dieses Gefühl ein.» Gedankenverloren senkte sie den Blick. «Das habe ich sogar schon als kleines Mädchen gespürt.»

«Als kleines Mädchen? Hat man auf Sie geschossen?»

«Nein.» Sie sah wieder auf. «Ich hatte die Hodgin'sche Krankheit.»

Ich schwieg.

«Normalerweise versuche ich, nicht daran zu denken. Doch in den letzten Tagen schaffe ich das nicht. Dann wache ich auf, manchmal um ein oder zwei Uhr nachts, und fühle mich in diese Zeit zurückversetzt.»

Ich hörte ihr zu. Endlich verstand ich, warum Emma Hancock so zurückgezogen lebte. Ein Kind, das sich damit auseinandersetzen muß, alles zu verlieren, hat als Erwachsener Schwierigkeiten, sich überhaupt auf etwas einzulassen – außer auf Gebete.

«Bei der Chemotherapie fielen mir die Haare aus. Ich hatte so große Geschwüre im Mund, daß ich keinen Bissen mehr herunterbrachte. Doch ich hatte sowieso keinen Appetit. Aber wissen Sie, was am schlimmsten war? Ich konnte die Bedrohung nicht fassen. Sie war unsichtbar. Sie wollte sich nicht auf einen fairen Kampf einlassen.»

«Und deshalb jagen Sie jetzt Mörder und bringen sie hinter Gitter.» Innerlich zuckte ich zusammen. Schon wieder hatte ich die Lebensgeschichte eines anderen Menschen auf eine Schlagzeile reduziert.

«So habe ich das bisher noch nicht betrachtet.» Auf ihren Lippen zeichnete sich das scheue, ungläubige Lächeln ab, das ich von meinen Therapiepatienten kenne, wenn sie die Wahrheit begreifen.

«Ich hoffe, Monique hat es auch gespürt?»

«Was?»

«Den Frieden an der Himmelspforte.»

«Ich bete darum.»

Schweigend standen wir einen Moment lang da. «Ich wollte mit Ihnen über den Fall sprechen», sagte ich schließlich.

«Haben Sie was Neues?»

«Ja, allerhand. Ich weiß nur noch nicht, wie es zusammenpaßt.»

«Dann schießen Sie mal los.»

«Es betrifft die Umstände. Stichhaltige Beweise habe ich nicht.»

«Das kann ich besser beurteilen als Sie.»

Ich teilte ihr mit, was ich wußte, erzählte ihr, daß Lucas kurz vor ihrem Tode mit Monique zusammengewesen war, von seiner Abmachung mit Mercury, von den Implantaten, sogar von den Prozessen gegen Dow Corning. Ich berichtete ihr auch, daß Lucas mit Kathy schlief und ich Angst um sie hatte. Emma kniff die Augen zusammen und ließ die Nägel klicken. «Es gibt einige Dinge, die nicht ins Bild passen», warnte ich sie.

«Was zum Beispiel?»

«Lucas hat mir ...» Ich wich ihrem Blick aus.

«Los, spucken Sie's aus!»

«Er hat mir den Ring gezeigt, den Monique in ... im Intimbereich trug. Er hat gesagt, er ...»

«So reden Sie schon, verdammt noch mal!»

«Er hat ihn ihr ausgerissen, als er mit ihr im Auto rumgemacht hat.»

«Rausgerissen. Da unten?»

Ich nickte.

Emma nahm den Revolver und lud die Kammern, die sie gerade geleert hatte.

«Was hat das wohl zu bedeuten, Emma? Warum sollte mir Lucas ein Beweisstück zeigen, wenn er sie umgebracht hat?»

«Da gibt es viele Gründe, Frank. Warum hat sich der Una-Bomber mit den Zeitungen in Verbindung gesetzt? Warum hinterläßt ein Serienmörder Botschaften?»

«Es gibt aber noch andere offene Fragen.»

«Und die wären?»

«Ich begreife nicht, weshalb jemand, der Frauen gegen Bezahlung aufschneidet, plötzlich außerhalb des OPs das Messer schwingt und damit lebenslängliche Haft riskiert. Selbst die Schadensersatzprozesse bieten dafür keine ausreichende Erklärung. Lucas schwimmt dermaßen in Geld, daß er durchaus ein paar saftige Niederlagen einstecken könnte, ohne daß es ihn ruiniert. Es gibt kein eindeutiges Motiv.»

Emma ließ den Lauf der Waffe einrasten und streckte sie mir entgegen.

«Was soll das?»

«Nehmen Sie! Ich will Ihnen was zeigen.»

«Ich will nicht.»

«Nehmen Sie! Es dauert nicht lange.»

Ich ließ mir den Revolver geben. Noch nie zuvor hatte ich eine Waffe in der Hand gehalten. Sie fühlte sich besser an, als ich gedacht hatte; wie für mich gemacht, schmiegten sich Griff und Abzug in meine Hand. Ich konnte den Blick nicht davon lösen.

Plötzlich packte Emma meine Hand mit der Waffe und preßte sich den Lauf an die Brust. Mit dem Daumen drückte sie auf meinen Finger, der am Abzug lag.

Ich erstarrte. «Was, zum Teufel ...?»

«Sie könnten dafür sorgen, daß alles für mich ein Ende hat.»

Mir brach der Schweiß aus.

«Ihr Freund Levitsky wäre nicht mal mehr in der Lage, mein Herz von den Eingeweiden zu trennen.»

«Emma ...»

Mein Puls raste. Ich stellte mir den Rückstoß vor, wenn der Schuß losging, malte mir aus, wie Emma blutüberströmt nach hinten taumelte. Es war meine Entscheidung, wann sie ihren letzten Atemzug tat.

«Es steht Ihnen ins Gesicht geschrieben. Jetzt fühlen Sie sich als Herr über Leben und Tod, so wie ich vorhin, als Sie in den Raum kamen. Wenn Sie noch ein bißchen fester zudrücken, ist es aus und vorbei mit mir. Von mir bleibt nichts weiter als ein Nachruf in der Zeitung von morgen, eine halbe Seite lang.»

Ich sah ihr direkt in die Augen. Dann erhöhte ich den Druck auf den Abzug ganz leicht, um das Gefühl noch ein wenig auszukosten. Doch im gleichen Augenblick drückte Emma Hancock den Abzug mit aller Kraft durch. In diesem Sekundenbruchteil schien jede Nervenzelle meines Körpers Adrenalin in die Blutbahn abzugeben, und ich erlebte ein Hoch, gegen das mir Kokain vorkam wie Muckefuck. Ich machte mich auf den Knall gefaßt, aber dann hörte ich nur ein metallisches Klicken. Verdutzt starrte ich auf Emmas Brust.

Sie nahm mir den Revolver aus der Hand, lud die Kammer, die sie ausgespart hatte, und schob die Waffe in ihr Holster. «Der Mörder sehnt sich danach, dasselbe zu empfinden wie Sie eben, Frank. Aber er sucht auch eine Belohnung, die Erlösung. Ein Teufel, der Gott spielen möchte. Und ich glaube, er läßt sich dabei Zeit. Er möchte sehen, wie sein Opfer anfängt zu bluten, spüren, wie das Fleisch nachgibt, den letzten Atemzug beobachten.»

«Aber warum? Was könnte Lucas dazu treiben?»
«Es gefällt ihm.»
Ich hatte mich noch nicht ganz von meinem Schock erholt. «Das könnte auf jeden Mörder passen», brachte ich heraus, «und es heißt noch lange nicht, daß Lucas unser Mann ist.»
«Natürlich nicht.»
«Aber sie nehmen ihn trotzdem fest.»
«Ja, sicher. Und wenn ich mit ihm fertig bin, ist er so klein mit Hut, da können Sie Gift drauf nehmen.»

Am Ende von Rachels Straße bugsierte einer der Schlepper einen Tanker die letzten fünfzig Meter bis zum Kai. Das Dröhnen seines Motors übertönte den Straßenverkehr auf der Tobin Bridge. Der Mann im Bug des Schleppers, der die Hände wie einen Trichter vor den Mund hielt und unhörbare Worte ans Ufer brüllte, sah aus wie eine Spielzeugpuppe.
Ich war erledigt, als ich die vier Stockwerke zu Rachels Wohnung hinter mich gebracht hatte. Ich klopfte an die Tür, wartete kurz, dann benutzte ich die Fäuste.
«Wer ist da?» rief sie.
«Frank.»
Sie öffnete die Tür einen Spalt breit und sah mich an. Unter dem weißseidenen Hausmantel zeichneten sich die Rundungen ihrer Brüste und Hüften ab. Sie sah bekümmert aus. Plötzlich streckte sie die Hand aus und strich mir übers Gesicht.
Zu meiner Überraschung traten mir Tränen in die Augen.
«Ist alles in Ordnung mit dir?»
«Nein», antwortete ich. Dann riß ich mich zusammen. «Aber das ist ja nichts Neues.» Ich ging hinein und schob die Tür zu. Als ich mich wieder zu ihr umdrehte, hatte sie den Morgenmantel fallen gelassen und stand im rosa Höschen vor mir.
«Kann ich dir helfen?» fragte sie. Sie kam zu mir herüber und öffnete den Gürtel meiner Hose.
Eigentlich hätte ich sie jetzt fragen müssen, wann sie es gelernt hatte, Männer mit ihrem Körper zu trösten. Ich vermutete, schon recht früh, vielleicht von einem alkoholkranken Vater oder einem

depressiven Onkel. Aber heute brauchte ich sie, sie war meine letzte Rettung.

Ich trat um sie herum, so daß wir uns gegenüberstanden, dann kniete ich mich vor sie. Ich fuhr mit den Lippen über ihren Bauch. Als sie zurückwich, umschlang ich ihre Hüften. Mit der Zunge fuhr ich die Ränder ihres Höschens nach. Sie seufzte. Ich half ihr, sich hinzulegen, und sie spreizte die Beine. Ich küßte sie auf Knie und Oberschenkel, dann fuhr ich mit dem Mund den Streifen rosa Baumwolle entlang, der sich in ihre Falte geklemmt hatte. Ihr Atem ging rascher. Mit Mund und Nase sog ich ihre Erregung in mich ein. Ich schob den Stoff fort und drang mit meinen Liebkosungen weiter vor. Sie begann zu beben. Ich bewegte meine Zunge schneller, und hin und wieder biß ich zärtlich zu. Sie stöhnte, dann schrie sie und bäumte sich auf. Ich nahm meine Finger. Sie bog den Rücken durch und schrie noch einmal. Dann sank sie schlaff auf den Boden.

Ich fühlte mich wie ausgehöhlt. Als ich den Kopf auf ihren Bauch legte, spürte ich, wie ihr Atem langsamer wurde. Sie schlang die Beine um meine Schultern, so daß ihre Füße auf meinem Rücken lagen, und fuhr mir mit den Fingern durchs Haar. Ich schloß die Augen. Zwar zwang ich mich noch einmal zu blinzeln, doch zu mehr reichte es nicht.

Ich wollte nicht schlafen. Es gab soviel zu tun, und ich hatte Angst vor den Träumen, die dafür sorgen würden, daß ich wie gerädert aufwachte. Doch die Müdigkeit war stärker. Ich schmiegte mich an Rachel und seufzte noch einmal tief auf.

Als ich erwachte, lag ich auf dem Bett. Ich hatte keine Ahnung, wie ich dort hingekommen war. Die Laken hatten sich so eng um mich gewickelt, daß ich mich kaum rühren konnte. Ich war nackt und schweißnaß, meine Beine zitterten. Im Badezimmer rauschte die Dusche, und der Wecker neben dem Bett zeigte 18:35. Ich bin in Chelsea, fiel mir ein. In Rachels Wohnung. Ich hatte ein paar Stunden geschlafen – eine Zeitverschwendung, die ich mir nicht leisten konnte. Ich strampelte mich frei, setzte mich auf und stellte mich der Realität.

Meine Kleider lagen säuberlich zusammengefaltet auf einem

Sessel. Nachdem ich meine Jeans angezogen hatte, nahm ich das Telephon, ließ mich zu der Auskunft in Austin, Texas, durchstellen und erkundigte mich nach der Nummer der Universitätsklinik.

Ich wählte, und kurz darauf meldete sich die Zentrale. Ich bat, mich mit Ben Carlson zu verbinden, dem Herzchirurgen und Sarah Johnstons Ex-Freund.

«Wer spricht dort bitte?» fragte die Dame in der Zentrale.

«Frank. Frank Clevenger.»

«Sind Sie ein Bekannter von Mr. Carlson, Sir?»

Wenn man auch nur ein Quentchen Autorität besitzt, nutzt man jede Gelegenheit, sie auszuspielen. «Ich bin sein Analytiker», erklärte ich.

«Wie bitte, Sir?»

«Sein Psychiater aus Boston, Madam. Er wird den Anruf entgegennehmen.»

Etwa eine Minute später meldete sich Carlson. «Prozac kostet nur sechzig Eier den Monat. Wozu also brauche ich dich, Clevenger?»

Sein Ton verriet mir, daß er noch nicht von Sarahs Tod gehört hatte. «Für sechzig Eier kriegst du gerade mal zwanzig Milligramm pro Tag», entgegnete ich. «Und die kommen weiß Gott nicht gegen deine Neurose an.»

«Wenn ich es schlucke. Aber ich schnupfe das Zeug.»

«Bleibt dir die Kapsel nicht in der Nase stecken?»

Er lachte leise. «Du kannst es hier wirklich auf der Straße kaufen. Für fünf Dollar die Dosis. Wir haben uns den falschen Beruf ausgesucht.»

«Scheint mir manchmal auch so.»

«Wie lange ist es her? Acht oder neun Monate?»

«So in etwa.»

«Noch immer Gerichtsmedizin?»

«Genau.»

«Dann bist du wahrscheinlich besser dran. Die Krankenversicherungen sind die einzigen, die an Patienten noch Geld verdienen. Sie schöpfen den Rahm ab.» Er schwieg. «Aber du warst wirklich gut.»

«Manchmal. Wenn ich nicht gerade meinen Durchhänger hatte.»

«Ja, das stimmt. Dieser Junge, ich weiß. Wie lange willst du dich noch damit quälen? Es gibt nicht nur Herzkrankheiten mit tödlichem Ausgang, sondern auch psychische Leiden, an denen man stirbt. Wir können nun mal nicht zaubern.» Einige Sekunden lang schwiegen wir beide. «Aber du hast sicher nicht angerufen, um dir meinen Vortrag anzuhören.»

Ich holte tief Luft. «Ich habe schlechte Nachrichten, Ben. Es geht um Sarah.»

«Ist sie krank?»

«Ich hätte eher anrufen müssen, aber ...»

«He, Alter, ich habe einen Notfall auf dem Tisch liegen, einen Bypass. Also raus mit der Sprache!»

«Sie ist ermordet worden. Man hat sie im Wald hinter dem Krankenhaus gefunden.»

«Ermordet? Sie ist tot?»

«Sie war die erste, nach ihr gab es noch ein Opfer. Sieht nach einem Serienmörder aus.»

Er räusperte sich. «Wann war das?»

Ich mußte selbst überlegen. «Vor ein paar Tagen», sagte ich dann.

«Du meine Güte. Haben sie den Kerl geschnappt?»

«Nein, noch nicht. Aber ich arbeite dran. Deshalb rufe ich dich auch an. Ich muß dich was fragen.»

«Was du willst.»

«Stimmt es, daß sich Sarah die Brüste vergrößern lassen hatte?»

«Ja.»

Die Dusche rauschte nicht mehr. Ich hörte Rachel im Badezimmer hin und her gehen. «Wer war der Chirurg?»

«Warum willst du das wissen?»

«An ihrem Leichnam wurde wüst herumgeschnippelt. Man hat ihr die Implantate entfernt.»

«Sie wurden ihr rausgeschnitten?»

«Genau.»

«Oh, mein Gott!» Er wurde wieder still.

«Also wer, Ben?»

«Ich will niemanden ohne Grund in Schwierigkeiten bringen.»

«Ohne Grund? Sie wurde ermordet!»

«Und wenn. Ihr Arzt war es sicher nicht.»

Darauf gab ich lieber keine Antwort.

«Also gut», sagte er schließlich. «Der Eingriff wurde durchgeführt, bevor Sarah und ich uns kennenlernten. Und sie hatte mit dem Typen, der sie operiert hat, ein Verhältnis.»

«Sag mir, wie er heißt.»

«Ich sehe keinen Sinn darin, die Sache an die große Glocke zu hängen. Du weiß doch selbst, welches Trara heute gemacht wird, wenn ein Arzt mit der Patientin bumst. Das ist nicht mehr so wie früher. Ehe man sich's versieht, schnüffelt einem die Ärztekammer nach und ...»

«War es Trevor Lucas?»

«Wie kommst du auf Lucas?»

«War nur eine Vermutung.»

«Aber von mir hast du das nicht erfahren.»

Ein Musterbeispiel an Zivilcourage, dachte ich. «Wenn's sein muß.»

«Er hat sie dazu überredet, ihr immer wieder gesagt, sie sei zwar schön, aber zu flach. Und im Grunde war Sarah nicht besonders selbstbewußt. Jedenfalls hat sie es später bereut. Sie hatte Probleme mit den Implantaten.»

Rachel kam, in ein Handtuch gewickelt, aus dem Badezimmer, ging zum Spiegel und bürstete sich die Haare. Ich fragte mich, ob sie schon wußte, daß Monique ermordet worden war.

«Was für Probleme?» fragte ich.

«Nicht genau zu diagnostizierende Beschwerden. Müdigkeit. Gelenkschmerzen. Hin und wieder Migräne. Sie vermutete, daß aus den verdammten Dingern Silikon austrat.»

«Wollte sie ihn anzeigen?»

«Nichts lag ihr ferner. Ich glaube, Lucas hat von ihren Beschwerden nie etwas erfahren. Sie sagte, sie würde sich komisch vorkommen, die Angelegenheit zur Sprache zu bringen, da wir doch alle im gleichen Krankenhaus arbeiteten. Aber das habe ich ihr nicht abgenommen.»

Rachel hatte inzwischen das Handtuch fallen gelassen und streifte sich einen leichten Rock und ein T-Shirt über. Obwohl wir gerade über einen Mord sprachen, bekam ich eine Erektion. «Wieso bist du dir da so sicher?»

«Weißt du, weshalb? Sie war nach wie vor scharf auf ihn. Wollte ihn nicht enttäuschen.»

«Auch als ihr beide zusammen wart?»

Er seufzte tief. «Gut, dann sage ich es dir. Lucas ist einer der Gründe, weshalb ich diese Stelle hier angenommen habe. Die Sache mit Sarah ist mir an die Nieren gegangen. Vermutlich habe ich sie geliebt.» Er machte eine Pause. «Das Dumme war nur, daß sie noch immer mit Lucas bumste.»

Meine Erregung war verflogen. In meinem Kopf drehte sich alles. Führte jede finstere Spur zu Lucas? «Wie kommst du darauf?»

«Spielt das eine Rolle?»

«Ben, ich stecke mitten in einer Untersuchung. Laß mich jetzt nicht hängen! Ich muß alles über Sarah wissen.»

«Es wird dir aber komisch vorkommen.»

Ich setzte mich wieder aufs Bett. «Mich erstaunt gar nichts mehr.»

«Sie hat sich rasiert. Überall.»

«Auch an der Vagina.»

Rachel fuhr herum und starrte mich an.

«Ich habe mir nichts daraus gemacht», fuhr Carlson fort. «Für kleine Mädchen habe ich mich das letztemal in meiner Kinderzeit interessiert. Eine Frau tut das nur, wenn ein Mann sie darum gebeten hat. In unserem Fall ein anderer Mann.»

«Der gute Dr. Lucas.»

«Eigentlich kann ich ihm das nicht mal vorwerfen. Ich gehöre auch nicht zu der Sorte, die ein eindeutiges Angebot ausschlägt, nur weil die Dame schon in festen Händen ist. Ebensowenig wie du, soweit ich mich erinnere.»

«Da hast du recht.»

«Warte mal kurz.» Er hielt die Sprechmuschel zu. Ich hörte nur noch gedämpftes Gemurmel. «Tut mir leid», sagte er dann. «Man wartet auf mich im OP. Hältst du mich auf dem laufenden?»

«Natürlich.»

«Eins noch ... Frank!»

«Ich bin noch dran.»

«Es stimmt nicht, was ich vorhin gesagt habe.»

«Was?»

«Daß ich Sarah *vermutlich* geliebt habe. Ich weiß es ganz genau.»

Ich hätte ihn gern getröstet, doch mir fiel nichts Vernünftiges ein.

«Paß auf dich auf, Alter!» Er legte auf.

Ich klappte das Mobiltelefon zusammen.

«Ging es in dem Gespräch um Monique?» fragte Rachel.

Also wußte sie Bescheid. «Nein, um das erste Opfer, die Krankenschwester, die man im Wald gefunden hat. Offensichtlich handelt es sich um den gleichen Mörder.»

«Ein Polizeibeamter aus Lynn war bei mir. Ein Officer Malloy. Er sagte, es sei reine Routinesache. Sie müßten mit all ihren Arbeitskolleginnen sprechen.»

«Ich habe mich schon gefragt, ob ihr befreundet wart.»

«Eigentlich nicht. Hin und wieder ein Schwätzchen im Hinterzimmer.»

«Wieviel hat Malloy dir erzählt?»

«Ich glaube, er hat nichts ausgelassen. Daß man ihr die Brüste und Vagina verstümmelt und die Klitoris abgeschnitten hat.» Sie lehnte sich an den Schreibtisch. «Es hat ihm offensichtlich Spaß gemacht, darüber zu reden.»

«Das kann ich mir vorstellen. Hat er dich erschreckt?»

«Mich entsetzt es schon lange nicht mehr, was die Menschen einander antun.»

«Wie kommt das?»

Sie zuckte die Achseln. «Das erzähle ich dir ein andermal. Wenn du den Kopf frei hast.»

Ich nickte. Mir war es nur recht, jetzt nicht auf die Einzelheiten einzugehen.

«Nur eins hat mich gewundert. Malloy hielt Monique für eine Prostituierte und wollte wissen, wer ihre Kunden waren.»

«Hast du ihm Namen genannt?»

«Ich wußte nicht, daß sie es für Geld gemacht hat. Deshalb habe ich ihm gesagt, daß heute abend noch fünf, sechs andere Mädchen im Lynx Club sind, die vielleicht mehr darüber wissen.»

«Hast du mir nicht erzählt, Monique hätte mit Trevor Lucas beruflich zu tun gehabt?»

«Hatte sie auch. Wie eine Patientin mit ihrem Arzt. Sie hat sich von ihm operieren lassen wie auch die anderen Mädchen im Club. Brust. Hüften. Oberschenkel.»

«Natürlich.» Wenigstens konnte ich Emma Hancock jetzt mitteilen, daß sich ihre Nichte nicht prostituiert hatte – jedenfalls nicht für Geld. «Ich wollte eigentlich schon viel früher kommen und dir das alles selbst sagen.»

«Mich wundert, daß du es überhaupt geschafft hast.»

Ich überlegte kurz. «Mich auch», sagte ich.

«Aber du bist gekommen.» Sie sah aus dem Fenster auf die Tobin Bridge. «Weißt du, daß du nicht gut schläfst?»

«Ja. Habe ich mich irgendwie komisch benommen?»

«Komisch nicht.» Sie drehte sich wieder zu mir um. «Du hast das Gesicht verzogen. Dich zusammengekrümmt. Dich herumgewälzt. Geschrien.»

«Seit ich denken kann, habe ich Alpträume.»

«Was passiert darin?»

Ich wollte Rachel weder zu meiner Patientin noch zu meiner Therapeutin machen. «Ich laufe um mein Leben», sagte ich und beließ es dabei.

«Aber wovor läufst du weg? Wovor hast du Angst?»

«Vor nichts.»

Sie wirkte skeptisch. «Ich glaube, du brauchst einen Schutzengel, bis du die Ursache dafür kennst.»

Ich mußte lächeln. «Ja, einen Schutzengel hätte ich schon lange brauchen können.»

12

Donnerstag, 18:55

Rachel fuhr zum Lynx Club, und ich machte mich auf den Weg zurück nach Marblehead. Ich war melancholisch gestimmt und hatte ein flaues Gefühl im Magen. Als ich den Lynnway zur Hälfte zurückgelegt hatte, rief ich vom Rover aus in Emma Hancocks Büro an. Sie war unterwegs, vermutlich suchte sie Lucas. Ich hatte größte Lust, die Ausfahrt in die Stadt zu nehmen und mir vor dem Emerson Hotel eine Nase zu genehmigen. Während ich mit diesem Gedanken spielte, fuhr ich mit der Zunge immer wieder über das Zahnfleisch, und weil ich mir vorstellte, wie das Gewebe taub wurde, mußte ich ständig schlucken. Mir fiel ein, daß mir der kalte Entzug gesundheitlich schaden könnte. Wahrscheinlich würde ich meinen Neuronen einen größeren Gefallen tun, wenn ich das Kokain langsam absetzte, besonders angesichts der momentanen Streßsituation. Doch von den Suchtpatienten, die ich behandelt hatte, wußte ich, daß derartige Rationalisierungen ein Zeichen von Abhängigkeit sind. *Abhängigkeit*. Kein Wort eignete sich besser, mein Verhältnis zum Kokain zu beschreiben. Immer wieder hatte ich nach chemischen Substanzen gegriffen, wenn ich eigentlich eine Schulter gebraucht hätte, an der ich mich hätte ausweinen können.

Ich zündete mir eine Marlboro an, zog tief den Rauch ein und fuhr an der Ausfahrt vorbei.

Wenn es mir tatsächlich so schwerfiel, Schwäche zu zeigen, welche Rolle spielte dann Kathy in meinem Leben? Bot sie mir Zuflucht? Ich schüttelte den Kopf, als ich daran dachte, wie wir darum gewetteifert hatten, wer am längsten unter der kalten Dusche stehen konnte. Mehr als einmal hatten wir brennende Streichhölzer in den

Fingern gehalten und abgewartet, wer als letzter die Flamme ausblies. Beim Feuer hatte ich genauso schlecht abgeschnitten wie beim Wasser. Doch was hatte es für einen Sinn, sein Durchhaltevermögen im Ertragen von Schmerz zu testen, wenn die Grundlage unserer Beziehung darin bestand, den Schmerz zu leugnen?

Ich zog an der Zigarette und blies den Rauch an die Windschutzscheibe.

Aber könnte ich mit einer Frau wie Rachel zusammenleben, die ein klares Verhältnis zum Schmerz hatte? Mir fiel die Photographie der alten Frau mit dem Sauerstofftank in Rachels Wohnung ein. Ich dachte an das ausgestopfte Tier unter ihrem Couchtisch – ein Kojote, der einen Waschbären in den Klauen hielt und ihm im nächsten Augenblick mit einem Biß das Genick brechen würde. Schreckte ich vor echter Nähe zurück, weil ich fürchtete, vereinnahmt zu werden? Glaubte ich wirklich, dem Tod ein Schnippchen schlagen zu können, indem ich mich vor dem Leben drückte?

«Verflixt! Zu viele Fragen auf einmal», stieß ich hervor. Ich grübelte zuviel. Zwanghaft. Hinter Grübelzwang verbarg sich oft eine Abwehr von Gefühlen. Vor ein paar Jahren hatte ich es mit den Meditationstechniken des Zen-Buddhismus versucht, jedenfalls soweit sie mir aus Büchern zugänglich wurden. Doch nie hatte sich bei mir der Zustand der Gedankenleere und der Wunschlosigkeit eingestellt – außer wenn ich stoned war. So kam es mir jedenfalls vor.

Ich warf meine Kippe aus dem Fenster und brauste auf der Stadtautobahn weiter in Richtung Marblehead. Dort bog ich nach rechts in die Atlantic Avenue und noch einmal nach rechts in die Preston Beach Road ein. Das Haus war dunkel, nur im Badezimmer schimmerte Licht. Ich überlegte, ob ich es versehentlich hatte brennen lassen, doch als ich in die Auffahrt fuhr, sah ich Kathys weißen Volvo. Mein Herz schlug schneller. Wollte sie ihre Sachen holen? Oder kam sie zu mir zurück? Dann fiel mir siedendheiß ein, daß sie womöglich schon seit gestern abend wieder zu Hause war – während ich anderswo übernachtet hatte. Aber eigentlich brauchte ich mir deswegen keine Vorwürfe zu machen. Schließlich war sie mir ja auch nicht treu gewesen.

Ich stellte den Wagen ab und ging ins Haus. Im Flur stolperte ich über etwas, das auf dem Boden stand, und nachdem ich das Licht angeschaltet hatte, stellte ich fest, daß es Kathys schwarze Reisetasche war. Kaum war ich ein paar Stufen hinaufgestiegen, erschien sie auf dem oberen Treppenabsatz. Sie trug ihren OP-Anzug, ihr Haar war naß.

Ich blieb stehen.

«Eigentlich hatte ich erwartet, daß du meine Sachen zusammenpackst und vor die Tür stellst», sagte sie lächelnd.

Meine Angst war verflogen. Komisch, wenn man bedachte, was in den letzten zwei Tagen alles zwischen uns vorgefallen war. Doch Kathys Stimme hatte auf mich schon immer eine beruhigende Wirkung ausgeübt. In diesem Augenblick gab es für mich keinen Zweifel, daß ich sie zurückhaben wollte.

«Ich würde es dir nicht einmal zum Vorwurf machen, wenn ...»

«Ich habe nichts angerührt», sagte ich.

«Da bin ich aber froh.»

«Dann willst du also bleiben?»

Sie zuckte die Achseln. «Ich habe das ganze Haus nach deinem Drogendepot abgesucht, sogar in deinem Geheimversteck im Sekretär. Aber ich konnte nichts finden.»

«Vom Koks habe ich mich verabschiedet.»

«Gut.» Sie nickte. Dann biß sie sich auf die Unterlippe. «Wie ich hörte, hattest du mit Trevor auf dem Parkplatz eine kleine Auseinandersetzung. Wolltest du ihm beibringen, daß man Frauen nicht schlägt?»

Ich stellte mir vor, was Emma im Augenblick wahrscheinlich gerade mit Trevor Lucas anstellte. «Ich würde alles tun, um dich zu beschützen.»

«Freut mich zu hören. Ich will keine Angst mehr haben.»

«Trevor ist gefährlich. Das mit ihm ist ein Spiel mit dem Feuer.» Mehr wollte ich nicht sagen, ehe ich nicht wußte, wie sie zu ihm stand.

«Inzwischen weiß ich das auch.»

«Also habt ihr beide euch ...»

«Es ist vorbei. Endgültig ...» Ihre Stimme brach. Sie setzte sich auf den Treppenabsatz. «Tut mir leid, Frank! Ich war so dumm.»

«Um mich auf diesem Gebiet einzuholen, mußt du dich noch ganz schön anstrengen.»

Kichernd wischte sie sich eine Träne aus dem Augenwinkel.

Ich ging auf sie zu.

Aber sie stand auf und räusperte sich. Auf ihrem traurigen Gesicht lag jetzt Bitterkeit. «Und was ist mit dir? Hast du mit der Striptease-Tänzerin Schluß gemacht?»

Überrascht von ihrem plötzlichen Stimmungswechsel blieb ich stehen. Mir war klar, daß ich mich auf einen satten Wutausbruch gefaßt machen mußte. «Es hat nicht mal angefangen», log ich. «Hat Trevor dir etwa was anderes erzählt?»

«Er wollte mich verletzen.» Jetzt lächelte sie wieder. «Außerdem meinte er, sie sei flach wie ein Brett.» Sie strich sich die Haare aus dem Gesicht. Dann zog sie das Oberteil ihres OP-Anzugs aus, so daß sie bis zur Taille nackt war. «Nicht so wie ich.» Sie sah an sich herab, aber dann blickte sie verschämt zur Seite, wie ein junges Mädchen, das sich gerade seines Körpers bewußt wird.

Ich ließ mir Zeit. Langsam trat ich auf sie zu und betrachtete ihre Brustwarzen, die sich vor Erregung in der kalten Nachtluft zusammenzogen. Zwei Stufen vor dem Treppenabsatz blieb ich stehen, so daß sich mein Mund in der Höhe ihrer Brust befand. Ich küßte ihre Brüste und knetete zugleich zärtlich ihre Pobacken. Eine Welle der Erregung durchflutete mich.

«Ein Mädchen mit Knabenfigur ist nichts für dich», flüsterte sie.

Ich nahm einen Nippel zwischen die Zähne und dann die ganze Brust in den Mund.

Sie umschlang meinen Kopf. «Ich möchte dich in mir spüren.»

Ich griff nach den Verschlußbändern, doch sie trat nach hinten zur Schlafzimmertür. Ich ging ihr nach. Sie schaltete die Stehlampe neben der Tür aus, und der Raum war nun stockdunkel. Daß sie sich aufs Bett legte, konnte ich nur hören.

Ich schob mich auf sie, küßte ihren Hals und kitzelte sie mit der Zunge im Ohr. Gleichzeitig tastete ich nach der Lampe auf dem Nachttisch. Doch bevor ich sie anknipsen konnte, griff Kathy nach meiner Hand.

«Nicht», stieß sie atemlos hervor.

«Aber du fürchtest dich doch im Dunkeln», flüsterte ich.

«Manchmal liebe ich die Dunkelheit. Dann weiß ich nicht, was als nächstes kommt.»

Ich hatte lieber Licht beim Sex, aber ich war auch froh, daß Kathy mir sagte, was sie wollte. Früher hatte sie das nicht getan. Mit ohnmächtiger Wut dachte ich daran, daß sie diese Offenheit wahrscheinlich bei Trevor gelernt hatte. Doch was machte das schon? hielt ich mir vor. Wo war er in diesem Augenblick, und wo war ich? Trotzdem störte es mich. Ich stand auf, öffnete die Verschlußbänder und drehte Kathy auf den Bauch. Dann zog ich ihr die Hosen des OP-Anzugs herunter und streichelte über Oberschenkel und Po. Sie trug keinen Slip. Obwohl meine Leidenschaft, wie ich wußte, zum größten Teil von Wut angeheizt wurde, drückte ich ihr die Beine auseinander. Dann öffnete ich meinen Gürtel. Ich zog den Reißverschluß meiner Hose auf und streifte sie zusammen mit der Unterhose ab. Dann stellte ich mich zwischen ihre Beine und beugte mich vor, um in sie einzudringen. Doch der Gedanke an Lucas in der gleichen Stellung ließ mich innehalten. Ich rutschte weg, stützte ein Bein aufs Bett und legte mir Kathy übers Knie.

«He», beschwerte sie sich. Sie wand sich in meinem Griff. «Was ist denn ...»

Ich schlang meinen Arm um ihre Taille und versetzte ihr einen Klaps aufs Hinterteil. Das Klatschen meiner Hand auf ihrem weichen Fleisch erregte mich nur noch mehr. Nach drei, vier Schlägen erlahmte ihr Widerstand. Statt dessen streckte sie mir ihren Hintern entgegen. Ich schlug fester zu, schließlich so kräftig ich konnte. Sie griff nach meiner Hand. Doch bevor sie sie packen konnte, drehte ich sie um und schob ihre Knie über meine Schulter.

«Steck ihn mir rein ... jetzt ...», keuchte sie.

Ich rieb mich an ihrer feuchten Haut. Aber dann erstarrte ich. Ich trat zurück. Eine Weile geschah gar nichts.

«Frank?»

Ich antwortete nicht.

«Was ist los?»

Ohne ein Wort ging ich nach hinten und schaltete das Licht an.

«Frank!» Kathys Augen funkelten vor Wut. Sie legte die Hand auf ihr Geschlecht, dann hüllte sie sich in ein Laken.

Zu spät. Mein Gefühl hatte mich nicht getäuscht, wie ich mit einem Blick feststellte.

Sie umklammerte das Laken. «Du Schwein! Wo, verdammt noch mal, liegt das Problem? Ich habe dir doch gesagt, daß ich ...» Sie schürzte die Lippen und schloß die Augen. Offenbar kostete es sie große Mühe, sich zu beherrschen.

Ich atmete tief durch. «Du bist rasiert.» Etwas Besseres fiel mir nicht ein.

Kopfschüttelnd sah sie zum Fenster. «Ich wollte dich überraschen», sagte sie.

«Das ist dir gelungen!»

Sie wandte sich wieder zu mir um, schob das Laken beiseite und öffnete die Beine. «Ich dachte, es gefällt dir.»

Und wie es mir gefiel. Es gefiel mir wirklich. Doch sie hatte es nicht für mich getan. Bei dem Gedanken, was es womöglich bedeutete, packte mich das nackte Entsetzen.

«Du sollst ruhig alles sehen.» Sie spreizte die Beine weiter.

«Kathy ...»

«Ja?»

«Hat Trevor dich dazu überredet?»

Sie preßte die Beine zusammen und schmollte. «Ich bin erwachsen», entgegnete sie schließlich. «Und weiß selbst, was ich will.»

«Hat er dich darum gebeten?»

«Warum redest du immer nur von ihm? Ich habe dir doch gesagt, die Sache ist zu Ende.»

«Beantworte bitte meine Frage!»

«Wer macht jetzt hier die Stimmung kaputt?»

«Ich muß es wissen!»

«Also gut. Nein! Er hat es mir nicht befohlen, und er hat mich nicht darum gebeten. Zufrieden?»

Ich glaubte ihr nicht. Ob ich zumindest einen Teil der Wahrheit aus ihr herauskitzeln konnte? «Hat er dich so gesehen?»

Sie schüttelte den Kopf. «Wie kann man nur so eifersüchtig sein!» sagte sie leise.

Vielleicht würde ich mehr erfahren, wenn ich es ihr überließ, den Fortgang des Gesprächs zu bestimmen. «Eifersüchtig bin ich seit dem Augenblick, als du zu ihm zurückgekehrt bist.»

«Hast du dir vorgestellt, wie wir zusammen sind?»

«Es blieb mir gar nichts anderes übrig. Er hat es mir in allen Einzelheiten erzählt.»

«Wie? Was hat er dir erzählt?»

«Zum Beispiel, daß er dich von hinten nehmen durfte.»

«Warst du sehr wütend auf ihn?»

«Furchtbar.»

«Und du hast dich betrogen gefühlt.»

Ich war es nicht gewohnt, daß Kathy nach meinen Empfindungen fragte. Zögernd nickte ich.

«Ich weiß», meinte sie. «Und der bloße Gedanke, ich könnte ihm zuliebe etwas an meinem Körper verändern, tut dir bestimmt noch mehr weh.»

Ich schwieg.

Sie lächelte. «Mach dir keine Sorgen.» Sie öffnete wieder die Beine und strich sich über die Innenseiten der Oberschenkel. «Das hier gehört dir und nicht Trevor. Er hat mich nie so gesehen. Ich habe es gemacht, nachdem ich gestern abend hier ankam.»

«Gestern abend?»

«Ja, und ich will gar nicht wissen, was du getrieben hast, als ich hier auf dich gewartet habe. Ich mag nicht an diese Nutte erinnert werden.»

Eigentlich wollte ich Rachel in Schutz nehmen, doch ich war so vernünftig, den Mund zu halten. «Warum glaubst du, daß es mir gefällt, wenn du dich rasierst?» fragte ich.

«Es hört sich ziemlich albern an.»

Ich wartete.

«Ich habe es getan, weil ... nun ... Trevor hat mir erzählt, daß deine kleine Strip-Mieze fast überall rasiert ist. Anscheinend tun das die meisten Mädchen aus dem Lynx Club.» Sie senkte den Kopf und zupfte am Laken. «Und ich wollte etwas tun, was dich glücklich macht. Keiner von uns beiden soll sich von anderen holen, was er in unserer Beziehung nicht bekommt. Nie wieder.» Sie sah zu mir auf.

In ihren Augen standen Tränen. «Wir haben uns jahrelang gegenseitig gequält – warum weiß ich nicht. Du sicher auch nicht. Ich weiß nur, daß ich es nicht länger ertrage. Ich ertrage den Gedanken nicht, daß du mit einer anderen zusammen bist. Daß du sie küßt und streichelst.»

Vielleicht hatte Kathy sich wirklich meinetwegen rasiert. Oder ich wollte ihr einfach glauben, wollte glauben, daß sich das Leben nach allen Wechselfällen plötzlich von seiner Schokoladenseite zeigte. Einmal. Auf mehr können wir nicht hoffen. Doch ich durfte nicht riskieren, daß sie mich anlog und dadurch weiter in Gefahr schwebte. Ich strich ihr durch das immer noch feuchte Haar. «Wir sollten versuchen, uns alles zu geben», sagte ich. «Bisher ist uns das nicht sehr gut gelungen.»

Sie wollte meinen Penis streicheln, aber ich nahm ihre Hand.

«Warum darf ich dich nicht berühren?» beschwerte sie sich.

«Warte noch einen Moment. Dann kannst du alles mit mir anstellen, was du willst.»

Sie starrte auf meine Lenden und grinste.

«Mir gefällt der Gedanke, daß du dich für mich rasiert hast, Kathy.» Ich blickte an mir herunter. «Du siehst ja selbst, wie sehr mir das gefällt. Aber du mußt mir sagen, ob Trevor ...»

«Aber ich habe doch schon ...», fiel sie mir ins Wort.

Ich hob die Hand. «Sag es mir, und ich bleibe. Du mußt es mir sagen! Denn wenn Trevor dich gebeten hat, dich zu rasieren, oder es sogar selbst getan hat, bist du in Gefahr.»

«In Gefahr? In welcher? Daß ich vom Rasieren einen Ausschlag kriege?»

Ich lächelte, wurde jedoch gleich wieder ernst. Mir blieb nichts anderes übrig, als ihr zu sagen, daß Lucas zu den Verdächtigen gehörte. Ich setzte mich neben sie aufs Bett. «Trevor ist möglicherweise Sarahs Mörder», sagte ich. «Der Mörder von Sarah und von dem anderen Mädchen. Monique Peletier.»

Sie runzelte die Stirn. «Das ist doch wohl nicht dein Ernst!»

«Er hat sie beide an den Brüsten operiert. Und er hat mit beiden geschlafen.» Ich schwieg, damit sie die Nachricht verdauen konnte.

Kathy starrte mich fassungslos an.

«Beide Opfer waren im Genitalbereich rasiert, als man sie fand. Ganz rasiert, so wie du.»

«Trevor ist nicht fähig, jemanden umzubringen.»

«Da bin ich mir nicht so sicher.»

Sie drehte sich weg und schüttelte den Kopf. «Das ist lächerlich. Du verdächtigst ihn, weil er mit mir geschlafen hat.» Sie griff nach ihrer Hose. «Er hat mich nicht vergewaltigt, Frank! Ich mußte ganz schön was aufbieten, um ihn ins Bett zu kriegen.»

Warnen konnte ich sie nur, wenn ich meinen Ärger zügelte. «Es war nicht meine Entscheidung, ihn festzunehmen», entgegnete ich leise. «Emma Hancock hat das angeordnet.»

«Ihn festnehmen?» stieß sie hervor, während sie sich die Hose anzog.

«Emma würde das nicht tun, wenn sie keine überzeugenden Beweise hätte.» Doch das glaubte ich in diesem Moment selbst nicht.

«Wenn sie so verdammt klug ist, warum hat sie dann diesen durchgeknallten General beschuldigt?»

Darauf gab es keine vernünftige Antwort. «Um so vorsichtiger wird sie sein, wenn sie wieder jemanden verdächtigt, besonders wenn es sich dabei um ein angesehenes Mitglied unserer Gemeinde handelt.»

«Eins hast du vergessen. Ich kenne Emma Hancock. Diese Schlampe würde sogar den Papst verhaften, wenn sie dadurch auf die Titelseite kommt.»

Es gefiel mir ganz und gar nicht, daß Lucas' Schicksal Kathy immer noch so am Herzen lag. Aber darüber wollte ich jetzt nicht nachdenken. Ich legte ihr die Hände auf die Schultern. «Was du auch tust, halte dich von Lucas fern, bis diese ganze Sache aufgeklärt ist.»

Sie schob mich zur Seite. «Jawohl, Daddy», höhnte sie. «Und du hältst dich fern von der kleinen Nutte aus dem Lynx Club.»

In diesem Moment klingelte das Telephon auf dem Nachttisch. Kathy nahm den Hörer ab. «Ja?» fragte sie. Sie lauschte kurz, dann drückte sie den Knopf für die Freisprechanlage und legte den Hörer wieder auf.

«Frank? Sind Sie da?» fragte Emma Hancock.

Die Frau hatte ein gutes Timing. «Ich bin hier bei Kathy im Zimmer», antwortete ich.

«Tja ... also gut. Wir haben den Mann.»

«Sie haben ihn gefunden?»

«Nicht ganz.»

«Was soll das heißen?»

«Er hat uns gefunden. Vor etwa einer Stunde kam er geschniegelt und gebügelt aufs Revier marschiert und setzte sich in mein Büro. Weil ich noch nicht wieder da war, fragte ihn Officer Zangota, was er sich einbilde und wollte ihn wegschicken. Sie sind sich ganz schön in die Haare geraten. Aber dann tönte unser Dr. Jekyll: ‹Ich bin ein Mordverdächtiger!› Einfach so. Zangota kriegte fast einen Herzanfall, bevor er ihm die Handschellen anlegen konnte.»

«Warum haben Sie mich nicht gleich gerufen?»

«Ich wollte ihn mal kurz in seiner Zelle besuchen. Nur der Doktor und ich und ein paar meiner jungen Rekruten.»

Ich sah Kathy an. Auf ihrem Gesicht malten sich gleichzeitig Angst und Empörung. «Um Gottes willen, Emma», protestierte ich. «Sie können doch nicht ...»

«Sie sollen den Namen des Herrn nicht verunglimpfen!» fiel sie mir ins Wort. «Wir sollten ihm vielmehr danken.»

«Ich bin gleich da.»

«Kein Grund zur Eile. Bei Dr. Lucas besteht kein Verdacht auf geistige Unzurechnungsfähigkeit. Aber Sie sind mir jederzeit willkommen.» Damit hängte sie ein.

Kathy ging zur Tür.

«Wo willst du hin?» fragte ich.

«Das geht dich nichts an.» Sie blieb stehen und wandte sich um. In ihren Augen schimmerten wieder Tränen. «Du weißt, daß ich vor ein paar Tagen eine gute Freundin verloren habe.» Sie holte tief Luft, um sich zu fassen. «Du könntest deinen verletzten Stolz wenigstens so lange vergessen, bis du den wahren Mörder gefunden hat.» Sie stürmte aus dem Zimmer und eilte den Flur entlang.

Ich hörte, wie sie unten ihre Sachen zusammensuchte. Ich hätte ihr nachgehen können, doch es bestand wenig Aussicht, daß sie mich anhörte. Mir fielen Ben Carlsons Worte ein, daß Sarah sich wieder mit Lucas eingelassen hatte, obwohl die Beziehung angeblich schon längst zu Ende gewesen war. Glaubte ich wirklich, ich sei besser als Ben und könnte Kathy Trevor vergessen machen? Welchen Zauber er auch ausüben mochte, auf sie schien er immer noch zu wirken.

Die Eingangstür knallte zu. Vom Fenster des Arbeitszimmers aus sah ich, wie Kathys Volvo die Einfahrt hinunterrollte und in der Nacht verschwand. Dann ließ ich mich in den Sessel am Fenster sinken. Die Lederkissen schmiegten sich an meinen nackten Körper. Ich nahm mir aus der Kristallschale auf dem Beistelltisch eine Marlboro, zündete sie an und starrte auf die in der Dunkelheit rot schimmernde Glut. Dann sog ich meine Lungen voll Rauch und stieß ihn durch Nase und Mund wieder aus.

Emma Hancock hatte recht; es gab keinen Grund, sofort zum Revier zu fahren. Niemand würde annehmen, Lucas habe Sarah und Monique während eines psychotischen Schubs umgebracht. Also konnte die Polizei jederzeit sein Geständnis aufnehmen, wenn er eines ablegen wollte. Und ich hatte nicht die geringste Lust, mir schon so früh anzuschauen, wie Emma Hancock und ihre Gorillas Lucas in seiner Zelle zugerichtet hatten.

Ich stellte mir vor, wie er zusammengekrümmt auf der Pritsche lag, mit blutigem, geschwollenem Gesicht, mit blauen Flecken auf Armen und Beinen, Spuren von Emma Hancocks Gummiknüppel. Jedes Schlüsselrasseln konnte auf eine neue Prügelorgie hindeuten. Vom Fahrersitz seines Ferrari war er so weit entfernt wie nie zuvor. Ich zog an meiner Zigarette und blies den Rauch an die Decke. Warum reizte es mich nicht, mir das Häufchen Elend anzusehen? Wieso nutzte ich nicht die Gelegenheit, um Lucas zu besuchen, wenn er sich nicht hinter seinem Narzißmus verstecken konnte, wenn er verletzlich war wie nie zuvor? Hatte er nicht seinen Opfern Schmerzen und noch Schlimmeres zugefügt? Hatte er mir nicht einen geliebten Menschen weggenommen?

Die letzte Frage bereitete mir Unbehagen. Ich wollte mir sicher sein, daß Kathy mit ihrem Vorwurf unrecht hatte und ich mich nicht von Rachegelüsten leiten ließ, als ich die Ermittlungen auf Lucas lenkte. In Gedanken ging ich noch einmal die gesicherten Fakten durch. Lucas war ein Frauenhasser und zweifellos zu Gewalt fähig. Außerdem stand fest, daß er sexuelle Kontakte zu Sarah und Monique gehabt hatte. Beiden Frauen hatte er die Brust operiert. Wie ein Geier hatte er die Beziehung zwischen Arzt und Patientin ausgenutzt. Und er war nur wenige Stunden vor ihrem Tode mit Monique zusammengewesen. Er hatte ihren Goldring.

Soviel wußte Emma Hancock nicht, denn von meinem Gespräch mit Ben Carlson in Texas hatte ich ihr nicht erzählt. Trotzdem, ihr hatte das vorhandene Material gereicht. Warum also zog sich mir der Magen zusammen? Konnte ich nicht glauben, daß die Verstümmelungen das Werk eines sonst so peniblen Chirurgen waren? Oder wollte es mir nicht in den Kopf, daß ein Mann, der seinen Lebensunterhalt damit verdiente, Frauen aufzuschneiden, alles aufs Spiel setzte, weil es ihm Lust bereitete, sie zu verstümmeln?

Ich sog einen halben Zentimeter Tabak in die Lungen, schüttelte den Kopf und blinzelte in die Dunkelheit. Dann schaltete ich die Stehlampe an und setzte mich auf. Als ich die Zigarette ausdrückte, fiel mein Blick auf den Stapel Trixie-Belden-Bücher neben dem Aschenbecher auf dem Beistelltisch. Wahrscheinlich hatte Kathy letzte Nacht nicht schlafen können und sich mit Lesen abgelenkt. Ich griff nach einem der Bände. Als ich den Titel las, mußte ich lächeln. *Das Geheimnis des Grashüpfers*. Ich schlug das Buch auf und überflog ein paar Sätze.

Die ganze Familie saß vor dem prasselnden Kaminfeuer im Wohnzimmer, machte Gesellschaftsspiele, erzählte sich lustige Geschichten und sang Lieder. Mrs. Belden gab eine Reihe von Zungenbrechern zum besten, die alle in Erstaunen versetzten. Sie forderte die jungen Leute zum Zweikampf heraus, und schließlich bogen sich alle vor Lachen.

Später kuschelte sich Trixie in ihr Bett und lauschte dem Heulen des Sturms. Armer alter Hoppy, dachte sie schaudernd. Ich hoffe, der Sturm kann ihm nichts anhaben.

Wahrscheinlich hatte es Kathy in ihrer durch Tragödien überschatteten Kindheit getröstet, von Trixies idyllischem Leben zu lesen. Ich ließ das Buch in den Schoß sinken. Wohin war sie wohl geflüchtet? Sie konnte ohne weiteres in einem der Zimmer schlafen, die den Ärzten mit Bereitschaftsdienst im Krankenhaus zur Verfügung standen. Oder aber sie saß bei meiner Mutter und ging mit ihr die ganze Nacht lang die Liste meiner Charakterfehler durch. Möglicherweise war sie aber auch zum Polizeirevier gefahren, um Lucas zu besuchen – von ihm angezogen wie die Motte vom Licht. Dabei fiel mir Kathys Schwester ein, die einem Brand zum Opfer gefallen war. Vielleicht litt auch Kathy unter den Schuldgefühlen der Überlebenden, jenem psychischen Mechanismus, der Westmorelands Leben zerstört hatte. Wenn sie überzeugt war, daß eigentlich sie an Stelle ihrer Schwester hätte sterben müssen, konnte es gut sein, daß sie unbewußt das Verderben suchte – selbst heute noch.

Mir wurde klar, daß ich Kathy nie genau nach ihren Gefühlen in jener Nacht gefragt hatte und deshalb eigentlich kaum etwas darüber wußte. Ich wußte nicht, ob sie aus dem Fenster gesprungen oder von irgend jemandem aus den Flammen gerettet worden war. Ich wußte nicht, wer sich sonst noch im Haus befunden hatte. Ich hatte keine Ahnung, ob sie sich noch an die Beerdigung erinnerte, ob sie Dinge ihrer Schwester aufbewahrt hatte oder ob sie glaubte, daß ihre Schwester im Himmel war. Noch ein schwarzes Loch in unserer Beziehung. Wie hatte ich nur so lange mit einem Menschen zusammenleben und dabei so eine große Distanz wahren können?

Ich mußte etwas unternehmen, um meine Angst in Schach zu halten. Also ging ich zu der kleinen Jugendstilbar aus Walnußholz, die Kathy und ich auf einem Antiquitätenmarkt in Vermont aufgetrieben hatten. Wenn man das Rollfach aufschob, erblickte man eine Anzahl verchromter Flaschen und etwa ein Dutzend Gläser. Ich griff nach dem zehn Jahre alten schottischen Whisky und schenkte mir einen Doppelten ein. Allein der Geruch hatte etwas Beruhigendes. Schluck für Schluck, doch ohne zu atmen, trank ich das Glas leer. Der Alkohol wärmte Mund und Kehle und dann Schlund und Magen. Ich konnte fast spüren, wie mir das Zeug von den Eingeweiden in die Blutgefäße fuhr, die es in den ganzen Körper transportieren würden. Ich seufzte tief auf, ließ den Kopf hängen und wartete darauf, daß ich endlich ruhiger wurde.

Fast war es soweit gekommen, als es einmal an der Tür klopfte. Dann herrschte Stille. Kathy hatte ihren Schlüssel mitgenommen; sie konnte es also kaum sein, außer sie hatte – wie schon mehrmals – beim Abfahren den Schlüssel aus dem Autofenster geschleudert. Ich wünschte, daß sie es war, doch als ich hinausspähte, sah ich nicht ihren Volvo in der Einfahrt stehen, sondern einen Pick-up.

Ich ging ins Schlafzimmer, zog meine Hose an und lief die Treppe hinunter. Dank des Scotch fühlte ich mich wie beflügelt. Kurz bevor ich die Tür erreichte, hörte ich es wieder klopfen. «Bin gleich da», rief ich. Ich spähte durch den Spion, konnte jedoch niemanden entdecken. Die Außenlampe brannte nicht. Daran änderte sich auch nichts, als ich auf den Schalter drückte; die Birne mußte defekt sein. «Wer ist da?» fragte ich.

Keine Antwort.

«Wer ist da?» rief ich.

«Laß mich rein, verdammt noch mal.»

Selbst durch eine zehn Zentimeter dicke Holztür klang Paulson Levitskys Artikulation präzise wie eh und je; jede Silbe bildete eine abgeschlossene Einheit. Ich öffnete ihm.

Levitsky war noch in seiner Arbeitskleidung – gestärktes weißes Oberhemd und Schlips mit Clubabzeichen. Er hielt einen großen braunen Umschlag an die Brust gepreßt. «Wir haben da ein Problem», verkündete er. Dann steuerte er an mir vorbei auf das Wohnzimmer zu. Ich folgte ihm. Er setzte sich kerzengerade auf die Couch und zog einige Blätter aus dem Kuvert.

«Paulson», sagte ich, «du bist nicht auf dem neuesten Stand. Hast du schon mit Emma Hancock gesprochen?»

Er sah mich an und schnupperte. «Hast du getrunken?»

«Nur ein Glas.»

Er stand auf. «Und bist du noch klar im Kopf? Oder verschwende ich nur meine Zeit?» Bevor ich antworten konnte, hob er beschwichtigend die Hände. «Entschuldige!» Dann nahm er wieder Platz. «Das Ganze macht mir zu schaffen.»

Ich setzte mich neben ihn. «Ich muß dir was erklären.»

«Sie haben schon wieder den Falschen festgenommen», stieß er hervor.

Mir wurde flau. «Wie?»
«Dr. Lucas ist unschuldig.»
«Moment mal», wandte ich ein, «weißt du, daß er bei Sarah und Monique Brustoperationen durchgeführt und ihnen Silikonkissen eingesetzt hat?»
«Ja. Emma hat mir alles erzählt.»
«Sie hat dir erzählt, was sie weiß. Aber sie weiß nicht, daß er mit beiden ein Verhältnis hatte.»
«Das ist ja abscheulich! Was für ein Monster!» Kopfschüttelnd zog sich Levitsky seinen Schlipsknoten gerade. «Aber er ist kein Mörder – zumindest hat er nicht diese beiden Frauen umgebracht.» Er sah mich durchdringend an.
«Wieso hältst du ihn für unschuldig?» fragte ich.
«Weil er unschuldig ist. Der Killer mordet weiter.»
«Der Killer mordet ...»
Er hielt mir die Blätter hin.
Ich nahm sie und betrachtete das erste. Es war ein Fax mit einem Bericht des Polizeireviers in Revere.
Fragend blickte ich Levitsky an.
Doch der hielt sich bedeckt. «Lies selbst!» drängte er.
Ich tat, wie er geheißen:

Das einundfünfzigjährige männliche Opfer wurde in seinem Wagen aufgefunden und trug eine Brieftasche mit Papieren bei sich. Name: Michael Wembley. Anschrift: Beacon Street 123, Boston. Bei dem Fahrzeug handelt es sich um einen schwarzen Lexus SC400 mit dem Kennzeichen 887 NFT, Massachusetts. Etwa 18.55 Uhr von Susan Rugeaux (siehe auch beiliegendes Aussageprotokoll) beim Joggen am Ende der ungepflasterten Foster Road entdeckt. Dem Opfer wurden die Augenlider entfernt (abgeschnitten); es war von der Taille abwärts nackt (ohne Hosen und Strümpfe); der Genitalbereich ist rasiert. Penis und Hoden wurden durch mehrere tiefe Einschnitte verstümmelt.

«Herr im Himmel!» stieß ich hervor.
«Joshua Belnick, der Gerichtsmediziner aus Revere, hat mich

gleich angerufen und mir die Unterlagen geschickt. Im Gegensatz zu dir hält er mich auf dem laufenden. Er wußte, daß wir schon zwei Tote mit rasiertem Genitalbereich haben.»

«Aber das sind Frauen.»

«Stimmt.»

«Man hat ihnen die Brüste abgeschnitten.»

«Worauf willst du hinaus?»

Das wußte ich selbst nicht genau. Ich las weiter.

Die auf dem Armaturenbrett sichergestellte Armbanduhr (Rolex) war stehengeblieben. Die Krone war herausgezogen; die Uhr zeigt 18:19. Als Beweisstück verwahrt.

«Was ist mit der Uhr?»

«Offensichtlich wollte unser Mörder die Todeszeit festhalten. Sie scheint zu stimmen. Einige Anhaltspunkte – Blutgerinnung, Trocknen der Tränenflüssigkeit und ähnliches – sprechen dafür, daß der Mord neunzehn Minuten nach sechs geschah. Natürlich muß Belnick noch weitere Untersuchungen durchführen.»

«Wann hat sich Lucas der Polizei gestellt?»

«Den Akten nach zwanzig Minuten vor sieben, aber davor hat er schon eine Weile auf dem Revier herumgehangen.»

«Dann hat die Zeit nicht gereicht», konstatierte ich. «Er hätte von Revere nach Lynn fliegen müssen.» Ich wandte mich wieder den Papieren zu. «Wenn es mit dem Zeitpunkt des Todes seine Richtigkeit hat.»

«Plus / minus fünf Minuten. Belnick ist kein Trottel.»

Ich schlug die nächste Seite auf. Das Fax enthielt zwei Photos mit den Wunden des Toten. Obwohl die Bilder nicht besonders scharf waren, zeigten sie alles Wissenswerte. Wembleys Augen ohne Lider schienen von einem unvorstellbaren Grauen zu zeugen. Die Genitalien auf dem Photo darunter waren schrecklich verstümmelt. «Wie ist er gestorben?» fragte ich leise.

«Durch einen Schlag auf den Kopf, wie die anderen beiden auch.»

«Wenigstens war er tot, bevor er verstümmelt wurde», sagte ich.

«Da bin ich mir nicht so sicher. Auf Sitz und Boden des Autos wurde Schamhaar gefunden. Er hat sich im Auto rasiert.»

«Oder er ist rasiert worden.»

«Unwahrscheinlich. Die verstreuten Haare und die Schnittrichtung deuten darauf hin, daß die Klinge von unten nach oben geführt wurde. Die Hand, die sie führte, kam von oben.» Levitsky machte mir vor, was er meinte. «Jemand auf dem Beifahrersitz hätte von oben nach unten rasiert.» Er beugte sich zu mir herüber und simulierte die Bewegungen.

Ich hielt seine Hand fest. «Ist schon klar. Wie konnte dieser Belnick in der kurzen Zeit soviel herausfinden?»

«Er ist ein As in seinem Fach, ein Kerl mit einem scharfen Blick. Ich war einer seiner Ausbilder, als er in Boston im Krankenhaus arbeitete.»

«Das erklärt natürlich alles.»

Levitsky grinste. «Die Anzahl kleiner Schnitte – offenbar eine Doppelklinge – läßt vermuten, daß Wembley zu diesem Zeitpunkt entweder äußerst erregt oder äußerst verängstigt war.»

Ich warf einen Blick auf die Photos und schüttelte den Kopf. «Blankes Entsetzen trifft es wahrscheinlich eher.»

«Die nachträgliche Deutung seiner Gefühle überlasse ich dir. Im Augenblick sollten wir lieber Captain Hancock davon überzeugen, daß sie die Ermittlungen wieder aufnimmt.»

Ich nickte. «Kann es nicht auch ein anderer Mörder gewesen sein? Die Vorgehensweise ist neu. Das Opfer ist ein Mann, und der Täter hat in Revere zugeschlagen, nicht in Lynn. Die Wunden sind nicht dieselben.»

«Also, Frank, jetzt mal halblang. Ich gebe ebenso ungern einen Fehler zu wie du, aber ...»

«Es geht hier nicht um mich», fiel ich ihm ins Wort.

«Wenn du es sagst.»

Ich beruhigte mich wieder. «Daß sich die Fälle unterscheiden, sieht doch ein Blinder.»

«Für die Schnitte am Penis wurde die gleiche Art von Klinge benutzt wie bei Ms. Johnston und Ms. Peletier. Ich behaupte nach wie vor, es war ein Skalpell.»

«Die gleiche Klinge oder die gleiche Art von Klinge?»

«Du hörst dich an wie Emma Hancock. Haarspalterei.» Er verzog das Gesicht. «Nichts für ungut.»

«Liegt es nicht im Bereich des Möglichen?»

«Alles ist möglich, Frank, aber ein zweiter Mörder scheint mir doch recht unwahrscheinlich. Wie du weißt, wollte mir nie so recht einleuchten, daß ein Schönheitschirurg jemanden derart ungeschickt zersäbelt. Die Sache mit Mike Tyson habe ich wohl schon erwähnt.»

«Ja, hast du. Du hast uns Menschen außerdem mit Vögeln verglichen, die nach Körnern picken.»

«Und ich bleibe bei meinem Vergleich. Wir Menschen haben eingefleischte Verhaltensweisen.»

«Aber wir sind keine Roboter.»

Er sah aus dem Fenster. Ohne Vorwarnung wirbelte er dann herum und ließ seine Hand auf mein Gesicht zufahren.

Ich wich ihm aus. «Was soll das?»

«Entschuldige», sagte er, «ich wollte dir nur etwas verdeutlichen.» Er faltete die Hände im Schoß. «Ich hole aus, und du duckst dich: Reiz und Reaktion. Selbst daß du dich jetzt über mich ärgerst, ist eine vorprogrammierte Reaktion. Wir sind Gewohnheitstiere.»

Ich wollte nicht in die Diskussion einsteigen, ob es einen freien Willen gab oder nicht. Außerdem konnte es durchaus sein, daß Levitsky recht hatte und der Mörder noch immer auf freiem Fuß war. Ich stand auf. «Fahren wir zu Emma Hancock», sagte ich.

13

Ich wollte fahren, doch Levitsky war dagegen, weil ich immer noch nach Alkohol roch. Wir nahmen seinen Dodge Ram von 1981, der noch lief wie neu. Eine kleine Einstein-Büste aus imitiertem Elfenbein stand auf dem Armaturenbrett, und zu meiner Überraschung entdeckte ich im offenen Handschuhfach eine Stereoanlage mit Equalizer und Verstärker. Ich fragte mich gerade, ob Levitsky ein heimlicher Hard-Rock-Fan war, als er auf den Knopf drückte und aus den vier Lautsprechern ein medizinischer Vortrag über das Lymphsystem in den unteren Extremitäten ertönte. «Die afferenten Lymphgefäße», dozierte eine Männerstimme, «verlaufen parallel zur Beinvene, während die Gefäße im Knie dem Verlauf der Kniearterien folgen.»

«Du meine Güte», murmelte ich.

«Pssst», schimpfte Levitsky.

«Ein Großteil der Efferenten folgt der arteria femoralis zum Beckenboden», fuhr die Stimme fort. Ich drückte erst auf STOP und dann auf EJECT. «Hörst du so was zum Vergnügen?»

«Warum nicht?» Er wies mit dem Kopf auf das Handschuhfach. «Da drinnen liegt eine Kassette über Neuroanatomie, wenn du das lieber magst.»

Ich wollte an etwas anderes denken als an Körperteile. «Gibt's bei dir auch Musik?»

«Auf der Rückseite der Kassette über die Knochenstruktur des Gesichts ist das Violinkonzert von Mendelssohn.»

Ich suchte die Kassette heraus und schob sie in den Recorder.

Levitsky hatte den Fuß halb auf der Bremse und fuhr nicht schneller als fünfunddreißig. Bei jedem Crescendo trommelte er mit den Daumen aufs Lenkrad. Ich starrte ihn verdutzt an. «Hätte nie gedacht, daß du zu solcher Begeisterung fähig bist.»

Er sah mich an und dann seine Finger. «Ein aufwühlendes Stück», sagte er. «Und Jane Dimitry, die Geigerin, hat den vollkommenen Strich. Das habe ich mit dem Oszillographen gemessen.»

«Dem Oszillographen?»

«Einem Gerät, das ...»

«Ich weiß, was das ist.» Ich schüttelte den Kopf. «Genau das ist dein Problem, Paul. Klangwellen sagen nicht das geringste darüber aus, warum dich die Geige bewegt. Schönheit ist nicht meßbar.»

«Die Schönheit liegt bei 40,72 Hertz.»

«Wirklich? Das ist alles? Warum kannst du dann nicht solche Klänge erzeugen wie sie? Besorg dir einfach eine Geige und einen Oszillographen und tritt einem Orchester bei.»

«Deine dämlichen Fragen nerven.»

«Du nennst sie nur dämlich, weil du keine Antwort darauf hast.»

Er warf mir einen Blick zu. «Die Antwort lautet, daß ich nicht die gleichen Finger und Ohren wie die Geigerin habe. Ich bin mit anderen Zellen in Retina und Cochlea und mit anderen Rezeptoren in der Dermis geboren und nicht auf die gleichen Reize eingestimmt wie sie. Vielleicht funktioniert auch ihr Zerebellum, das für ihren Gleichgewichtssinn verantwortlich ist, wenn sie mit einem Stück Holz an Hals und Schulter dasitzt, besser als meins. Ihre Nervenganglien, die Sinneswahrnehmungen in motorische Reaktion umsetzen, haben einen geringeren elektrischen Widerstand.» Jetzt erst holte er Luft. «Ihre Musik setzt sich also aus einer Unzahl einzelner Faktoren zusammen.»

«Falsch», entgegnete ich. «Ihre Musik ist mehr als die Summe ihrer Teile. Deshalb bezahlen die Leute auch soviel Geld, um sie spielen zu hören. Sie möchten dabeisein, weil sich Schönheit nicht erklären läßt. Aus dem gleichen Grunde stehen die Leute Schlange, um van Goghs Bilder zu sehen, und strömen zu Tausenden ins Football-Stadion, um zu sehen, wenn ein Mann einen Ball wirft und ein anderer ihn sechzig Meter entfernt wieder auffängt und zum Sprint ansetzt, während ihm die gegnerische Mannschaft den Weg versperren will.»

«Wie kommst du von Mendelssohn über van Gogh auf Football? Worauf willst du hinaus?»

«Daß jeder von uns nach Beweisen für die Existenz einer höheren Macht sucht. Nichts an unserem Verstand oder Körper kann erklären, warum der Ball im entscheidenden Augenblick in der Hand des Fängers landet. Dieses Ereignis ist mehr als eine Summe einzelner Faktoren. Es ist ein Wunder.»

Levitskys Daumen tanzten auf dem Lenkrad. «Und das erhebt ein Football-Stadion zu einer religiösen Kultstätte.»

«In gewissem Sinne, ja. Schließlich nennen wir unsere Sporthelden nicht umsonst ‹Idole›. Sie lassen uns die Existenz Gottes spüren.»

«Jetzt weiß ich Bescheid.»

Wir fuhren gerade auf dem Lynnway am Schooner Pub vorbei, als ich Emma Hancocks Dienstwagen, den roten Jeep Cherokee, vor dem Lokal entdeckte. «Fahr auf den Parkplatz», bat ich Levitsky.

«Schmink dir das ab», entgegnete der. «Saufen kannst du in deiner Freizeit.»

«Da steht Emma Hancocks Auto, Paulson.»

Er sah hinüber. «Du hast recht.» An der nächsten Lücke im Mittelstreifen wendete er, fuhr im Schneckentempo zum Lokal zurück und parkte in etwa zehn Metern Abstand zum nächsten Wagen. «Lieber keinen Kratzer riskieren», meinte er.

«So ein kleiner Blechschaden könnte eine befreiende Wirkung haben.»

Er stellte den Motor ab. «Nicht die Tür knallen», warnte er mich.

Emma saß mit Timothy Bennet, einem ausgefuchsten Politstrategen, der selbst einmal für das Bürgermeisteramt kandidiert hatte, am Ende der Bar. Als sie uns sah, forderte sie ihn auf, sitzen zu bleiben, gab dem Barkeeper ein Zeichen und ging dann zu einem Tisch weiter hinten im Raum. Eine Kellnerin folgte ihr mit der angebrochenen Champagnerflasche und weiteren Gläsern.

Wir setzten uns an den Tisch.

«Wollen wir unseren Sieg feiern?» fragte sie lächelnd. Sie goß sich ihr Glas voll und dann ein zweites.

«Für mich nichts», erklärte Levitsky.

«Hab ich mir schon gedacht», erwiderte Emma Hancock.

«Vielleicht können Sie sich den Rest auch noch denken», sagte Levitsky.

Emma richtete sich auf. «Ich weiß, was Dr. Levitsky von mir will, Frank, nämlich daß ich einen Mörder freilasse. Was halten Sie davon?»

«Paulson hat mir die Unterlagen vom Fall in Revere gezeigt.»

«Und was glauben Sie?»

Ich nahm ein Glas und trank es halb leer. «Der Mörder hat die gleiche Art Messer benutzt.»

Sie nickte. «Die gleiche Art. Im *Item* stehen Artikel, die man als Gebrauchsanweisung verwenden könnte. Anscheinend haben die Journalisten von heute kein Verantwortungsgefühl mehr. In der Morgenausgabe heißt es in einer Spalte, daß es sich bei der Mordwaffe um ein Skalpell handelt. Jeder Verrückte hätte sich davon anregen lassen können.»

«Und der Mann war rasiert.»

«Der Mann. Das ist ein großer Unterschied.»

«Sicher.»

«Ihm wurden die Augenlider abgeschnitten, nicht die Brüste.»

Ich nickte.

«Außerdem ist da die Uhr. Das könnte ein Hinweis des Mörders sein. Lucas hat uns keine Botschaften hinterlassen.»

Daran hatte ich noch nicht gedacht. «Was ist mit der Uhr, Paulson? Du bist doch derjenige, der an feste Verhaltensmuster glaubt.»

Für einen Moment schien er um eine Antwort verlegen. «Vielleicht hinterläßt er nur bei jedem dritten Mord eine Botschaft oder nur bei einem männlichen Opfer oder nur in einem Wagen vom Typ Lexus», entgegnete er. «Das alles sind feste Verhaltensmuster. Warten wir ab, mit welchem wir es zu tun haben.»

Emma Hancock fischte sich die Packung Marlboro aus meiner Hemdtasche, zündete sich eine Zigarette an und nahm einen Zug. Sie blies mir aus dem Mundwinkel den Rauch entgegen und blinzelte mir dabei zu. «Wenn der Gerichtsmediziner in Revere einen Fehler begangen hat, hat Lucas vielleicht auch diesen Mord auf dem Gewissen. Den Zeitpunkt des Todes festzustellen ist nicht besonders einfach. Ich habe Fälle erlebt, da gab es Abweichungen von mehreren Stunden.»

Levitsky kicherte in sich hinein. «So was passiert, wenn die Polizei Wochen braucht, um die Leiche zu finden.»

Emma beachtete ihn nicht. «Was sagt Ihnen Ihr Bauch, Frank?»

Weil ich meinen Bauch nicht befragen wollte, berichtete ich ihr, was ich wußte: Sarah war wie Monique Lucas' Patientin und Geliebte gewesen.

«Die Johnston also auch.» Emma schüttelte den Kopf. «Für mich reicht das.»

«Hat er ein Geständnis abgelegt?» fragte ich.

«Angeblich tut ihm das mit meiner Nichte leid. Er sagt, sie wird ihm fehlen.» Sie trank ihr Glas Champagner leer. «Das hat mich wütend gemacht und ... nun ja. Anschließend hat er nichts mehr gesagt.»

«Prima!» stellte Levitsky fest. «Da hätten wir also nicht nur unbegründete Festnahme, sondern auch noch tätliche Übergriffe im Amt.»

Emma funkelte ihn an.

«Hat der Staatsanwalt genug in der Hand, um Anklage zu erheben?» fragte ich.

«Mehr als das. Die Grand Jury tritt morgen zusammen.»

«Wer verteidigt ihn?»

«Dieser Egomane will sich selbst vertreten.»

«Vielleicht kandidiert er ja auch für das Amt des Bürgermeisters», meinte Levitsky.

Emma Hancocks Nägel klickten aneinander, und ich befürchtete schon, Levitsky könnte etwas zustoßen. Rasch legte ich Emma die Hand auf die Schulter. «Ich möchte Lucas sehen.»

«Noch heute abend?»

«Natürlich.»

«Sie allein oder gemeinsam mit unserem Leichenfledderer hier?»

«Ich habe noch im Labor zu tun», sagte Levitsky.

«Lucas ist nicht gerade in bester Verfassung», warnte mich Emma. «Ich war einfach zu wütend auf ihn.»

«So schlimm, daß man nicht mehr mit ihm reden kann?»

Sie zuckte die Achseln. «Reden kann er noch.»

«Gut. Dann also los.»

Emma blickte hinüber zu Bennet. «Der Gute hat einen höheren Stundenlohn als Sie. Außerdem kriege ich sein Honorar nicht erstattet.» Sie stand auf. «Nur noch einen kleinen Augenblick.» Sie ging zur Bar.

«Du hast die Frage unserer Frau Bürgermeisterin nicht beantwortet», sagte Levitsky.

«Welche Frage?»

«Was dein Bauch dir sagt.»

«Ich denke, du gibst nichts auf Gefühle.»

«Auf deine schon.» Er lächelte.

Ich trank den letzten Schluck Champagner. «Lieber nicht. Sie haben mich schon zu oft getrogen.»

Emma Hancock blieb in ihrem Büro, und Zangota brachte mich in Lucas' Zelle. «Wie geht's dem Jungen?» fragte ich, als wir den Flur überquerten.

«Wir haben ihn in der Jugend-Footballmannschaft angemeldet», antwortete er. «Meine Frau glaubt, daß er ganz groß rauskommt.»

«Prima. Aber ich meine nicht Ihren Sohn, sondern den Jungen, den wir in der Wohnung unter Mercury und Monique gefunden haben.»

«Genau.» Er grinste. «Enrique. Meine anderen beiden Kinder sind Mädchen.»

Verdutzt blieb ich stehen.

Zangota legte die letzten Schritte zur Zelle zurück und schüttelte den Schlüsselbund, um den richtigen herauszufischen. «Ich mußte ständig an Ihre Worte denken, daß ein Großteil der Pflegeeltern nichts taugt.» Er sah mich an. «Denn das stimmt. Meistens geht es ihnen nur ums Unterhaltsgeld. Und weil ich Glück gehabt hatte, wurde mir klar, daß ich mich revanchieren muß.»

Ich bekam eine Gänsehaut. «Sie haben den Jungen zu sich geholt?»

«Irgend jemand mußte ihn ja nehmen.» Er schob den Schlüssel

ins Schloß und drehte ihn um. «Ich habe beim Jugendamt angerufen und erklärt, daß ich zur Verfügung stehe.»

Plötzlich erfüllte mich Freude.

«Ein gutes Gefühl. So schließt sich der Kreis.» Er zog die Eisentür auf. «Vierte Zelle links. Brauchen Sie mich noch?»

Ich räusperte mich. «Danke. Ich komme schon zurecht.» Ich trat auf den Korridor, doch dann blieb ich stehen und sah Zangota nach. So stand ich noch da, als er die Tür schon längst wieder geschlossen hatte. Warum hatte ich nicht gemerkt, daß er etwas ganz Besonderes war?

Lucas' Stimme holte mich in die Gegenwart zurück. Was er sagte, konnte ich nicht verstehen, doch er wiederholte die Worte immer wieder in einem monotonen Singsang. Ich drückte mich an der Wand entlang, als ich zu seiner Zelle ging, denn ich malte mir aus, wie er am Gitter stand und seine Krallen nach mir ausstreckte. Doch an der Zelle angekommen, sah ich, daß er in ein Laken gehüllt im Schneidersitz auf dem Boden hockte und den kahlgeschorenen Kopf hängen ließ. Noch immer verstand ich nicht, was er vor sich herleierte.

«Beten Sie?» fragte ich.

Der Singsang ging weiter.

«Lucas!»

Er hielt inne, holte tief Luft und sah auf. Ein Auge war zugeschwollen, das andere blutunterlaufen, und die Haut um die Augenbraue war aufgeplatzt. Zwischen Nase und Oberlippe zeichnete sich ein schwarzblaues Hämatom ab.

Zum Gladiator hätte ich mich nicht geeignet. Trotz allem, was Lucas mir angetan hatte, und obwohl ich ihn haßte, fragte ich mich, ob er nicht innere Verletzungen erlitten hatte. Womöglich waren sie ebenso schlimm wie seine äußeren. «Spucken Sie Blut?» fragte ich ihn.

«Mir geht's gut», antwortete er. «Ich dachte gerade an Kathy.»

«Vielleicht stattet sie Ihnen in den nächsten Jahrzehnten ja hin und wieder einen Besuch in MCI Concord ab.»

«Davon gehe ich aus», nickte Lucas. «Sie bleibt den Männern in ihrem Leben treu und läßt sie nicht mehr los.» Er sah mich an. «An Sie klammert sie sich vielleicht sogar noch mehr als an mich.»

Entgegenkommen hatte ich nicht erwartet. Und so schwieg ich.

«Aber ich komme nicht in den Knast.»

«Vielleicht nicht, wenn Sie sich O. J. Simpsons Anwalt nehmen.»

«Die Wahrheit wird sich durchsetzen.»

«Wenn Sie ein Alibi haben, sollten Sie allmählich damit herausrücken.»

«Mein Timing geht niemanden etwas an.»

Wollte Lucas damit auf irgendeinen Trick anspielen, mit dem er Wembleys vermutliche Todeszeit manipuliert hatte? «Das habe ich auch schon gehört. Wie haben Sie es hingekriegt?»

«Was haben Sie denn gehört?»

Ich wollte dem Verhör nicht vorgreifen, indem ich Lucas zu viel verriet. Noch bestand die Möglichkeit, daß er Wembley nicht ermordet hatte. «Was ist mit der Rolex auf dem Armaturenbrett?» Gespannt wartete ich auf seine Reaktion.

Er legte den Kopf nach hinten und schloß die Augen. Als er mich wieder ansah, lächelte er. «Michael Wembley», meinte er trocken.

«Ihr drittes Opfer.»

«Wie ist es geschehen?»

Ich hoffte, Lucas würde uns keinen Gedächtnisverlust vorspielen. Aber noch mehr hoffte ich, daß er keinen hatte. «Sie haben ihm die Augenlider abgeschnitten und seinen Penis verstümmelt. Dann ließen Sie die Leiche im Lexus liegen und stellten sich der Polizei. Fällt der Groschen jetzt?»

Er blinzelte. «War er rasiert?»

«Das müssen Sie mir sagen.»

«Ich gehe mal davon aus.»

Ich wollte erreichen, daß Lucas die Morde freiwillig zugab. «Warum sagen Sie uns nicht endlich die Wahrheit?»

«Weil ich es nicht getan habe.»

«Sparen Sie sich das für die Geschworenen.» Ich wandte mich zum Gehen.

«Warten Sie! Überlegen Sie doch mal.»

Ich drehte mich wieder zu ihm um.

Er schloß die Augen und hob den Kopf, als ob er etwas Angenehmes gerochen hätte. «Warum sollte ich töten, was mir Lust verschafft?» Achselzuckend sah er mich an. «Zum Beispiel Captain Hancocks Nichte. Sie wird mir wirklich fehlen.»

«Monique hatte kein Interesse an Ihnen, sondern an der Operation.»

«Nein. Sie hat die Operation *gebraucht*», erwiderte er. «Sie hatte ihren alten Schmerz noch nicht überwunden und glaubte, durch die Operation würde alles wieder gut.» Er schüttelte den Kopf. «Aber das funktioniert nun mal nicht. Tief im Innern war sie unsicherer als zuvor.»

«Für Sie war sie doch nur ein Spielzeug.»

«Und zwar von allerbester Qualität. Schon gut eingeritten.»

«Kein gleichwertiger Gegner.»

«Es geht mir nicht um Auseinandersetzung. Mich fasziniert der Augenblick der Hingabe.»

«Vielleicht wollte sie ihren Teil der Abmachung nicht erfüllen und Ihnen den versprochenen Sex verweigern.»

«Aber doch nicht Monique! Das Mädchen war anständig. Ich hatte noch dreiundzwanzig Sitzungen gut, und die hätte sie auch abgeleistet. Ihr Mitbewohner genauso. Für einen Transsexuellen ist er äußerst ehrlich. Mercury haben Sie inzwischen ja wohl kennengelernt.»

«Wußte gar nicht, daß Sie bi sind.»

«Nehmen Sie's nicht persönlich. Sie haben zwar eine gute Figur, aber ich kann Pferdeschwänze nicht ausstehen. Die wirken so arrogant.»

«Was ist mit Sarah?»

«Von der konnte ich nicht genug kriegen. Sie war zart und verletzlich, aber trotzdem konnte sie einiges wegstecken. Diese Kombination findet man selten.»

Ich stand da und sah auf ihn hinunter. War es wirklich möglich, daß ein Mensch alles Mitgefühl verloren hatte?

«Ein echter Sadist wie ich tötet nicht, was er noch quälen kann.» Lucas lächelte. «Und Sarah und Monique hatten noch jede Menge Leidensfähigkeit zu bieten.»

Als ich in Emmas Büro zurückkehrte, war Kevin Malloy gerade bei ihr. Beide beugten sie sich über einen grünen Ordner auf dem Schreibtisch. Zwei andere Ordner lagen daneben. «Wie ist es da drinnen gelaufen?» fragte mich Emma.

«Als ich gerade glaubte, er würde ein Geständnis ablegen, hielt er mir einen Vortrag darüber, warum er nie jemanden töten würde.» Ich stapfte im Raum auf und ab. «Aber ich habe immer noch ein komisches Gefühl bei der Sache.»

Malloy lachte in sich hinein. «Sicherheitshalber haben wir jedenfalls schon mal seine Socken konfisziert. Sie brauchen sich also nicht zu sorgen, daß er sich an unserem Westmoreland ein Beispiel nimmt.»

Ich blieb vor ihm stehen. «Sind die Zähne wieder in Ordnung?» fragte ich.

«Wie neu.»

«Haben Sie auch Garantie drauf – für den Fall, daß Ihnen wieder jemand die Fresse poliert?»

«Keine Schimpfworte bitte!» Emma mußte grinsen. Dann nahm sie den aufgeschlagenen Ordner. «Um Abbitte zu leisten, hat Kevin sich an die Arbeit gemacht.» Damit schob sie mir den Ordner zu.

Auf dem Deckelrücken stand WEMBLEY, MICHAEL. Innen waren mehrere Bogen abgeheftet. Auf dem ersten las ich den Absatz:

Michael Wembley, ein Weißer, wirkt älter als seine 51 Jahre. Neben markanten Hautfalten unter den Augen hat er prägnante Lidfalten. Er sagt, daß ihm diese Merkmale großen Kummer bereiten und daß er sich einer beidseitigen Blepharoplastik unterziehen möchte.

Zwar wußte ich, was das bedeutete, doch ich konnte es nicht glauben. Fragend sah ich Emma Hancock an.

«Und damit wären's drei», bestätigte sie mir. «Alle drei Patienten bei Lucas: Sarah Johnston, Monique und Michael Wembley.» Sie wies mit dem Kinn auf den Ordner. «Lesen Sie weiter. Es kommt noch besser.»

Zunächst erklärte ich ihm den Operationsverlauf einschließlich aller damit verbundenen Risiken wie Senklid, Nervenschädigung, Infek-

tion, allergische Reaktion auf Medikamente oder die Narkosemittel, Verletzungen von Augenhöhle oder Auge, chronische Schmerzen, Parasthesie, Erblindung oder Tod. Anschließend teilte ich Mr. Wembley mit, daß mein Honorar von 5750 Dollar spätestens 48 Stunden vor dem angesetzten OP-Termin per Überweisung oder in bar auf mein Konto eingezahlt werden muß. Sollte der Patient die Operation absagen oder zum vereinbarten Termin nicht erscheinen, bestehe kein Anspruch auf Rückerstattung der Summe.

Die Gesprächsnotiz war mit Dr. med. T. Lucas unterzeichnet und sechs Tage vor dem Termin abgefaßt worden. Ein kurzer Eintrag befaßte sich mit Wembleys körperlichen Reaktionen während der Narkose und den Befunden nach dem Aufwachen.

«Wenigstens hat der gute Doktor den Tod als mögliche Nebenwirkung aufgeführt», stellte Emma fest. «Wembley war also vorgewarnt.»

«Den Tod führt man immer auf», wandte ich ein. «Allein schon aus Haftungsgründen.»

«Aber der Patient hat dann nichts mehr davon», gab Emma zurück.

Als ich umblätterte, sah ich eine Zeichnung von Wembleys Augen, auf der Lucas die beabsichtigten Schnitte markiert hatte. Unten auf dem Bogen befanden sich zwei Polaroidphotos des Patienten, vor und nach dem Eingriff. Auf dem zweiten sah Wembley aus, als hätte er Mascara aufgetragen, doch ich wußte, daß sich die Linien aus winzigen, präzisen Stichen mit einem hauchfeinen Faden zusammensetzten – das wahre Markenzeichen eines Schönheitschirurgen. «Woher haben wir die Unterlagen?» fragte ich.

«Richter Barton hat uns einen Durchsuchungsbefehl für Lucas' Praxis ausgestellt», erklärte mir Malloy. «Und die hier lagen in einem Stapel auf dem Schreibtisch.» Er wandte sich an Emma Hancock. «Diesen Laden müssen Sie sich mal ansehen! Überall Säulen, wie im alten Rom. Und in der Eingangshalle hängt ein Ölgemälde von Lucas auf einem Pferd. Man könnte glatt vergessen, daß man hier in Lynn ist.»

Kopfschüttelnd schloß ich den Ordner.

«Was ist?» fragte Emma.

«Glauben Sie wirklich, daß ein Mörder die Patientenakte seines Opfers auf dem Schreibtisch liegenläßt? Würde er sie nicht eher verstecken?»

«Vielleicht wußte er nicht mehr wo», meinte Malloy. Er hielt die anderen beiden Ordner hoch. «Diese hier klemmten hinter der obersten Schublade des Aktenschranks mit der Patientenkartei.»

Ich nahm sie ihm ab. Eine Akte trug die Aufschrift PELETIER, MONIQUE, auf der anderen stand JOHNSTON, SARAH. Ich schlug Moniques Ordner auf, hielt dann jedoch inne und sah Emma an. Es war mir peinlich, im Leben ihrer Nichte herumzustöbern.

Sie erwiderte meinen Blick. «Bitte lesen Sie», sagte sie. «Monique ist jetzt im Himmel.»

Ich setzte mich auf einen Stuhl neben Emmas Schreibtisch und begann zu lesen.

Monique Peletier ist eine achtzehnjährige Weiße, die wegen einer vergrößernden Mammoplastie vorstellig wurde. Ihr Brustumfang mißt 84 cm, was Körbchengröße A entspricht. Rumpf läßt eine Vergrößerung bis auf 92 cm und Körbchen C bis D zu. Die Brustwarzen sind gut ausgebildet, müßten jedoch versetzt werden. Nach der Aufzählung der möglichen Risiken – unter anderem, jedoch nicht ausschließlich, Infektionen, Riß des Implantats, Allergien, subjektive Unzufriedenheit, Narbenbildung, sexuelle Dysfunktion, Unfähigkeit zum Stillen und Tod – bleibt die Patientin bei ihrem Vorhaben. Da sie das Honorar von 9500 Dollar nicht aufbringen kann, wurde die übliche «gleitende Ratenzahlung» vereinbart.

Gleitende Ratenzahlung. Ich schüttelte den Kopf. Offensichtlich hatte Lucas Spaß an Wortspielen.

«Hier ist auch eine Zeichnung», sagte Emma Hancock.

Auf Lucas' ersten Eintrag folgte ein kurzer OP-Bericht. Ich blätterte die Seite um. Eigentlich erwartete ich eine Zeichnung von Moniques Brüsten, doch statt dessen fand ich eine Abbildung ihrer Oberschenkel und Vagina. Die Schamlippen waren gespreizt und enthüllten die von einem Ring durchstochene Klitoris. Lucas' handschriftlicher Vermerk lautete:

Anbringen eines Schmuckrings. Risiken, einschließlich Anorgasmie und Schmerzen beim Verkehr, angesprochen. Patientin besteht auf Eingriff. Honorar wird noch vereinbart.

«Er hat ihr den Ring eingesetzt», flüsterte ich. Dann schloß ich den Ordner und gab Malloy die drei Akten zurück.

«Die Akte der Johnston sieht ganz ähnlich aus», erklärte Emma. Sie holte eine Schachtel Merit aus der obersten Schreibtischschublade, nahm eine Zigarette heraus und zündete sie an. «Ich glaube, Levitskys Freund, der Pathologe aus Revere, hat sich geirrt. Der Zeitpunkt des Todes kann nicht stimmen. Es muß so sein, daß Lucas Wembley ermordete, dann direkt hierhergefahren ist und sich gestellt hat.»

«Wir haben im Lexus seine Fingerabdrücke gefunden», fügte Malloy hinzu.

Daß man bei Lucas' Patienten auch seine Fingerabdrücke fand, überraschte mich nicht weiter. «Ich hatte den Eindruck, daß Lucas die Umstände des Mordes nicht kannte. Oder er hat sich nicht mehr daran erinnert», sagte ich. «Er kam mir recht glaubwürdig vor.»

Emma runzelte die Stirn. «Sie haben doch nicht etwa vor, ihm Amytal zu injizieren?»

«Das ist der beste Weg, um rasch ...»

«... den Prozeß zu verlieren», fiel sie mir ins Wort. «Kein Wort seiner Aussage wird bei Gericht zugelassen, selbst wenn er sie später ohne die Droge wiederholt.»

Ich nickte.

«Hoffentlich muß ich jetzt nicht befürchten, daß Sie hier mit einer Spritze herumschleichen!»

«Wenn Sie es mir verbieten, halte ich mich dran.»

«Gut. Ich verbiete es.» Wütend starrte sie auf ihre Zigarette. «Nichts als heiße Luft», schimpfte sie. Sie brach den Filter ab und zog noch einmal an der Kippe.

«Und was halten Sie davon, daß er keinen Strafverteidiger will? Finden Sie das nicht sonderbar?»

«Ich sagte doch schon, ein Egomane.»

«Der Mann hat Millionen, Emma. Warum stellt er sich freiwillig?»

«Weil er ganz allein die Fäden ziehen will. Nicht wir haben ihn geschnappt, er hat sich gestellt. Ein klassischer Fall.»

«Vielleicht. Trotzdem habe ich ein ungutes Gefühl», sagte ich.

Emma ließ die Nägel klicken.

«Irgendwas stimmt da nicht.»

«Ich würd's mal mit der anderen Hand probieren», sagte Malloy. «Sie holen sich hier doch nur einen runter, indem Sie uns beweisen wollen, wie superschlau Sie sind. Was Sie uns da erzählen ...»

«Halten Sie den Mund», fuhr Emma ihn an. Ihr Blick war auf mich gerichtet, doch ihre Worte galten Malloy. «Vergessen Sie, daß wir Lucas verhaftet haben. Sie folgen jeder Spur, auch wenn sie in eine andere Richtung weist. Besonders dann.» Sie hielt inne. «Ich hoffe, Ihre Bedenken sind unbegründet, Frank. Aber diesmal werde ich kein Risiko eingehen.»

Kurz vor Geschäftsschluß traf ich vor dem Lynx Club ein. Schon von draußen hörte ich Rod Stewart singen, daß Anziehung etwas rein Körperliches war.

Ich betrat das Lokal. Flackernde rote Lichter hüllten mich ein. Eine schwarze Tänzerin, mit nichts weiter bekleidet als mit silbernen Armreifen, stand vor einem Mann in einem Drillichoverall, der auf ihr Geschlecht starrte und dabei an seinem Bier nuckelte. Er fuhr mit dem Flaschenhals über die Innenseite ihrer Oberschenkel, dann lehnte er sich zurück und kippte sich den Rest hinter die Binde. Sie kniete sich hin, umschloß eine ihrer Brüste mit der Hand und schubste damit den hingelegten Dollarschein von der Brüstung.

Suchend ließ ich den Blick durch den Raum schweifen, konnte Rachel jedoch nicht entdecken.

«He!» brüllte eine Stimme.

Als ich mich umdrehte, sah ich Max hinter der Bar stehen. Er watschelte auf mich zu. Ich schnappte mir einen Hocker.

Er nahm sich auch einen, um ein wenig zu verschnaufen. «Tiffany – ich meine Rachel – ist nicht da», sagte er. «Das sollte ich dir ausrichten, wenn du vorbeikommst. Sie arbeitet drüben bei Red Lace Lingerie.»

«Wer kauft denn um diese Zeit noch Wäsche?»

«Kaufen tun die Leute sie eigentlich nicht», keuchte er. «Sie bezahlen sie zwar, aber sie nehmen sie nicht mit.»

«Wie bitte?»

«Sie wählen sich ein Mädchen aus, das ihnen vorführt, was sie ausgesucht haben, verstehen Sie? In einem Hinterzimmer. Für fünfzig Eier.»

«Wer zahlt denn schon fünfzig Dollar, um sich ein Mädchen in Unterwäsche anzusehen?»

«Die haben nicht nur Unterwäsche. Dort gibt's einfach alles, vom Abendkleid bis zur Indianertracht. Die Mädchen ziehen das an und legen dann einen Strip hin. Man ist allein mit ihnen.»

«Trotzdem.»

Er schloß die Hand zur Faust und fuhr damit in der Luft auf und ab. «Man holt sich dabei einen runter.»

«Jetzt kapiere ich.»

«Ich nicht. Man darf sie nämlich nicht anfassen. Und sie fassen dich nicht an. So jedenfalls lautet die Regel. Habe gehört, ein paar der Mädchen machen ein kleines Nebengeschäft. Legen mal kurz Hand an.» Er hustete wieder.

«Sind Sie krank?» fragte ich.

«Hab 'ne Asbestlunge. Der Arzt meint, es ist, wie wenn kleine Nadeln das Gewebe zerfasern.»

«Wann hatten Sie Kontakt?»

«Kontakt? So was hab ich noch nie gemacht.»

«Ich meine, wann sind Sie mit Asbest in Kontakt gekommen?»

«Oh, jetzt kapiere ich.» Er nickte. «Bei der Marine. Hab auf einem Flugzeugträger im Maschinenraum gearbeitet.»

«So ein Pech. Tut mir leid!»

«Was soll ich machen? Heulen?» Er starrte mich an.

Ich merkte, daß Max nach Trost suchte, wenn es ihm auch nicht bewußt war. Meine Kopfhaut prickelte. «Haben Sie's mal getan?»

«Was?»

«Sich hingesetzt und geheult?»

«Was reden Sie da ...»

Um nicht sentimental zu wirken, fuhr ich in schärferem Ton fort: «Verdammt, wer würde das nicht? Stimmt's, oder habe ich recht? Die bescheuerten Lungen kaputt! Nur ein Wahnsinniger klappt da nicht zusammen.»

Er sah hinüber zu dem tanzenden Mädchen. Ich folgte seinem Blick. Sie kniete auf allen vieren und ahmte die Bewegungen einer Hündin nach, die besprungen wird.

«Das muß einen doch fertigmachen», sagte ich, «wenn man so krank ist.»

Er hielt den Blick auf die Tänzerin gerichtet. «Es ist schrecklich.» Seine Stimme brach, und er räusperte sich.

Ich griff in meine Tasche, zog eine Zehn-Dollar-Note heraus und legte sie auf die Bar. «Danke für die Nachricht von Rachel.»

Er sah auf den Geldschein. «Das geht aufs Haus», sagte er. Er holte tief Luft, hustete und wandte sich dann wieder zu mir um. «Hat sie nicht einen Wahnsinnsarsch? Da könnte man glatt alles vergessen.»

Ob er die Tänzerin oder Rachel meinte, wußte ich nicht, doch es war auch egal. Er brauchte das, um sich zusammenzureißen. «Phantastisch», bestätigte ich. Dann stand ich auf. «Und wie komme ich zu diesem Red-Lace-Laden?»

«Er liegt drei Blocks von hier am Broadway, hinter Perkys Gebrauchtwagenmarkt. Achten Sie auf die roten Lampen im Fenster.»

Ich verließ die Bar und fuhr zur Red Lace Lingerie, die sich im obersten Stock eines heruntergekommenen dreistöckigen Hauses befand. Von der Straße sah man kein Schild, aber die Vorhänge waren zugezogen, und dahinter schimmerte das von Max beschriebene rote Licht. Ich betrat das Gebäude und ging nach oben, vorbei an einem Friseurgeschäft, einem Sonnenstudio und – ausgerechnet – der Praxis eines Chiropraktikers. Diese Typen fand man wirklich an den seltsamsten Orten.

Der Laden war eingerichtet wie ein Billigkaufhaus – etwa ein

Dutzend runde Kleiderständer aus Chrom und dahinter ein Tresen mit einer Kasse. Weil ich Rachel nicht sehen konnte, betrachtete ich die Ware – ein Bügel nach dem anderen mit im Schritt offenen Höschen, Gummiwesten mit Metallreißverschlüssen, Lederhalftern, Kettenhemden. Daneben ein Brautkleid, eine Hausmädchentracht und sogar eine Polizeiuniform. Ich stellte mir die dazu passende Phantasie vor: *Sie tun so, als würden Sie mir einen Strafzettel ausschreiben, und ich hole ihn raus. Erst sind Sie schockiert, aber dann gefällt er Ihnen, und Sie haben plötzlich Lust auf ihn. Sie steigen in den Wagen und ziehen sich langsam aus.* Ich kicherte.

«Kann ich Ihnen helfen?» fragte eine junge Frau, zwei Kleiderständer von mir entfernt. Sie warf ihr langes, blondes Haar zurück und lächelte mich an.

Ihre blaßblauen Augen faszinierten mich. «Ja», sagte ich schließlich. «Ich suche Tiffany.»

«Tiffany hat einen Kunden. Es dauert noch etwa zehn Minuten.»

«Darf ich hier auf sie warten?»

«Natürlich. Ich trage Sie ein.» Sie ging zum Tresen.

Ich folgte ihr. Unter der Glasplatte war ein Sortiment Sexspielzeug – französische Kitzler, Dildos und phosphoreszierende Kondome – ausgestellt. Allmählich fragte ich mich, ob es in diesem Geschäft bei Striptease und gelegentlicher Handarbeit blieb.

«Sind Sie schon Kunde bei uns?» fragte das Mädchen.

«Nein, ich bin neu.»

Sie füllte ein Formular aus, das wie ein Aufnahmeantrag aussah. «Und wer hat uns empfohlen?»

«Max vom Lynx Club.»

Sie notierte seinen Namen. «Zahlen Sie mit Visa Card oder in bar?»

«In bar.»

«Das macht fünfzig Dollar für drei Kostüme. Die Phantasiekleider ausgenommen, da zählt eins als zwei.»

«Phantasiekleider?»

«Wie die Nazimütze oder das Pfadfinderkostüm.»

«Natürlich.» Gegen meinen Willen starrte ich auf ihre Brustwarzen, die sich unter dem T-Shirt abzeichneten.

Sie wies mit dem Kopf auf die Tür hinter sich. «Tiffany braucht ein paar Minuten länger. Wollen sie mich sehen?»

Ich dachte über die Möglichkeit nach, verwarf sie jedoch gleich wieder. «Ein andermal», entgegnete ich.

«Wie Sie wünschen. Fünfzig Dollar bitte.»

Ich zählte die Scheine ab und gab sie ihr. Dann ging ich wieder zu den Kleiderständern. Ich entschied mich für einen schwarzen Spitzenbody und einen mit winzigen Glitzersteinen besetzten Hänger.

Das Mädchen hinter dem Tresen beobachtete mich. «Das zählt als zwei.»

Ich hielt den Hänger in die Höhe und kniff die Augen zusammen, als würde ich mir vorstellen, wie sie ihn trug. «Gut», sagte ich.

«Sie wollen mich hochnehmen.» Sie zwinkerte mir zu.

Die Tür hinter ihr ging auf, und ein stämmiger, kahlköpfiger Mann mit einer Hornbrille kam heraus. In seinem grauen Anzug sah er aus wie ein Rechtsanwalt oder ein Börsenmakler. Er trug einen Ehering. Bevor er hinausging, sah er sich im Laden um. Kaum war er fort, erschien Rachel. Sie trug eine Jeans und ein pinkfarbenes Sweatshirt.

Ich trat zum Tresen. «Zählt das wirklich als zwei?» fragte ich, während ich den Glitzerhänger hochhielt.

Sie lächelte. «Was machst du denn hier?»

«Einkaufen. Bist du frei?»

«Jawohl, der Herr.»

«Dann zeig mir den Weg.»

Wir kamen in einen Flur, von dem mehrere Türen abgingen. Vor einer blieb sie stehen, öffnete sie und nahm mir Hänger und Body ab. «Warte hier, bis ich mich umgezogen habe.»

Das Kämmerchen war etwa zwei mal zwei Meter groß und hatte eine Bühne in der Ecke. An der Wand gegenüber stand eine kleine Couch. Als ich mich hinsetzte, wäre ich beinahe auf die Schachtel Kleenex getreten, die am Boden lag.

Kurze Zeit später kam Rachel, gehüllt in ein blaues Seidengewand, herein. Sie dimmte das Licht und drückte auf einen Knopf neben dem Lichtschalter. John Pendergrass' Song «Close the Door» erfüllte den Raum.

Rachel ließ das Gewand fallen und stieg auf die Bühne. Sie trug das Glitzerhemdchen, und tausendfach warf es die Lichter zurück, als sie zu tanzen begann. Musik und Bewegung wurden eins. Durch das Talmigitter schimmerte ihre Haut. Unsere Blicke trafen sich, dann senkte sie die Augen und sah auf meine Lenden. Ohne daß es mir bewußt war, hatte sich meine Hand dort eingefunden. Träge wie eine Katze im Sonnenschein schloß sie die Augen und öffnete sie wieder. Ich nestelte an meinem Gürtel, zog den Reißverschluß der Jeans auf und streifte sie ab. Dann streichelte ich mich, was ich in Anwesenheit einer Frau noch nie getan hatte. Rauh fuhr meine Hand über meine Haut. Rachel öffnete die Druckknöpfe in ihrem Schritt und legte sich auf die Bühne. Sie bog den Rücken durch, während sie die Finger über ihre Lippen und dann in die Spalte gleiten ließ. Am liebsten hätte ich ihr gesagt, sie sollte sich umdrehen, so daß ich sie im Blick hatte, ohne von ihr beobachtet zu werden. Doch ich beherrschte mich. Ich wollte ihr Gesicht sehen, wenn sie kam, und sie sollte meins sehen. Nicht nur im Tod, sondern auch im Augenblick der letzten Hingabe liegt Wahrheit, und ich wollte jetzt lernen, die Wahrheit mit jemandem zu teilen. Vielleicht hätte ich damit nicht unbedingt in der Red Lace Lingerie anfangen müssen, aber offenbar mußte ich begreifen, daß Gott nicht nur auf Berggipfeln oder in der Kirchenbank zu finden ist. Gott zieht es zum Leid und zu den dunklen Nischen, wo es sich zeigt, und deshalb ist es so leicht, gemeinsam ertragenen Schmerz mit Liebe zu verwechseln. Und vielleicht ist es ja wirklich dasselbe.

Rachels Finger wurden schneller, und ich paßte mich ihrem Rhythmus an. Unser Atem ging schwer. Irgendwann hörte ich tiefes Stöhnen und hatte keine Ahnung, ob es von ihr oder von mir kam. Aber das spielte auch keine Rolle.

14

Kurz nach drei Uhr nachts saßen wir auf der alten Kirchenbank in Rachels Wohnung vor den Glastüren, die auf die Dachterrasse führten. Hinter der Tobin Bridge in der Ferne schimmerten die Lichter von Boston. Ich nahm Rachels Hand, schob den Ärmel ihres Catsuits über den Ellenbogen und strich ihr über den Unterarm. Meine Nägel glitten über die vier vertikalen Narben, Spuren der Schnitte, die sie sich vor vielen Jahren zugefügt hatte.

Sie betrachtete die Narben. «Neulich hast du mich gefragt, warum es mich nicht entsetzt, was die Menschen sich gegenseitig antun.»

Ich nickte.

«Falle ich auch unter die ärztliche Schweigepflicht, den Eid, den du abgelegt hast?»

«Ich glaube, unsere Beziehung sieht etwas anders aus als die zu meinen Patienten. Aber ich gebe dir mein Wort. Was du mir erzählst, bleibt unter uns.»

«Mein Onkel hat mich an seine Freunde verkauft.»

Einfach so. *Mein Onkel hat mich an seine Freunde verkauft*. Ich mußte mich zwingen, weiter mit den Nägeln über ihren Arm zu streichen.

«Ich war damals dreizehn. Meine Eltern hatten mich bei ihm gelassen, als sie für zwei Monate verreisen mußten.»

«Warum haben sie dich nicht mitgenommen?»

«Wegen der Schule. Sie waren bei General Electric in Lynn angestellt und sollten in New Jersey an einer Fortbildung oder so was teilnehmen. Ich war in der achten Klasse, und sie hielten es wohl für besser, wenn ich zu Hause blieb.»

«Aber es war nicht besser.»

«Nein.» Sie holte tief Luft. «Die ersten Wochen waren in Ordnung, aber dann wurde mein Onkel so ... so komisch. Er kam in mein Zimmer, wenn ich mich anzog, oder steckte den Kopf durch die Badezimmertür, wenn ich duschte. Immer hatte er eine faule Ausrede parat – er dachte, ich hätte ihn gerufen, oder er habe nicht gewußt, daß ich da drinnen war. Doch mir war klar, daß er log.»

«Hattest du Angst?»

«Das kam erst später.» Sie strich mit dem Finger über die Narben. «Er veranstaltete bei sich zu Hause Pokerabende für seine Arbeitskollegen. Jeden Dienstag kamen vier Mann.»

«Was haben sie beruflich gemacht?»

«Das habe ich vergessen. Warum?»

«Einfach so. Weil du dich an so viele Einzelheiten erinnerst.»

Sie rieb sich die Augen. «Irgendwas auf dem Bau. Wohnungsbau wahrscheinlich. Nein, ich glaube Straßen. Oder Brücken.»

Ich sah zur Tobin Bridge, die sich über den Mystic River spannte. Irgendwo am Horizont entdeckt man immer Spuren der Vergangenheit.

«Wenn sie spielten, tranken sie Unmengen, und dann wurden sie laut. Ich konnte nicht schlafen. Deshalb las ich im Bett, bis sie wieder gingen. Aber eines Abends war ich erkältet und furchtbar müde. Obwohl es schon nach Mitternacht war, lachten und grölten sie. Ich ging in die Küche, wollte meinen Onkel fragen, ob sie nicht ruhiger sein könnten.» Sie blinzelte in die Dunkelheit. «Es herrschte ein schreckliches Chaos, überall lagen Bierflaschen herum. Und auf dem Tisch ein Haufen Geldscheine.»

Vor meinem inneren Auge sah ich Rachel, wie sie nackt auf dem Laufsteg im Lynx Club tanzte und Geldscheine vom Boden aufsammelte.

«Sie verstummten auf einen Schlag und glotzten mich an. Ich war im Nachthemd. Mein Onkel fragte mich, was los sei, doch das konnte ich ihm ja nicht vor all den Männern sagen. Deshalb erklärte ich, ich sei durstig, nahm mir ein Glas Wasser und ging wieder ins Bett.»

Ich nickte.

«Ein paar Minuten später öffnete er die Tür zu meinem Zimmer. Weil das Licht vom Flur hereinfiel, konnte ich sein Gesicht kaum sehen, doch sein Blick war anders als zuvor. Als würde er mich nicht kennen. Als sei ich eine Sache, kein Mensch.»

«Hat er was gesagt?»

«Er hat mich nur angesehen und ist dann wieder rausgegangen. Ich dachte, er sei böse auf mich, weil ich in die Küche gekommen war. Eigentlich verstand ich nicht, warum, es sei denn, er wollte verhindern, daß meine Eltern von der Sauferei und dem Pokerspielen erfuhren. Ich versuchte zu schlafen. Aber dann ging die Tür wieder auf.»

Ich umschloß ihre Hand.

«Es war einer der anderen Männer. Ein Dicker mit langen schwarzen Koteletten. Er kam auf mich zu. Als ich mich aufsetzte, blieb er stehen. Es schien ihm peinlich zu sein.» Sie verdrehte die Augen. «Ich dachte, er sei aus Versehen in mein Zimmer gekommen, und sagte ihm, die Toilette sei am anderen Ende des Flurs.»

Ich schwieg.

«Er stand da, als hätte er mich nicht gehört. Dann sah ich meinen Onkel in der Tür stehen. Und er ... äh ...»

Ich ließ die Finger über ihren Arm gleiten.

«Er sagte: ‹Nun mach schon, Jimmy! Schließlich hast du dafür bezahlt.›»

Meine Augen füllten sich mit Tränen.

«Ich habe versucht, mich zu wehren, aber er war einfach zu stark. Also habe ich mich nicht mehr gerührt.»

«Was hättest du sonst auch tun können?»

«Dann kam einer nach dem anderen. Sie stanken alle nach Bier. Zum Schluß stank das ganze Zimmer.»

Ich kannte den Geruch aus dem Lynx Club. «Hat dein Onkel dich auch vergewaltigt?» fragte ich.

«Er hat zugesehen. Er war der Aufpasser.» Sie schluckte schwer. «Einer der Männer wollte mich mit einer Flasche bearbeiten. Mein Onkel hat ihm gesagt, das macht zehn Dollar extra.»

«Mit der ...»

«So ging das zwei Wochen ohne Pause.» Sie schüttelte den Kopf, dann zuckte sie die Achseln. «Und danach konnte mich nichts mehr überraschen.»

«Hast du es deinen Eltern erzählt?»

«Ja, ein paar Tage nach ihrer Rückkehr.»

«Und ...»

«Sie haben mir nicht geglaubt. Onkel Paul hatte sich bereits bei ihnen beklagt, ich hätte ihm keine Ruhe gelassen, grundlos in der Nacht geschrien. Außerdem hätte er mich erwischt, wie ich mit einem Jungen aus der Schule herumknutschte. Deshalb glaubten sie, ich hätte ein schlechtes Gewissen und bräuchte einen Sündenbock.» Sie strich sich über die Narben. «Irgendwann habe ich es dann so versucht.»

«Haben sie denn nicht dafür gesorgt, daß du Hilfe bekommst?»

«Sie brachten mich zu einem Psychiater.»

«Und hat der dir geglaubt?»

«Er hat mir Schlaftabletten verordnet. Vor allem aber suchte er bei mir ständig nach Anzeichen von Schizophrenie.»

Meine Kehle war wie zugeschnürt. «Wie furchtbar», sagte ich. «Hat dir denn niemand zugehört?»

«Ich habe dann nicht mehr darüber geredet. Der Psychiater wollte mich schon einweisen lassen. Er hat mich auf Thorazin gesetzt. Als ich dann endlich den Mund gehalten habe, dachte er, mein Zustand hätte sich gebessert.»

«Wo ist dein Onkel jetzt?»

«In Orlando. In Rente.»

Ich seufzte laut. «Die Schweinehunde kommen meist ungeschoren davon.»

«Die hatten halt früher ihr Päckchen zu tragen. Der Mensch ist nicht von Natur aus schlecht. Mein Onkel und seine Freunde haben nur den Schmerz weitergegeben, den andere ihnen zugefügt haben.»

«Diese Leute tun dir leid?»

«Wenn es mir gutgeht. Wenn ich mich schlecht fühle, möchte ich sie aufspüren und für alles, was sie mir angetan haben, büßen lassen. Das ist der schwerste Teil am Gesundwerden.»

«Was?»

«Sich klarzumachen, daß es eigentlich niemanden gibt, den man hassen kann.»

«Und die Tanzerei? Du hast gemeint, das gehört auch zum Gesundwerden.»

«Ich bin dabei nackt, aber wie gesagt, keiner darf mich anrühren. Ich bewege mich so frei, wie ich möchte. Die einzige Möglichkeit, die den Männern bleibt, ist – wie heute im Wäscheladen –, selbst Hand anzulegen.»

«Eine krasse Art, dich deiner Angst zu stellen.»

«Die Angst ist dabei wie verflogen. Du solltest es mal ausprobieren. Vielleicht kannst du dann nachts sogar schlafen.» Sie hob meine Hand an die Lippen und küßte sie. «Wovor hast du Angst?»

Ich brauchte einige Zeit, um darüber nachzudenken, und noch länger, bis ich soweit war, es auszusprechen. «Ich habe Angst vor dem Teil meiner Persönlichkeit, der sich an die Demütigungen in der Kindheit erinnert», sagte ich. «Dem Teil, der die Schritte meines Vaters auf der Treppe hört und das blindwütige Klatschen seines Gürtels auf meinem Körper.»

«Du siehst aber gar nicht verängstigt aus. Eher wütend.»

Und dann fiel es mir wieder ein, ganz unspektakulär, wie es so oft bei tiefen Erkenntnissen geschieht. «Am meisten fürchte ich wohl den Teil in mir, der immer noch so voller Wut ist, daß ich meinen Vater umbringen könnte.»

Sie schien sich zu entspannen. «Wie?» fragte sie.

«Was, wie?»

«Wie würdest du ihn umbringen?»

Ich kicherte verlegen wie ein kleiner Junge.

«Ich meine es ernst. Du kennst ja einige Mörder. Wie würdest du deinen Vater umbringen? Mit dem Messer? Mit einer Pistole?»

«Was weiß ich?» Ich mußte grinsen. «Und wie würdest du deinen Onkel umbringen?»

«Du willst also nicht als erster mit der Sprache rausrücken? Ist in Ordnung.» Sie schwieg einen Moment lang. «Ich würde ihn ans Bett ketten und vergiften. Dann würde ich dableiben, während es ihm immer dreckiger geht. In meiner Vorstellung hat er Kotze im

Gesicht und in den Haaren, und aus seinen Augenwinkeln sickert Blut. Bevor er seinen letzten Atemzug tut, schneide ich ihm die Pulsadern auf.»

«Ich würde den Gürtel nehmen», sagte ich. «Seinen Gürtel.» Ich stellte mir vor, wie der Lederriemen seinen Hals zuschnürte.

Sie beugte sich vor und strich mit den Fingern über den Nacken. «Hier.»

Ich nickte.

«Du würdest ihn zuziehen, bis dein Vater keine Luft mehr kriegt.»

Mein Herz schlug rascher.

«Auch noch, wenn er zusammensackt.»

Ich biß die Zähne zusammen. «Ich würde sogar weitermachen, wenn er mit den Händen seinen Hals umklammert, um sich zu befreien.» Fast wurde mir schwindlig. «Ich würde ihn durch die Gegend schleifen, bis er nur noch keucht. Dann würde ich den Gürtel lockern, damit er Luft bekommt. Aber nur ein paar Atemzüge lang, und dann ziehe ich den Riemen wieder zu.»

«Und du strangulierst ihn, bis er zu schreien versucht.»

«Das wäre mir egal.»

«Was ist, wenn er aufgibt? Wenn er sich hinsetzt und weint?»

«Das würde nichts ...» Plötzlich fiel mir ein, wie mein Vater nach seinem Besuch bei Dr. Henry Harris im Badezimmer geweint hatte. Ich schloß die Augen. «Ich würde ...»

«Sag es mir!»

«Ich würde ihn freilassen.» Es kam mir vor wie eine Niederlage.

Einen Moment lang herrschte Schweigen.

«Ich auch.»

Ich sah sie an. «Deinen Onkel?»

Sie nickte.

Wider Willen mußte ich lächeln. «Was würde das ändern? Du hast ihn ja schon vergiftet.»

«Stimmt.» Sie lachte. «Ich würde einen Krankenwagen rufen. Oder ihm ein Gegengift geben.»

«Weil er geweint hat.»

Sie nickte. «Wenn man seinen eigenen Schmerz zulassen, ihn

wirklich spüren kann, kann man andere nicht lange leiden sehen. Dazu müßte man ein Ungeheuer sein. Und ich habe mir geschworen, daß ich das nie werde.» Sie strich mir übers Haar. «Und du wirst das auch nicht.» Sie beugte sich vor und küßte mich.

Ich zog sie an mich, und unsere Lippen trafen sich. Sie nestelte an meinem Reißverschluß, und ich schob meine Hand zwischen ihre Beine, über die Oberschenkel, auf ihre feuchten Lippen. Dann drang ich mit den Fingern in sie ein. Sie seufzte, ließ sich zurücksinken und öffnete die Schenkel ein wenig. Ich schob ihren Rock hoch, und sie öffnete sich weiter. Ich kniete mich vor die Bank und küßte die weiche Wölbung zwischen Nabel und Scham. Dann hob ich sie auf und trug sie zum Bett. Sie sah mir zu, als ich mich langsam auszog. Sie wollte sich schon umdrehen, damit ich sie von hinten nehmen konnte, doch ich hielt sie zurück. Ich streichelte ihr übers Haar und fuhr die Linien ihres Gesichts nach. Und während wir uns ansahen, uns in die Augen schauten, nahm ich ihre Knie in die Hände und liebte sie, als sei es das erste Mal.

«Eines würde ich gern wissen», fragte Rachel später. «Warum liegst du hier bei mir und nicht bei deiner Freundin?»

Mit einem kurzen Räuspern machte ich mich auf eine Auseinandersetzung gefaßt.

Sie stützte sich auf den Ellenbogen. «Du wirkst nervös», stellte sie lächelnd fest. «Ich wollte damit nicht sagen, daß das falsch ist. Ich wundere mich nur, denn schließlich ist sie Ärztin und so. Ihr beide müßt viel gemeinsam haben.»

«Das haben wir auch», sprudelte es aus mir heraus. «Aber wir lieben uns nicht.» Ich hatte das Gefühl, mein Urteil abmildern zu müssen, doch ich wußte, es war die Wahrheit.

«Hat sie nichts dagegen, daß du hier bist?»

«O doch. Sie ist furchtbar besitzergreifend. Ich glaube, das ist auch der Grund, weshalb wir einander nie wirklich nahgekommen sind. Obwohl wir zusammenwohnen.»

«Wie geht das?»

«Ich glaube, unsere Angst war zu groß.» Ich überlegte. «Keine Ahnung, wie es kommt, daß sich Menschen zu einem bestimmten

Zeitpunkt und an einem bestimmten Ort öffnen. Obwohl es in meiner Praxis oft passiert, habe ich nie verstanden, warum.»

«Die Leute spüren, daß sie dir vertrauen können.»

«Aber nicht immer zu Recht.»

«Was soll das heißen?»

Ich erzählte ihr von Billy, vor allem von jenem letzten Telephongespräch, als er mir gesagt hatte, daß er mich brauchte.

«So einen Anruf kriegen nicht viele Ärzte.» Sie ließ die Finger über mein Gesicht gleiten. «Er wollte sich von dir verabschieden. Nur wußte er nicht wie.»

Es schnürte mir die Kehle zu.

«Man kann nicht jeden retten.»

«Obwohl du offensichtlich diesen Anspruch hast.»

«Ich fange einfach bei mir selbst an.» Sie legte den Kopf auf meine Brust. «Das solltest du auch tun. Die Gefühle zulassen, denen du ausweichst.»

«Die gute Frau Doktor Lloyd.» Ich schloß die Augen.

«Eigentlich müßte ich dir ein Honorar berechnen» flüsterte sie.

Um sechs Uhr morgens weckten mich die Sonnenstrahlen. Als ich die schlafende Rachel betrachtete, meinte ich, ein Lächeln auf ihren Lippen zu sehen. Ich war glücklich. Ich kniete mich neben sie, vergrub den Kopf in ihrem Haar und atmete tief, als ob ich sie in mich einsaugen könnte. Dann sammelte ich meine Kleider auf, zog mich an und ging zur Tür.

«Frank?» Sie gähnte.

Ich kehrte zum Bett zurück, setzte mich auf den Rand und nahm ihre Hand, die sie unter der Decke hervorstreckte.

«Wo willst du hin?» fragte sie, ohne die Augen zu öffnen.

«Nach Lynn.»

«Ist es noch nicht vorbei?»

«Nein.»

Für einige Sekunden döste sie ein; ihre Finger wurden schlaff, doch dann schlossen sie sich wieder fester um meine Hand. «Sieh dich vor.»

Ich wollte ihr sagen, daß ich sie liebte, doch mehr als einmal hatte ich diese Worte ausgesprochen, ohne sie ernst zu meinen. Sie hatten für mich an Wert verloren. So beugte ich mich nur vor und küßte sie auf die Stirn. Dann ging ich nach unten zum Rover.

Kurz darauf hatte ich Chelsea hinter mir gelassen. Ich fragte mich nicht, ob ich Rachel wiedersehen würde, denn das war einfach klar. Sie gehörte zu mir. Trotz meiner Müdigkeit, trotz meiner Sorgen, fühlte ich mich bei diesem Gedanken wie beflügelt. Zwar hatte ich unzählige Schläge eingesteckt, Unmengen Kokain geschnupft, mir Tragödien angehört und sie mitangesehen, und dennoch war ich offensichtlich noch nicht ganz am Ende. Noch konnte ein anderes Wesen durch das Labyrinth, in dem ich mich befand, zu mir vordringen. Und vielleicht würde ich so daraus entkommen können.

Doch das Hochgefühl, in dem ich mich befand, währte nicht lange. Kaum hatte ich die Stadtgrenze zwischen Revere und Lynn überquert, als ich hinter mir eine Polizeisirene hörte. Ich sah in den Rückspiegel und entdeckte Malloy am Steuer eines Streifenwagens. Ich hielt an. Er kam wenige Meter hinter mir zum Stehen, stieg aus und spuckte auf den Boden. In der Hand hielt er einen rosa leuchtenden Bogen, den ich nur allzugut kannte: das Formblatt, auf dem die Psychiater die Zwangseinweisung einer Person anordnen, die sich selbst oder anderen gefährlich werden könnte. Manchmal ließ die Polizei die Zwangseinweisung einleiten, damit ein Kleinkrimineller, den man für verrückt hielt, aus der Gefängniszelle in eine geschlossene Abteilung verlegt wurde. Ein Arzt mußte diese Verlegung mit seiner Unterschrift gutheißen. Ich überlegte mir, daß Malloy wohl zu faul gewesen war, den diensthabenden Psychiater des Stonehill Hospital aufzusuchen. Auf seinen stämmigen Beinen kam er auf mich zu, und ich ließ das Fenster herunter.

«Guten Morgen», meinte er grinsend.

«Jetzt tauchen Sie schon zum zweitenmal in meinem Rückspiegel auf. Verfolgen Sie mich etwa?»

«In gewisser Weise. Sie haben einen Kasten im Auto.»

«Einen was?»

«Einen Kasten. Das LoJack-Ortungssystem. Ich habe mir gedacht, ein so eleganter Schlitten wie Ihrer hat bestimmt einen Peilsender. Also brauchte ich mir bei der Zulassungsstelle lediglich Ihr Autokennzeichen geben zu lassen, und jetzt kann ich das Ortungssystem jederzeit von meinem Wagen aus aktivieren. Wenn Sie sich im Umkreis von fünfundsiebzig Kilometern befinden, sehe ich Ihren Standort auf der Karte.»

«Sie dürfen ein Auto doch nur verfolgen, wenn es als gestohlen gemeldet ist.»

«Im Ernst? Sie wollen mich wohl verkohlen.»

Ich starrte auf das Formular in seiner Hand. «Ich sollte dafür sorgen, daß Sie sich an den diensthabenden Arzt in der Notaufnahme wenden müssen», sagte ich.

«Dafür?» Er ließ den Bogen rascheln.

«Nein. Weil Sie beide ein tolles Paar abgeben würden.» Ich schüttelte den Kopf. «Natürlich dafür.»

«Es ist bereits unterschrieben», erklärte er. «Wir haben es auch nicht angefordert. Es stammt von einem gewissen Dr. Pearson aus Boston und wurde per Boten aufs Revier gebracht. Ein paar andere Städte haben es auch erhalten.»

«Pearson?» Das letztemal hatte ich Pearsons Unterschrift auf einem Brief aus seinem Ferienhaus in Cape Cod gesehen, in dem er mich drängte, meine Therapie fortzusetzen. Jetzt fürchtete ich, daß Lucas Pearson und das Programm für Ärzte in Not benutzen wollte, um der Strafverfolgung zu entgehen, sich der Fürsorge des Gesundheitssystems zu unterstellen und sich für unzurechnungsfähig erklären zu lassen.

«Sie möchten sicher einen Blick darauf werfen.» Malloy hielt mir den Bogen vor die Nase.

Ich starrte auf das Feld, das den Namen des Patienten enthielt, doch wo ich Lucas' Namen zu finden fürchtete, stand mein eigener. «Was, zum Teufel ...»

«Offensichtlich bin ich nicht der einzige, der glaubt, daß Sie Hilfe brauchen.»

Ein paar Zeilen darunter hatte Pearson die Begründung für die Zwangseinweisung aufgeführt: *Patient sprach von Selbstmordabsichten. Mehrere Suizidversuche in jüngster Zeit. Mißbrauch illegaler Drogen in der Vergangenheit. Akute Paranoia.*

Malloy faltete den Bogen zusammen und steckte ihn in seine Hemdtasche. «Wir müssen den Rover hier stehenlassen. Sie dürfen nicht fahren. Sonst steuern Sie die Kiste womöglich noch an einen Baum.»

«Ich fahre mit Ihnen nirgendwohin. Wo ist Emma Hancock?»

«Sie hat heute frei. Morgen wird Monique beerdigt. Und wenn sie jetzt hier neben mir im Streifenwagen säße, würde das auch nichts ändern, denn sie darf in dieses Verfahren nicht eingreifen. Gesetz ist Gesetz. Wir kriegen die Anordnung und suchen Sie. Basta!»

Ich wollte das automatische Fenster schließen, doch Malloy steckte seine unbehaarten Arme in den Zwischenraum. Als der Motor durchdrehte, nahm ich den Finger vom Knopf.

«Ich muß Sie ins Krankenhaus bringen. Wie ich das anstelle, bleibt mir überlassen.»

Kurz erwog ich, aufs Gaspedal zu treten, doch ich wußte, daß er recht hatte. Um mich einzufangen, konnte er so viele Streifenwagen anfordern, wie er brauchte, und eine Verfolgungsjagd erschien mir sinnlos. «Hören Sie», sagte ich, «tun Sie doch einfach so, als hätten Sie mich nicht gefunden. Lassen Sie mir ein paar Stunden, um die Sache zu klären. Das hier ist entweder ein schlechter Scherz oder noch was viel Schlimmeres.» Ich wies auf das Mobiltelephon. «Vielleicht erwische ich ja Pearson persönlich.»

«Laut dem Formular sind Sie im Begriff, sich was anzutun.» Achselzuckend blickte er die Straße entlang. «Persönlich finde ich die Idee ja gar nicht so schlecht. Wenn Sie beispielsweise meine Knarre nehmen und sich in den Mund stecken würden, könnte ich nichts dagegen tun.» Er öffnete den Lederriemen, mit dem seine Dienstwaffe im Holster gesichert war.

«Jetzt machen Sie schon wieder einen Fehler. Emma wird das gar nicht gefallen.»

«Ich tue nur meine Pflicht, und niemand kann mir etwas anhaben. Aber wissen Sie was? Ich nehme jede Disziplinarmaßnahme in Kauf, um Sie in der Klapsmühle schmoren zu sehen.»

Ich hatte nicht die geringste Ahnung, wer Ted Pearson dazu gebracht hatte, meine Einweisung anzuordnen, doch wenn ich neben Malloy in meinem Auto hocken blieb, würde ich das sicher nicht herausfinden. Also stieg ich aus dem Rover und ging zum Streifenwagen.

«Nach hinten», bellte er.
«Warum?»
«Weil ich das so will.»
Ich zwinkerte ihm zu. «Das braucht Ihnen doch nicht peinlich zu sein», sagte ich. Ich kletterte auf den Rücksitz, und wir ließen den Rover hinter uns. Wohin es ging, wußte ich, aber warum, war mir ein Rätsel.

Nels Clarke, der Allgemeinarzt, der in der Notaufnahme arbeitete, schaute weg, als er mich mit Malloy hereinkommen sah. Wir gingen zum psychiatrischen Untersuchungsraum hinter der Schwesternstation.
Elijah Randolph, ein beleibter schwarzer Pfleger von etwa dreißig Jahren, öffnete die Stahltür. Mit seinen Hängebacken, dem Bakkenbart und dem Overall sah er aus wie die Comicfigur Brutus. Wir hatten schon in der Notaufnahme zusammengearbeitet. «Hab mich heute extra für Sie feingemacht, Doc», sagte er grinsend. «Als Schwarzer hat man nicht oft die Gelegenheit, einen weißen Arzt bei seiner Einweisung zu begrüßen.»
«Dann viel Spaß dabei.» An der Schwelle stutzte ich, denn mein Blick war auf das Rollbett mit vier Lederriemen gefallen, das an der gegenüberliegenden Wand stand. Unzählige Male hatte ich meine Patienten in diesem Raum aufgesucht, doch nun, da ich wußte, daß die Tür hinter mir ins Schloß fallen würde, zögerte ich. Ohne zu wissen warum – oder vielleicht, weil er mit der Psychiatrie auf Kriegsfuß stand –, wandte ich mich zu Malloy um.
«Ihr Mundwerk hat Ihnen doch schon in ganz anderen Situationen geholfen», sagte er fast freundlich. «Warum also nicht auch hier?»
«Danke. Ich werde mein Bestes tun.» Dann holte ich noch einmal tief Luft und betrat den Raum.
Elijah schloß die Tür hinter mir. «Dieser Bulle gehört geschlachtet. Den erträgt man nur als Ochsen am Spieß.» Er setzte sich auf einen Stahlhocker.
«Eben habe ich zum erstenmal gemerkt, daß tatsächlich ein Mensch in ihm steckt.» Ich lehnte mich gegen das Rollbett. «Wissen Sie, warum man mich eingewiesen hat?»

«Es heißt, Sie sind verrückt.»

«Das weiß ich.»

«Wir alle wissen das. Warum sonst werden die Durchgeknallten hier drinnen mucksmäuschenstill, wenn Sie reinkommen? Man erzählt sich hier schon seit Jahren, daß Sie nicht ganz richtig im Kopf sind.»

«Gut, aber wer behauptet das jetzt auf dem Formblatt?»

Mit einem Blick durch das Sichtfenster überprüfte er, was sich in der Schwesternstation tat. Von dort aus konnte man mit Knopfdruck eine Gegensprechanlage zum Untersuchungsraum aktivieren. Doch in der Nähe der Konsole war niemand zu sehen. Elijah holte den Blutdruckmesser und legte mir die Nylonmanschette um den Arm. «Ich gehöre nicht zu den Leuten, die Tratsch verbreiten.»

«Natürlich nicht.»

Er kicherte, so daß sein Fett wabbelte. «Die Frauen verarschen uns seit Adam und Eva und der Geschichte mit dem Apfelkuchen, wenn Sie verstehen, was ich meine.» Er legte sein Stethoskop an. «So sollte das in der Bibel stehen: Mit dem Apfelkuchen fing das ganze Elend an.»

«Welche Frauen?»

«Wie? Sprechen Sie lauter!» Er hielt mir die Muschel des Stethoskops vors Gesicht wie ein Mikrophon.

«Warum sagen Sie ‹die Frauen›? Was haben Frauen damit zu tun, daß ich eingesperrt werde?» fragte ich.

Er hob warnend den Finger, dann pumpte er mit dem Gummiball die Blutdruckmanschette auf.

«Wollen Sie's mir nicht sagen?»

«Pssst.» Er starrte nach unten auf die Skala. Die Quecksilbersäule stieg. Als sie etwa 160 erreicht hatte, hörte er zu pumpen auf und öffnete ein Ventil, um die Luft langsam entweichen zu lassen. Bei 110 legte er es vollständig um. «Ein wenig zu hoch. Systolisch und diastolisch», sagte er. «Sind Sie etwa nervös?»

Ich funkelte ihn wütend an.

Prüfend sah er zur Glasscheibe. Eine Schwester beugte sich über die Konsole. Elijah riß mir die Manschette vom Arm und zog sich die Stethoskophörer aus den Ohren. Dann holte er ein elektronisches Thermometer aus seiner Tasche.

«Sagen Sie: ‹Ahhhh›!»

«Muß das sein?»

«Ahhh!»

Ich öffnete den Mund, und er schob mir das Thermometer hinein.

Mit einem kurzen Blick vergewisserte er sich, daß die Schwester wieder fortgegangen war. «Es heißt, Ihre Frau und Ihre Mutter haben sich zusammengetan. Sind vor Gericht gegangen, haben erzählt, Sie nehmen Drogen, wollen sich umbringen und sind sowieso hoffnungslos im Arsch. Der Richter hat dann das Programm für Ärzte in Not eingeschaltet, und schwups war das Formblatt unterschrieben.» Er nahm mir das Thermometer aus dem Mund und las die Digitalanzeige ab. «Das ist jedenfalls normal an Ihnen. 36,5, wie im Bilderbuch.»

Ich traute meinen Ohren nicht. «Sie sagen, daß Kathy und meine Mutter dafür verantwortlich sind?»

«Ich stand in der Nähe, als Nelson mit diesem Großkotz von Psychiater aus Boston telephoniert hat. Sie haben beraten, ob man Sie von hier aus in den Entzug einweisen soll.»

Der ärztlich angeordnete Entzug dauerte einen Monat und wurde gewöhnlich im Bridgewater State Hospital durchgeführt, das eher einem Gefängnis ähnelte als einem Krankenhaus. «Ich bin runter von dem Zeug», erklärte ich Elijah. «Sagen Sie Nelson, er soll mein Blut und meinen Urin untersuchen lassen. Ich bin clean.»

«Natürlich wird er meinen Expertenrat prompt befolgen», erwiderte Elijah. «Erklären Sie ihm das besser selbst. Ich werde ihn holen.» Er ging zur Tür, wandte sich aber dann noch einmal um. « Tut mir leid, ich muß Sie einschließen.»

Ich nickte. Die Tür fiel zu, und ich hörte, wie das Schloß einrastete. Ich beobachtete das Geschehen in der Notaufnahme, vor allem Nels Clarke, der immer wieder zu neuen Patienten eilte. Etwa eine Viertelstunde später verließ er eines der mit Vorhängen abgeteilten Kämmerchen, streifte sich die Gummihandschuhe ab und kam auf meine Tür zu. Ich hörte Schlüsselrasseln.

«Er ist brav wie ein Lamm, Dr. Clarke», sagte Elijah. «Ich warte draußen.»

Nels betrat den Raum. Er blieb in der Nähe der Tür. «Du siehst wütend aus», stellte er fest.

«Ich? Warum sollte ich wütend sein, Nels?»

«Ich habe das Formblatt nicht unterschrieben.»

«Das weiß ich. Es war Ted Pearson.»

«Ich würde dir gern helfen.»

«Gut. Dann erzähle mir erst einmal, warum ich hier eingesperrt bin. Wer zum Teufel steckt dahinter?»

Er nickte. «Hast du das Gefühl, man hat sich gegen dich verschworen?»

Offensichtlich hatte Nels einiges von mir gelernt. Ich holte tief Luft. «Nein. Ich finde von allen Seiten nur Unterstützung. Freie Fahrt und wundervolle Unterbringung. Kreuze also in deiner Liste bei Paranoia bitte das Nein-Kästchen an. Die nächsten beiden Fragen beziehen sich auf Stimmen und Visionen. Also los, fang schon an!»

Er räusperte sich. «Das ist für uns beide keine angenehme Situation.»

«Für uns beide? Soll ich dir vielleicht noch seelischen Beistand leisten? Ich bin derjenige, der gegen seinen Willen hierhergezerrt wurde.»

«Elijah hat dir doch bestimmt schon alles erzählt. Er stand neben mir, als der Anruf von Ted Pearson kam.»

Ich sah ihn durchdringend an. «Kathy und meine Mutter.»

«Von wem die Informationen stammen, ist vertraulich. Ich darf es weder bestätigen noch bestreiten.»

«Nels, überleg doch mal! Du weißt, daß Kathy und ich Probleme haben. Sie ist nicht unparteiisch, wenn sie meine Psyche beurteilt. Und meine Mutter freut sich über jede Gelegenheit, mir eins auszuwischen.»

Er seufzte laut auf. «Gut, nehmen wir mal an, die beiden haben den Ball ins Rollen gebracht. Was sollen wir denn deiner Meinung nach tun, wenn eine gute Freundin und eine Verwandte behaupten, dein Zustand sei kritisch? Sollen wir es ignorieren? Überleg mal,

Frank! Zumindest müssen wir nachprüfen, ob sie recht haben, ehe wir die Sache fallenlassen.» Er schwieg einen Augenblick. «Schließlich hast du da diese Schnitte am Handgelenk.»

Ich zog meinen Ärmel hoch und hielt den Arm ins Licht. «Das stammt von dem Vorfall mit William Westmoreland in der Gefängniszelle. Ich mußte ihn durch irgendwas daran hindern, daß er sich die Zunge abbeißt. Aber das habe ich dir doch erzählt, oder?»

«William ... ja, ich erinnere mich dunkel. Besonders ausführlich war dein Bericht nicht. Damals habe ich dir geglaubt.»

«Das kannst du auch jetzt noch. Frage Malloy! Er war dabei und hat es gesehen.»

«Vielleicht werde ich das.» Er blickte zu Boden. «Außerdem behaupten sie, du schnupfst Kokain. Große Mengen Kokain.»

«Ich habe geschnupft, in der Vergangenheitsform. Aber das ist jetzt vorbei. Du kannst mich untersuchen lassen. Kein Alkohol. Kein Kokain. Nichts dergleichen.»

Er sah mich wieder an. «Man hat Pearson berichtet, du wärst aus einem Fenster im ersten Stock gesprungen.»

«Wie bitte?»

«Du wärst angeturnt gewesen, hättest gebrüllt, du wolltest nicht mehr leben, und wärst aus dem Fenster gehüpft, ehe dich jemand aufhalten konnte. Aufgeschlagen wärst du mit der rechten Seite.»

«Meine ...»

«Kannst du mal dein Hemd hochziehen?»

«Nels, das ist doch albern!»

Er starrte auf meine rechte Körperseite.

«Offensichtlich habe ich Kathy stärker verletzt, als ich dachte. Das ist ein Komplott.»

«Du hast also das Gefühl ...»

«Herrgott noch mal, Nels!» Hinter meinen Schläfen pochte es.

Er tat einen Schritt auf die Tür zu.

Ich zwang mich zur Ruhe. «Wenn du unbedingt Analytiker spielen willst, solltest du nicht jeden Satz mit: ‹Du hast das Gefühl› anfangen. Bring mal ein bißchen Abwechslung rein und versuch es mit: ‹Hab ich richtig verstanden?›, oder: ‹Das heißt also›.» Ich atmete ein paarmal tief durch. «Gut, ich will es dir leichtmachen. Halten wir folgendes fest: Ich bin nicht paranoid, höre keine Stimmen, habe keine Visionen, rieche kein brennendes Fleisch, und über meine Eier krabbeln auch keine Spinnen. Ich bin weder gewalttätig noch selbstmordgefährdet. Wir sind in Lynn im Stonehill Hospital; es ist Donnerstag morgen, und der Präsident der Vereinigten Staaten heißt Bill Clinton. Und du bist dasselbe Arschloch wie immer.»

«Du kannst mich ruhig beleidigen. Aber eine körperliche Untersuchung muß ich in jedem Fall durchführen. Mach die Brust frei.»

Ich zog mir das Jeanshemd aus der Hose.

Nels zuckte zusammen.

Ich sah nach unten. Ein blau, schwarz und gelb gescheckter Bluterguß spannte sich über die Rippen, die beim Aufprall mit Trevor Lucas' Ferrari in Mitleidenschaft gezogen worden waren. «Das stammt von Lucas», erklärte ich. «Er hat mich angefahren.»

«Lucas sitzt im Gefängnis.»

«Ich weiß. Schließlich bin ich daran nicht unbeteiligt. Bevor er festgenommen wurde, hatten wir eine Auseinandersetzung.»

«Nun gut, jetzt hör mal zu. Laß uns ...»

«Jetzt fängst du schon wieder an zu salbadern. Ich habe dir doch schon gesagt, Kathy will es mir heimzahlen, weil ... weshalb weiß ich noch nicht genau. Aber das mit dem Bluterguß hat sie bestimmt von Lucas erfahren.»

«Die Trennung von Kathy muß schlimm für dich sein.»

Es gibt kaum etwas Gefährlicheres als unangebrachtes Mitgefühl. «Nels», setzte ich an, um Fassung bemüht. «Bleib lieber bei deinen Halsentzündungen. Du hast dich geirrt, wenn du glaubst, ich drehe durch. Weißt du, woher ich gerade komme?»

«Nein?»

«Gott sei Dank. Dann kann mich also noch nicht jeder mit dem LoJack-System orten.»

«Womit?»

«Vergiß es.»

Voller Sorge sah er mich an.

«Ich habe die Nacht bei einer Frau verbracht. Sie ist eine wunderschöne Tänzerin aus dem Lynx Club, mit einem tollen Arsch und langen Beinen und einem guten Herzen. Als wir uns gestern nacht geliebt haben, war ich so glücklich, daß ich keinen Gedanken an Kathy verschwendet habe. Es ging mir gut wie selten in meinem Leben.» Kaum hatte ich die letzten Worte ausgesprochen, fürchtete ich, ich könnte zu euphorisch klingen – Diagnose manisch-depressiv.

«Tja ... bringen wir die körperliche Untersuchung und den von dir vorgeschlagenen Blut- und Toxintest hinter uns, und warten wir auf Pearson. Ohne Unterschrift eines Psychiaters kann ich dich nicht entlassen, selbst wenn ich es wollte.»

«Pearson kommt hierher?» Wie peinlich, daß er mich in dieser Lage antreffen würde, besonders da er mir so etwas prophezeit hatte.

«Wenn ein Arzt eingewiesen wird, muß er von einem Psychiater untersucht werden. Und Pearson macht das immer selbst.»

«Dann hätte ich mich mit dir ja gar nicht herumzuplagen brauchen!» Ich schloß die Augen. «Wann will er kommen?»

«Schon bald.»

Nels führte die körperliche Untersuchung durch, nahm mir Blut ab und ließ sich eine Urinprobe geben. Ich legte mich auf das Rollbett, konnte jedoch nicht schlafen. Elijah brachte mir Kekse und ein paar Ausgaben der Zeitschrift *People*. Ich las einen langen Artikel über Scheidungen unter Prominenten wie Julia Roberts und Lyle Lovett. In einer älteren Ausgabe war das Photo einer Botschaft abgedruckt, die Michael Jackson an den Rest der Welt gerichtet hatte. Darin bat er die Öffentlichkeit um Verständnis, denn schließlich gebe er schon seit langem sein Herzblut – eine offensichtliche Anspielung auf Christus. Das wäre doch was: Jesus kehrt zurück als schwarzer Pop-Sänger, der sein Selbstbewußtsein mit Schönheitsoperationen aufrichtet und sich mit nackten Knaben vergnügt. Und unser Herr mit den Handschuhen erzählt seine Story dem Fernsehen, während man mich als Verrückten einsperrt. Das muß man sich mal vorstellen.

15

Freitag, 10:37

Durch das Sichtfenster beobachtete ich, wie Ted Pearson sich im Schwesternzimmer meldete. Seit unserer letzten Begegnung vor einigen Monaten hatte er sich überhaupt nicht verändert. Sein silbergraues Haar war ordentlich gekämmt, und er trug, elegant wie immer, eine anthrazitfarbene Hose, ein Hemd mit weißgrauen Nadelstreifen und eine rote Fliege. Mit seinen dunkelblauen Augen sah er sich gelassen im Raum um. Nachdem er etwas unterschrieben und einige Papiere durchgeblättert hatte, kam er auf meine Tür zu. Auf der Schwelle verbeugte er sich leicht in Richtung Elijah. Dann fiel die Tür hinter ihm ins Schloß.

Pearson betrachtete Decke und Wände, nickte nachdenklich und setzte sich schließlich auf den Hocker aus Edelstahl. Die Hände ineinander verschränkt, musterte er mich. «Also ...», sagte er endlich.

Ich spürte, wie ich mich entspannte, eine Wirkung, die Pearson schon immer auf mich gehabt hat. Ich ließ die Schultern sinken und verschränkte ebenfalls die Hände.

Pearson stellte das Hörgerät in seinem linken Ohr richtig ein. Es war neu. «Berufsrisiko», meinte er. «Wir überfordern unsere Ohren, indem wir uns ständig die Geschichten anderer Leute anhören.»

«Und Sie machen den Job schon länger als ich.»

«Seit etwa vierzig Jahren.» Er war mit seinem Hörgerät fertig. «Ich glaube, ich habe Ihnen noch gar nicht erzählt, daß ich in den Sechzigern eine kurze Zeit hier gearbeitet habe. Damals nannte man den Laden Lynns Lügnerclub.»

«Hier wird noch immer gelogen, daß sich die Balken biegen.»

Mit einem Zwinkern drehte er sich zum Sichtfenster um. «Die Notaufnahme ist inzwischen etwa vier- oder fünfmal so groß.»

Ich hatte keine besondere Lust, in Erinnerungen zu schwelgen. «Sie haben meine Zwangseinweisung unterschrieben», sagte ich ruhig.

Er wandte sich mir zu und schürzte die Lippen. «Mehr als das. Ich habe sie ausgestellt.»

«Warum?»

«Richter Stahl hat mir mitgeteilt, daß Menschen aus Ihrem Freundeskreis und Ihrer Familie sich große Sorgen um Sie machen. Außerdem habe ich persönlich mit diesen Leuten gesprochen.»

«Lassen Sie mich erst mal etwas klarstellen: Ich bin nicht selbstmordgefährdet. Daß ich aus dem Fenster gesprungen sein soll, ist schlichtweg lächerlich. Und von den Drogen bin ich los. Offenbar haben Kathy und meine Mutter Ihnen Märchen aufgetischt.»

«Vielleicht», räumte er ein und sah mich forschend an. «Allerdings war für mich offensichtlich, daß beide keine Ahnung haben, warum es Ihnen eigentlich schlechtgeht. Sicher stimmen Sie mir zu, daß das etwas zu bedeuten hat.» Er schwieg eine Weile. «Die beiden wollen nicht, daß Ihnen etwas zustößt. Sie brauchen Sie, und Sie erfüllen für sie eine Funktion. Trotzdem zeigt keine von ihnen auch nur das geringste Interesse daran, ob Sie ein glückliches Leben führen.»

Ich atmete tief durch. «Und was hat das mit meiner Zwangseinweisung zu tun?»

«Ich war nicht sicher, ob Ihnen selbst noch etwas am Leben liegt.»

«Keine Angst, das tut es.»

«Es freut mich, das zu hören.» Er nickte und spielte an seinem Manschettenknopf herum, einem goldenen Quadrat mit einer eingelegten Spirale aus Lapislazuli. «Wie haben Sie sich das mit dem Kokain weiter vorgestellt? Freud fand es übrigens ziemlich unbefriedigend.»

«Ich habe vor zwei Tagen aufgehört. Ich bin ...»

«... bestenfalls ganz am Anfang.» Er lächelte. Einige Sekunden vergingen. Dann wurde seine Miene ernst. «Frank, ich werde jetzt etwas tun, das ich noch nie zuvor getan habe.»

Mir wurde ziemlich mulmig. «Was haben Sie vor?»

«Gegen das Arztgeheimnis zu verstoßen.»

Ich wartete. Ich wußte nicht, worauf er hinauswollte.

«Ich habe Ihren Vater hier in dieser Klinik behandelt. Mehr als einmal.»

«Meinen Vater? Sie waren sein Arzt?»

«Ja. Aber da wäre noch etwas Wichtigeres: Ich erkenne ihn in Ihnen wieder.»

Ich schwieg.

«Meistens kam er hereingetorkelt und tobte, er werde sich in der Salem Station vor den Zug werfen. Er war betrunken. Immer dieselbe Geschichte.»

«Mein Großvater war Lokführer bei der alten Boston-and-Maine-Eisenbahngesellschaft. Die Salem Station war seine Dienststelle.»

«Aha. Davon hat Ihr Vater nie etwas gesagt. Schade.»

«Er hätte sich nie einem anderen Menschen anvertraut. Nicht einmal Ihnen. Niemandem. Das war nicht seine Art.»

«Es muß schwer gewesen sein, ihn zu lieben.»

Es schnürte mir die Kehle zu, so daß ich kein Wort herausbrachte.

«Sie waren dabei, in jener Nacht, als er sich tatsächlich auf die Schienen gelegt hat.»

«Was? Wann soll das gewesen sein? Ich kann mich nicht erinnern.»

«Sie waren acht Jahre alt. Kein Wunder, daß Sie dieses Erlebnis verdrängt haben.»

«Was ist geschehen?»

«Ihr Vater war wieder einmal betrunken. Er ist von einem menschenleeren Bahnsteig gesprungen und hat sich auf die Schienen gelegt.» Er hielt inne. «Da ich jetzt weiß, daß Ihr Großvater Eisenbahner war, tippe ich auf einen symbolischen Akt. Wahrscheinlich hat er mit diesem Mann die Hölle durchgemacht.» Er schüttelte den Kopf. «Aber er hätte sich statt eines Bahnhofs auch jeden anderen x-beliebigen Ort aussuchen können. Er wollte einfach nur schlafen. Für immer. Sein Schmerz hatte ihn zermürbt.» Pearson blickte zu Boden, nickte und sah mich an. «Und obwohl Sie erst acht Jahre alt waren und ihn sicher schon damals gehaßt haben, haben Sie ihn dennoch genug geliebt, um etwas Bemerkenswertes zu tun.»

Ich stellte mir vor, wie mein Vater bewußtlos auf den Gleisen lag, doch das Bild war sofort wieder verschwunden.

«Sie sind hinuntergeklettert und haben versucht, ihn raufzuziehen. Dabei haben Sie sein Hemd zerrissen. Sie sind gestolpert, haben sich die Knie aufgeschlagen und sich mit einer Glasscherbe schwer am Daumen verletzt.»

Ich musterte meinen linken Daumen. Seit ich denken konnte, hatte ich dort eine gezackte Narbe, die vom ersten Knöchel bis zum Handballen verlief. Woher sie stammte, wußte ich nicht, und ich hatte auch nie danach gefragt.

«Und als Sie ihn nicht raufziehen konnten, haben Sie um Hilfe geschrien. Ein Reinigungsmann von der Nachtschicht hat Sie beide gefunden und gerettet. Dann hat die Polizei Sie hierher in die Notaufnahme gebracht.»

«Und Sie waren da?»

«Richtig. Und jetzt sind wir beide wieder hier.»

Ich bekam eine Gänsehaut.

«Ich sage Ihnen jetzt dasselbe wie damals in jener Nacht Ihrem Vater», fuhr Pearson leise fort. «Ich kann Sie nicht daran hindern, sich kaputtzumachen. Das kann niemand, denn letztendlich liegt diese Entscheidung allein bei Ihnen.» Er stand auf und reichte mir die Hand.

Ich ergriff sie. Sie fühlte sich warm und weich an. «Wie geht es nun weiter?» wollte ich wissen.

«Gute Frage.» Wieder hielt er inne. «Es wäre mir immer noch eine Ehre, Ihnen bei der Suche nach der Antwort helfen zu können.»

Ich sah zu, wie Pearson ein paar Worte mit Nels wechselte. Da ständig Leute vorbeikamen und die Sicht versperrten und mir außerdem die Tränen in den Augen standen, konnte ich nicht feststellen, was zwischen den beiden ablief. Schließlich schüttelten sie einander die Hand, und Pearson verließ den Raum.

Kurz darauf betrat Nels mein Zimmer. «Ich muß dich noch mal fragen: Besteht wirklich keine Möglichkeit, daß du dir was antust?»

«Absolut keine.»

«Null Prozent Wahrscheinlichkeit?»

«Null.»

«In Ordnung.»

«War es das? Darf ich gehen?»

«Du bist ein freier Mann. Pears sagt, wir können dich nicht festhalten. Dein Urin- und dein Bluttest waren negativ, und du behauptest, daß du nicht vorhast, dich umzubringen. Also wäre alles erledigt.» Er zog eine Karte aus der Tasche seines Laborkittels. «Ich soll dir das hier geben.»

Ich nahm die Karte. Darauf stand Ted Pearsons Name in schlichten schwarzen Buchstaben und darunter seine Telephonnummer. Ich drehte die Karte um. Auf die Rückseite hatte er ein Rilke-Zitat geschrieben: *Jeder Schrecken braucht unsere Liebe*.

Ich steckte die Karte ein.

«Noch sauer?» fragte Nels.

«Wird von Tag zu Tag besser», antwortete ich.

Als ich in den Empfangsbereich kam, sah ich Elijah, der mit der Rezeptionistin flirtete, einer hübschen Blondine namens Jackie. Ich ging zu ihnen hinüber.

«Wenn das kein Grund zur Freude ist! Eines schönen Tages werden wir hoffentlich alle unsere Freiheit bekommen», begrüßte mich Elijah mit dröhnender Stimme.

«Hallo, Frank», sagte Jackie.

«Hallo.» Ich nickte ihr zu.

Sie legte den Kopf schief und musterte mich. «Wie schaffen Sie es nur immer wieder, sich in Schwierigkeiten zu bringen?»

Elijah blickte zwischen uns hin und her. «Soll ich den Empfang übernehmen, damit ihr beiden euch in ein Behandlungszimmer zurückziehen könnt?»

Jackie kicherte.

Ich legte Elijah die Hand auf die breite Schulter. «Danke, daß Sie mir da drinnen geholfen haben. War wirklich nett von Ihnen.»

«Gern geschehen.»

«Da wäre noch was.»

«Schießen Sie los.»

Ich griff in die Jackentasche, holte mein Taschenmesser heraus und klappte es auf. «Sie haben mich nicht durchsucht, bevor Sie mich eingesperrt haben. Diesmal war es egal, aber der nächste Typ könnte Ihnen ein Auge ausstechen. Oder Ihnen sonst was Wichtiges abschneiden.» Ich warf einen vielsagenden Blick auf die Wölbung zwischen seinen Beinen. «Nur ein Tip, weil Sie sich solche Mühe gemacht haben.»

«Danke, werd ich mir merken.»

Ich stieß spielerisch mit dem Messer nach seinem Arm.

Er sah mich zweifelnd an. «Sind Sie wirklich sicher, daß Sie nicht doch entwischt sind?»

«Mit knapper Not.»

Wir schüttelten uns die Hand.

«Wo wollen sie jetzt hin?» fragte er.

«Rauf in die Gynäkologie.»

Er kicherte. «Und ausgerechnet Sie sagen mir, ich soll besser aufpassen.»

Kathy war nicht in ihrem Büro. Kris, ihre Sekretärin, informierte mich, sie sei zu spät gekommen und sofort in den Kreißsaal gegangen. Ich fuhr mit dem Personalaufzug zwei Stockwerke höher in den Aufenthaltsraum der Ärzte. Niemand war da, aber Kathys schwarze Ledertasche stand vor ihrem Spind. Hinter einer Doppeltür lag der Beobachtungsraum, von dem aus man den Kreißsaal im Blick hatte. Da kein Licht brannte, tastete ich mich an den Sitzen am Mittelgang entlang bis nach vorne zu der schräg zulaufenden Glasscheibe.

Offenbar war das Ärzteteam mit einem schwierigen Fall beschäftigt. Normalerweise döste der Anästhesist auf seinem Stuhl vor sich hin, doch heute stand er da und überprüfte die Ventile. Die OP-Schwester legte hektisch verschiedene Instrumente auf einem Tablett neben der Patientin aus. Kathy, die zwischen den Beinen der Frau gestanden hatte, trat nun zur Seite.

Ich betrachtete den nackten Unterleib der Bewußtlosen und dann Kathy, die ihr den Bauch mit Betadine einrieb. Die rubinrote Flüssigkeit breitete sich aus und rann der Frau zwischen den Schenkeln hinab. Als Psychotherapeut hatte ich mich in meinem Element gefühlt, wenn ich mich bemühte, den Heilungsprozeß voranzutreiben. Geduldig hatte ich monate- oder gar jahrelang die Wahrheit aus meinen Patienten herausgelockt. Meine Behandlungsziele waren subjektiv, die Genesung war häufig Ansichtssache. Kathys Arbeit hingegen hatte etwas Eindeutiges: Sie half, neues Leben zu gebären, wenn der Zeitpunkt der Entbindung da war, und setzte dazu alle nötigen Mittel ein. Bereitete es ihr deshalb keine Probleme, sich derart heftig in mein Leben einzumischen?

Der Anästhesist arbeitete nun schneller. Seine OP-Maske wölbte sich, als er ängstliche Worte hervorstieß.

Ich dachte wieder an Kathys Schwester, die bei dem Brand umgekommen war, der auch das Zuhause der Familie zerstört hatte. Gab es ein Drama, das sich besser mit der Szene vergleichen ließ, deren Zeuge ich nun wurde? Ein Kind schwebte in Gefahr, war wahrscheinlich im Begriff zu ersticken. Das Kind war *drinnen* und mußte *raus*. Nur daß Kathy diesmal über das Wissen und die Geistesgegenwart verfügte, es zu retten.

Ohne zu zögern, nahm sie das Skalpell vom Instrumententablett und machte unterhalb des Nabels der Frau einen gut zwanzig Zentimeter langen, diagonalen Schnitt. Nachdem sie die darunterliegenden Gewebeschichten durchtrennt hatte, griff sie mit beiden Händen in die Öffnung. Als sie sie kurz darauf wieder herauszog, zappelte ein blutverschmiertes, schreiendes Baby darin.

Ich ging die Stufen hinauf und kehrte in den Aufenthaltsraum zurück, um auf Kathy zu warten. Es dauerte nicht lang, bis sie hereinkam. Als sie mich auf der Bank vor ihrem Spind entdeckte, erstarrte sie.

Achselzuckend stand ich auf. «Ich bin in der Notaufnahme untersucht und für zurechnungsfähig erklärt worden.»

«Ärzte sind nicht unfehlbar.»

«Gilt das auch für dich?»

«Klar. Aber nicht in deinem Fall.»

«Hat Trevor dir diesen Floh ins Ohr gesetzt?»

«Er hat zur Zeit wichtigere Sorgen. Schließlich droht ihm lebenslänglich.» Sie wollte an mir vorbei, um ihre Sachen zu holen.

Ich packte sie am Arm.

«Laß mich los!» Vergeblich versuchte sie sich zu befreien. Dann holte sie tief Luft und schloß die Augen. «Du hast doch nicht gedacht, daß ich untätig zusehe, wie du dich mit deiner kleinen Nutte amüsierst.»

«Wie bitte?»

«Hast du wirklich geglaubt, ich lasse dir diesen Mist noch einmal durchgehen? Bin ich nicht schon genug gedemütigt worden?»

«Du hast es also nur aus Eifersucht getan?»

«Ich würde es eher Erniedrigung nennen.»

«Und du hast mich zwangseinweisen lassen, um es mir heimzuzahlen?»

Sie schüttelte den Kopf. «Kapierst du es denn immer noch nicht?» stieß sie hervor. «Du bist vollkommen durchgeknallt. Man muß dich einsperren, um dich vor dir selbst zu schützen.»

«Nein, das kapier ich wirklich nicht.»

Kopfschüttelnd wandte sie sich ab. «Es spielt auch gar keine Rolle mehr.» Sie drängte sich an mir vorbei zu ihrem Spind.

Ich ging zum Aufzug und drückte den ABWÄRTS-Knopf. Die Tür öffnete sich. Bevor ich eintrat, drehte ich mich noch einmal um. Kathy wandte mir weiter den Rücken zu. «Du kannst deine Sachen jederzeit bei mir abholen», meinte ich. «Und gib mir den Schlüssel zurück.»

Ich ließ mich von einem Taxi zum Rover bringen und fuhr heim nach Marblehead. Ich brauchte ein wenig Ruhe, um meine Gedanken zu ordnen. Dutzende von Menschen hatte ich schon dazu gedrängt, ihre Angehörigen per Gerichtsbeschluß in die Entzugsklinik einweisen zu lassen. Und etwas in mir wollte immer noch glauben, daß Kathy die Zwangseinweisung aus lauter Sorge um mich eingeleitet hatte, auch wenn es ein Schritt in die falsche Richtung gewesen war. Allerdings ließ sich diese Deutung ihrer Motive nur schwer mit der abgrundtiefen Eifersucht vereinbaren, die ich in ihrem Gesicht gelesen hatte. Ich mußte sie beim Wort nehmen: Sie war in ihrer Wut zum Gericht gelaufen, um mich kleinzukriegen.

Ich holte eine Marlboro aus dem Handschuhfach, zündete sie an, nahm einen tiefen Zug und behielt den Rauch so lange wie möglich in der Lunge.

Warum also scheute ich noch immer davor zurück, ihre Sachen zu packen? Die Antwort darauf war dieselbe, die ich meinen Patienten gegeben hatte, wenn sie sich fragten, warum sie von einer zerstörerischen Beziehung einfach nicht loskamen: Als Kind war ich nicht geliebt, sondern unterdrückt worden. Ich war, wie einer meiner Professoren es formuliert hatte, an einem vertrauten Ort ein Fremder geblieben. Kein Wunder, daß Kathy und meine Mutter sich miteinander verbündet hatten.

Doch ich hatte ebenfalls meinen Teil zu dieser Misere beigetragen. Schließlich wußte ich, daß ein Mädchen, das sein Zuhause und seine kleine Schwester verliert, eine Todesangst vor jeglicher Form von Unordnung entwickeln kann. Außerdem war mir klar, daß eine Tragödie dieses Ausmaßes möglicherweise zu dem Wunsch führte, den Lebenspartner ganz und gar zu besitzen. Dennoch hatte ich Kathy nie wirklich Sicherheit vermittelt. Und ich hatte mich nie gründlich genug mit ihrer Vergangenheit beschäftigt, um ihr zu helfen, ihre Ängste zu überwinden. Weit gefehlt – ich hatte sie festgehalten, wenn sie einen Wutanfall bekam, und sie gebändigt, bis ihr Gefühlsausbruch verebbte.

Die Wahrheit war, daß Kathy und ich einander nie das gegeben hatten, was Rachel mir gab. Sie hatte mir die Chance eröffnet, mich der Trauer und dem Zorn in meinem Herzen zu stellen und sie dadurch zu lindern. Warum bekam man diese Art von Unterstützung nur so selten?

Ich zog noch einmal kräftig an meiner Zigarette und ging vom Gas, als ich das neue Schild an der Ortsgrenze von Lynn passierte. LYNN. STADT DER SIEGER, stand darauf. Ich lächelte. Dieser Slogan gehörte zu der Kampagne der Stadtentwicklungskommission, die Lynn aufmöbeln wollte. Wir, die wir in diesen heruntergekommenen Straßen aufgewachsen waren, wußten, wie der Spruch richtig lauten mußte: Lynn, Stadt des Verfalls, die jedem Menschen ihren Stempel aufdrückte.

Ich warf die Kippe aus dem Fenster, bog in die Atlantic Avenue ein und fuhr dann nach rechts in die Preston Beach Road. Eine

Weile blieb ich in der Auffahrt im Auto sitzen. Irgend etwas stimmte nicht, obwohl ich nicht gleich begriff, was es war. Doch als ich weiter zu meinem Haus hinüberblickte, fiel es mir wie Schuppen von den Augen.

Die Eingangstür stand einen Spalt weit offen. In der letzten Nacht hatte ich nicht zu Hause geschlafen, und ich konnte mich nur noch dunkel daran erinnern, daß ich mit Levitsky weggefahren war, um Emma Hancock zu suchen. Vielleicht hatte ich die Tür ja nicht richtig zugemacht. Schließlich war es schon öfter passiert, daß der Wind vom Meer her sie wieder aufgedrückt hatte. Aber ganz wohl war mir immer noch nicht. Ich tastete zwischen den Sitzen nach dem mit Fell überzogenen Griff meines Jagdmessers, doch es war nicht da. Also stieg ich aus und kauerte mich hinter das Auto, ohne dabei das Haus aus den Augen zu lassen. Wieder griff ich unter den Sitz. Nichts. Ich untersuchte die Fußmatten. Kein Glück. Wahrscheinlich hatte sich ein Langfinger den Rover vorgenommen, nachdem ich ihn am Straßenrand geparkt hatte, und den einzigen Gegenstand geklaut, der nicht festgeschraubt war. Möglicherweise war Malloy auch zurückgekommen, um alle Waffen zu beschlagnahmen, mit denen ich mich hätte umbringen können – oder ihn. Ich stand auf. Mein Taschenmesser hatte ich zwar noch, aber damit konnte ich den Einbrecher höchstens von einem eingewachsenen Fingernagel befreien.

Ich öffnete vorsichtig den Kofferraum und holte den Kreuzschlüssel heraus. Dann ging ich den gepflasterten Weg zu meiner Tür hinauf, wobei ich absichtlich so laut wie möglich mit den Füßen schlurfte. Falls sich jemand im Haus befand, der gerade die Bilder von den Wänden nahm, wollte ich ihm die Gelegenheit geben zu verschwinden. Gegen Diebstahl war ich ja versichert und sah deshalb keinen Grund, warum er und ich unser Leben aufs Spiel setzen sollten. Ich läutete dreimal und rief laut «Hallo!» Keine Antwort. Also ging ich hinein.

Drinnen herrschte Verwüstung. Ein Bein des umgestürzten Couchtisches war abgebrochen. Die Vorhänge waren zum Großteil heruntergezerrt worden, und Kathys Sammlung bunter Glasherzen lag in tausend Scherben neben der Wand. Kleine Dellen im Putz zeigten, wo sie aufgeprallt waren. Die Ölgemälde hingen noch, aber jemand hatte mein Lieblingsbild – die untergehende Titanic – aufgeschlitzt. Als ich mich weiter vortastete, bemerkte ich, daß eines der Polster des Sofas zerschnitten war. Das Telephon stand mit herausgerissener Schnur auf dem Boden. Wie erstarrt lauschte ich, ob sich oben etwas regte. Doch ich hörte nur das ferne Tosen der Brandung.

Aber etwas anderes hatte ich auch nicht erwartet. Das hier war nicht das Werk eines Fremden. Offenbar hatte Kathy wieder einen ihrer Wutanfälle gehabt, und ich war nicht dagewesen, um sie zu bremsen. Wahrscheinlich war sie nachts zurückgekehrt, um mit mir zu reden. Ich stellte mir vor, wie sie auf mich gewartet hatte und von Stunde zu Stunde zorniger geworden war, bis sie schließlich begriff, daß ich nicht mehr nach Hause kommen würde. Und dann ...

Ich legte den Kreuzschlüssel aufs Sofa und ging nach oben.

Ich hatte gehofft, Kathy hätte ihre Zerstörungswut aufs Erdgeschoß beschränkt, aber auf dem Treppenabsatz im ersten Stock wurde ich eines Besseren belehrt. Zerschmetterte Vasen lagen im Flur. Eine Collage aus welken Blumen und Wasserflecken prangte an den Wänden und auf dem orientalischen Läufer.

Im Schlafzimmer sah es noch schlimmer aus als im Wohnzimmer. Die Eichenkommode war umgestürzt, der Spiegel am Schminktisch war zerbrochen. An der Tür bückte ich mich und hob ein mit Spitzen besetztes Kissen aus weißem Satin auf, das ich Kathy zum Valentinstag geschenkt hatte. Es roch versengt. Als ich es umdrehte, stellte ich fest, daß die eingestickten Worte SÜSSE TRÄUME, ICH LIEBE DICH weggebrannt worden waren. Vielleicht hatte sie es angezündet, ins Zimmer geworfen und gehofft, das ganze Haus würde in Flammen aufgehen.

Das Arbeitszimmer wirkte einigermaßen unversehrt. Nur Kathys Trixie-Beldon-Bücher lagen auf dem Boden verstreut. Die Hausbar im Art-déco-Stil stand offen, einer der verchromten Cognacschwenker fehlte. Ich entdeckte ihn auf dem Beistelltisch neben dem Ohrensessel und schnupperte daran. Er roch nach Gin. Kathy trank nur sehr selten Alkohol. Vielleicht waren ja ein paar kräftige

Schlucke der Auslöser für ihren Tobsuchtsanfall gewesen. Auf dem Sessel lag der erste Band ihrer Trixie-Sammlung. Der Buchrücken war eingerissen, und als ich das Buch zur Hand nahm, öffnete es sich ganz von allein bei Kapitel 19. Ich fing an zu lesen:

Trixie rieb sich wieder die Augen. Ein weißer Nebel waberte um das Dach der Villa, aber als Trixie näher hinsah, war er verschwunden. Doch bei einem neuerlichen Windstoß aus dem Tal stieg an einer Seite des Hauses ein fahl schimmerndes Gebilde auf ...

Wie ein Gespenst, dachte sie mit einem ängstlichen Kichern. Wahrscheinlich liegt es nur am Mondlicht und daran, daß ich so müde bin. Sie wollte schon wieder zu Bett gehen, als es ihr einfiel und ihr Herz einen Satz machte ...

«Das ist kein Gespenst!» schrie sie und eilte zurück zum Fenster. «Sondern Rauch ... Die Villa brennt!»

Ich schüttelte den Kopf. Angesichts des verkohlten Kissens und Kathys Lektüre konnte ich wirklich von Glück reden, daß das Haus noch stand. Ich fragte mich, wo sie gewesen war, als sie die Nerven verloren hatte – nicht körperlich, sondern psychisch. Hatte sie sich als erwachsene Frau, als Ärztin gefühlt, die ihr Leben im Griff hatte? Oder als Zwölfjährige, die hilflos mitansehen mußte, wie die Flammen ihre Schwester verschlangen?

Ich hob ein paar der Bücher auf und stellte sie zurück ins Regal. Als ich mich wieder bückte, entdeckte ich ein zerknittertes Stück Papier am Fuß der Stehlampe und griff danach. Es war ein Blatt aus einem Schulheft mit rosafarbener Linierung, wie die Mädchen sie in meiner Schulzeit benutzt hatten. Die Handschrift wirkte ebenfalls kindlich – große, schräge Buchstaben mit Herzchen anstelle von I-Punkten und eine Unmenge Ausrufezeichen. Am gelblichen Falz erkannte ich, daß das Blatt vor langer Zeit zusammengefaltet worden war, vielleicht damit es in den Umschlag eines der Bücher paßte. Der Text lautete:

Daddy –
Ich dachte, daß Du mich liebst! Aber Du liebst Blaire mehr als mich!

Ich habe gesehen, wie Du heute nacht in ihr Zimmer gegangen bist. Ich habe lange überlegt, was der Grund sein könnte. Liegt es daran, daß ich jetzt meine Tage habe? Ich kann nichts dagegen tun! Es ist nicht meine Schuld! Warum werde ich dafür bestraft?

Ich hasse sie!

Bitte, gib mir noch eine Chance.

In Liebe.

Maus (weißt du noch?)

PS: Blaire kann kein Geheimnis für sich behalten!

Meine Hand zitterte. Ich sank in den Ohrensessel, legte das Blatt Papier auf den Beistelltisch und starrte durchs Fenster.

Insgesamt hatte ich kaum zwölf Stunden mit Jack Singleton, Kathys Vater, verbracht. Er war ein recht gutaussehender, wenn auch etwas schmächtiger Mann, der in der Textilbranche ein Vermögen verdient hatte. Er stellte den dichtgewebten Stoff her, mit dem man Mäntel, Hosenbünde und manchmal auch Hemdkragen füttert. Ich hatte gewitzelt, daß man wohl nur in unserem großartigen Land mit einer Sache, an die der Verbraucher keinen Gedanken verschwendete – falls er überhaupt jemals davon gehört hatte –, reich werden konnte. Er hatte darüber gelacht, allerdings etwas gezwungen. Doch ich war froh gewesen, da er nur selten lachte. Vor unserer ersten Begegnung hatte Kathy mich gewarnt, er habe den Tod seiner jüngeren Tochter nie verwunden. Dies schien zu erklären, warum er Kathy so abweisend behandelte. Manche Eltern verhätscheln nach dem Tod eines Geschwisters das überlebende Kind. Andere ziehen sich zurück, als befürchteten sie einen weiteren Verlust, wenn sie ihre Liebe offen zeigen würden.

Aber der wirkliche Hintergrund dieses Wechselspiels zwischen Nähe und Distanz war mir entgangen. Jack Singleton hatte seine Töchter auf die intimste Weise mißbraucht, die überhaupt möglich war. Vielleicht war er nicht sicher, ob Kathy sich an diese traumatische Erfahrung erinnerte oder sie verdrängt hatte. Und offenbar lag ihm auch nicht sehr viel daran, das herauszufinden.

Ich schenkte mir einen Scotch ein und schlenderte ziellos durch die Zimmer. Am liebsten hätte ich Kathy angepiepst und ihr gesagt, daß ich sie verstand und daß ich mich ihr nun seltsamerweise näher fühlte als je zuvor.

Kurz darauf läutete das Telephon. Da ich schon immer davon überzeugt gewesen bin, daß Menschen auf verschiedenen Wegen zum selben Punkt gelangen können, rannte ich ins Schlafzimmer, hob ab und hoffte, daß sie am Apparat sein würde. «Frank», meldete ich mich.

«Gut, daß ich dich erreiche», entgegnete Paulson Levitsky. Sein Tonfall war ernst.

«Was ist denn passiert?»

«Eine ganze Menge.»

Ich stellte mein Glas weg. «Schieß los.»

«Die vierte Leiche wurde eingeliefert. Vor etwa einer Stunde.»

«Oh, Gott, nein!» Mein Herz klopfte. «Männlich oder weiblich?»

«Weiblich.»

Ich holte tief Luft. «Dieselbe Vorgehensweise?»

«Nicht ganz. Außerdem ist die Leiche teilweise verkohlt. Aber die Brüste fehlen, und die Scham wurde rasiert.»

«Wissen wir, wer sie ist?»

«Wieder eine Tänzerin.»

«Auch aus dem Lynx Club?»

«Sie hat dort gearbeitet. Gewohnt hat sie in Chelsea. Wegen der laufenden Ermittlungen habe ich sie auf den Tisch gekriegt.»

Alles verschwamm mir vor den Augen, und meine Beine fühlten sich auf einmal bleischwer an. «Wo in Chelsea?»

«Irgendwo am Hafen, glaube ich. Die Feuerwehr hat sie gefunden, als es ihr endlich gelang, ins Gebäude einzudringen. Die gesamte obere Etage brannte. Wahrscheinlich hatte unser Täter keine Lust mehr, die Leichenteile zu vergraben.»

Mir war, als würde ich gleich ohnmächtig werden. Ich setzte mich auf den Boden und lehnte mich ans Bett. «Weißt du ihren Namen?»

«Lloyd.»

«Rachel Lloyd?»

«Richtig. Rachel Lloyd. Kennst du etwa jede Stripperin in diesem Laden?»

«Ich war ...»

«... großzügig mit den Trinkgeldern; kann ich mir denken. Hör mal, da wäre noch etwas: Es war nicht dieselbe Waffe. Diesmal hat er eine längere Klinge benutzt.»

«Wie kommst du darauf?»

«Ich kann an den Schnittstellen keine Gewebeschichten feststellen. Diesmal haben wir es mit glatten, etwa fünfzehn Zentimeter langen Einschnitten zu tun. Außerdem gibt es keine fibrösen Gewebeveränderungen an den Wundrändern. Allerdings muß ich eine Menge sekundärer Faktoren in Betracht ziehen – zum Beispiel Verflüssigung durch die Hitze. Aber ich würde sagen, wenn sie Brustimplantate hatte, hat sie sich diese erst vor kurzem einsetzen lassen.» Er hielt inne. «Bist du noch dran?»

«Sie hatte keine Implantate.»

«Ach, beinahe hätte ich's vergessen – du hast ja ein pornographisches Gedächtnis. War sie rasiert?»

«Nicht völlig.»

«Was für Klamotten hat sie getragen?»

«Warum?»

«Ich habe auf der Haut in der Nähe der Wunden ein paar borstige Haare gefunden. Tierhaare. Hatte sie einen Pelzmantel oder so was?»

Ich mußte an den Griff meines Jagdmessers denken. «Ich weiß nicht mehr.»

«Das hätte ich mir gleich denken können. Du erinnerst dich nur an das, was du siehst, nachdem sie sich ausgezogen haben.»

«Was sagt die Hancock dazu?»

«Die Frau Bürgermeisterin beharrt darauf, daß dieser Mord nichts mit den anderen zu tun hat. Zuwenig Übereinstimmungen, meint sie. Und Malloy hat bereits einen Blick in Lucas' Unterlagen geworfen. Die Lloyd war nicht bei ihm Patientin. All das paßt natürlich großartig in Hancocks Pläne, was ihre politische Karriere betrifft. Bald haben wir Wahlen, und sie kann sich damit brüsten, daß sie den Psychopathen von Lynn geschnappt hat. Auf die Stimmen aus Chelsea ist sie nicht angewiesen.»

«Was hältst du davon?»

«Ich denke, es ist derselbe Täter. Alle vier Leichen weisen Verstümmelungen an den Geschlechtsorganen auf. Drei der Opfer waren Lucas' Patientinnen, und zwei von ihnen haben im gleichen Laden gearbeitet. Wenn du mich fragst, handelt es sich um einen sehr beschränkten Personenkreis.» Er holte tief Luft. «Natürlich ist es möglich – wenn auch nicht sehr wahrscheinlich –, daß Lucas die ersten beiden umgebracht hat und ein phantasiebegabter Verrückter in seine Fußstapfen getreten ist. Das würde auch erklären, warum es immer wieder Abweichungen gibt.»

«Okay.»

«Was ist okay?»

Alles um mich herum schien in einen Dunstschleier gehüllt. «Ich rufe dich an, wenn ich etwas rauskriege.» Meine Stimme hörte sich wie die eines Fremden an.

«Du klingst aber nicht gut. Hast du was? Du nimmst doch nicht etwa wieder dieses Teufelszeug? Jetzt ist nicht der richtige Zeitpunkt, um dir das Hirn zuzunebeln.»

«Nein, nein, ich bin völlig klar im Kopf.» Ich legte auf.

Dann saß ich da und schaukelte langsam hin und her. Wie gerne hätte ich geweint, aber ich konnte es nicht, was die Leere in mir noch schlimmer machte. Tot. Das war das Gefühl, das Menschen dazu bringt, sich selbst zu verstümmeln, um das schwarze Vakuum der Seele mit dicker, roter Flüssigkeit zu füllen. Ich ging zur Hausbar, nahm eine verchromte Flasche und kippte einen ordentlichen Schluck des Inhalts herunter, der sich als Bourbon entpuppte. Dann schleuderte ich die Flasche gegen die Wand. Ich ekelte mich vor mir selbst, weil ich meine Trauer betäuben wollte. Da ich mich noch immer nicht besser fühlte, packte ich die Bar mit beiden Händen und kippte das ganze Ding um. Flaschen und Gläser fielen krachend zu Boden. Ein halbes Dutzend Alkoholbäche rann ineinander und versickerte schließlich in den bunten Farben des Perserteppichs. Mein Magen rebellierte gegen den Bourbon; ich kauerte mich hin und erbrach mich, sank auf die Seite und landete mit dem Gesicht in einer Pfütze, die wie ein scheußlich schmeckendes Medikament roch. Eine Glasscherbe lag in meiner Reichweite. Einen Moment lang erwog ich, sie zu benutzen, aber dann dachte ich plötzlich nur noch daran, wie friedlich Rachel heute morgen im Bett gelegen hatte.

Ich konzentrierte mich ganz fest auf sie und stellte mir vor, wie ich ihr sagte, daß ich sie liebe.

16

Eine kalte Schweißschicht, zu dünn, um sie mit den Fingern zu ertasten, bedeckte mein Gesicht und meinen Hals. Im Arbeitszimmer stank es nach Bourbon und Erbrochenem. Den Telephonhörer am Ohr, wartete ich darauf, daß Kathy sich meldete, die ich gerade im Stonehill Hospital hatte anpiepsen lassen. Ich wußte, daß sie die Telephonistin nach dem Namen des Anrufers fragen und sich dann weigern konnte, das Gespräch anzunehmen. Aber ein siebter Sinn sagte mir, daß sie mit mir reden wollte, ja, es regelrecht brauchte. Kurz darauf war die Telephonistin wieder am Apparat.

«Sie nimmt nicht ab, Doktor Clevenger. Möchten Sie es weiter ... Ach, da ist sie ja. Einen Moment bitte.»

Nun standen mir Schweißtropfen auf der Stirn, und ich wischte sie mit dem Ärmel weg. In mir wühlten Trauer, Haß und Mitleid, und ich wußte nicht, ob es mir gelingen würde, mich zu beherrschen. Doch es mußte sein.

«Ich verbinde», flötete die Telephonistin.

Es klickte in der Leitung, das Besetztzeichen war zu hören, dann ... Schweigen.

«Kathy?»

«Was ist?» entgegnete sie tonlos.

Ich schaffte es nicht, ruhig zu atmen.

«Hast du mir was zu sagen?» Sie ließ mir keine Zeit für eine Antwort. «Tschüs.»

«Warte!» Ich beschloß, ihr meine Erregung zu erklären, um ihr keine Gelegenheit zu Interpretationen zu geben. Allerdings wollte ich sie im ungewissen darüber lassen, ob ich bereits von Rachels

Tod erfahren hatte. «Mir geht es ziemlich dreckig. Meine Hände zittern, und mein Herz klopft wie verrückt.»

«Klingt, als hättest du zuviel Koks erwischt. Trink doch noch einen.»

«Ich hab das Zeug nicht angerührt.»

«Dann liegt es vielleicht an deinem anstrengenden Liebesleben. Das hält der stärkste Mann nicht aus.»

«Nein. Ich ... ich habe Angst.»

«Öfter mal was Neues.»

«Ich ertrage den Gedanken nicht, daß du nicht mehr bei mir bist.»

Schweigen.

«Kathy?»

«Gestern nacht bist du ganz gut ohne mich zurechtgekommen.»

Ich wußte, daß ich die Verteidigungsmechanismen, die Kathy sich als erwachsene Frau zugelegt hatte, nur auf eine Weise durchbrechen konnte: Ich mußte mitten in ihre ursprüngliche, kindliche Wut und ihre Sehnsüchte hineinstoßen. Der Brief an ihren Vater kam mir in den Sinn, und ich gab ihr die Anwort, die sie sich vermutlich von ihm erhofft hatte. «Ich habe die Heimlichkeiten satt», meinte ich. «Ich bitte dich, mir noch eine Chance zu geben. Es wird nicht wieder vorkommen.»

«Dann verrate mir eines: Warum hast du mich betrogen? Sie war jünger als ich. War sie auch besser?»

«Sie war wie ein Kind. Sie wußte nicht, was sie tat.»

«O doch. Schließlich war sie kein Baby mehr. Wenigstens nicht mehr als die anderen.» Kathys Stimme klang nun weniger schneidend, ihr Ton erinnerte eher an ein schmollendes kleines Mädchen. «Die haben versucht, mir etwas wegzunehmen.»

Mir traten die Tränen in die Augen, aber ich zwang mich weiterzumachen. «Sie bedeutet mir nichts. Du bist die einzige Frau, mit der ich ins Bett will.»

«Ich habe das Haus verwüstet.»

«Du warst nicht ganz bei Verstand.»

«Ich kann mich nicht mehr an alles erinnern, so wütend war ich.» Ihre Stimme verlor sich. «Ich habe alles kaputtgemacht.»

«Wir räumen zusammen auf.»

«Wirst du sie nicht vermissen?»

Weder an Kathys Tonfall noch an ihrer Ausdrucksweise konnte ich erkennen, ob sie sich in der Gegenwart oder in der Vergangenheit befand – ob sie von Blaire oder von Rachel sprach. «Nein», sagte ich. «Ich werde sie nicht vermissen.»

«Aber ich.»

Ich schloß die Augen. «Hör zu, Kathy. Warum fahren wir nicht einfach weg? Nach Plum Island, zu dem Hotel am Strand, wo wir unsere erste gemeinsame Nacht verbracht haben. Waltons' Ocean Front. Weißt du noch?» Offenbar weinte sie. «Kathy?»

«Ja?»

«Waltons' Ocean Front. Treffen wir uns dort. Wir könnten noch mal von vorn anfangen.»

«Das geht nicht. Ich habe heute nacht vier Entbindungen und komme wahrscheinlich erst morgen abend hier raus.»

«Dann eben morgen. Treffen wir uns gleich nach der Arbeit.»

«Und du wirst mich nicht versetzen?» Ihre Stimme klang wieder gereizt.

«Ehrenwort.»

«Wehe, wenn du mich sitzenläßt wie bestellt und nicht abgeholt.» Sie legte auf.

Es dauerte fast drei Stunden, bis ich das Haus einigermaßen in Ordnung gebracht hatte. Ich versuchte, nicht an Rachel zu denken, doch immer wieder schnürte es mir urplötzlich die Brust zu. Mir wurde übel, und ich mußte mich setzen, wenn mich die Erinnerung an sie überkam.

Kurz nach Einbruch der Dunkelheit klingelte das Telephon. Ich stürzte hin. «Clevenger», keuchte ich.

«Die Gestapo hat mir erlaubt, noch einen letzten Anruf zu tätigen.»

Ich erkannte Trevor Lucas' Stimme.

«Wären Sie so nett, mich zu besuchen?»

«Warum sollte ich?»

«Damit ich Ihnen die Wahrheit erzählen kann.»

«Wenn Sie mir etwas zu sagen haben, können Sie es genausogut jetzt tun.»

«Lieber nicht. Sie müssen schon persönlich herkommen.»

Mir fiel ein, vor wie vielen Dingen ich die Augen verschlossen hatte. «Ich bin sofort bei Ihnen», antwortete ich.

Er legte auf.

Ich stieg ins Auto und fuhr zum Revier. Emma Hancock war nicht da. Tobias Lucey bewachte die Zellen, doch da mein Ansehen bei der Polizei wieder gestiegen war, ließ er mich anstandslos zu Lucas.

«Am besten verabschieden Sie sich gleich von ihm. Er wird morgen früh nach MCI Concord verlegt», verkündete Lucey und öffnete die Stahltür. «Die Grand Jury hat das Verfahren gegen ihn eröffnet. Vorsätzlicher Mord in drei Fällen.»

«Wer vertritt die Anklage?»

«Red Donovan, der neue Bezirksstaatsanwalt, übernimmt den Fall selbst. Heutzutage ist ein dreifacher Mord zwar keine große Sache mehr, aber wenn der Täter ein Arzt ist ... nach der Geschichte könnte man glatt einen Film drehen.»

«Wen hat sich Lucas als Anwalt genommen?»

«Er hat sich selbst vertreten, wie er gesagt hat. Und er hat nicht einen einzigen Zeugen aufgerufen.» Lucey schüttelte den Kopf. «Der Mann glaubt wohl, er hätte es mit einem harmlosen Blechschaden zu tun.»

«Darüber würde er sich wahrscheinlich viel mehr aufregen», meinte ich.

Ich ging den Flur entlang zu Lucas' Zelle. Die anderen Zellen waren leer, und ich hörte ihn leise summen, bevor ich ihn sah. Wieder saß er im Schneidersitz und mit geschlossenen Augen auf dem Boden und meditierte. Ich blieb stehen und musterte sein verbeultes, zerschrammtes Gesicht. Plötzlich öffnete er die Augen und erwiderte meinen Blick. «Tut mir leid», sagte er.

«Was tut Ihnen leid? Wovon reden Sie?»

«Von Ihrer Tänzerin. Der flachbrüstigen mit den roten Haaren.»

Ich knirschte mit den Zähnen.

«Das vierte Opfer», fuhr er fort. «Auf der Fahrt ins Gefängnis habe ich im Radio von ihrer Feuerbestattung gehört.» Er runzelte die Stirn. «Sie sehen zum Fürchten aus. Hoffentlich hat sie Ihnen nicht zu viel bedeutet.»

«Sie haben drei Opfer auf dem Gewissen», antwortete ich mit schwacher Stimme. «Vielleicht haben Sie der Grand Jury nicht richtig zugehört.»

«Nein, *die* haben mir nicht zugehört. Ich habe gesagt, daß ich unschuldig bin, und ich hätte es auch beweisen können. Aber das hat noch Zeit.»

«Warum warten, wenn Sie unschuldig sind?»

«Warum? Weil man mir unrecht getan und mich schrecklicher Greueltaten beschuldigt hat, die ich nicht begangen habe. Ein schwerwiegender Irrtum, der richtiggestellt werden muß.»

«Denken Sie, es kümmert jemanden, wenn Sie sechs Monate lang im Hochsicherheitsgefängnis meditieren, anstatt Fettpolster abzusaugen?»

Er kicherte, allerdings ein wenig gekünstelt. «Natürlich nicht. Ich bin unwichtig. Futter für die Boulevardpresse. Doch die Anzahl der Leichen wird sie interessieren. Ich habe noch Dutzende von Geliebten, und Sie halten sich ja wahrscheinlich auch ein paar Pferdchen. Schwer zu sagen, wen Kathy sich als nächstes aussucht.»

Ich erstarrte. Er wußte es.

«Ich habe Ihnen bereits erklärt, daß nicht ich Ihr Problem bin. Aber Sie wollten ja nicht auf mich hören.»

Mir wurde flau im Magen. «Sie trauen Kathy allen Ernstes zu, jemanden umzubringen», stieß ich hervor.

«Bei Sarah war ich mir nicht sicher. Aber als Sie mir von Monique erzählten, gab es für mich keinen Zweifel mehr. Das dachte ich wenigstens. Deshalb habe ich ein kleines Experiment veranstaltet.»

«Ein Experiment?»

«Ich habe Kathy das Monster angerufen und ihr erzählt, daß ich mit Wembley ein intimes Verhältnis hätte.» Er hielt inne. «Das stimmte natürlich nicht, doch anscheinend habe ich sehr überzeugend gewirkt. Wie Kathy weiß, setze ich meine Operationen normalerweise so an, daß ich um halb acht fertig bin. Mit Wembleys Rolex auf dem Armaturenbrett hat sie versucht, mir ein Alibi zu verschaffen. Wirklich rührend. Ich habe ja bereits erwähnt, daß sie mich tatsächlich liebt. Bedauerlicherweise hat sie anscheinend angefangen, ihre Konkurrentinnen aus dem Weg zu räumen, nachdem ich mit ihr Schluß gemacht hatte.»

«Wann war das?»

«Kurz vor Sarahs Ermordung. Offenbar wird Kathy hauptsächlich von Eifersucht getrieben. Wahrscheinlich kommt das noch daher, daß ihr Vater sie verführt hat. Jack.» Er lächelte. «Es muß ganz schön mühsam gewesen sein, es dem Alten zu besorgen. Sie wissen ja, daß er sie Maus genannt hat. ‹Sei still wie ein Mäuschen›, sagte er immer, bevor er es mir ihr getrieben hat. Hübsche Geschichte, oder?»

«Sie hat erwähnt, daß Sie ihr auch von meiner Tänzerin erzählt haben.»

«Das war Ihr Fehler. Kathy ist euch beiden nach Chelsea gefolgt. Ich habe ihr lediglich bestätigt, daß Sie auf die Kleine stehen. Nach dem zu schließen, was mit ihr passiert ist, liebt Kathy Sie anscheinend auch.»

«Sie haben sie einfach weitermorden lassen.» Vor Entsetzen drehte es mir fast den Magen um. «Sie haben sie dazu animiert.»

«Daraus können Sie mir keinen Vorwurf machen. Die Versuchung war einfach zu groß. Sie zu vögeln und dabei zu wissen, was sie getan hat, war himmlisch.» Mit einem verträumten Seufzer blickte er zur Decke und sah mich dann wieder an.

Wie gerne hätte ich ihn auf der Stelle kaltgemacht. Es wäre ganz leicht gewesen – nur ein kräftiger Tritt gegen das Nasenbein. Ich fixierte den Punkt zwischen seinen Augen.

Er legte den Kopf schief. «Seien Sie nicht ungerecht, Frank. Wir sind uns sehr ähnlich. Ich wette, es hat Ihnen auch Spaß mit ihr gemacht, wenn sie gerade jemanden ermordet hatte. Auch wenn Sie es damals noch nicht wußten.»

Ich hob meinen Fuß ein Stückchen und spannte die Wade an. Dann hielt ich inne. Ein rascher Tod wäre zu gnädig gewesen. Es war besser, ihn im Gefängnis verrotten zu lassen. Ich kräuselte die Lippen. «Nein, Sie irren sich. Wir haben überhaupt nichts gemeinsam.»

«Wie schade. Wir hätten Freunde werden können, wenn ich freikomme.»

«Wenn.» Ich trat einen Schritt zurück.

«Wie bitte?»

«Wenn Sie jemals freikommen. Davor müssen Sie noch einen Mordprozeß hinter sich bringen. Und es wird keine weitere Leiche geben, mit der Sie Ihre Verteidigung untermauern können.»

Er sah mich entgeistert an. «Ich habe den Verdacht, daß hier die Tatsachen verdreht werden. Vielleicht sollte ich meine Geschichte doch so bald wie möglich erzählen.»

«Niemand interessiert sich für Ihre Geschichte. Sie blödes Arschloch», stieß ich hervor. «Ich halte Sie für schuldig. Emma Hancock, unsere zukünftige Bürgermeisterin, sieht das genauso. Und der neue Bezirksstaatsanwalt will sich einen Namen machen.»

«Sie würden doch nicht tatenlos zusehen, wie ich wegen Mordes verurteilt werde. Das verstieße gegen Ihre ethischen Grundsätze. Sie sind ein ehrlicher Mensch.»

«Ehrlich?» Ich umklammerte so fest die Gitterstäbe, daß sich meine Fäuste weiß verfärbten. «Ich wünsche mir ehrlich, daß Sie lebenslänglich in MCI Concord landen. Ich werde Sie ehrlich nach der Verurteilung besuchen und dann noch einmal, nachdem Ihr Revisionsantrag abgewiesen wurde. Ich will dabeisein, wenn Sie eines Tages endgültig kapieren, daß Sie dieses Drecksloch niemals wieder verlassen werden.»

Lucas' Gleichmut verflog. «Wo ist Kathy?» knurrte er.

«Kümmern Sie sich lieber um sich selbst. Wer weiß? Vielleicht ist der Bewährungsausschuß ja von Ihrer Persönlichkeitsentwicklung beeindruckt und läßt Sie schon nach dreißig Jahren laufen.» Ich wandte mich zur Tür.

«Frank!» rief Lucas.

Ich ging hinaus.

Als ich aus dem Gebäude kam, hielt Emma Hancock gerade am Straßenrand. Sie kurbelte das Beifahrerfenster herunter.

«Was hat er gesagt?» fragte sie.

«Er behauptet steif und fest, wir wollten ihm was anhängen. Wir alle wären daran beteiligt: Sie, ich und ein halbes Dutzend Ärzte in Stonehill. Er hat sogar Kathy beschuldigt.»

Sie ließ die Fingernägel aneinanderklicken. «Das soll doch nicht etwa heißen, daß er verrückt ist ...»

«Auf keinen Fall. Er kann Gut und Böse unterscheiden. Und er hat das Böse gewählt.»

«Na großartig. Bis morgen früh kann er reden, so viel er will. Er ist in Isolationshaft. Keine Anrufe, keine Besucher. Red Donovan möchte Komplikationen vermeiden. Morgen kommt er nach Concord in den Hochsicherheitstrakt. Dann sollen sich andere Leute mit ihm befassen.»

«Wunderbar.»

Lächelnd nickte sie einem vorbeigehenden Polizisten zu. «Ich habe erfahren, daß Sie mit der jungen Dame, die in Chelsea ermordet wurde, Kontakt hatten.»

Kontakt. «Na und?»

Hancock zuckte die Achseln. «Das bedeutet, daß zwischen Ihnen und dreien der Opfer, Sarah, Monique und dieser Rachel, eine Verbindung besteht.»

Diese Rachel. Die anonyme Ausdrucksweise versetzte mir einen Stich, aber ich verzog keine Miene. «Schön, dann besteht eben eine Verbindung zwischen mir und dreien der Opfer. Das trifft auch auf alle anderen Mitarbeiter des Stonehill Hospital zu, die ab und zu im Lynx Club waren. Worauf wollen Sie hinaus?»

«Auf nichts Bestimmtes. Mir wäre es nur lieber, wenn Sie sich nicht ständig in kompromittierende Situationen begeben würden – ganz zu schweigen davon, daß es unmoralisch ist.» Sie sah mich eindringlich an. «Was ist denn mit Levitsky los? Warum beharrt er weiterhin darauf, daß es zwischen allen Morden einen Zusammenhang gibt?»

«Er ist Statistiker. Und es verstößt gegen sein wissenschaftliches Weltbild, daß vier Morde im Umkreis von dreißig Kilometern nicht auf das Konto ein und desselben Täters gehen.»

«Wenn in Lynn noch ein Mord stattfindet, bin ich am Ende.»

«Mit dem Wahlkampf?»

«Mit dem Wahlkampf und mit meinem Job. Der Stadtrat würde

kurzen Prozeß mit mir machen – und zwar berechtigtermaßen. Aber wissen Sie was? Das spielt alles keine Rolle. Es ist nur wichtig, daß ich den Mann fasse, der Monique auf dem Gewissen hat. Heute bei der Beerdigung haben sie mich als Heldin gefeiert. Wenn der Mörder ...»

«Mein siebter Sinn sagt mir, daß Sie keine Angst vor einem weiteren Mord haben müssen. Und Ihnen geht es doch genauso. Vielleicht ist es das erstemal, daß wir beide einer Ansicht sind.»

Das schien sie zu beruhigen, aber sie bat mich, in der Nähe zu bleiben, falls noch etwas schiefging. Ich versprach es ihr. Kurz spielte ich mit dem Gedanken, ihr von meinem Gastspiel in der Notaufnahme – und von Kathys Rolle in dieser Episode – zu erzählen. Doch dann beschloß ich, die Sache auf sich beruhen zu lassen.

«Morgen mittag um zwölf ist die Beerdigung.»

«Von Monique? Sie haben eben gesagt ...»

«Von Rachel», unterbrach sie mich. «Im Bestattungsinstitut Korff in Swampscott.» Sie hielt inne. «Ich wußte nicht, wie nahe Sie sich standen.»

Ich räusperte mich. «Danke, Emma. Rufen Sie mich an, wenn Sie mich brauchen.»

Ich verbrachte eine unruhige Nacht im Auto neben Kathys Volvo in der Garage des Stonehill Hospital. Ich wollte sichergehen, daß sie nicht versuchte, Lucas' Alibi mit einer fünften Leiche zu untermauern. Dann fuhr ich zu dem Bestattungsinstitut, einem riesigen Gebäude, das verloren zwischen drei Einkaufszentren stand.

Ich parkte auf der anderen Straßenseite und beobachtete die Wagen, die in den Parkplatz einbogen. Schwarzgekleidete Trauergäste strömten auf die riesigen, geschnitzten Türen zu. Ich fragte mich, ob Rachels Onkel auch dabei war. Mit zusammengebissenen Zähnen stellte ich mir vor, wie ich ihn mir schnappte, ihn hinaus auf den Gehweg schleppte und ihn in aller Seelenruhe zu Brei schlug. Doch dann schloß ich die Augen, und mir wurde klar, daß Rachel ihn nicht weggeschickt hätte. Sie hätte sich gefreut, wenn er sich mit ihr versöhnt hätte – und vielleicht auch mit sich selbst.

Nach einer Minute startete ich den Rover. Von Korff bis zur Salem Station war es nur ein Katzensprung. Während der ganzen Fahrt sagte ich mir, daß ich ein Idiot war, weil ich der Vergangenheit hinterherjagte. Aber ich kehrte nicht um. Auf dem Bahnhof schlenderte ich die Bahnsteige entlang, auf der Suche nach etwas, das Erinnerungen in mir wachrufen würde. Erst nach über einer halben Stunde setzte ich mich auf eine Bank gegenüber von Gleis 4, wo ein Mosaik aus grünen und weißen Kacheln an der Wand prangte. Die Kacheln kamen mir bekannt vor. Ein paar Leute warteten auf den Zug, aber ich nahm sie kaum noch wahr, als ich auf die Gleise starrte. Furcht und Sehnsucht erfüllten mich. Wie gerne hätte ich mich an die Szene in allen Einzelheiten erinnert, so wie sie wirklich stattgefunden hatte. Doch manchmal ist der Verstand klüger als das Herz. Nur ein einziges Bild tauchte vor meinem geistigen Auge auf. Ich sah das bartstoppelige Gesicht meines Vaters zwischen den Schienensträngen, und es wirkte so friedlich, wie ich es sonst niemals erlebt hatte. Und dann hallten die Worte in meinem Kopf wider, die eigentlich seine letzten hätten sein sollen: *Es tut mir leid. Bitte verzeih mir.*

Das Rattern eines Zuges riß mich aus meinen Gedanken. Ich schlug die Augen auf und beobachtete, wie er näherkam. Und trotz des Lärms hörte ich wieder die Stimme meines Vaters. Ich wartete, bis die Fahrgäste eingestiegen waren, und blickte dem Zug nach.

17

Die Fahrt hätte auf der 95 Nord nicht so lange gedauert, aber da ich keine Eile hatte, nahm ich die 1A, die an verschlafenen Städtchen wie Topsfield, Rowley und Georgetown vorbeiführte. Etwa auf halbem Wege nach Plum Island hielt ich am Straßenrand, kroch unter den Rover und riß die LoJack-Box ab. Ich hatte keine Lust, Malloy meine Bewegungen auf einem Computerbildschirm mitverfolgen zu lassen.

Als ich die Zufahrtsstraße überquerte und vor dem Hauptgebäude des Waltons' hielt, ging bereits die Sonne unter. Das einstöckige Holzhaus lag direkt am Strand. Ich stellte den Wagen ab und stieg die Vortreppe hinauf zur Rezeption. Niemand war da, aber ich hatte telephonisch unsere alte Hütte reserviert. An der Tür hing ein Umschlag mit meinem Namen. Der Schlüssel zu Hütte 6 steckte darin.

Die Hütte sah noch so aus, wie ich sie in Erinnerung hatte – klein, ländlich, Boden und Decke aus unlasierten Kiefernbrettern. In einer Zimmerecke befand sich die Kochnische. Bett und Wohnbereich, von dem Glastüren direkt zum Strand führten, waren durch eine Falttür getrennt. Ich beobachtete die Wellen, die gegen den Sand schlugen und in einer weißen Schaumkrone nur wenige Meter vor meinen Füßen ausliefen. Ein Vogelschwarm flog in Formation über mich hinweg. Die friedliche Stimmung brachte mir meine innere Anspannung nur noch deutlicher zu Bewußtsein. Es war 18:25.

Aus der Jackentasche holte ich eine Spritze und die mitgebrachten Ampullen Haldol und Ativan. Ich zog je drei Kubikzentimeter auf, die Dosis, mit der ich als Assistenzarzt in der Notaufnahme aufgebrachte Patienten beruhigt hatte. Dann kauerte ich mich vors Bett und legte die Spritzen am Kopfende auf den Boden.

Ich brauchte Ruhe, doch ich wollte auf keinen Fall einschlafen. Also setzte ich mich aufs Sofa und schaltete die Abendnachrichten ein. Ich war zwar zu aufgeregt, um die Berichte zu verfolgen, aber das beruhigende Stimmengemurmel des Moderators und der Korrespondenten lenkte mich vom Grübeln ab.

Zehn Minuten später hörte ich ein Klopfen – erst leise, dann lauter. Ich stellte den Fernseher ab, ging zur Tür, holte tief Luft und öffnete.

Kathy stand da, eine schwarze Reisetasche aus Leder in der Hand.

Ich starrte sie an, als ob ich in den Wahnsinn hineinblicken könnte, der sich hinter der Fassade verbarg. Am liebsten hätte ich sie an den Haaren in die Hütte geschleppt und sie die Schmerzen spüren lassen, die sie anderen zugefügt hatte. Und *mir*. Allerdings bezweifelte ich, daß es mir gelingen würde, Gefühle in ihr auszulösen. Sie war durch ihr Leiden abgestumpft.

«Da bin ich», sagte sie. Sie biß sich auf die Unterlippe und blickte auf ihr hellrosa Kleid herab. Es war einem Herrenhemd nachempfunden und mit Kunstperlen anstelle von Knöpfen versehen. Sie hatte es so weit geöffnet, daß ich den sanften Ansatz ihrer Brüste erkennen konnte. «Ich habe mir bei Ann Taylor was Neues gekauft, damit ich hübsch für dich bin.» Achselzuckend scharrte sie mit dem Fuß.

Ich bemerkte, daß die Schuhe ebenfalls neu waren – Oxfordslipper aus schwarzem Lackleder. «Du siehst hinreißend aus», meinte ich.

«Darf ich reinkommen?»

Ich streckte die Hand aus. Sie ergriff sie. Eigentlich hatte ich erwartet, daß mich ein kalter Schauer überlaufen würde, doch nichts dergleichen geschah. Ihre Hand fühlte sich warm und vertraut an, und ich wunderte mich, wie normal es mir erschien, sie in die Hütte und in meine Arme zu ziehen. Aber warum erstaunte mich das? Schließlich war sie noch dieselbe Frau, mit der ich Hunderte von Malen geschlafen hatte. Ihr Parfüm hatte eine beruhigende Wirkung auf mich, und als sie meinen Hals liebkoste, stöhnte ich tatsächlich lustvoll auf. Erst als wir uns küßten und unsere Lippen sich öffneten, wurde ich von Widerwillen ergriffen. Ich wich zurück.

«Warum bist du plötzlich so schüchtern?» flüsterte sie.

Mein Kiefer verkrampfte sich. Ich packte sie mit beiden Händen am Kragen und riß ihr das Kleid auf bis hinunter zu den Schenkeln. Dann betrachtete ich sie. Sie war nackt, frisch rasiert und von Kopf bis Fuß so traumhaft schön wie beim erstenmal.

Sie lächelte und biß sich wieder auf die Unterlippe. «Sei so grob, wie du willst. Ich habe es verdient.»

Ich sah zu, wie sie ihr Kleid auszog und aus den Schuhen schlüpfte. Mein Zorn und meine Erregung, schon zuvor kaum voneinander zu unterscheiden, wurden nun eins. Ich ergriff ihre Schultern und schubste sie mit dem Gesicht nach unten aufs Bett. Sie sträubte sich kaum, als ich meinen Gürtel aus den Schlaufen zerrte und ihr die Hände fesselte. Dann knotete ich den Lederriemen am Bettpfosten fest. Ich kniete hinter ihr. Ihr blondes Haar breitete sich auf ihrem Rücken aus, ihr Hintern zitterte leicht. Ich hörte das Blut in meinen Ohren rauschen. Ich zog ihre Hüften hoch und riß ihr an den Haaren den Kopf zurück. Wie gerne hätte ich in sie hineingestoßen, doch eine Erinnerung hielt mich zurück. Es war jene bedeutungsschwere Frage, die Trevor mir bei unserer Begegnung im Lynx Club gestellt hatte: *Warum ruft sie ‹Daddy›, wenn ich es ihr von hinten besorge?*

Also ließ ich sie los und rieb mir kräftig die Augen.

Kathy drehte sich auf den Rücken. «Was ist?» wollte sie wissen und spreizte die Beine. «Willst du mich lieber so?»

«Ich mußte gerade an deinen Vater denken.»

«An was?»

«An deinen Vater. Ich habe daran gedacht, wie er dir wehgetan hat.»

«Mein Vater würde mir nie wehtun.» Sie schloß die Beine. «Er hat mich geliebt.»

Ich setzte mich auf die Bettkante. «Ich habe einen Brief gefunden, in dem es um Blaire ging. Du hast ihm geschrieben, nachdem du sahst, wie er sich nachts in ihr Zimmer schlich.»

«Warum reden wir über so einen Schwachsinn? Binde mich los.»

«Erzähl mir, wie sie gestorben ist.»

«Du bist völlig verrückt.» Sie zerrte an dem Lederriemen und versuchte sich zu befreien.

«Hast du gesehen, wie der Brand ausbrach? Ich will es wissen. Ich muß es wissen.»

Ihre Augen verengten sich vor Wut. «Du bist so ein Idiot», sagte sie mit Kinderstimme. Sie zerrte kräftiger an dem Gürtel, aber die Knoten wurden dadurch nur fester. «Du brauchst nicht zu fragen, wo ich war, als Blaire ihre Strafe bekam.» Nun klang sie wieder wie sonst. «Du weist es doch sowieso schon.»

«Strafe?»

Wieder die Kinderstimme. «Weil sie eine Petze war.»

Offensichtlich schwankte Kathy zwischen den erwachsenen und kindlichen Teilen ihrer Psyche hin und her. Im Psychiaterjargon nennt man das *Dissoziieren*. «Hast du das Feuer gelegt?» fragte ich.

«Blaire ist schuld daran, weil sie mir Daddy weggenommen hat», wimmerte sie. «Ich wollte die Streichhölzer nicht benutzen. Ich habe es zuerst anders probiert.»

«Wie?»

«Ich habe mir die Haare abgeschnitten ... da unten. Daddy sagte, er mag keine Mädchen, die behaart sind wie Affen.»

«Aber das hat nichts genützt.»

«Doch.» Sie biß sich wieder auf die Unterlippe und errötete. «Eine Weile. Bis ich zu bluten anfing.»

«Und dann?» Ich stand auf, ging zum Fußende des Bettes, wo Kathy ihre schwarze Ledertasche hingeworfen hatte, und hob sie auf.

«Und dann war es vorbei. Also ist unter Blaires Bett ein Feuer ausgebrochen, während sie schlief.»

Mir traten die Tränen in die Augen, und ich mußte das Zittern meiner Hände unterdrücken, um die Tasche öffnen zu können. Darin befand sich Kathys zusammengeknüllter OP-Anzug. Dazwischen steckte ein Stück Rohr, aus dem der mit Fell überzogene Griff meines Jagdmessers ragte. Ich zog es heraus. Die Klinge war blutverkrustet. «Was ist mit den anderen? Sarah und Monique zum Beispiel?»

Kathy verzog die Lippen. «Das waren Nutten», antwortete sie. «Sie haben mich gedemütigt.»

«Und der Mann? Michael?»

«Ekelhaft.» Sie zerrte so fest an dem Riemen, daß er ihr die Haut einriß. Einen Moment wirkte sie ganz ruhig und betrachtete das Blutrinnsal, das ihr den Arm hinablief. Doch dann sträubte sie sich noch heftiger. Der Blutstrom wurde stärker. «Du hast eine ausgelassen, Frank. Anscheinend macht es dich ja geil anzuhören, wozu du und Trevor mich getrieben habt. Du weißt schon, wen ich meine. Rrrr ...»

«Bitte nicht, Kathy!»

«Rrrrrachel.»

Mir brach der Schweiß aus. Meine Schläfen pochten. Ich umfaßte das Messer fester und kehrte zum Bett zurück.

«Deine kleine Nutte, die Stripperin.»

Ich setzte mich rittlings auf Kathys Handgelenk. Sie trat um sich, aber es war zwecklos. Ich stellte mir vor, wie ich ihr das Messer unterhalb des Brustbeins in den Leib stieß und ihr die Aorta durchtrennte. Oder noch besser: wie ich sie zwang zuzusehen, während ich ihr die Brüste abschnitt. Ich ließ das Messer sanft über ihre Brustwarze gleiten. Dann fielen mir Rachels Worte ein: *Der Mensch ist nicht von Natur aus schlecht.*

Ich hielt inne, schloß die Augen und erinnerte mich, daß Rachel mir etwas beigebracht hatte, was kein Psychiatrieprofessor mir je hatte eintrichtern können – daß jene, die es wagen, die Augen in der Dunkelheit zu öffnen, von einem strahlenden Licht gegrüßt werden.

Ich stand auf, kniete mich neben das Bett und holte die Spritze hervor.

Sie sah es. «Wehe, wenn du mir eine Spritze gibst», keuchte sie.

Aus meiner Tasche zog ich einen Riemen zum Abbinden und wickelte ihn um ihren Oberarm.

«Laß mich los!» schrie sie.

Ich malte mir aus, wie Rachel um ihr Leben gebettelt hatte. Mir schwindelte. Ich entfernte die Schutzkappe von der Nadel. Obwohl ich mich bemühte, Kathy festzuhalten, sträubte sie sich so heftig, daß die Nadel blutige Kratzer auf ihrem Arm hinterließ. Ich bemerkte, daß sie nicht einmal das Gesicht verzog. Erst beim dritten Versuch gelang es mir, ihr die Nadel in den Bizeps zu stechen. Ich warf mich mit meinem ganzen Gewicht auf Kathy, damit die Nadel nicht wieder herausrutschte, und drückte langsam den Kolben herunter.

Sie starrte die leere Spritze in meiner Hand an. «Ich bring dich um, du mieses Schwein!» Sie zappelte und trat zwar noch ein wenig, aber ihre Bewegungen wurden durch das Haldol und das Ativan schon schwächer. Schließlich drehte sie den Kopf weg und fing an zu schluchzen. Ich stand auf, setzte mich auf die Bettkante und wartete, bis sie tief und regelmäßig atmete. Nach einer knappen Minute lag sie reglos da.

Ich verabreichte ihr noch eine Dosis Ativan, damit sie auch nicht aufwachte, während ich den Rover holen ging. Mit ausgeschalteten Scheinwerfern fuhr ich auf den Strand und parkte vor der gläsernen Schiebetür, die in die Hütte führte. Eine Decke vom Rücksitz in der Hand, kam ich wieder herein.

Kathy hatte sich nicht gerührt. Sie lag mit angezogenen Beinen auf der Seite, die Hände noch immer über dem Kopf gefesselt, so daß es aussah, als würde sie beten. Ich fühlte ihr die gerunzelte Stirn. Dann breitete ich die Decke über sie und steckte sie an Schultern und Knien fest.

Ich löste den Gürtel, mit dem ihre Handgelenke ans Kopfbrett gebunden waren, und hob sie in meine Arme. Ihr Kopf sank an meinen Hals, so daß ich ihren warmen Atem spüren konnte. Ich trug sie ins Auto, legte sie auf den Rücksitz und fesselte ihr wieder die Hände.

Danach stieg ich ein, fuhr über den Strand zur Straße und bog in südlicher Richtung in die 1A ein. Zurück nach Rowley. Es dauerte nur zwanzig Minuten, die Stadtmitte zu erreichen. Doch mindestens genausolange brauchte ich, um mich durch Seitenstraßen und durch die jungfräulichen Wälder vorzuarbeiten, die die Austin Grate Clinic umgaben. Diese hundert Jahre alte psychiatrische Heilanstalt wurde von ihrem Inhaber und Chefarzt Matt Hollander geleitet.

Hollander und ich hatten uns während meiner Tätigkeit als Assistenzarzt in Tufts kennengelernt. Damals war er in seinem letzten Dienstjahr und hatte sich erboten, einen Berufsanfänger unter seine

Fittiche zu nehmen. Ich hatte ihn auf Anhieb sympathisch gefunden. Er war kahlköpfig und so übergewichtig, daß er beinahe wie eine Kugel wirkte. Jede Bewegung bereitete ihm Mühe, aber sein Verstand arbeitete in einem Tempo, bei dem meiner heißgelaufen wäre.

«Ich würde ja gerne etwas für meine Gesundheit tun, doch dann wäre es aus und vorbei mit mir», sagte er eines Tages bei einer Portion Pommes frites in der Krankenhauskantine. «Irgend etwas in diesem Fett schmiert die Räder in meinem Oberstübchen. Ich weiß, daß das so ist, auch wenn ich es nicht beweisen kann – aber das würde ich wahrscheinlich auch noch schaffen, wenn man mir die Zeit dazu ließe.» Noch ein paar Pommes frites. «Aber warum sollte ich mir die Mühe machen, denn schließlich ist es eine allgemein bekannte Tatsache. Deshalb ist der Nikolaus dick, und der Grinch, der im Märchen den Kindern die Weihnachtsgeschenke klaut, ist mager. Wäre es umgekehrt, würde die ganze Geschichte unglaubwürdig.» Ein großer Schluck Vanille-Milchshake. «Vergleichen Sie mal Churchill und Hitler. Oder sehen Sie sich Buddha an. Minnesota Fats in *Haie der Großstadt*. Benjamin Franklin. Pavarotti.» Kekse mit Cremefüllung. «Überlegen Sie doch, wann Sie das letztemal einen dicken Penner gesehen haben. Und Ihre Mörder, Drogensüchtigen und Diebe sind fast alle klapperdürr.»

Auch nach dem Ende meiner Tätigkeit hatten Hollander und ich weiter engen Kontakt gehalten. Während ich meine Praxis eröffnete und wieder aufgab, erwarb er mit dem Vermögen seiner Familie ein halbes Dutzend erstklassiger psychiatrischer Kliniken. Er hatte mich mehr als einmal gebeten, die Station für Sicherheitsverwahrung in Austin Grate zu übernehmen, eine geschlossene Abteilung mit fünfundzwanzig Betten, in der gefährliche Patienten untergebracht waren. Er hatte sogar versucht, mich zu bestechen, indem er mir eine der beiden Prunkvillen auf dem Klinikgelände als Privatwohnung anbot. Aber ich hatte sein Angebot stets ausgeschlagen.

«In Rowley ist wohl nicht genug los für Ihren Geschmack», hatte er einmal bemerkt. «Sie mögen die Laster der Großstadt.»

«Ich würde einen miserablen Mönch abgeben», entgegnete ich.

Er schüttelte den Kopf. «Sie wären ein verdammt guter Mönch.

Sie haben sich nur für eine andere Religion entschieden. Und die können froh sein, daß sie Sie haben.»

Damals hatte ich ihm nicht ganz geglaubt. Inzwischen glaubte ich ihm noch weniger.

Als ich in die kreisrunde Einfahrt einbog, schaltete ich die Scheinwerfer aus. Ich ließ den Motor laufen und stieg die Stufen hinauf zu seiner Tür. Noch ehe ich den zwiebelförmigen Türklopfer betätigen konnte, ging schon das Licht auf der Veranda an. Dann öffnete sich die Tür.

Hollander füllte den ganzen Türrahmen aus. Er trug ein weißes Hemd, das man auch als Segel hätte benutzen können.

«Clevenger!» rief er aus und klatschte in die Hände. «Mein Freund!»

Ich konnte nicht länger an mich halten. Mein Kinn zitterte, und meine Augen füllten sich mit Tränen.

«Was zum Teufel ist denn mit Ihnen los?» Er umarmte mich und tätschelte mir den Kopf, während ich weiterschluchzte.

Offenbar konnte er ins Innere des Rover sehen, denn kurz darauf machte er sich sanft los und polterte die Stufen hinunter. Ich beobachtete, wie sich seine Schultern keuchend hoben und senkten, als er durchs Beifahrerfenster spähte. Dann wirbelte er ungewöhnlich anmutig herum und wies mit dem Finger auf mich. «Bringen Sie sie ins Haus.»

Er schaltete das Verandalicht aus. Ich trug Kathy ins Wohnzimmer und legte sie aufs Sofa. Hollander sank in einen gewaltigen, mit Gobelin überzogenen Lehnsessel. «Fangen Sie an», schnaufte er. «Lassen Sie nichts aus.»

Ich lief im Zimmer auf und ab, und die Worte sprudelten nur so aus mir heraus. Ich erzählte ihm, was Kathy Sarah, Monique und Michael angetan und daß sie mir Rachel genommen hatte. Ich berichtete ihm von Blaire, von Kathys Vater und von Lucas. Und ich beichtete, daß ich die Augen vor Kathys Leid verschlossen hatte, das stark genug gewesen war, um Wut, Mordlust und Eifersucht zu wecken.

«Sie haben diese Tänzerin Rachel geliebt», stellte Hollander fest. Er ließ mich keine Sekunde aus den Augen.

«Ja.»

Er wies mit dem Kopf auf Kathy. «Wenn ich auf den Alarmknopf drücke, steht in weniger als zwei Minuten ein Polizist vor meiner Tür.» Er hielt inne. «Oder hatten Sie vor, irgendwo in meinem Wald ein Loch zu graben?»

Ich blieb stehen. «Sie hat keine Chance, wenn ich sie der Polizei übergebe. In diesem Bundesstaat ist schon seit Ewigkeiten niemand mehr mit geistiger Unzurechnungsfähigkeit durchgekommen.»

«1981, das Volk gegen Barker.»

«Vor sechzehn Jahren.» Ich schüttelte den Kopf.

«Wenn Sie den Gouverneur fragen, ist Barker dem Tod gerade noch von der Schippe gesprungen. Um ein Haar wäre er auf dem elektrischen Stuhl geendet.»

«Kathy hat sich doch nicht freiwillig entschieden, ein Ungeheuer zu werden, Matt. Sie ist nicht als Mörderin geboren.»

«Juristisch betrachtet, spielt das keine Rolle.»

«Ich möchte, daß sie eine Therapie bekommt.»

«Wäre Ihre Rachel damit einverstanden gewesen, daß die Frau, die sie ermordet hat, geheilt wird?»

«Ich glaube schon. Bevor ich Rachel kennenlernte, hätte ich es wahrscheinlich selbst nicht gewollt.»

«Offenbar war sie eine außergewöhnliche Frau.»

Es schnürte mir die Kehle zu. «Kathy muß in die geschlossene Abteilung», stieß ich hervor.

«Unmöglich. Die Geschworenen werden das nie zulassen.»

«Aber wir könnten dafür sorgen. Jetzt sofort.»

«Oh ... ich verstehe. Ich habe mir schon gedacht, daß es darauf hinausläuft.» Er verschränkte die Hände vor dem Bauch. «Wissen Sie, Frank, Sie haben wirklich Nerven.» Er keuchte wie ein Blasebalg. «Sie verlangen, daß wir eine Reihe von Schwerverbrechen begehen. Aus Kathys Perspektive handelt es sich um Freiheitsberaubung, aus der des Richters um Beihilfe zur Flucht. Und das ist erst das Vorspiel.»

Ich sah ihn an. In seinem Gesicht malten sich Widerwille und Entschlossenheit, so daß ich schon befürchtete, er würde Kathy selbst der Polizei übergeben. «Tut mir leid, Matt», sagte ich. «Ich wußte nicht, an wen ich mich sonst wenden soll. Es war nicht richtig, daß ich Sie gebeten habe ... Ich lasse mir schon etwas einfallen.» Ich ging zu Kathy hinüber und bückte mich, um sie hochzuheben.

«Natürlich könnten wir sie nicht unter ihrem richtigen Namen einweisen», fuhr er fort.

Ich drehte mich um und starrte ihn an.

«Schließlich möchte ich nicht, daß die Hüter des Gesetzes mich am Arsch kriegen. Also werde ich sie unter einem Pseudonym als Privatpatientin aufnehmen und mir eine glaubhafte Krankengeschichte ausdenken. Keine Post, keine Anrufe, keine Besucher.» Er machte eine Pause. «Nicht einmal Sie.»

Ich nickte. Doch dann wurde mir die Tragweite unseres Plans klar. «Sie haben recht. Wir könnten beide hinter schwedischen Gardinen landen. Behinderung der Justiz, Mißachtung ...»

«Mißachtung?» Er beugte sich ein wenig vor. «Kein Gericht ist in der Lage, auch nur zu erahnen, wie zuwider mir diese heruntergekommene Gesellschaft ist. Ich würde mit Vergnügen den nächstbesten Richter roh zum Frühstück verzehren, wenn ich einen finde, der nicht allzu zäh ist.»

Ich konnte mir ein Lächeln nicht verkneifen.

«Wird jemand sie vermissen, wenn sie einfach verschwindet?»

«Die Geschichte lautet folgendermaßen: Wir haben uns getrennt, und sie ist abgehauen. Ich kenne jemanden, der einen Auslandsflug ohne Rückticket organisieren und dafür sorgen kann, daß der Flugschein auch eingelöst wird.»

«Dieser Lucas wird vermutlich ein furchtbares Theater wegen ihr veranstalten.»

«Ganz bestimmt. Er wird seine gesamte Verteidigung darauf aufbauen. Die Staatsanwaltschaft hat sowieso keine lückenlosen Beweise. Es würde mich nicht wundern, wenn er freigesprochen wird.» Ich blickte zu Boden und schüttelte den Kopf.

«Was ist?»

«Ich weiß nicht, ob ich es über mich bringe, einem Typen wie ihm zu helfen.»

«Deswegen hängt ja auch Jesus Christus am Kreuz und nicht Sie. Einige Leute können nur von Gott geheilt werden. Sie und ich hingegen sind nur Menschen und haben unsere Grenzen. Und deshalb brauchen wir auch Gott.»

Ich stand in diesem Augenblick zu sehr unter Druck, um weiter über Hollanders Bemerkung nachzudenken. Aber sie sollte mir im Laufe der Jahre immer wieder einfallen, wenn ich mich ohnmächtig fühlte und das Bedürfnis hatte, mir selbst zu verzeihen.

Hollander seufzte. «Sie wissen, daß ein gerissener Anwalt Kathy vielleicht aufgrund einer Formalität freikriegt, wenn ich jetzt den Alarmknopf drücke. Hier in Boston gibt es jede Menge Schlitzohren. Auf diese Weise würde sie für unbegrenzte Zeit eingesperrt. Für viele Jahre, möglicherweise sogar Jahrzehnte. Irgendwann könnte ich sie dann in meine Klinik auf den Jungferninseln schaffen lassen. Oder nach Puerto Rico. Wer weiß? Ganz zu schweigen von dem Problem, was wir mit ihr anfangen sollen, falls sie wieder gesund wird.» Er sah mich eindringlich an. «Fühlen Sie sich wirklich wohl in Ihrer Haut, wenn Sie Richter und Geschworene spielen?»

Ich überlegte. «Warum nicht?» antwortete ich. «Richter und Geschworene haben ja offenbar auch kein Problem damit.»

Wir verabreichten Kathy genügend Beruhigungsmittel, um sie bis zum nächsten Morgen schachmatt zu setzen. Ich schlief neben ihr in einem gewaltigen Himmelbett in einem von Hollanders Gästezimmern. Als ich eindöste, lag ich starr auf dem Rücken, so nah an der Bettkante, wie es nur irgend ging, ohne herunterzufallen. Doch als ich bei Morgengrauen kurz nach sechs aufwachte, war ich seitlich an sie gekuschelt. Einen Augenblick vergaß ich, wo wir uns befanden und was geschehen war. Aber als ich ihre Hand berührte, erinnerten mich die Lederfesseln wieder daran. Und dennoch blieb ich an sie geschmiegt liegen. Ich fühlte mich ruhig, eher traurig als von Grauen erfüllt, und empfand ebensoviel Mitleid wie Zorn. Ich schnupperte sogar verstohlen an ihrem Nacken.

Sie drehte sich zu mir um. «Wo sind wir?» fragte sie.

«An einem sicheren Ort.»

Sie schloß die Augen und sank wieder aufs Kissen.

«Tut mir leid, daß ich dich nicht früher in Sicherheit bringen konnte», flüsterte ich.

Hollander weckte mich, damit ich mich aus dem Staub machen konnte, bevor seine Pfleger Kathy holen kamen. Wir verabredeten, daß ich mich mindestens einen Monat lang nicht bei ihm melden würde.

Ich fuhr heim, blieb aber im Auto sitzen, weil ich es nicht schaffte, das Haus zu betreten. Ich sehnte mich nach einem Ort, an dem ich Rachel nah sein konnte.

Also machte ich mich auf den Weg nach Revere, bog in den Parkplatz des Lynx Club ein und betrat das Lokal.

Im Lynx Club ist es tagsüber dunkler als nachts. Die Lichter am Laufsteg sind abgeschaltet. Die Musik dudelt nur aus zwei Lautsprechern, nicht aus zehn. Die Mädchen sind ein wenig älter und nicht so hübsch, und die Drinks sind stärker.

Ich ging an zwei Männern im Anzug vorbei, die das Frühstück im Sonderangebot herunterschlangen, und setzte mich in eine Ecke. Elton Johns «Candle in the Wind» spielte, und eine Brünette im Ledergeschirr kam auf die Bühne. Als die Kellnerin erschien, bestellte ich einen Screwdriver, aber ich nahm nur einen kleinen Schluck.

Ein verkrüppelter Rollstuhlfahrer war der einzige Gast in der Spannerecke. Als die Stripperin zu tanzen begann, zog er seine Brieftasche heraus und wedelte ihr mit einem Dollarschein zu. Sie hob ihr langes, schlankes Bein, streckte die Zehen wie eine Ballerina und schob das Stoffdreieck zwischen ihren Beinen weg. Mit einem Seufzen lächelte er mir zu. Ich lächelte zurück.

Wir alle sind verkrüppelt und verkorkst. Die meisten von uns bemühen sich verzweifelt, ihre Behinderungen zu verbergen und nicht daran zu denken. Durch einen alchimistischen Prozeß verwandelt unsere Seele unser Leid dann in Süchte, Magengeschwüre, Schlaganfälle, Haß oder sogar Krieg. Doch es gibt einige wenige Menschen, die man eigentlich als Engel bezeichnen könnte. Sie treten überraschend in unser Leben, und mit ihrer Hilfe lernen wir, nicht mehr vor uns selbst zu fliehen. Und als ich allein und voller Schmerz im Lynx Club saß, wußte ich, daß ich das Glück gehabt hatte, einem solchen Menschen zu begegnen.